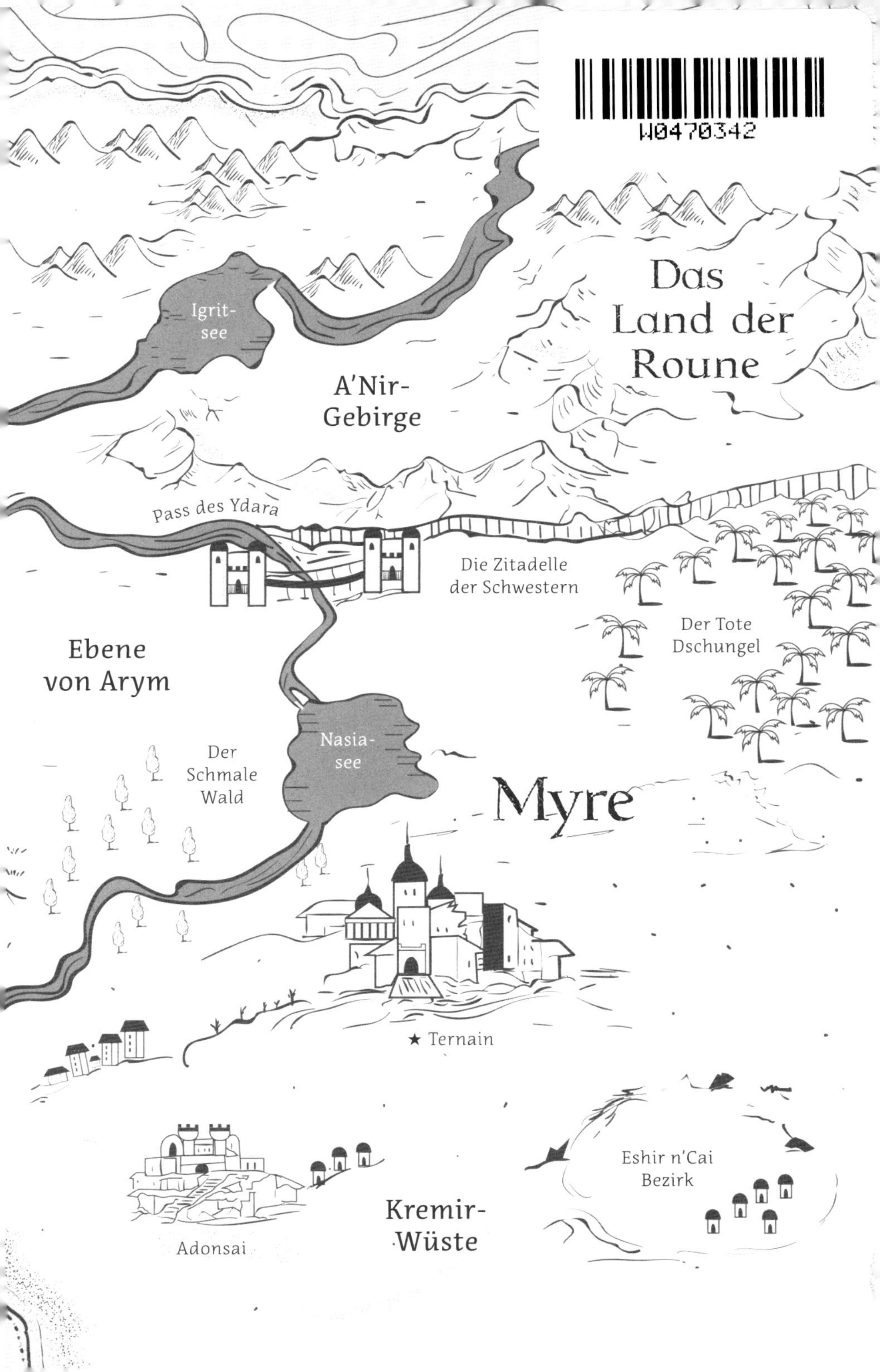

Das Land der Roune
Igrit-see
A'Nir-Gebirge
Pass des Ydara
Die Zitadelle der Schwestern
Der Tote Dschungel
Ebene von Arym
Nasia-see
Der Schmale Wald
Myre
★ Ternain
Eshir n'Cai Bezirk
Kremir-Wüste
Adonsai

Amanda Joy

A River of Royal Blood

Rivalinnen

AMANDA JOY

A RIVER OF ROYAL BLOOD

RIVALINNEN

Roman

Aus dem amerikanischen Englisch
von Carina Schnell

dtv

MIX
Papier aus verantwortungsvollen Quellen
FSC® C083411
www.fsc.org

Deutsche Erstausgabe 2022

Titel der amerikanischen Originalausgabe: ›A River of Royal Blood‹, 2019
erschienen bei G.P. Putnam's Sons,
einem Imprint von Penguin Random House LLC, New York
Published in agreement with the author,
c/o Baror International, Inc., Armonk, New York, USA.
Lektorat: Catherine Beck
Umschlaggestaltung: dtv nach einem Entwurf
und mit einer Illustration von Alexxander Dovelin
Vignetten Innenteil: Johanna Röhner, dtv

Gesetzt aus der Arno Pro
Satz: Uhl + Massopust, Aalen
Druck und Bindung: CPI books GmbH, Leck
Printed in Germany · ISBN 978-3-423-76365-3

Für Kiki und Madge,
die nie aufgehört haben, daran zu glauben

Prolog

Die Namensgebung

Asim hatte noch nie erlebt, dass ein Harkening-Zauber so lange dauerte.

Es war der zehnte Tag in Folge, an dem er sich im Morgengrauen zur Kammer der Zauber aufmachte, um ein unter der Tür hindurchgeschobenes Blatt Pergamentpapier abzuholen. Bisher waren alle unbeschrieben gewesen, was bedeutete, dass seine Sorceryn-Brüder die Magika der Prinzessin immer noch nicht bestimmt hatten. Jeden Tag kletterte Asim daraufhin zur Spitze des Tempels empor, entzündete das Feuer und verkündete den Bewohnern der Stadt mittels der blauen Rauchwolke, dass es noch keine Neuigkeiten gab.

Harkenings – die Bannsprüche, mit denen die Sorceryn die Magika eines neugeborenen Menschenkinds bestimmten – wurden gewöhnlich nicht so zeremoniell begangen. Doch in Myre wurde nichts so akribisch verfolgt wie die Geburt einer Prinzessin und die darauffolgende Namensgebung.

Asim lief durch die schummrigen Tempelhallen. In Roben gekleidete Sorceryn nickten ihm grimmig zu, wenn er an ihnen vorbeikam. Sie wussten, was seine Aufgabe war, und er fragte sich, ob sie innerlich wohl ebenso gespannt waren wie er.

Heute würde er das Pergamentpapier höchstwahrscheinlich voll schwarzer Tinte vorfinden – das Zeichen für den Tod. Ein Harkening-Zauber, der länger als fünf Tage dauerte, war gefährlich. Doch wenn der Bannspruch erst einmal begonnen worden war, konnte er nicht gebrochen werden. Nach zehn Tagen waren die Überlebenschancen äußerst gering.

Asim bog um die letzte Ecke und blieb wie angewurzelt stehen. Die Bronzetüren der Kammer der Zauber standen offen, und fünf Sorceryn hatten sich auf dem Flur versammelt. Einer von ihnen hielt ein in helle Stoffe gewickeltes, kleines Wesen mit wild zerzaustem Haar in die Höhe, das laut brüllte – die Prinzessin.

Sie murmelten den Namen ihrer Magika ehrfürchtig vor sich hin und nahmen kaum Notiz von Asims Anwesenheit. Er war schließlich nur ein Lehrling.

Asim fuhr auf dem Absatz herum und eilte Richtung Vogelhaus. Er hätte unverzüglich das Feuer auf dem Tempeldach entzünden müssen, doch es gab etwas, das er vorher zu erledigen hatte.

Mit gesenktem Kopf eilte Asim durch die Gänge, in der Hoffnung, dass niemandem die Verzögerung auffallen würde. Er erklomm die Haupttreppe des Tempels, hielt aber inne, bevor er das Ende erreichte. Stattdessen bog er scharf links ab und fand sich in dem muffigen Raum wieder, in dem die Raben gehalten wurden. Asim konnte bereits die Glocken des Elfenbeinturms schlagen hören, die das Ende des Zaubers verkündeten. Das bedeutete, dass der Lehrling, dessen Aufgabe es war, die Neuigkeit zum Königinnenpalast zu bringen, längst dort eingetroffen war.

Asim hinkte bereits einige Minuten hinterher.

In Myres Hauptstadt Ternain würde schon bald ein Freudenfest beginnen. Es war so gekommen, wie alle gehofft hatten: ein Mädchen, eine Herausforderin für den Thron. Denn es waren

Königinnen, die in Myre herrschten, und sie töteten, um ihren Platz auf dem Thron einzunehmen.

Vor einigen Wochen hatten die Auguries vorhergesehen, dass heute Nacht ein Blutmond aufgehen würde – ein Omen großer Veränderungen. Bei Sonnenuntergang würde das Volk, Fey, Blutsvettern und Menschen gleichermaßen, in den Straßen singen wie die Sorceryn vor der Kammer.

Hastig befestigte Asim eine Nachricht am Bein eines Raben. Er griff in seinen Hemdsausschnitt, um die Tätowierung auf seiner Schulter zu berühren, und flüsterte dem Vogel sein Ziel zu.

Als er spürte, wie sich die Magika entfaltete, schickte Asim den Raben los. Lautlos glitt er aus dem Fenster.

Der Rabe flog Richtung Norden. Der Tag ging in die Nacht über, während er dem Lauf des Roten Flusses durch die Berge hinter Myre folgte. Schließlich kam er in ein von steilen Klippen umgebenes Tal, das wie ein Mund voll abgebrochener Zahnstümpfe aussah. Der Vogel landete auf einem schwarzen Zelt in dem kleinen Lager am Fuße des höchsten Bergs.

Angezogen von dem vertrauten Geräusch der Krallen, die über die Zeltplane kratzten, trat eine gehörnte Frau mit silbrigem Haar und makellos glatten Gesichtszügen aus dem Zelt. Sie schirmte ihr Gesicht gegen den fallenden Schnee ab und ließ den Blick über die weißen Gipfel schweifen, die das Tal einkesselten. Der Schnee funkelte im Licht des blutenden Monds.

Die Frau nahm dem Raben den kleinen, hohlen Knochen ab, der an seinem Bein befestigt war. Er war etwa so lang wie ein Fingergelenk und mit blauem Wachs versiegelt. Sie ließ die Nachricht in den Falten ihres Baumwollrocks verschwinden und kehrte in ihr Zelt zurück. Dort entzündete sie eine Kerze und trug sie zu ihrem Nachtlager, bevor sie das kleine Stück Pergamentpapier aus dem Knochen fischte. Darauf standen nur drei Wörter: *Knochen und Blut.*

Die Frau las die Nachricht dreimal, ließ die Worte so tief in ihre Haut sinken wie die Kälte. Dann hielt sie das Papier in die Flamme. Während es sich zusammenkräuselte und zu Asche verbrannte, begann sie, den Sturz eines Königinnenreichs zu planen.

– I –

MAGIKA DES BLUTS

Die Magika der Knochen und des Bluts ist eine seltene Gabe, mit der insbesondere die erste Menschenkönigin von Myre und ihre Erbinnen gesegnet sind. Sie ist außerdem die furchterregendste Magika. Obwohl der Hof von Myre dafür bekannt ist, die Macht seiner Monarchinnen zu rühmen, haben die grausamen Praktiken, die mit dieser Art der Magika einhergehen, für Aufsehen gesorgt und den Trägerinnen Schande gebracht.
Doch dies ist nicht überraschend. Große Macht hat schon immer Furcht hervorgerufen.

– *Killeen: Der kobaltblaue Dolch von Myre,* von Kreshi Isomar

Kapitel 1

In dem Gang unter meinem Schlafzimmer war es still wie in einer Krypta. Wie immer zischten die Kaiserinnenskorpione, die in diesen vergessenen Tunneln nisteten, missbilligend, sobald meine Füße den Boden berührten.

Ich ging in die Hocke, um den Kreis aus Zimtstäbchen und getrocknetem Lavendel zu prüfen, den ich ausgelegt hatte, um die boshaften Biester fernzuhalten. Dann machte ich einen Knoten in meinen Rocksaum. Die Perlstickerei würde sonst bei jedem Schritt über den Boden schleifen, was in diesen leeren Gängen für ein lautes Echo sorgte. Obwohl ich hier noch nie jemandem begegnet war, konnte ich es nicht riskieren, entdeckt zu werden.

Ich vergewisserte mich, dass mein Gürtelmesser an seinem Platz in der weichen Lederscheide war, an meinem unteren Rücken. Bei jeder Bewegung schürften die Unebenheiten des hölzernen Griffs über meine Haut, aber es war nicht zu ändern. Das Messer war die einzige Waffe in meinem Besitz, die schlicht genug für meine Verkleidung war. In dem bodenlangen Rock und der Bluse, die meine Taille frei ließ, aber die Tätowierungen auf meinen Armen bedeckte, konnte ich als einfaches Menschenmädchen durchgehen, das auf dem Weg zu irgendeinem Fest war.

Plötzlich schlugen Feuersteine direkt vor meinem Gesicht aufeinander, und Funken tanzten durch die tintenschwarze Dunkelheit. Ich zuckte fluchend zusammen, senkte aber gleich darauf die Hand, die zu meinem Messer geschossen war. »Nächstes Mal wäre eine Vorwarnung ganz nett.«

»Ich halte dich bloß gern auf Trab«, sagte der junge Mann, der nur wenige Fuß von mir entfernt stand.

Falun, stellvertretender Kommandeur meiner Leibgarde und mein bester Freund, sah auf mich hinunter. Er war hochgewachsen, feingliedrig und bewegte sich anmutig, allerdings füllte er seine breiten Schultern noch nicht ganz aus. Wie viele der Fey, die aus dem Norden stammten, hatte Falun helle Haut und feines Haar. Selbst im spärlichen Fackellicht schimmerte seine Haut wie Perlmutt. Alle Fey sahen sich ähnlich – glänzende Haut, übergroße Augen, spitze Ohren und ein leuchtender Teint –, doch Falun war einer der hübschesten. Sein Haar war von apfelroten und goldenen Strähnen durchzogen, durch sein markantes Kinn wirkte das Lächeln seiner vollen Lippen noch einladender.

Vor zwei Nächten war Falun in der Abenddämmerung in mein Zimmer gekommen, um mich auf einen Abstecher in die Küche mitzunehmen, doch er hatte mich dort nicht angetroffen. Stattdessen hatte er mein verschobenes Bett und die offen stehende Falltür darunter entdeckt. Er wusste, dass ich nachts oft rastlos war, also hatte er auf meine Rückkehr gewartet, statt Alarm zu geben. Im Gegenzug hatte ich entschieden, ihn heute Nacht mitzunehmen, obwohl ich ihm nicht wirklich verraten hatte, wohin es ging.

Falun hielt die Fackel dichter an die Wand. Die tanzenden Flammen ließen seine blauen Augen silbrig aufblitzen, während er die im Stein eingravierten Worte musterte. Der Text war auf Khimaer verfasst, dem verschnörkelten Alphabet des Volks, das einst von diesem Palast aus regiert hatte. Vor fast zweihundert Jahren hatten die Menschen den Khimaern das Königinnenreich entrissen, doch noch heute gab es überall in Myre Überbleibsel der ehemaligen Herrscher.

Als Falun die Sprache erkannte, hoben sich seine Augenbrauen. »Wie hast du diesen Ort gefunden?«

»Als ich sieben war, haben Isadore und ich die Falltür entdeckt, weil ihr Ohrring unter mein Bett gerollt war.« Ich verschwieg, dass wir eine ähnliche Klappe im Boden unter ihrem Bett gefunden und daraufhin ein Jahr lang sehr wenig geschlafen hatten, um nachts jeden Winkel der unterirdischen Gänge zu erkunden.

Ich gab mir stets große Mühe, Gesprächen über meine Schwester aus dem Weg zu gehen.

Faluns Ohrenspitzen färbten sich rosa. »Isadore weiß von diesem Ort? Macht es dir nichts aus, dass du ihr hier vielleicht über den Weg laufen könntest?«

Ich schnaubte. »Warum sollte meine Schwester herkommen? Im Palast hat sie es so gut, dass sie nicht auf die Idee kommen würde, ihm zu entfliehen.«

»Da hast du wohl recht.« Er fuhr sich mit der Hand übers Gesicht, sah danach allerdings immer noch zerknirscht aus. »Ich werde das hier bereuen, nicht wahr?«

»Wirst du nicht, und das weißt du genau – warum wärst du sonst gekommen?«

Er beugte sich zu mir vor, als wollte er mir ein Geheimnis anvertrauen. »Eigentlich bin ich nur hier, um aufzupassen, dass du dir keinen Ärger einhandelst.«

»Gut genug für mich.« Ich grinste, obwohl ich auf mich aufpassen konnte. Ich riss ihm die Fackel aus der Hand und trat sie aus. »Folge mir.«

Wir liefen durch die Dunkelheit, die so vollkommen war, dass der einzige Hinweis auf Faluns Anwesenheit seine Hand in meiner war. Nachdem ich mich monatelang durch diese Gänge aus dem Palast geschlichen hatte, war es mir in Fleisch und Blut übergegangen, mich hier zurechtzufinden und den Nestern der Skorpione aus dem Weg zu gehen. Als Isadore und ich klein gewesen waren, hatten wir uns nur in den Gängen in der Nähe unserer Gemächer aufgehalten. Doch als ich vor zehn Monaten zurück in die Hauptstadt gekommen war, hatte ich schnell herausgefunden, dass sie sich über das gesamte Palastgelände bis zur äußeren Mauer erstreckten.

Bald darauf veränderte sich der Untergrund, Stein wurde zu Fliesen und dann zu festgetretener Erde. Wir waren fast da. Nach etwa einer Meile hielten wir vor einer Stahlleiter an. Nachtluft wehte durch die Öffnung über uns herein.

Ich kletterte hinauf und fand mich in einem Obstgarten umgeben von Blütenbäumen wieder, die allerdings jetzt, in der brennenden Hitze des Hochsommers, keine Blüten trugen. Die feuchte Wärme der Nacht legte sich sofort auf meine Haut. Ich atmete tief ein, mein Herz schlug schneller.

Ich vibrierte beinahe vor Vorfreude.

Falun kam neben mir aus der Öffnung im Boden und folgte meinem Blick in Richtung der Mauer aus weißem Stein.

Das letzte Hindernis, das zwischen mir und meiner Freiheit stand.

Auf Geheiß meiner Mutter war es mir nicht erlaubt, mich ohne eine Eskorte von mindestens zwanzig Soldaten außerhalb dieser Mauer aufzuhalten. Im Gegensatz zu dem Ort, den ich in den letzten drei Jahren mein Zuhause genannt hatte – Fort Asrodei, ein Militärlager im Hochland, wo mein Vater immer noch wohnte –, war der Palast beengt und von keinerlei Interesse für mich. Jeder Raum war vollgestopft mit Höflingen, so ziemlich die letzten Personen, mit denen ich etwas zu tun haben wollte. Ich verließ meine Gemächer nur, um auf dem Übungsplatz zu trainieren und jeden Morgen den Thronsaal aufzusuchen, wo meine Mutter Hof hielt.

Die nächtlichen Ausflüge waren die einzige Möglichkeit, meinem eintönigen Leben zu entfliehen.

Wir kletterten über die Mauer und fanden uns in einer verlassenen Gasse im Viertel der Blutsvettern wieder.

Vier Rassen lebten in Myre – Menschen, Fey, Blutsvettern und Khimaer. Allerdings war es nur den Blutsvettern, Fey und Menschen erlaubt, sich frei in der Hauptstadt zu bewegten. Die Stadt war zu gleichen Teilen unter ihnen aufgeteilt. Die Menschen lebten im südlichen Viertel, die Fey im Osten und die Blutsvettern im Norden. Der Rote Fluss, auf dessen rotbraunem Wasser sich Schiffe und die Stände der Wassermärkte tummelten, befand sich im Westen der Stadt.

Falun und ich verließen die Gasse und bogen in eine schmale Straße ein, zu beiden Seiten gesäumt von verlassenen Häusern und Blutbordellen. Die Männer und Frauen, denen wir begegneten, hätten als Menschen durchgehen können, denn die Dunkelheit verbarg den verräterischen Rotstich ihrer Haut. Doch man würde sie immer an den Blutmessern an ihren Gürteln erkennen. Jede Scheide war mit Mustern verziert, die für das Gewerbe standen, dem der Besitzer nachging. Wenn Blutsvettern mit siebzehn volljährig wurden, begannen sie, sich vom Blut der Lebenden zu ernähren. Sie trugen die schmalen Klingen nicht bei sich, weil sie sie brauchten – Blutsvettern benutzten meistens ihre Fangzähne –, sondern weil es gesetzlich vorgeschrieben war. So konnten Menschen, die sich vor ihnen fürchteten, die Blutsvettern durch ihre Messer bereits von Weitem erkennen.

Die Straßen im nördlichen Viertel waren so eng und labyrinthartig angelegt, dass sie nicht viel größer als Gassen waren. Die meisten Geschäfte waren verrammelt und sahen nicht aus, als würden sie bald wieder öffnen. Der Nachtsuq verbarg sich in diesen engen Straßen. Da es sich um einen Schmugglermarkt handelte, stellten die Händler ihre improvisierten Stände bei Sonnenuntergang auf und bauten sie bei Sonnenaufgang wieder ab. Als wir auf dem Suq ankamen, herrschte noch reges Treiben, doch schon bald würden die meisten Schmuggler nach Hause gehen, um nicht von der Stadtgarde überrascht zu werden.

»Ya, ya«, riefen sie. »Ho-tschi-tschi, ho-tschi-tschi! Das Beste in ganz Ternain!«

Wir kamen an zu schiefen Türmen aufgestapeltem Steingut, an Fässern mit farbigen Pudern und Leinensäcken voller Bohnen, Gewürzen und Hülsenfrüchten vorbei. Ich hielt kurz an einem Stand an, um für zwei Kupfermünzen ein paar verzauberte Perlen zu kaufen, die sich von selbst durch meine Locken wanden und wieder herausfallen würden, wenn ich es ihnen befahl. Tuchhändler boten Seidenstoffe feil und breiteten die Arme aus, um ihre Waren abzumessen oder die leuchtenden Farben zur Schau zu stellen.

Die Blicke der Passanten lagen so oft auf Falun, wie ich erwartet hatte. Er war schließlich wunderschön und ich – ein einfaches Menschenmädchen – wurde neben ihm kaum beachtet. Genauso, wie ich es mir erhofft hatte.

Meine nicht besonders aufwendige Verkleidung funktionierte aus zwei Gründen. Niemand erwartete, eine Prinzessin auf diesen Straßen anzutreffen, also sahen sie nicht wirklich mich. Es war eine Sache, zu wissen, dass die junge Prinzessin orangefarbene Augen und wilde Locken hatte, aber eine ganz andere, diese Merkmale eines Mädchens auf dem Markt mit der Prinzessin in Verbindung zu bringen. Als ich mich zum ersten Mal aus dem Palast geschlichen hatte, hatte ich befürchtet, dass mich jemand erkennen würde, sobald mein Umhang auch nur ein wenig verrutschte. Doch im Viertel der Blutsvettern hatten die wenigsten in ihrem Leben bereits einen Blick auf die Mitglieder der königlichen Familie erhascht. Außerdem war ich drei Jahre fort gewesen und hatte den Palast seit meiner Rückkehr nur selten verlassen. Außerhalb seiner Mauern kannte kaum jemand mein Gesicht.

Trotzdem war ich vorsichtig. Ich hielt den Blick gesenkt und versteckte meine Hände, wenn ich sie nicht brauchte, um mit einem Händler zu feilschen. Wäre meine Magika gewöhnlicher, hätte ich mir nicht die Mühe machen brauchen, meine Tätowierungen zu verstecken. Jeder Mensch in Myre trug seine Magika auf der Haut verewigt, doch die weißen und roten Symbole auf meinen Armen, die für Knochen und Blut standen, zogen ungebetene Aufmerksamkeit auf sich.

Irgendwo vor uns erklangen laute Trommelschläge wie Donner. Endlich hatten wir den sogenannten *Flicken* erreicht, eine Stelle mitten auf der Hauptstraße des Viertels, dessen kaputte Pflastersteine mit blutroten Fliesen geflickt worden waren. Kurz darauf hatte man dem neuen Bodenbelag einen ganz neuen Zweck gegeben – er war zur Tanzfläche geworden.

Ich griff nach Faluns Hand und rannte auf das Geräusch zu. Als wir das Meer aus sich aneinanderdrängenden Leibern erreichten, blieb ich stehen.

Ganze Scharen junger Fey glitten durch die Straßen. Sie trugen Blumen in ihren glänzenden Haaren und Messingglöckchen an den Handgelenken. Durch ihre Illusionszauber schimmerte ihre Haut so hell wie der Mond. Menschenmädchen hielten sich an den Händen. Ihre silbern bemalten, tätowierten Arme glitzerten, während sie kleine Gläser mit Ouitza herumreichten, ein dunkler Schnaps, der aus dem Zuckerrohr gewonnen wurde, das am Flussufer wuchs.

Um die Tanzfläche herum ragten dreistöckige, bunt bemalte Akelaes auf, myreanische Häuser, die jeweils um einen Innenhof errichtet waren. Bougainvilleen rankten sich an den Balkonen empor, auf denen Kerzen standen, so breit wie meine Taille. Unter den Dachvorsprüngen waren Karren aufgebaut, an denen man Schnaps und Papiertüten voller gerösteter Nüsse und gekochter Schalentiere kaufen konnte.

Ich stieß gegen einen Blutsvetter mit makelloser brauner Haut. Der Junge lächelte, seine Hände schossen zu meinen Hüften, damit ich nicht umfiel. Er öffnete den Mund, doch da legte sich Faluns Hand auf meine Schulter.

Der Junge runzelte die Stirn, aber als sein Blick auf Falun fiel, wurde er weicher. »Seid ihr neu hier?«

Faluns Wangen färbten sich rot, sein Mund stand offen, während er nach einer Antwort suchte.

»Sind wir nicht«, sagte ich und schüttelte sowohl seine als auch Faluns Hände ab.

»Bis gleich auf dem Flicken«, rief uns der Blutsvetter hinterher, während ich mir weiter einen Weg durch die Menge bahnte.

Falun folgte mir, sah allerdings über die Schulter zurück. Der Junge verschwand hinter einer Gruppe Menschenmädchen. Eins von ihnen reichte Falun zwei Becher und fuhr ihm mit den Fingern durchs Haar. Er lächelte, und die Augen des Mädchens wurden groß. Sie war so eingenommen von seiner Schönheit, dass sie nicht einmal blinzelte, als er ihre Hand fortschob. Der Ouitza aus dem Becher, den er mir reichte, brannte in meiner Kehle. Falun rümpfte die Nase und ließ mich auch seinen trinken.

Als sich die Menge vor uns teilte, erhaschte ich einen Blick auf die *Kupferstufe*. Dies war der Name des Brunnens, in den man nachts Münzen warf, die bis zum Morgengrauen von jenen, die sie dringend brauchten, aufgesammelt wurden. Ich klärte Falun über diesen Brauch auf, und wir küssten je eine Münze, um den Finder zu segnen. Nachdem wir sie in den Brunnen geworfen hatten, beugte sich Falun zu mir und brüllte gegen die lauten Trommelschläge an: »Du hast gesagt, wir würden tanzen gehen.«

Wir bahnten uns einen Weg um den Brunnen, wo die roten Fliesen begannen. Wir kamen gerade rechtzeitig zum nächsten Lied. Die Trommeln riefen zum Tanz auf. Männer und Frauen standen bereits auf der Tanzfläche bereit, schweißüberströmt, die Arme gen Himmel gereckt. Ihnen gegenüber saßen die Musiker. Es waren fünf junge Männer, die auf behelfsmäßig zusammengezimmerte Trommeln schlugen, ein gertenschlanker Mann mit einer Geige und die Sängerin, eine große, stattliche Blutsvetterin mit Hakennase und langen, mit Perlen besetzten Flechtzöpfen.

Ich ließ Faluns Hand los und setzte einen Fuß auf die Fliesen. »Sieh erst mal zu und mach dann mit.«

Es gab nur einen Tanz, der nachts auf dem Flicken getanzt wurde: *Chatara*, der Tanz der Frischverliebten.

Man begann mit den Füßen und ohne Partner. Die Trommler spielten einen einfachen Rhythmus, der langsam schneller wurde.

Unsere Hüften schwangen im Takt nach rechts und links. Wir wirbelten im Kreis, unsere Hüften beschrieben eine Acht, bis die Sängerin zu schreien begann.

Eine Gänsehaut zog sich über meine Arme, als ich sie nach unten riss, nur um sie gleich darauf wieder dem Nachthimmel entgegenzurecken. Ich warf den Kopf in den Nacken und betrachtete den Mond, während ich den Schritten wie von selbst folgte. Meine Hüften kreisten, meine Füße traten aus.

Die Magika der Sängerin fegte durch die Luft, getragen von ihrer Stimme. Blutsvettern nannten es Hörigkeit, denn sie konnten damit den Geist betören, bis sie jedes Gefühl und jede Empfindung einer Person kontrollierten. Noch ein Grund, warum es das Gesetz zum Tragen von Blutmessern gab: Man konnte seinen Geist gegen diese Art von Angriffen schützen, wenn man wusste, mit wem man es zu tun hatte. Doch selbst unter Blutsvettern war die Gabe der Sängerin selten. Die meisten glaubten, dass Blutsvettern ihre Opfer mit ihren Augen hörig machten, doch einigen gelang es auch mit ihrer Stimme.

Ich spürte, wie die Magika meine Gefühle verstärkte, während ich tanzte. Die Gabe der Sängerin vereinte die Emotionen aller Tanzenden, sodass es zu einem gemeinsamen Erlebnis wurde. Während wir tanzten, wurden all unsere Begierden zu einer einzigen. Das Bewusstsein all unserer Körper verschärfte sich so sehr, dass mir ganz schwindelig wurde. Ich spürte den Schweiß, der unsere Rücken hinablief, fühlte, wie Stoffe über meine Haut glitten, die ich nicht selbst trug.

Der Geruch von salzigem Blut, Orangenblüten und Räucherwerk lag in der Luft – der Duft der Magika der Sängerin. Sie pulsierte durch die Luft, spornte uns zu immer ausgelasseneren Bewegungen an. Meine Locken klebten mir an den schweißfeuchten Wangen, als ich mich nach hinten lehnte und die Arme über dem Kopf umeinanderwand. In jeder Bewegung schwangen das Echo und das Bewusstsein der anderen mit, des Mädchens, das direkt vor mir tanzte, des Jungen hinter mir.

Und als die Stimme der Sängerin abbrach, war es, als ob scharfe Nägel langsam über meine Haut kratzten. Wir jauchzten mit ihr, während sich unsere Partner zu uns auf die Tanzfläche gesellten.

Ich hatte Falun noch nicht erwartet, sodass ich zusammenzuckte, als sich warme Hände um meine Hüfte schlangen. Weich, trocken und heiß lagen sie auf meiner Haut.

Es war der Blutsvetter, mit dem ich zuvor zusammengestoßen war. Er lächelte freundlich, seine Locken fielen ihm in die dunkelbraunen Augen. »Will dein Freund sich uns nicht anschließen?« Er warf Falun einen Blick zu, der am Rand des Flickens stand. Seine Augen waren groß, sein Gesichtsausdruck unergründlich.

»Noch nicht.« Unsere Körper schlangen sich umeinander, als wir uns gemeinsam zu bewegen begannen. Er packte mich am Handgelenk und drehte mich herum. Ich fiel gegen ihn, mir war warm vom Ouitza und seiner Berührung. »Obwohl ich glaube, dass er schneller herkommen wird, wenn du ihn bittest.«

»Meinst du?« Sein warmer Atem strich über meine Wange.

»Ich *weiß* es.« Lächelnd winkte ich Falun heran.

Er bewegte sich nicht, doch in seinem Blick lag dieselbe blanke Verwunderung, die ich verspürt hatte, als ich diesen Ort zum ersten Mal gesehen hatte. Der Blutsvetter, dessen Namen ich immer noch nicht kannte und hoffte, nie in Erfahrung zu bringen, winkte ihm ebenfalls zu. Falun rührte sich immer noch nicht. Ich hielt inne und streckte eine Hand nach ihm aus. Plötzlich wünschte ich mir, ich hätte ihn schon früher mit hierhergenommen.

Nach einer Weile trat Falun auf die roten Fliesen und drückte meine Hand. Ich ließ ihn mit dem Blutsvetter allein und suchte mir einen neuen Partner. Einen, der mich gar nicht zu sehen schien und nur tanzen wollte.

Selbst hier draußen gab es Dinge, die ich mir einfach nicht erlauben konnte. Prinzessinnen, auf die der Tod wartete, durften keine romantischen Beziehungen eingehen. Das wäre zu grausam, sowohl für mich als auch für die andere Person.

Wir schwelgten in der Musik und machten nur eine Pause, um etwas zu trinken und zu essen und um Partner zu wechseln.

Erst nach einer Stunde tanzten Falun und ich zusammen. Ich brachte seine steifen Arme und Beine dazu, sich dem Rhythmus anzupassen, und zeigte ihm, dass seine tödliche Grazie noch zu etwas anderem als dem Schwingen eines Schwerts zu gebrauchen war. Der Blutsvetter wich Falun nicht mehr von der Seite, und ich versuchte, das Verlangen zu ignorieren, das mir jedes Mal die Brust zuschnürte, wenn sie sich küssten.

Die beiden verschwanden in der Menge, und zwei andere Arme schlangen sich um meine Hüfte. Ich drehte mich um und sah einen jungen Menschenmann, dessen Haut einen warmen Braunton aufwies. Er war hochgewachsen und hatte muskulöse Arme, die weiß tätowiert waren. Irgendetwas an ihm störte mich. Ich musste den Kopf in den Nacken legen, um ihm ins Gesicht sehen zu können. Seine Nase war mindestens zweimal gebrochen worden, die Spitze ragte ein wenig nach links. Seine Augen waren haselnussbraun. Es war eine dunkle, einladende Farbe, und doch wurde mir unbehaglich zumute, als sich unsere Blicke trafen.

Ich löste mich aus seiner Umarmung. Er trug die blaue Uniform der Stadtgarde, und sein Blick war heiß vor Lust. Er sprach mit rauer Stimme. »Was für ein hübsches kleines Ding du bist.«

Ich bleckte die Zähne, warf ihm eine Beleidigung an den Kopf und wich zurück.

Sein eben noch anzügliches Grinsen verwandelte sich in eine strenge Grimasse. »Du …«

Ich hätte mein Messer zücken und es ihm an die Kehle halten können, noch bevor er den nächsten Atemzug genommen hätte. Das hätte ich auch getan, wenn wir nicht von unbekümmerten Tänzern umringt gewesen wären. Während ich den Stadtgardisten im Blick behielt, suchte ich die Menge nach Falun ab, konnte ihn aber nirgends entdecken. Keine Spur von seinem rötlichen Haar, dem fein geschnittenen Gesicht.

Das Letzte, was ich sah, war das grausame Lächeln des Stadtgardisten, bevor die Sängerin zu schreien begann: »Razzia!«

Plötzlich rannten von allen Seiten Leute in mich hinein, und ich konnte immer noch spüren, wie sich der Blick des Gardisten in meinen Rücken brannte. Mein Magen zog sich zusammen, als sich noch mehr Stadtgardisten in dunkelblauen Uniformen mit Knüppeln und Kurzschwertern auf den Flicken ergossen. Nun war die Luft erfüllt von Angstschreien und dem Geräusch von Klingen, die auf Haut und Knochen niederfuhren.

Mit trockenem Mund kämpfte ich mich zur Kupferstufe vor. Mindestens einmal pro Woche weiteten sich die Razzien des Nachtsuqs auf den Flicken aus. In Ternain waren öffentliche Versammlungen nach Mitternacht verboten. Meistens verhafteten die Gardisten nur jene, die sich keine Bestechungsgelder leisten konnten, und ich hatte immer meinen Siegelring bei mir für den Fall, dass ich gefangen genommen wurde. Es war nicht die Razzia, die mir Angst machte. Es war der Gardist. Für einen Augenblick war es mir so vorgekommen, als hätte er mich erkannt, doch warum hatte er mich dann nicht an die anderen verraten? Ich musste ihn um jeden Preis in der Menge abschütteln. Also würde ich rennen, bis ich entweder Falun fand oder an der Palastmauer ankam – je nachdem, was zuerst passierte.

Ich stolperte mit voller Wucht von hinten gegen eine Frau und warf sie um. Als ich ihr aufhalf, schloss sich eine Hand um meinen Ellbogen.

Mit klopfendem Herzen griff ich nach meinem Messer, doch jemand riss mir beinahe den Arm aus dem Gelenk.

»Eva, ich bin's«, sagte Falun. »Wir müssen zum Palast zurück. Sofort.«

Seine Haut hatte ihren überirdischen Glanz verloren, und seine sonst spitzen Ohren waren nun rund wie die eines Menschen. Im selben Moment veränderte sich seine Haarfarbe von dem mir so vertrauten feurigen Rot zu einem matschigen Braun. Unsere Finger verschränkten sich ineinander, und sein Illusionszauber weitete sich auch auf meine Haut aus. Es war ein Gefühl, als würde ich sie mit kochend heißem Wasser schrubben. Wir rannten los.

Kapitel 2

Die Tore zum Thronsaal waren so groß, dass verschiedenste Arten von Kreaturen – beispielsweise mit Hörnern und Flügeln – hindurchpassten. Allerdings traten gerade nur Menschen und Fey ein. Falun und ich standen davor und warteten, dass man uns am Hof ankündigte. Das reich verzierte Metall der Türen glänzte im Morgenlicht, doch es waren die Porträts an den Wänden der großen Halle, die stets meine Aufmerksamkeit erregten. Die Blicke aller acht Menschenköniginnen schienen auf mir zu liegen. Trotz des Lächelns auf ihren Lippen funkelten sie mich kalt an.

Wie immer, wenn ich darauf wartete, zum Hof vorgelassen zu werden, biss ich die Zähne zusammen, als mein Blick auf Königin Raina fiel. Die Erste trug eine Kette aus Knochen, die von feinen, goldenen Kettchen zusammengehalten wurden, und die Tätowierungen auf ihren Armen waren ein beinahe exaktes Abbild meiner eigenen – weiße Tierknochen, verwoben mit den Blütenblättern roter Wüstenrosen, deren Blätter wie Klingen geformt waren.

Wir hatten dieselbe Magika – der Knochen und des Bluts.

Raina war als »die Erste« bekannt, da sie die erste Menschenkönigin auf dem Elfenbeinthron gewesen war. Davor hatten die Khimaer in Myre regiert. Ihre Ältesten hatten die Königinnen unter den mächtigsten Töchtern ihrer adligen Stämme ausgewählt. Jahrtausendelang hatten sie friedlich geherrscht, bis Raina die Menschen vor zweihundert Jahren zu einer Rebellion gegen den Thron angeführt hatte. Sie hatte Tausende Khimaer abgeschlachtet und nur wenige Stämme am Leben gelassen. Als die Überlebenden ein Jahrzehnt nach dem Krieg rebelliert hatten, hatte Raina alle Khimaer im Königinnenreich in zwei abgeschottete Bezirke einpferchen lassen, wo sie seitdem lebten. Raina war davon überzeugt gewesen, dass sie nicht mehr rebellieren würden, wenn sie ihrer Freiheit beraubt wären. Seitdem hatte sich kaum etwas verändert. Die Khimaer konnten ihren Bezirken nur entfliehen, indem sie in die Armee der Königin eintraten.

Während des Großen Kriegs hatte Raina ihre Schwester getötet, da sie auf der Seite der Khimaer gestanden hatte. Nach dem Mord an ihrem eigenen Fleisch und Blut war das System der Erbrivalität ins Leben gerufen worden.

Obwohl Myre die mächtigste Nation des Kontinents Akhimar war, gab es noch zwei andere Länder, die unserer Nation beide nicht wohlgesinnt waren. Drakol, das kleine, magikalose Menschenkönigreich nördlich des A'Nir-Gebirges, und das Land der Roune, ein gesetzloses Volk, das mehr oder weniger von Räuberbanden regiert wurde, die ihre eigenen Monarchen und Höfe hatten.

Raina hatte beide Nachbarnationen erforschen lassen und Myres Grenzen ausgeweitet, indem sie die Mysoado-Inseln unter ihre Kontrolle brachte. Dies war keiner anderen Königin vom Festland vor ihr gelungen. Sie hatte der Nation zu großem Reichtum verholfen, indem sie Handelsbeziehungen mit Ländern anderer Kontinente eingegangen war. Die meisten Menschen glaubten noch heute, dass Raina unsere bisher größte Königin war, aber ich sah das anders. Jedes Mal, wenn ich die Balladen hörte, die von dem Gemetzel Tausender Khimaer im Großen Krieg handelten, wurde mir ganz schlecht.

Es war ein Fluch, dass ich Rainas Magika geerbt hatte. Die

meisten Leute begegneten mir deshalb mit Neugier oder Furcht. Mir kam es hingegen als besonders geschmackloser Scherz vor, dass ich die Magika der Knochen und des Bluts in mir trug. Der Hof strebte zu jeder Zeit danach, die stärkste Königin auf den Thron zu setzen, und doch waren die Geschichten über Rainas Magika für die meisten zu furchterregend, zu abschreckend. Auf dem Schlachtfeld war sie nicht nur eine Herrscherin, sondern eine Waffe gewesen. Sie konnten nicht zulassen, dass ihre nächste Königin eine ebenso zerstörerische Macht besaß. Doch vor mir hatten sie in Wirklichkeit gar nichts zu befürchten. Die Sorceryn hatten meine Magie zwar benannt und sie mir, wie es Brauch war, in die Haut tätowiert, aber sie konnten mir nicht beibringen, wie ich sie zu benutzen hatte. Das letzte Mal war die Magika der Knochen und des Bluts vor mehreren Generationen in der Killeen-Dynastie aufgetaucht. Alle Aufzeichnungen darüber waren verschollen.

Als Falun auffiel, dass ich immer noch das Porträt betrachtete, drückte er meine Hand. Ein Anflug von Abscheu zeigte sich auf seinen Zügen.

Seit der Razzia auf dem Flicken waren mehrere Stunden vergangen, und obwohl wir uns problemlos zurück in den Palast geschlichen hatten, schien Falun sich immer noch unbehaglich zu fühlen. »Wir beide tun gerade so, als müssten wir uns gleich einem ganzen Bataillon Soldaten stellen«, flüsterte ich ihm zu.

»Das würde ich jetzt lieber tun. Dann hätten wir wenigstens Waffen dabei.« Er hakte sich bei mir unter.

Falun sah überhaupt nicht aus, als hätte er die ganze Nacht nicht geschlafen. Stattdessen wirkte er geradezu prachtvoll in seiner weißen Soldatenuniform, mit dem langen, kupferfarbenen Zopf, der so aufwendig geflochten war, wie es mir niemals gelungen wäre. »Ich werde mich erst entspannen, wenn ich mich davon überzeugt habe, dass wir nicht in ein weiteres Desaster hineinlaufen.«

»Das kannst du ja wohl vergessen«, murmelte ich, da hinter diesen Toren ganz sicher noch mehr Ärger auf uns wartete.

Nach meinem dreizehnten Geburtstag war ich nach Asrodei gereist, um bei meinem Vater zu leben und das Königinnenreich nach einem Lehrer abzusuchen, der mich in der Magika der Knochen und des Bluts unterweisen konnte. Während meiner dreijährigen Abwesenheit hatte sich eine Kluft zwischen mir und dem Hof aufgetan. Alles, was die gleichaltrigen Adligen interessierte – Gerüchte, Reichtum und politische Machtspielchen –, empfand ich entweder als ermüdend oder geradezu nervtötend. Wenn ich Falun nicht an meiner Seite gehabt hätte, der die letzten drei Jahre in Asrodei mit der Ausbildung zum Soldaten der Armee der Königin verbracht hatte, wären diese Besuche im Thronsaal unerträglich. Und selbst mit ihm an meinem Arm musste ich den starken Drang unterdrücken, vorzugeben, dass meine Monatsblutung gekommen war, um mich in meine Gemächer zurückzuziehen.

Der Ausrufer, ein hochgewachsener, schlanker Mann, der trotz seiner blau-weißen Livree Ähnlichkeit mit einer Krähe hatte, beäugte uns. Seine geschürzten Lippen erinnerten an einen Schnabel. Ich widerstand dem Drang, vielsagend auf das Diadem auf meinem Kopf zu deuten, damit er sich gefälligst beeilte.

Stattdessen schenkte ich ihm ein wölfisches Grinsen und leckte mir über die Zähne. Seine Mundwinkel verzogen sich zu einer übertrieben entnervten Grimasse.

Ich war dankbar für die Ablenkung, denn mein Magen zog sich bereits vor Angst zusammen. Ich hasste es, offiziell angekündigt zu werden. Viel lieber wäre ich ungesehen wie ein Geist in den Raum geschlüpft. Oder noch besser: gar nicht erst aufgetaucht.

Der Ausrufer gab den Soldaten an der Tür ein Zeichen und schob seine Ärmel hoch, wobei seine verschlungenen schwarzen und ockerfarbenen Tätowierungen zum Vorschein kamen. Die Torflügel öffneten sich ächzend, gerade als sich der Ausrufer die Hände an den Hals drückte. Unter seiner Berührung färbte sich die Haut rot, und der Geruch nach verbranntem Zucker und Minze lag plötzlich in der Luft.

Obwohl ich meine eigene Magika nie anrührte, konnte ich die der anderen riechen. Jede Facette hatte ihren eigenen, unverwechselbaren Geruch, wie die Magika der Geschwindigkeit und des Schalls, die der Ausrufer gerade benutzte.

»Ihre Hoheit Evalina Grace Killeen.« Seine Stimme dröhnte laut durch den Saal, raste auf unsichtbaren Schallwellen zu den am Hof Versammelten, noch bevor wir einen Schritt gemacht hatten. »In Begleitung von Leutnant Falun Aramis aus Haus Malfar.«

Falun zog mich mit sich, meine Füße schleiften widerwillig über die Marmorfliesen.

Der Thronsaal bestand aus einem runden Innenhof, umgeben von einem Garten aus Steinsäulen. Auf jeder Säule war eine andere Legende aus Myres Geschichte eingraviert – ich sah Sikama, den Prinzen, der die Sonne aß, und Meya, das Pferd aus Ebenholz, das auf Schatten ritt. Die Mosaike an den Wänden stellten die verschiedenen Regionen Myres dar – glitzerndes Gold für die Wüste von Kremir, Schiefer und Weiß für das A'Nir-Gebirge, Smaragdgrün für die Dschungel und Ocker für die Steppen. Die Sommersonne stand hoch und ließ den ganzen Hof erstrahlen. Ich schwitzte bereits, obwohl ich mir nicht sicher war, ob es der Hitze oder meinen Nerven zuzuschreiben war. Bald würde es zu heiß werden, und Mutter würde einem der Hofzauberer befehlen, die Luft zu kühlen.

Der Elfenbeinthron stand in der Mitte des Runds. Dahinter

erhob sich ein noch größeres Porträt von Raina, sodass der Hof stets dazu angehalten war, die Taten der regierenden Königin an denen der Ersten zu messen.

Der Thron sah aus, als wäre er aus dem Stamm eines riesigen Baumes geschnitzt worden. Weinreben rankten sich über die Armlehnen, und filigrane Rosetten zierten den Sockel. Darauf saß meine Mutter. Sie sah aus, als würde sie in einem üppigen, wenn auch gefrorenen Garten sitzen. Das durchscheinende weiße Kleid passte zu ihr, es ließ sie noch eisiger und entrückter wirken. Ihre hellblonden Locken fielen ihr offen über die Schultern. Die Hände lagen auf den Armlehnen des Throns, ihre Tätowierungen, Bilder von mächtigen Wellen, endeten direkt unter den Ellbogen.

Königin Lilith mit der Magika der Luft und des Meeres zeigte keinerlei Regung. Ihr Rücken war gerade, die Schultern hatte sie zurückgenommen, das schmale Kinn nach oben gereckt. Keine Reaktion auf meine Ankunft.

Na ja, wenn ich zu spät kam und dabei auch noch ein Kleid trug, das nicht zu den Farben des Wappens von Haus Killeen passte, dem kobaltblauen Dolch, hätte es noch viel schlimmer enden können.

Seit sie mir letztes Jahr befohlen hatte, nach Ternain zurückzukehren, hatte sich unsere Beziehung kaum über die altbekannte Dynamik hinaus entwickelt: ständige Enttäuschung und lange, unangenehme Stille. Ich versuchte, mich gegen den Schmerz zu verschließen, doch es versetzte mir trotzdem einen Stich, dass sie mich vor allen anderen ignorierte, sodass die Höflinge sich später das Maul darüber zerreißen würden.

Als ich Lord Cassis an ihrer Seite entdeckte, der durch sein Fey-Blut besonders groß, schlank und schön war, ballte ich die Hände zu Fäusten. Seine Haut war dunkelbraun, und die Augen und Haare wiesen einen dunklen Lilaton auf. Eine Hand lag auf Mutters Schulter, als er ihr viel zu vertraut ins Ohr flüsterte. Meine Eltern lebten schon getrennt, seit ich neun war, doch die Anwesenheit ihres Liebhabers hier am Hof war für mich trotzdem schockierend. Es störte mich nicht so sehr, dass sie sich einen Liebhaber genommen hatte, doch dass sie ihn öffentlich behandelte, als wäre er ihr Gemahl, während Papa nicht weiter als einen Wochenritt entfernt im Norden war, machte mich rasend.

Höflinge räkelten sich überall auf tiefen saphirblauen Sofas, Bedienstete hielten sich in der Nähe auf, immer bereit, ihnen gekühlten Wein zu reichen. Wegen der Hitze trugen die meisten Frauen dünne Kaftans oder Kinsah, Kleider mit langen Seidenröcken und Miedern, die den Bauch freiließen. Die Männer hatten weniger Glück und mussten in ihren Helbis, knielangen, mit den Farben ihrer Häuser bestickten Jacketts, schwitzen. Die meisten wandten sich uns zu, als wir eintraten, Geflüster verdichtete die Luft um uns herum. Dazu mischte sich das Geräusch meiner knirschenden Zähne.

»Ich weiß, dass du gerade überall lieber wärst als hier«, murmelte Falun, »aber versuch doch wenigstens, dir deine Panik nicht anmerken zu lassen.«

Ich rang mir ein falsches Lächeln ab und wischte mir die verschwitzten Handflächen an meinem roten Seidenkaftan ab. »Zufrieden?«

Er nickte. Ihm gelang ein viel angemesseneres Lächeln.

»Du solltest dich auf die Suche nach Jessypha machen.«

»Bist du sicher, dass du dich ihnen allein stellen willst?«, fragte Falun. »Ich kann meiner Mutter ruhig mal einen Tag aus dem Weg gehen.«

Ich warf ihm einen Seitenblick zu. Seit Lady Malfar zum Mitglied des Rats der Königin ernannt worden war, hatte sie keinen einzigen Tag am Hof verpasst, und wenn ich meine Mutter treffen musste, so musste Falun seine ebenfalls begrüßen.

»Oh, na schön, wenn's sein muss. Du kommst zurecht?«

»Immer«, flüsterte ich.

Bei der Lüge runzelte er die Stirn, doch bevor er antworten konnte, straffte ich die Schultern und machte mich auf den Weg zum Thron. Wir würden einander später wiederfinden, nachdem wir unsere Pflichten erfüllt hatten. Die Wahrheit war, dass ich niemanden dabeihaben wollte, wenn ich mit meiner Mutter sprach. Je schneller ich es hinter mich brachte, desto schneller würde ich wieder von hier verschwinden können.

Ich war gerade mal zehn Schritte weit gekommen, als ich sie hörte: ein Lachen wie zersplitterndes Glas und der rauchige, überhebliche Ton ihrer Stimme. Meine Schwester.

Ich hielt auf die nächste Säule zu, während ich den Raum absuchte. Die meisten Mitglieder des Hofs waren um den Ring aus Säulen versammelt, der dem Thron am nächsten war, doch eine große Gruppe junger Höflinge hielt Abstand. Sie standen um eine junge Frau herum, die selbst Hof hielt.

Ich verfluchte meinen dummen Fehler. Sobald ich den Saal betreten hatte, hätte ich nach meiner Schwester Ausschau halten müssen, um mich von ihr fernzuhalten. Isadore war zwei Jahre älter als ich, und obwohl wir uns früher einmal nahegestanden hatten, hatte sie seit meiner Rückkehr nach Ternain keine Chance verstreichen lassen, mich zu schikanieren. Nur wenige der jüngeren Mitglieder des Hofs konnten sich ihrem Einfluss entziehen.

Heute wäre sie sicher besonders gemein mir gegenüber. Vor einer Woche war eine Auguri am Hof eingetroffen, um zu verkünden, dass heute Nacht ein Blutmond aufgehen würde. Die Auguries, Frauen, die die Omen des Himmels deuteten, um Myres Zukunft vorherzusagen, verließen den Tempel, den sie sich mit ihren männlichen Gegenstücken, den Sorceryn, teilten, nur selten. Die Omen erzeugten Visionen, die die Auguries für die Königin interpretierten. Die Details dieser Visionen waren allein für die Krone bestimmt und wurden nur selten mit anderen geteilt. Seit dem Auftauchen der Auguri am Hof sprach man auf den Straßen Ternains über nichts anderes mehr als den Mond. Seit dem letzten Mal, als die Stadt ein solches Wunder erlebt hatte, waren fast siebzehn Jahre vergangen.

Laut den Lehren der Auguries verhießen Blutmonde große Veränderungen. Die Erste hatte ihren Namen während eines Blutmonds erhalten, genau wie ich. Und der Harkening-Zauber nach meiner Geburt hatte ergeben, dass ich, genau wie sie, die Magika der Knochen und des Bluts in mir trug. Als ich noch ein Säugling gewesen war, hatte man bereits Wetten darüber abgeschlossen, ob ich einmal die Wahre Erbin und damit die nächste Königin werden würde. Meine Mutter hatte mir nie verraten, was die Auguries in meiner Zukunft sahen, und nun, siebzehn Jahre später, hatte ich keine der Erwartungen erfüllt. Isadore wurde längst als die Thronfolgerin gesehen, ich war lediglich »Prinzessin Eva«. Mein Name wurde immer mit enttäuschtem Unterton ausgesprochen.

Und das alles nur, weil ich nicht wusste, wie ich meine Magika benutzen sollte – eine Schwäche, über die nur wenige im Königinnenreich hinwegsahen. Kurz nach meiner Rückkehr aus Ausrodei hatte mich meine Mutter um eine Darbietung der Magika gebeten, die ich während meiner Abwesenheit hätte erlernen sollen. Vor dem versammelten Hof hatte ich zugeben müssen, dass ich die Gabe, mit der jeder ausgestattet war, der in Myre geboren wurde, nicht benutzen konnte. Die Gerüchte über meine Unfähigkeit hatten sich wie ein Lauffeuer in Ternain verbreitet.

Trotzdem hatte die Ankündigung der Auguri alle daran erinnert, dass nur noch zwei Monate bis zu meinem Namenstag, dem letzten Tag des Hochsommers, blieben. Dies hatte den Blutrausch des Volks nur noch weiter angestachelt. Der Kampf bis zum Tod zwischen den beiden Erbrivalinnen war sowohl ein öffentliches Spektakel als auch eine Möglichkeit, den Nachbarländern Myres Stärke zu beweisen, indem eine Königin daraus hervorging, deren Macht unsere Feinde einschüchterte. Meine Mutter war die einzige Tochter der letzten Königin gewesen. Es war lange her, seit die Generation vor ihrer um den Thron gekämpft hatte. Damals waren es Drillinge gewesen, die gegeneinander angetreten waren.

All das waren bereits mehr als genug gute Gründe, Isadore aus dem Weg zu gehen. Ich hielt weiter auf die Höflinge zu. Sie waren mir direkt in den Weg gelaufen, und nun blieb mir nichts anderes übrig, als mich meiner Schwester zu stellen. Ich hielt den Blick auf den Thron und auf Mutters goldenes Haar gerichtet, das durch das Sonnenlicht silbern schien, aber ich sah nicht wirklich hin.

Meine Haut begann zu jucken, und mein Herzschlag pulsierte in meinen Fingerspitzen, was mich daran erinnerte zu atmen. Nach zehn weiteren Schritten umringten mich die Höflinge auch schon. Isadore bewegte sich in einem exklusiven Kreis ausgewählter junger Speichellecker. Ihre fünfzehn hingebungsvollen Anhänger entstammten den mächtigsten Häusern von Myre. Ich kannte sie alle. Wir waren zusammen aufgewachsen und hatten uns nahegestanden, bis ich fortgegangen war.

Ich lächelte und war erleichtert, als sich das Lächeln auf meinen Lippen hielt, während sie mich von Kopf bis Fuß musterten – von meinen Sandalen bis zu dem Diadem auf meinem Kopf. Alle hatten höfliche Masken aufgesetzt, die jedoch hier und da verrutschten und ein spöttisches Grinsen preisgaben. Viel zu schnell fand ich mich mitten in ihrem Kreis wieder. Die Furcht hielt mich so fest im Griff, dass meine Hände zu zittern begannen.

Das goldene Haar meiner älteren Schwester fiel ihr über eine

Schulter, die weichen Locken umrahmten die spitzen Kanten ihres Gesichts. Isadore und ich sahen uns kaum ähnlich. Sie war eine jüngere Version unserer Mutter. Sie hatten dieselben Augen, tief liegend und von einem intensiven Grün, und ihr goldenes Haar war nur einen Ton dunkler als Mutters hellblondes. Beide waren gertenschlank und hatten dieselbe zu lange, wenn auch feine Nase. Der größte Unterschied zwischen ihnen war Isadores goldbrauner Hautton – eine Kombination aus Mutters hellrosa und Vaters dunkelbrauner Haut.

Das Einzige, was ich von meiner Mutter hatte, war ihr herzförmiger Mund. Ansonsten ähnelte ich meinem Vater. Ich hatte seine dicken schwarzen Locken, sein breites Gesicht, die vollen Wangen und die kurze, stämmige Statur, die in den letzten paar Jahren zu ein paar Kurven an genau den richtigen Stellen geführt hatte, an die ich mich immer noch nicht gewöhnt hatte. Nur meine Augen gehörten ganz mir. Sie waren groß, am äußeren Rand leicht nach oben geneigt und von einem schockierenden Blutorange. Als ich nach Ternain zurückgekehrt war, hatte jemand ein wüstes Gerücht verbreitet und sie »Khimaer-Augen« genannt. Mutter hatte das Gerede schnell im Keim erstickt, doch es war egal. Sie hatten bereits einen weiteren Weg gefunden, wie sie mich demütigen und mir das Gefühl geben konnten, klein zu sein, nicht hierherzugehören. Dabei hätten sie sich die Mühe gar nicht machen brauchen. Der größte Unterschied zwischen mir und allen anderen am Hof war, dass sie ihre Magika benutzten und ich nicht. Ich konnte nichts dagegen unternehmen, also hatte ich aufgehört, es zu versuchen.

Isas Lächeln wurde breiter, während sie meine Wange mit einer Hand umfasste. Ich legte ebenfalls eine Hand an ihre Wange und hoffte, dass sich meine Angst nicht auf meinem Gesicht widerspiegelte. Am Hof war es Brauch, zur Begrüßung die Hand einer anderen Person zu streifen, doch enge Familienangehörige berührten sich im Gesicht, ein Zeichen von Vertrauen. Normalerweise währte der Hautkontakt nur kurz. Mutters Finger strichen stets kalt und steif über meine Wange. Das Gefühl war mir ebenso vertraut wie Papas Daumen, der immer liebevoll über meine Wange fuhr und mich dann in mein Grübchen kniff.

Die Person, die den Kontakt hergestellt hatte, war traditionell diejenige, die ihn wieder unterbrach, doch Isadores Hand bewegte sich nicht, ihre Nägel bohrten sich leicht in meine Haut.

Sie neigte den Kopf, und ich keuchte auf. Magika entwich ihrer Haut, so weich wie Seide und doch mit so viel vibrierender Spannung aufgeladen wie ein Blitz.

Zwei Dinge passierten gleichzeitig.

Erstens umringten die jungen Höflinge sie wie Blumen, die sich der Sonne entgegenreckten. Ich suchte in ihren Gesichtern nach dem Entsetzen, das sie empfinden mussten, sah aber nichts als leere Masken. Sie hätten empört sein müssen, angewidert davon, dass Isadore ihre Magika so leichtfertig benutzte, um sie ihrem Willen zu unterwerfen. Doch Isadores Magika der Verführung hielt sie fest im Griff, in ihren Blicken lag nichts als Leere.

Allerdings blieb mein Geist frei von Isadores Einflüsterungen. Ich erkannte den widerlich süßlichen Geruch ihrer Magika. Sie hatte sie schon als Kind an mir angewendet, um meinen Willen ihrem zu beugen. Zuerst aus Versehen, später, nachdem sie ihre Macht zu kontrollieren gelernt hatte, mit Absicht. Sie konnte jeden dazu bringen, so ziemlich alles zu tun, doch diesmal versuchte sie es erst gar nicht an mir.

Zweitens beugte sich Katro vor, sodass seine Wange meine berührte. »Hallo, Evalina. Geht es dir gut?«

Die Worte waren nicht aus Isadores Mund gekommen, aber mit ihrer Stimme gesprochen worden. Jedes davon wirkte so schleichend und bedrohlich wie die Bewegungen einer Dschungelkatze. Ich stolperte rückwärts, stieß gegen den Höfling hinter mir und fuhr herum, um mich zu entschuldigen, doch er starrte mich nur mit ausdruckslosen Augen an.

Der Boden schien sich unter mir zu neigen.

Wie machte sie das nur? Ich hatte diesen Trick noch nie gesehen, hatte noch nie erlebt, wie sie Leute wie Marionetten behandelte.

Ihr Lächeln verschwand im selben Moment wie ihre Magika. Wenn Isadore ihren Rücken nicht immer so steif und gerade wie einen Stock hielte, wäre mir nicht aufgefallen, dass sie nun ein wenig in sich zusammensackte. Es hatte sie viel Kraft gekostet, den Höfling zu kontrollieren, sodass er zu mir sprach.

»Atmen nicht vergessen, Evalina«, flüsterte Isadore, diesmal mit ihrem eigenen Mund. Ihre Stimme troff vor falscher Sorge. Sie klang so herablassend, als würde sie mit einer Sechsjährigen sprechen, die gerade einen Wutanfall hatte. Ich stand tatsächlich kurz davor, einen zu haben. Allein der Gedanke an die Reaktion des Hofs hielt mich davon ab, so schnell ich konnte aus dem Thronsaal zu rennen.

Ich zwang mich zu sprechen. »Isadore. Geht es dir gut?«

»Es geht mir sehr gut.« Sie hob das Kinn, sah nur mit den Augen auf mich herab, während sie sprach. »Und dir?«

»Mir auch.« Die Lüge kam mir glatt über die Lippen. Ich wollte ihr das alberne Grinsen mit einer Ohrfeige aus dem Gesicht wischen. Sie wusste, dass ich diesen Gesichtsausdruck hasste, dass ich es verabscheute, mir beinahe den Hals verrenken zu müssen, um ihr in die Augen zu schauen. »Was für ein wunderschöner Tag. Ich hoffe, dass es nicht noch wärmer wird. Ich hatte vor, am Ufer reiten zu gehen.«

»Wundervoll«, antwortete sie und sah auf ihre lackierten Fingernägel hinab. »Wir wollen später zu den Wasserbecken gehen, wenn es sich etwas abgekühlt hat.«

»Aha.«

Der Moment zog sich in die Länge. Ich hätte nie in Erwägung gezogen, mit ihnen zu den Wasserbecken zu gehen, um Isadore keine weitere Gelegenheit zu bieten, noch einmal durch eine andere Person mit mir zu sprechen. Und doch sehnte ich mich danach, dass sie mir wenigstens anbot, sie zu begleiten.

Wie dumm von mir, dass es mir etwas ausmachte.

»Sehen wir uns heute Abend?« Ihre Miene wurde weicher, die Augen groß und grün wie die Unterseite der Flügel eines Sandlaufkäfers. »Mutter gibt ein Festessen, um den Blutmond zu feiern.«

Hoffnung überkam mich wie eine Droge. Ich konnte mir ausmalen, was passieren würde: Wenn ich mich dem Thron näherte, würde Mutter mich in die Arme schließen. Sie würde sagen, dass das Festessen zu Ehren meiner Geburt stattfand. Sie würde vor dem ganzen Hof verkünden, dass sie mich liebte, würde unsere zerbrochene Familie heilen.

Nur dass unsere Mutter so etwas nie tun würde. Sie würde nie in der Öffentlichkeit sagen, dass sie mich liebte, da sie es nicht tat. Und sie würde ganz sicher nicht versuchen, unsere Familie wieder zusammenzuflicken. Nicht, wenn sie doch diejenige war, die die ersten Risse hervorgerufen hatte, an denen wir schließlich zerbrochen waren.

Der Geschmack von Karamell und mit Honig beträufelten Orangen kitzelte meine Zunge. Zu süß, um wahr zu sein, so dick aufgetragen, dass ich darin ertrinken könnte. Es war Isadores Magika der Verführung, die meine Gedanken vergiftete.

Ich wusste, dass es nur einen Weg gab, wie ich ihrem Zauber entkommen konnte: Schmerz.

»Vergiss nicht, Isadore, ich kenne deine Tricks.« Ich hob die

Hände, die voller Blut waren, das aus zehn halbmondförmigen Schnitten tropfte. »Und die Antwort auf deine Frage ist: nein. Ich habe heute Abend schon etwas anderes vor. Wenn du mich jetzt entschuldigen würdest …«

Isadore blickte an mir vorbei, ihr Lächeln wurde noch breiter. »Und was mögen das wohl für Pläne sein, Schwester?«

Meinen Fesseln zu entkommen und unter einem blutgetränkten Mond zu tanzen. Wut und Erschöpfung kämpften in mir um die Oberhand, bis ich gar nichts mehr fühlte. In den Monaten seit meiner Rückkehr hatte Isadore alles in ihrer Macht Stehende getan, mich am Hof zu demütigen. Normalerweise gelang es ihr, aber heute war ich zu müde, zu überanstrengt von letzter Nacht.

»Es reicht, Isadore«, fuhr ich sie an, und zur Abwechslung war sie es, die anhand der Wut in meiner Stimme innehielt. »Ich bin eine Erbrivalin genau wie du. Du kannst so tun, als wäre ich weniger wert als du, aber das ändert nichts an der Tatsache, Schwester.«

»Ich tue nicht nur so«, sagte sie. »Deine Magika ist schwach und nutzlos. Du hast die Loyalität des Hofs nicht auf deiner Seite. Du *bist* weniger wert. Du bist weggegangen.«

Ich versuchte, nicht zusammenzuzucken, als Erinnerungen auf mich einprasselten. *Deinetwegen,* wollte ich antworten, doch stattdessen flüsterte ich: »Hör auf damit.«

»Warum sollte ich?«

»Deine Freunde lassen dich vielleicht deine Magika an ihnen ausprobieren, aber wie sieht es mit dem restlichen Hof aus? Wenn sie herausfinden, dass du Magika benutzt, um dir ihre Loyalität zu sichern –«

»Ich brauche keine Tricks, um mir ihre Loyalität zu sichern. Ich übe nur.«

»Wenn Papa das wüsste, wenn Mama –«

»Papa ist nicht hier, und Mama ist es egal. Sie interessiert sich nur für Macht, und die habe ich. Sie würde dich wahrscheinlich auch dazu ermutigen, deine Magika zu einzusetzen, wenn es nicht damit enden würde, dass du unabsichtlich alle tötest.«

Es war, als hätte sie mir mit ihren Worten in den Magen geboxt, und ich stieß keuchend die Luft aus. Eine Erinnerung raste durch meinen Geist, doch ich unterdrückte sie. »Du weißt, dass ich meine Magika nicht benutzen kann.«

Sie neigte den Kopf. »Genau aus diesem Grund hättest du wegbleiben sollen. Du gehörst nicht hierher, und zum Glück wirst du das auch nie. Das kommt mir sehr gelegen.«

Ich sah ihr in die Augen, hoffte, einen Anflug von Scham oder sogar Befriedigung zu entdecken, doch sie genoss es nicht einfach nur, grausam zu mir zu sein – in ihren Augen stand nichts als die Wahrheit. Zuvor hatte ich mich gefragt, ob es ihr etwas ausmachte, mir solche Dinge an den Kopf zu werfen, nun lag die Antwort auf der Hand.

Das Schlimmste war, dass ich jeden Tag genau dasselbe dachte. Ich gehörte nicht hierher. Ich wollte nicht hierhergehören. Wenn es mir erlaubt gewesen wäre, mich von der Hauptstadt fernzuhalten, meinen Namenstag ohne großes Aufhebens zu verbringen, hätte ich es getan. Doch das Gesetz ließ das nicht zu.

Alle Töchter der Königin wurden zu Erbrivalinnen. So wie Raina, die Erste, ihre Schwester getötet hatte, musste eine Prinzessin jeder Generation ihr eigenes Fleisch und Blut opfern, um ihre Stärke zu beweisen. Die Gewinnerin wurde zur Wahren Erbin ernannt und im darauffolgenden Jahr gekrönt.

Das war unser angestammtes Recht: zu töten und Königin zu werden, oder zu sterben. Mit jedem Tag wurde offensichtlicher, welche von uns beiden den Rest ihres Lebens auf dem Elfenbeinthron verbringen würde.

Ich wollte weglaufen, über den kühlen Marmorboden rasen, mir alle Haarnadeln herausreißen und die juwelenbesetzten Armreifen von den Handgelenken zerren. Doch stattdessen ging ich weiter, auf der Suche nach Faluns hellem Haar. Ich konnte es mir nicht verkneifen, einen Blick auf Mutter zu werfen. Nun hatte ich ihre Aufmerksamkeit. Ihr Blick folgte mir durch den Raum, sie musterte mich mit gekräuselten Lippen und gerunzelter Stirn. Der Anflug eines Lächelns zeigte sich auf ihrem Gesicht. Ihre Verachtung traf mich wie eine mächtige Woge, kalt und vertraut.

Verflucht sei Isa. Verflucht sei dieser Ort.

Wenn ich dafür gemacht gewesen wäre, Prinzessin und eines Tages Königin zu sein, hätte ich die Kraft gehabt hierzubleiben. Ich hätte alles heruntergeschluckt und wäre auf meine Mutter zumarschiert.

Aber nein.

Für heute war das Gespräch mit Isadore mehr als genug gewesen.

Ich fuhr zusammen, als Faluns Hand sich auf meinen unteren Rücken legte, und ließ zu, dass er mich aus dem Saal führte. Der Ausrufer hatte die Lippen missbilligend zusammengepresst und sah mir nicht in die Augen.

Ich hielt die Tränen zurück, bis die Türen hinter uns ins Schloss fielen. Stunden später, allein in meinem Raum, die Augen endlich wieder trocken, hielt ich an diesem kleinen Sieg fest.

Kapitel 3

»Raus damit.« Mirabel spießte eins der kleinen Hähnchen auf, die sie zum Mittagessen mitgebracht hatte. Mit der anderen Hand zog sie ihren Rocksaum über ihre eidechsenartigen Füße. Im Nachmittagslicht changierten die Farben ihrer Schuppen seegrün und jadegrün.

Sie war halb Khimaerin, was sich an ihren Gazellenhörnern und den Füßen zeigte. Fey, Menschen und Blutsvettern wiesen hauptsächlich dieselben körperlichen Merkmale auf, mit nur wenigen Unterschieden wie den Fangzähnen der Blutsvettern und den spitzen Ohren der Fey. Die Khimaer hatten allerdings Hörner und auch sonst einige Gemeinsamkeiten mit Tieren – Flügel, Schwänze, Klauen und Ähnliches.

Außerhalb meines Schlafgemachs trug Mirabel lange Röcke. Glücklicherweise konnte sie ihre Füße einfach verstecken, denn wenn sie offensichtlichere Ähnlichkeiten mit Tieren aufgewiesen hätte, wäre es ihr nicht erlaubt gewesen, den Königinnenpalast zu betreten, geschweige denn, sich in meiner Nähe aufzuhalten. Es war eine unausgesprochene Regel der Königin, dass nur Khimaer mit gemischtem Blut im Palast angestellt werden durften.

Vor einer Stunde war ich vom Hof zurückgekehrt und hatte Mirabel in meinem Salon angetroffen, wo sie sich mit zwei jungen Männern unterhalten hatte. Einer war ein Blutsvetter mit brauner Haut und Fangzähnen, die zu groß für seinen Mund wirkten.

Der andere war ein Mensch mit seegrünen Tätowierungen. Sie hatten mich angestarrt und stotternd gegrüßt, doch im nächsten Moment hatte Mira sie bereits aus dem Raum gescheucht und ermahnt, sich nicht in der Nähe meiner Gemächer erwischen zu lassen.

Als wir letztes Jahr gemeinsam in die Hauptstadt zurückgekehrt waren, hatte Mirabel ein Spionagenetzwerk auf die Beine gestellt – wir nannten sie ihre »Geister«. Laut Mirabel war Wissen Macht, und wenn Geheimnisse eine Währung wären, dann wären sie Goldmünzen.

Sie sah allerdings nicht wie die Leiterin eines Spionagenetzwerks aus. Ihr hübsches, rundes Gesicht war von tiefen Falten durchzogen, sowohl vom Lachen als auch vom Stirnrunzeln. Mit ihrer Baumwollbluse, dem bunt gemusterten Rock und dem grauen Haar, das zu einem strengen Dutt zurückgebunden war, hätte sie meine Großmutter sein können – wenn man von ihren Hörnern absah.

Ich bekam unsere Geister nur selten zu Gesicht, da es sie in Gefahr bringen könnte, wenn ich sie wiedererkannte. Selbst Mira traf sich nur selten persönlich mit ihnen.

Ich hatte sie eigentlich darum bitten wollen, mich allein zu lassen, doch da hatte sie mir schon das Tablett mit den Hähnchen unter die Nase gehalten. Erst in dem Moment fiel mir auf, dass ich am Verhungern war. Mirabel dachte immer an derartige Dinge. Wenn ich zu essen vergaß, war sie stets zur Stelle, um mir Fleischpasteten oder gewürzte Mazi-Früchte zu reichen.

Ich nahm mir ein mit Chilipaste bestrichenes Stück Fladenbrot und etwas Hühnchen dazu und stöhnte genüsslich, als sich die Schärfe in meinem Mund ausbreitete.

»Ich habe Neuigkeiten vom König erhalten. Wie ihr beide vor unserer Abreise aus Asrodei besprochen habt, stellt er bis zu deinem Namenstag mehr Männer für deine Leibgarde ab. Die ersten sollten in einer Woche hier eintreffen.«

Ich grunzte etwas Unverständliches. Noch etwas, das ich nicht wollte: neue Leute, die mir durch den Palast folgten. Ich bereute es, meinem Vater in dieser Sache zugestimmt zu haben. Wenn ich gewusst hätte, dass ich nach meiner Rückkehr nach Ternain nur noch zum Schlafen allein gelassen werden würde, wäre ich wahrscheinlich gar nicht erst hergekommen. Doch ich wusste auch, dass es notwendig war. Die Tage vor dem offiziellen Beginn des Kampfs zwischen Erbrivalinnen waren eine gefährliche Zeit. Obwohl der Flechtzauber dafür sorgte, dass nur eine von uns und niemand sonst der anderen den Todesstoß versetzen konnte, waren Erbinnen in der Vergangenheit beispielsweise entführt worden. Man hatte sie ausgehungert, bis sie zu schwach waren, den Kampf zu gewinnen.

»Eva«, drängte Mirabel mich sanft. Sie erwartete eine Antwort. »Was ist am Hof passiert?«

Ich schob das Essen weg, hatte plötzlich keinen Appetit mehr. »Ich will nicht darüber reden, Mira.«

Auf diese Einleitung schien sie gewartet zu haben. »Dann spreche ich eben, wenn du erlaubst. Heute Morgen bist du ganz von allein aufgewacht. Normalerweise muss ich dich aus dem Bett zerren, wenn du zum Hof gehen musst, aber nicht heute.«

»Ich konnte nicht schlafen.« Das kam der Wahrheit ziemlich nahe. »Ich dachte, du würdest dich freuen, dass ich so früh aufgestanden bin.«

»Es hat mich auch gefreut, bis du viel früher zurückgekommen bist, als ich erwartet hatte. Erzähl mir, was vorgefallen ist.« Sie fuhr mit den Fingern über meine Wange, um eine Träne fortzuwischen.

Die sanfte Berührung sah ihr gar nicht ähnlich. Obwohl Mirabel mein Kindermädchen gewesen war, war sie mittlerweile viel mehr als das: meine Beraterin, die Leiterin meines Spionagenetzwerks und wohl auch so etwas wie meine Ersatzmutter. Genau wie meine echte Mutter, war sie nicht besonders gut im Trösten.

Wenn ihr langweilig war, entwickelte sie Militärstrategien für meinen Vater und zog juwelenbesetzte Haarspangen vor, die sie gleichzeitig als Waffen einsetzen konnte. Sie beschwerte sich über meinen Leichtsinn, wenn sie meine Kleider flickte, brachte mir Geheimschriften bei und wie man in der Wüste überlebte. Sie war nicht gerade zartbesaitet, ich jedoch ebenfalls nicht. Ich weinte normalerweise nie in ihrer Anwesenheit. Ich weinte nie vor irgendjemandem – oder überhaupt, wenn ich es unterdrücken konnte.

Das schwarze Lederbuch, in dem sie all ihre goldenen Geheimnisse aufbewahrte, lag neben ihr auf dem Boden. Sie öffnete es und hielt eine weiße Karte in die Höhe. »Als du am Hof warst, ist ein Kurier vorbeigekommen. Deine Mutter hat dir eine Einladung für das Festessen geschickt, das sie heute Abend zur Feier des Blutmonds abhält. Das hat mich … überrascht.«

Ich schnaubte und schnappte mir die Karte. Mit den Fingern fuhr ich das Bild eines roten Monds nach, das auf der Rückseite prangte. Mutter musste sie geschickt haben, bevor ich aus dem Thronsaal gestürmt war.

»Herzallerliebst. Sollen wir etwas zum Anziehen raussuchen? Es ist zu spät, um ein Kleid machen zu lassen, was wahrscheinlich ihre Absicht war, aber ich habe sicher etwas, das zu dem Anlass passt. Rot für den Blutmond? Blau für Haus Killeen? Oder lieber Seeschaum für deine Mutter, die Sturmkönigin?«

»Um ehrlich zu sein«, warf ich ein, »sollte Rot für Killeen oder den Thron stehen, wenn man bedenkt, wie viel Blut im Namen meiner Familie vergossen wurde.«

Mirabel schauderte, sagte aber nichts.

Ich brach die plötzlich einsetzende Stille. »Ich kann nicht dahin zurückgehen. Mir bleiben weniger als zwei Monate, und die will ich nicht am Hof vergeuden.«

»Das wird deiner Mutter nicht gefallen.«

»Egal, wie sie mich dafür bestraft, nichts kann so schlimm sein wie mein Leben hier, wo sie mich jeden Tag am Hof wie eine Motte unter dem Vergrößerungsglas sezieren. So möchte ich nicht die letzten Tage meines Lebens verbringen.«

»Nun hör aber auf mit diesen Dummheiten. Du wirst nach deinem Namenstag noch lange leben.«

»Wie denn, Mirabel?«, fuhr ich sie an. »Du hast doch bestimmt mindestens einen deiner Geister am Hof. Haben sie dir nichts über Isadore berichtet? Sie kann mich ohne große Anstrengung ihrem Willen beugen. Dann muss sie mich nicht mal mehr eigenhändig töten. Ich werde mir das Messer in die eigene Brust rammen.«

Miras kastanienbraune Haut wurde aschfahl. Vielleicht sah sie das Bild, das ich mit meinen Worten heraufbeschworen hatte, gerade ebenfalls vor ihrem geistigen Auge. Mein geschundener, gebrochener Körper. Alles, was mich ausmachte, verschwunden. Für immer.

»Du wirst nicht sterben. Du wirst auf dem Elfenbeinthron sitzen und das Königinnenreich verändern.«

»Ich wünschte, du hättest recht. Ich schaffe es ja nicht mal, dass der Hof mich in einem anderen Licht sieht. Wie soll ich dann etwas anderes verändern?«

»Es wird dir sicher nicht gelingen, wenn du nicht an den Hof gehst und es versuchst.«

»Heute hat Isadore zugegeben, dass sie Magika benutzt hat, um die Höflinge gegen mich aufzubringen, und dass Mama« –

ich biss die Zähne zusammen und verbesserte mich – »*Mutter* sie sogar dazu ermutigt. Was soll ich deiner Meinung nach dagegen ausrichten?«

Sie wedelte abfällig mit der Hand. »Dein Vater wird bald eine Lösung finden. Wir dürfen die Hoffnung nicht aufgeben. Es gibt immer noch ein paar Steine, die wir noch nicht umgedreht haben. An der Grenze im Norden oder auf den Inseln. Vielleicht sogar im Toten Dschungel. Wir werden alle Orte absuchen, von denen man weiß, dass alte Magika dorthin zurückkehrt.«

Die Magika, von der Mirabel sprach, war nicht wie Isadores oder die meiner Mutter. Die Magika der Knochen und des Bluts war eine tödliche Macht. Wie konnten Mirabel und mein Vater wollen, dass ich sie erlernte? Ich weigerte mich, in eine Mörderin verwandelt zu werden.

Lieber würde ich sterben, als zu einer weiteren grausamen Königin zu werden.

Ich ignorierte die in meiner Brust aufwallende Panik. »Mira, akzeptiere endlich, dass es niemanden gibt, der mich unterrichten kann.«

Sie würden nichts finden, genauso wie die Suche der letzten drei Jahre nichts ergeben hatte. Meine Magika war eine Reliquie aus einem anderen Zeitalter. Papa würde nie jemanden finden, der mich darin unterrichten konnte. Jeder, der etwas über die Magika der Knochen und des Bluts wissen könnte, war lange tot.

Früher war es mir immer wie ein Geschenk vorgekommen, dass es niemanden gab, der mich unterrichten konnte, da ich auf diese Weise nicht dazu gezwungen wurde, mehr über meine zerstörerische Kraft zu lernen. Doch nun, da mein Namenstag immer näher rückte, fühlte ich nichts als Taubheit. Es war offensichtlich, dass ich meiner Schwester nichts entgegenzusetzen hatte. Warum sollte ich mir Sorgen machen, wenn mein Schicksal unausweichlich war? Ich wäre nicht die erste Prinzessin, die starb, und nicht die letzte.

Mirabels Klauen kratzten über den Boden, als sie aufstand und meine Hände fest umklammerte. Ihre beringten Finger waren rau und kräftig. Diese Hände hatten mich gefüttert, mich angekleidet und mein Haar gekämmt. Sie hatten mich seit meinem ersten Namenstag vor beinahe siebzehn Jahren jeden Tag umarmt. Ich wusste genau, wie sie sich anfühlten.

»Ich werde nicht aufgeben und nicht zulassen, dass du es tust. Ich werde dich, sooft es geht, daran erinnern, selbst wenn du es nicht hören willst: Du verdienst es zu leben, du verdienst es zu kämpfen, und du verdienst es zu überleben. Der Thron, mit all seiner Herrlichkeit und Bitterkeit, ist dein angeborenes Recht. Lass nicht zu, dass deine Schwester dir weismacht, du wärst weniger wert.« Sie drückte mir einen Kuss auf die Wange und verließ das Zimmer.

Ich versuchte, die Wahrheit in ihren Worten zu sehen, doch ich wusste es besser. Ich verdiente die Krone nicht. Ich wollte sie nicht einmal. Und gegen Isadore konnte ich nicht gewinnen.

Das erste und einzige Mal, dass ich meine Magika benutzte, war kurz vor meinem neunten Namenstag.

Für menschliche Myreaner war der neunte Namenstag fast genauso wichtig wie der siebzehnte. Von diesem Tag an durften wir von den Sorceryn tätowiert werden und erhielten Zugang zu unserer Magika. Obwohl ungezähmte Magika oft aus Kindern hervorbrach, bevor sie neun Jahre alt wurden, konnte sie nicht erlernt werden, bevor unsere Arme mit Tinte verziert waren. Jedes Muster stand für eine andere Fähigkeit.

Ich erinnerte mich an die mehrere Tage andauernden Feierlichkeiten, die mit Isadores neuntem Namenstag einhergegangen waren, doch ich wartete vergeblich auf eine Feier für mich. Den ersten Hinweis darauf, warum es für mich anders war, bekam ich eine Woche vor meinem Namenstag am Hof.

Wie immer, wenn wir uns am Hof aufhielten, saß ich auf dem Podium zu Mutters Füßen auf einem riesigen Kissen neben Isadore. Sie hatte uns gern in ihrer Nähe, damit sie uns sofort tadeln konnte, wenn wir uns nicht benahmen. Lady Feransa, Mitglied des Rats der Königin und Meisterin des Handels, erklomm das Podium, um mit der Königin zu sprechen. Nach einer kurzen Konversation entließ Mutter sie. Auf ihrem Weg nach unten sprach Feransa zuerst meine Schwester an. Sie fragte Isa nach ihren Übungsstunden mit den Sorceryn. Dann wandte sich Lady Feransa an mich, kniff mir in die Wange und nahm meine Hände in ihre.

Der Blick ihrer mit Kohle umrandeten Augen war auf das Porträt hinter dem Thron gerichtet, das Raina darstellte. »Ihr müsst ein mutiges Mädchen sein«, murmelte sie mit zitternder Stimme, »dass Ihr mit solch einer wilden Magika gesegnet wurdet, Eure Hoheit.«

Mein Blick folgte ihrem. Die Erste hatte goldbraune Haut und bernsteinfarbene Augen, in denen ein wütendes Feuer loderte. Sie trug ein mit roten Rosetten verziertes, goldenes Kleid ohne Ärmel, das die Tätowierungen zur Schau stellte, die sich von den Fingerspitzen bis zu ihrer Schulter zogen.

Ich versuchte, den Stich, den mir Lady Feransas Worte versetzten, zu ignorieren, konnte aber nicht wegsehen. Ich würde bald in Erfahrung bringen, ob meine Tätowierungen dieselben wären.

Isadore rettete mich davor, eine Antwort geben zu müssen, als sie mit leiser Stimme und scharfem Ton sprach. »Ja, wie alle Prinzessinnen ist meine Schwester mutig, aber sie ist nicht wild.«

Sie war damals erst elf, aber Isa verhielt sich bereits gebieterisch wie eine Königin, und in ihrem Blick lag längst eine funkelnde Grausamkeit, die weit über ihre Jahre hinausging.

Sie lächelte triumphierend, als sich die Meisterin des Handels stotternd entschuldigte und zum Fuß des Podiums zurückwich. Tränen traten mir in die Augen, als sie einen letzten Blick auf Rainas Porträt warf. In Gedanken ging ich alle Begebenheiten durch, wenn meine Magika in der Vergangenheit am Hof erwähnt worden war. Ich erinnerte mich an dieselben verängstigten Gesichtsausdrücke und verstand endlich. Mein neunter Namenstag wurde am Hof nicht gefeiert, weil er allen anderen Angst einjagte.

Weil *ich* ihnen Angst einjagte.

Als Feransa sich weit von uns entfernt hatte, schob Isa ihren Ärmel hoch und zeigte mir die Tätowierung einer leuchtend grünen Schlange, die sich um ihr Handgelenk wand. Ich wusste, dass das Bild für ihre Magika der Verführung stand, denn die Tätowierungen ihrer Magika des Lichts waren alle hellgelb.

»Wenn du erst mal deine Tätowierungen hast, kannst du alle fortjagen, die dich behelligen«, sagte sie, während in ihren jadegrünen Augen dasselbe Feuer wie in Rainas tanzte. »Bis dahin werde ich dich beschützen.«

Zwei Nächte später hielt sie sich an dieses Versprechen.

Es war so spät, dass wir längst hätten schlafen müssen. Damals teilten wir uns noch ein aus Seidenlaken gebautes Zelt, in dem wir uns immer auf Unmengen von Kissen zusammenkuschelten. Stattdessen waren wir an jenem Abend durch die unterirdischen Gänge von Isas Zimmer in die Küche geschlichen, um süße Teilchen und kandierte Mandeln zu stibitzen, die wir knabberten, während wir weiter durch die Gänge streiften. Isa entschied, dass wir zu Mutters Ankleidezimmer gehen und heimlich ihre Juwelen und Kleider anprobieren sollten.

Doch als wir dort ankamen, war Mama immer noch wach.

Unter ihrer Schlafzimmertür drang Licht hervor. Wir flüsterten aufgeregt, da dies eine spannende und gefährliche Wendung war, die wir nicht vorhergesehen hatten. Ich schlug vor zu bleiben, während Isa auf die gläserne Menagerie auf dem Dach klettern wollte. Ich fügte mich ihrem Willen, wie ich es damals immer tat, und wir wären wieder gegangen, wenn ich nicht Papas Stimme gehört hätte. Es war eine seltsame Entdeckung, da wir Papa noch nie zuvor in der Nähe von Mamas Gemächern gesehen hatten. Mit verschränkten Fingern schlichen wir näher an die Tür heran.

Ich konnte kaum etwas verstehen, doch ein Wort stach heraus: mein Name.

Ich entriss Isa meine Hand und eilte vorwärts, doch sie zog mich zurück. »Eva«, sagte sie, so laut, dass ich schon glaubte, sie wollte, dass wir erwischt wurden. »Was sagen sie denn?«

»Sie sprechen über mich.« Ich presste mein Ohr an die Tür. Isa würde sich nie damit zufriedengeben, dass ich etwas hörte, was sie nicht hören konnte, also schubste sie mich zur Seite. Sie grinste, und wir lauschten gemeinsam.

Mamas Stimme klang hoch und aufgebracht. »Sie ist zu jung. Wir müssen warten, Lei. Ich weiß, dass du glaubst, sie wäre bereit, aber –«

Papa unterbrach sie scharf. »Lily, es ist zu gefährlich zu warten.«

»Das Einzige, was gefährlich ist, ist ihre Magika, Lei.« Ich presste die Lippen fest zusammen, um ein erschrockenes Keuchen zu unterdrücken. »Du kennst die Vergangenheit besser als ich. Eva könnte jemanden verletzen …«

»Ich verstehe deine Ängste, aber es ist *ihre* Magika, Lily. Sie steht für das, was sie ist.« Papas Stimme wurde weicher. »Selbst *du* kannst sie nicht davor bewahren.«

Mein Magen zog sich unangenehm zusammen. Lady Feransas

Worte hallten in meinem Kopf wider. Sie hatte von wilder Magika gesprochen. Ich dachte an Rainas Tätowierungen mit blutroten Rosen, Klingen und Knochen. War es mir vorbestimmt, andere zu verletzen? Ich wollte weglaufen, konnte mich aber nicht von dem Gespräch hinter der Tür losreißen. Stattdessen presste ich mich noch fester dagegen, wünschte, ich könnte hindurchschlüpfen und es mit eigenen Augen sehen.

»Ich kann sie vor allem bewahren, wozu ich, verdammt noch mal, Lust habe, Lei.«

»Du kannst es nicht erzwingen. Das ist Sabotage, Lily. Ich werde es nicht erlauben, nicht so früh. Von mir aus kannst du Isa vorziehen, aber du darfst dich nicht einmischen.«

»Ich werde nicht zulassen, dass sie meine Isadore in Gefahr bringt.« Die vielen Süßigkeiten, die wir gegessen hatten, drohten wieder hochzukommen, als sich mir der Magen umdrehte. Mama zog Isa aufgrund meiner Magika vor – weil sie glaubte, dass ich jemanden verletzen würde. Aber selbst, wenn ich das könnte, warum sollte ich dann meiner Schwester wehtun? Damals wusste ich noch nichts von dem Schicksal, das uns als Erbrivalinnen bevorstand. Ich sollte es erst Jahre später erfahren.

»Ich werde nicht zulassen, dass sie diese … diese barbarische Macht zu benutzen lernt. Niemals.«

»Du weißt nichts über diese sogenannte barbarische Macht«, entgegnete Papa. »Deshalb fürchtest du sie.«

»Ich habe mit den Sorceryn gesprochen.« Die verschlagene Ruhe, die nun in Mutters Stimme mitschwang, war so anders als die Wut vor nur wenigen Sekunden. Obwohl ich wusste, dass sie mich nicht sehen konnte, traute ich mich nicht zu atmen. »Sie sagen, dass –«

Isa riss mich zurück und ich verpasste Mutters nächste Worte. »Wir sollten gehen, Eva.«

Ich musste den Rest hören. Vielleicht hatte Mama recht. Ich musste verstehen, sodass ich Isa nicht verletzen würde. Furcht und Verzweiflung kämpften in meinem Inneren um die Oberhand, als ich meine Schwester von mir stieß. Rainas rote und weiße Tätowierungen standen mir klar vor Augen.

Isa war zwei Jahre älter als ich, größer und stärker und hatte bis dahin sämtliche Raufereien zwischen uns gewonnen. Doch diesmal fiel sie zu Boden, und ihr entwich ein leiser Schrei.

Dann passierte etwas Seltsames. Mir fiel auf, dass meine Hand sich heiß angefühlt hatte, als ich Isas Brust berührt hatte. Isas Haut hatte mit einem dumpfen Platzen unter meinen Fingerspitzen nachgegeben und sie waren darin versunken wie in einer überreifen Frucht.

Ich eilte zu ihr. »Alles in Ordnung?«

Sie war hingefallen, hatte sich zusammengerollt und antwortete nicht. Ich kniete mich neben sie und griff nach ihr. Als meine Finger ihre Schulter berührten, zuckte sie zurück und sah mich verblüfft an. Eine Erinnerung an das Kätzchen mit dem verdrehten Bein, das wir letzten Monat gefunden hatten, blitzte in meinen Gedanken auf. Es war vor jeder Berührung zurückgeschreckt. Selbst nachdem wir es in mein Zimmer gebracht und ihm eine Schale Sahne gegeben hatten, hatte es sein Misstrauen nie abgelegt. Als ob es wüsste, dass jemand ihm wieder wehtun würde. Als wäre es nur eine Frage der Zeit.

Tränen liefen mir über das Gesicht.

Ich verstand nicht, was ich getan hatte, doch Mutters Vorhersage, dass ich Isa in Gefahr bringen würde, hallte in meinem Kopf nach. Ich wusste, dass diese Macht falsch war.

Isadore stand auf und versuchte, mir den Mund zuzuhalten. Auf ihrem Arm prangte ein blauer Fleck, der so dunkel war, dass er wie ein Farbfleck oder das Blütenblatt einer lila Blume aussah.

»Sei still, Eva«, sagte sie wieder und wieder. Selbst als sich die Tür öffnete, sie in den Rücken traf, sodass sie stolperte, zu Boden fiel und aufschrie, hörte sie nicht auf. »Eva, sag ihnen nichts. Sag kein Wort.«

Ich weinte nur noch mehr, war unfähig zu sprechen. Isa ignorierte alle Fragen unserer Eltern. Sie sprach nur einmal, als sie mit gefasster Stimme nach einem Heiler verlangte.

Mama funkelte Papa an und beugte sich schützend über Isadore. »Lasst uns allein.«

Meine Schluchzer wurden hysterisch, als Vater mich auf den Arm nahm. Ich wollte nicht von Isadore getrennt werden, da Mama bald herausfinden würde, was ich getan hatte. Und ich war sicher, dass sie mich dann nie wieder in die Nähe meiner Schwester lassen würde.

Über meinen Schluckauf hinweg hörte ich Isa wieder und wieder sagen: »Eva, sag ihnen nichts. Sag kein Wort.«

Also sagte ich nie etwas.

Stattdessen traf ich für mich eine Entscheidung. Dies war *meine* Magika – böse, wild und falsch –, und ich wollte nichts damit zu tun haben.

Nachdem Mira gegangen war, verbrachte ich den Abend allein. Ich las ein Buch über Mythen von den Inseln, anstatt der Einladung meiner Mutter zu folgen. Meine Nerven würden es nicht aushalten, sie oder jemand anderen vom Hof heute Abend zu sehen.

Als die Nacht ihre tintenschwarzen, mit Sternen gespickten Vorhänge über die Welt ausbreitete, schlüpfte ich aus dem Bett. Als ich mich an den Stadtgardisten von letzter Nacht erinnerte, versteckte ich rasch noch ein zusätzliches Messer in meinem Stiefel. Dann öffnete ich die Falltür. Falun wartete unten bereits auf mich. Ich ging los, bevor er ein Wort sagen konnte, um ihm keine Zeit zu geben, das Desaster am Hof zu erwähnen.

Wir blieben vor der Veranda eines verlassenen Gebäudes in einer vertrauten Gasse am Rande des Flickens stehen. Um die Fehler der letzten Nacht nicht zu wiederholen, machten wir aus, uns am Ende wieder hier zu treffen, sollten wir getrennt werden. Falun sagte, dass er sowieso nur mitgekommen sei, damit ich nicht allein unterwegs wäre. Doch ich war mir sicher, dass ich es zumindest zum Teil dem jungen Blutsvetter zu verdanken hatte, dass Falun mich nicht sofort zurück in meine Gemächer gezerrt hatte. Durch den Blutmond würde es heute Nacht keine Razzien geben. Nur während der Sichtung von Omen und offiziellen Feierlichkeiten wurde das Verbot von nächtlichen Zusammenkünften aufgehoben.

Auf dem Weg nach draußen war Falun schweigsam. Vielleicht wollte er ja über das sprechen, was am Hof passiert war. Womöglich hatte seine Mutter etwas gesagt, das ihn verstimmt hatte, und er hatte sich wahrscheinlich Sorgen um mich gemacht. Ich hätte nachfragen sollen und hätte es auch getan, doch ich wollte hier draußen nicht über den Hof sprechen. Nicht, wenn wir frei waren.

»Du hast ihn noch kein einziges Mal angesehen«, sagte Falun.

Das stimmte nicht. Ich hatte dem Mond bereits zwei Blicke zugeworfen. Der erste war nur flüchtig gewesen, doch beim zweiten Mal hatte ich wirklich hingesehen. Ein tiefroter Mond hing am Himmel. Es sah aus, als wäre er blutüberströmt und mit schwarzen Schatten übersät. Er tauchte die Nacht in ein seltsames, rosiges Licht und schien uns so nah zu sein, als müsste ich nur auf eins der hohen Häuser um uns herum klettern, um ihn zu berühren.

Doch danach hatte ich es mir nicht mehr erlaubt, seine Schönheit länger zu bestaunen. Der Blutmond hatte mich bereits einmal betrogen, hatte die legendären Erwartungen, die mit seinem Erscheinen einhergingen, auf meinen kindlichen Schultern abgeladen. »Der Mond bedeutet mir heute Nacht nichts. Ich bin nur ein ganz normales Mädchen, hast du das schon vergessen?«

Falun musste etwas aus meiner Stimme herausgehört haben. »Kommst du deswegen hierher? Um deine Titel zurückzulassen?«

Ich zuckte die Achseln, nicht in der Lage, seinem mitleidigen Blick zu begegnen. »Ich komme her, um wenigstens eine kurze Weile so zu tun, als wäre ich frei.« Um so zu tun, als hätten die Omen eines Blutmonds keine Bedeutung, als hätten meine Titel keine Bedeutung. Wenigstens für kurze Zeit.

Ich zog ihn mit mir und machte mir selbst ein Versprechen: Heute Nacht war ich keine Prinzessin mehr.

Die Stille zwischen uns wurde erst durchbrochen, als Falun mich fragte, wie ich den Flicken gefunden hatte.

Meine geheimen Streifzüge aus dem Palast hatten vor sieben Monaten begonnen, zu Winteranfang, als ich immer noch dabei gewesen war, mich an mein neues Leben hier zu gewöhnen. Ich wollte die Stadt kennenlernen, die ich eines Tages regieren sollte. Ich hatte die Nacht schon immer geliebt, doch erst Ternain hatte mir ihre wahre Magika enthüllt: Verwandlung. Nachts konnte ich sein, wer immer ich wollte, solange ich vorsichtig war.

Erst nachdem ich mehrere Wochen durch die Stadt gestreift war, hatte ich den Flicken gefunden. Und erst nach zwei weiteren Wochen, die ich damit verbracht hatte, mich durch die Menge zu schieben, hatte ich meinen Platz hier gefunden.

Am Anfang hatte ich mich in einen Mantel gehüllt und befürchtet, jemand könnte mich erkennen, als ich auf die Menschenansammlung rund um den Flicken gestoßen war. Ich hatte mich an ihnen vorbeigedrängt und entdeckt, dass sie zwei Tänzern zuschauten. Ich hatte mich nicht gerührt, meine Füße waren fest am Boden verwurzelt gewesen, als ich ebenfalls verfolgt hatte, wie der Blutsvetter und die Blutsvetterin einander umkreist hatten.

Sie waren so wunderschön gewesen wie jeder, der im Mondlicht schwitzte. All ihre Sorgen schienen auf einen Schlag vergessen. Ihre geflochtenen Zöpfe waren um ihre gelenkigen Körper geflogen, während sie sich kaum eine Handbreit voneinander entfernt bewegt hatten.

Im Tanz waren sie eins gewesen.

Sie hatten die Hüften kreisen lassen und mit den Füßen auf den Boden gestampft, während sie sich umeinander wanden, zwei Monde auf derselben Umlaufbahn. Perfekt synchronisiert.

Chatara war nicht einfach nur ein Tanz, zumindest nicht auf die Art, wie ich Tanzen bis dahin kennengelernt hatte. Ja, es gab Musik und, ja, es gab Bewegungen, doch als ich beim ersten Mal zugesehen hatte, hatte mir die Intimität die Hitze in die Wangen getrieben. Am Hof gab es nichts, was es an Intensität damit aufnehmen konnte.

Ich hatte mich dabei ertappt, wie ich nicht mehr hatte wegsehen können.

Irgendwann war ihr Tanz zu Ende gewesen. Als die Trommeln einsetzten, waren alle auf die Tanzfläche geeilt. Doch ich hatte wie erstarrt dagestanden. Während ich dem Paar zugesehen hatte, war ein Feuer unter meiner Haut entfacht worden. In all den anderen Nächten war ich nur eine Zuschauerin gewesen, hatte die verschiedenen Viertel Ternains erkundet, aber in jener Nacht hatte ich ein Teil davon sein wollen. Auf der Tanzfläche waren nicht nur Blutsvettern versammelt gewesen, sondern auch

Fey mit langen, geflochtenen Armbändern an den Handgelenken und Menschen mit Tätowierungen auf den Armen.

Ich hatte mich zwischen ihnen verlieren wollen. Unbedingt.

Seit ich nach Ternain zurückgekehrt war, war es das erste Mal gewesen, dass ich etwas anderes gewollt hatte, als in Ruhe gelassen zu werden.

Als ich die Tanzenden angestarrt hatte, hatte mein Blick den eines Jungen getroffen. Langsam hatte sich ein Lächeln auf seinen Lippen ausgebreitet, und mir war ein Schauer über den Rücken gelaufen.

Meine Wangen waren heiß geworden, als er mich zu sich gewinkt hatte. Mein Blick war auf sein offenes Hemd und die breite, schweißfeuchte Brust gefallen. Bevor ich darüber nachdenken oder mich daran erinnern konnte, wer ich war, hatte ich bereits einen Schritt auf ihn zugemacht. Sosehr ich auch jemand anderes sein wollte, hatte ich zu diesem Zeitpunkt noch nicht gelernt, wie ich mich als jemand anderes ausgeben konnte. Ich hatte nicht gewusst, wie ich lächeln und mich ihm anschließen sollte, sosehr ich es auch gewollt hatte. Ich hatte keine Ahnung gehabt, wie ich mich in den Armen eines so wunderschönen Wesens verlieren konnte. Noch nicht.

Stattdessen war ich zum Palast zurückgeeilt. Doch ich war in der nächsten Nacht wiedergekommen, diesmal in ein knappes Oberteil und einen langen, engen Rock gekleidet und erpicht darauf, zu lernen.

Seitdem war der Flicken zu meinem einzigen wirklichen Trost geworden. Wenn sich alles, was ich an meinem Leben hasste, auftürmte, konnte ich herkommen, um meine Sorgen für ein paar Stunden zu vergessen.

Heute Nacht roch es auf den Straßen wie immer nach Honig, Alkohol und – da wir uns auf dem Flicken befanden – nach Blut.

Wegen des Monds war es noch voller als in der letzten Nacht. Falun rempelte einen Menschenjungen an, der einen Becher Palmenbier hielt, während eine kupferhaarige Blutsvetterin ein stumpfes Blutmesser an sein Handgelenk hielt. Falun war augenscheinlich verblüfft zu sehen, dass es Blutsvettern gab, die sich in der Öffentlichkeit ernährten. Er murmelte eine Entschuldigung. Der Junge errötete, doch das Mädchen küsste uns beide auf die Wangen.

Wir erreichten die Tanzfläche, als gerade ein Chatara getanzt wurde, also warteten wir. Ich sah, wie Falun den Jungen von letzter Nacht entdeckte. Er wurde knallrot, blieb aber bei mir.

Ich schubste ihn auf den Flicken. »Geh schon.«

Nachdem der Tanz geendet hatte, betrat ich die roten Fliesen allein.

Immer, wenn die Musik begann, trug sie meine Gedanken mit sich fort, und es gab nur noch meinen Körper und den des Jungen, mit dem ich gerade tanzte. Doch heute Nacht konnte ich keinen Frieden finden. Ich konnte es mir nicht verkneifen, einen Blick zum Mond zu werfen, und sobald ich es tat, war es, als hätte jemand einen Backstein auf meine Brust gelegt. Der Mond erinnerte mich lediglich an all die Dinge, die ich hier vergessen wollte. Ich gehörte nicht hierher, ebenso wenig wie an den Hof. Wie überall war ich auch hier schwach und keiner Erinnerung würdig, und eine leise Stimme in meinem Hinterkopf flüsterte, dass es ganz allein meine Schuld war.

Alles fühlte sich so falsch an, dass meine Haut förmlich vibrierte, in einem ganz anderen, härteren Rhythmus als die Chatara-Trommeln.

Erst als sich ein Junge mit einem vage bekannten Gesicht zu mir gesellte und seine Hände um meine Hüfte legte, konnte ich mich in die Hitze seiner Berührung fallen lassen und mich dem überwältigenden Gefühl hingeben, einfach nur ein Mädchen zu sein, das mit einem Jungen tanzte.

Die Wahrheit – dass dies nur eine falsche Fassade war, genau wie die, die ich im Palast zur Schau trug – war zu schmerzhaft, um daran zu denken.

Ich überließ Körper und Geist der Musik, trank dankbar ein paar Schlucke Ouitza und ließ die Hitze des jungen Mannes in mich einsickern, alles andere vertreiben.

Ich hatte mir geschworen, hier keine Prinzessin mehr zu sein. Nur ein gewöhnliches Mädchen, das auf dem Flicken tanzte, nicht die untaugliche Erbrivalin. *Keine Prinzessin mehr.* Die Worte hallten auch noch in meinem Kopf wider, nachdem ich zu tanzen aufgehört hatte.

Stunden später fand ich mich an dem Ort wieder, wo meine Nacht begonnen hatte. Ich ließ das Mondlicht über mich sickern, während ich auf der Veranda auf Falun wartete. Leise murmelte ich die Worte eines Lieds vor mich hin. Ich wusste kaum, worum es ging. Um einen Jungen und ein Mädchen und ein Boot, an der Stelle, wo der Rote Fluss auf die Silbrige See traf.

Etwas bewegte sich neben mir. »Fal«, fragte ich, »könntest du dir vorstellen, mit einem Bürgerlichen zusammen zu sein? Nicht nur für eine Nacht, sondern für immer? Jessypha würde es nicht gefallen, aber …«

Als die Klinge meinen Hals küsste, erstarben die restlichen Worte auf meinen Lippen.

Keine Prinzessin mehr.

Ich lachte, obwohl plötzlich Eis durch meine Adern kroch. Schroffe Hände fuhren durch meine Locken, rissen meinen Kopf zurück, und der Dolch schnitt in meine Haut, bis heißes Blut meinen Hals herablief. Ein Mann sah mit einem starren Lächeln auf mich herab.

»Lass mich dich genau ansehen«, sagte eine raue Stimme. Die Klinge wurde von einer Hand ersetzt, die das Blut mit einer entsetzlichen, streichelnden Bewegung über meinen Hals und meine Brust verteilte. »Ich will ja nicht die falsche Prinzessin töten.«

Die Worte hallten in meinem Kopf wider, wurden von meiner Panik verzerrt. Die falsche *Prinzessin* töten?

Die Luft verließ meine Lunge, während ich ihn anstarrte. Ich atmete tief ein und tat das Einzige, was mir in den Sinn kam: Ich schrie.

Kapitel 4

Der Attentäter grinste, als er mich hart ins Gesicht schlug, und schnalzte abfällig mit der Zunge. »Na, na, das kann ich dir nicht erlauben. Unsere Zeit zusammen ist so kostbar.«

Als Schmerz in meinem Kiefer aufflammte, zuckte ich zusammen. Ich versuchte, mich ihm zu entziehen, doch sein Griff um meinen Hals war unnachgiebig.

Ich erkannte seine krumme Nase und dieses Lächeln, das seine Augen nicht erreichte. Der Mann, von dem ich angenommen hatte, er wäre ein Soldat der Stadtwache, war offenbar ein Attentäter in einer gestohlenen Uniform. Eiskalt legte die Erkenntnis sich über mich und sickerte bis in meine Knochen. Wie hatte mir etwas so Offensichtliches entgehen können? Grabeskälte lag in diesen matschbraunen Augen.

»Ich hatte gehofft, du würdest dich ordentlich wehren, kleine Prinzessin.« Er fuhr mir mit dem Daumen über die Wange. »Wie enttäuschend.«

Ich biss ihm in die Hand, und faulig schmeckendes Blut flutete meinen Mund. Er fluchte, als ich von ihm fortstolperte. Ich spuckte sein Blut aus, richtete mich auf und zückte mein Gürtelmesser. Ich war dankbar, dass er sich nicht die Mühe gemacht hatte, mich zu entwaffnen. Seine Überheblichkeit war mein Vorteil.

Der Attentäter zog ein Kurzschwert aus einer Scheide auf seinem Rücken. Ich erkannte den schwarzen Stahl, der im Toten Dschungel geschmiedet worden sein musste – hundertmal eingeschmolzen und neu geformt, um ihn unzerstörbar zu machen. Die Soldaten der Armee der Königin trugen solche Schwerter. »Also hast du doch Zähne. Ich hatte mich nach unserer Begegnung letzte Nacht schon gewundert.«

»Warum hast du mich nicht gleich gestern getötet? Warum bist du mir heute wieder gefolgt?« Gestern Nacht wäre es ein Leichtes für ihn gewesen, mir ein Messer zwischen die Rippen zu stoßen. Oder vor ein paar Augenblicken, als er sich an mich herangeschlichen hatte. Er hätte meine Kehle durchschneiden und längst über alle Berge sein können.

»Mein Kunde bevorzugt äußerste Diskretion«, sagte er und starrte hungrig auf die schwarze Klinge. »Und ich ziehe einen langsamen Tod einem schnellen vor. Du etwa nicht?«

Die Furcht bohrte ihre Krallen in meinen Rücken, doch mein Zorn hielt sie in Schach. Ich weigerte mich, in dieser vergessenen Straße zu sterben, achtlos weggeworfen wie Abfall. Er würde es bereuen, mich nicht sofort getötet zu haben, als er die Gelegenheit dazu gehabt hatte.

Der Attentäter sprang mit beängstigender Geschwindigkeit vor, unsere Klingen trafen mit einem misstönenden Klirren aufeinander. Ich biss die Zähne zusammen. Nachdem ich einige seiner Schläge abgeblockt hatte, brannten meine Arme bereits vor Erschöpfung. Mit seiner größeren Reichweite und der viel längeren Klinge würde der Kampf bald vorbei sein, wenn ich ihn nicht rasch entwaffnete.

Ich hieb auf seinen Schwertarm ein, doch er wich mit einer geschmeidigen Bewegung aus und fügte mir eine oberflächliche Wunde am Handgelenk zu. Mit erhobenem Messer wich ich zurück und kämpfte schwankend gegen den Schmerz an. Der Mörder ließ mich nicht weit kommen. Er griff wieder an, schwang seine Klinge beinahe träge durch die Luft. Ich täuschte einen Angriff vor, und als er auswich, rammte ich das Heft meines Messers gegen sein Handgelenk. Seine Augen weiteten sich, während sein Schwert zu Boden fiel. Lächelnd trat ich es aus dem Weg.

»Glaub ja nicht, dass du schon gewonnen hast, Prinzessin«, flüsterte er. Weiches, goldenes Licht entströmte seinem Körper. Ich blinzelte gegen die Helligkeit an und verfluchte meinen Fehler. Ich hatte vergessen, auf seine Magika zu achten.

Er sprang auf mich zu. Es roch nach Gewitterwolken und Blitzeinschlag. Lichtstrahlen explodierten aus seinem Körper, als ob er die Magika nicht nur rief, sondern ganz aus ihr zu bestehen schien.

Wir gingen beide zu Boden. Einen Augenblick bevor mein Kopf mit einem entsetzlichen Krachen auf dem Pflaster aufschlug, rammte ich ihm mein Messer in die Schulter. Es fiel klappernd zu Boden, als es mir aus der Hand rutschte und in den Schatten der Gasse verschwand. Der Attentäter setzte sich rittlings auf mich. Er schien das Blut, das seinen Hemdkragen durchnässte, gar nicht zu bemerken, während sich seine Finger um meinen Hals legten und mich würgten.

Ich umklammerte seine Hände, mein Blickfeld schrumpfte immer weiter, bis ich nur noch sein Gesicht sah.

Die Dunkelheit sammelte sich um uns, sodass der Blutmond hinter meinem Angreifer wie ein Heiligenschein aufragte. Da roch ich auf einmal Magika. Der bittere Geruch von Blutbeeren und reifen Pflaumen erfüllte die Luft, als eine lange vergessene Kraft in mir anschwoll.

Die Wunde an meinem Handgelenk blutete immer noch, und jede Tätowierung, die mit dem Blut in Berührung kam, wurde plötzlich warm.

Der Attentäter spürte die Veränderung, sein Griff wurde fester, während er über mir aufragte und mich angrinste. »Du wirst dich nicht selbst retten. Du wirst hier allein sterben. Nachdem ich deine Leiche beseitigt und deinen Gefährten getötet habe, werden alle glauben, dass du wieder einmal davongelaufen bist.«

Nein.

Ich konnte nicht sterben und Falun diesem Schicksal überlassen. Ich würde nicht sterben. Der dunkle See in meinem Geist begann zu brodeln und zu schäumen, als meine Magika erwachte. Obwohl ich sie so sehr fürchtete, hatte ich immer gewusst, dass meine Kraft sich tief in diesem Gewässer verbarg, wie ein träges Biest, das nur darauf wartete, von mir ans Ufer gerufen zu werden. Als der See mir nun meine sich windende Magika anbot, die so rot wie ein Sonnenuntergang glühte, nahm ich sie an. Meine Hände wurden schmerzhaft heiß, meine Tätowierungen leuchteten rot auf. Auf einmal spürte ich den Puls des Attentäters, der in einem anderen Rhythmus schlug als meiner. Mit der letzten Kraft, die ich aufbringen konnte, presste ich meine Hand auf die Wunde, die ich ihm am Schlüsselbein zugefügt hatte. Sie war klebrig vor trocknendem Blut.

Mehr, dachte ich. *Blute,* wünschte ich mir. *Stirb.*

Unter meinen Fingern weitete sich die Wunde. Heißes Blut schoss aus dem Hals des Mörders.

Sein Blick traf meinen. Anklage und Verwunderung lagen darin, dann war er tot.

Sein Blut floss über meinen Körper und hinterließ einen brennenden Pfad mit jeder neuen Tätowierung, die es berührte. Dadurch wurde so viel Magika freigesetzt, wie ich sie noch nie zuvor gespürt hatte.

Die losen Enden meines Geists wurden straff gezogen wie Tierhaut über einer Trommel. Ich fuhr mit beiden Händen durch die warme Flüssigkeit, und meine innere Anspannung wurde noch größer. Nun hatte ich Druck auf den Ohren, mein eigenes Blut rauschte wie Donner durch mein Trommelfell.

Dies war meine Magika – die Magika der Knochen und des Bluts.

Wenn schon das erste Fünkchen davon seine Kehle aufgeschlitzt hatte, hätte ich ihm jetzt damit das Fleisch von den Knochen reißen können. Ekel überkam mich, und ich entleerte den Inhalt meines Magens auf die Straße.

Zitternd schubste ich seine Leiche von mir und krabbelte fort von der blutigen Pfütze. Ich wusste, dass ich aufstehen, Falun finden und zum Palast zurückkehren musste, doch Erschöpfung überkam mich so heftig, dass ich das Gefühl hatte, durch Schlamm zu waten. In meinem Kopf verschwamm alles, und ich zog meine Knie an die Brust. Immer noch konnte ich die Augen des Attentäters vor mir sehen, als die Dunkelheit versuchte, mich mit sich zu reißen.

Wie konntest du nur?, schienen seine Augen zu sagen, aber es war nicht die Stimme des Mörders, die ich hörte.

Es war meine eigene.

Kapitel 5

Ich erwachte zu dem Geräusch einer Klinge, die über Stein geschleift wurde.

Mit dröhnendem Kopf setzte ich mich auf und zog den Seidenvorhang meines Himmelbetts zur Seite. Falun saß an meinem Schreibtisch und zog sein Schwert über einen Schleifstein, sein Gesicht war hinter seinem hüftlangen roten Haar verborgen. Mirabel stand an der Tür und übergab gerade einer alten Frau, gekleidet in das goldene Wams der Heilerinnen, eine Schüssel mit rötlich gefärbtem Wasser. Feuchte, blutgetränkte Stoffstreifen hingen über den Rand. Sie ließ ein paar Münzen in die schwielige Hand der Heilerin gleiten und schloss die Tür hinter ihr.

Da erst entdeckte ich die frischen Verbände, die sich von meinem linken Handgelenk bis zur Handfläche zogen. Ich beugte die Finger und wunderte mich über den leichten Schmerz, den die Bewegung verursachte.

Wenigstens würden keine äußeren Narben von letzter Nacht zurückbleiben, doch in meinem Inneren hatte sich alles verändert. Obwohl es richtig und überlebenswichtig gewesen war, den Attentäter zu töten, überkam mich ein schlechtes Gewissen. Mein Magen zog sich schmerzhaft zusammen.

Ich hatte eigenhändig jemanden getötet. Zitternd schlang ich die Decke um mich und stand auf.

»Du bist wach«, sagte Mirabel mit für sie untypischem Eifer. »Die Heilerin sagte, dass du noch Stunden schlafen würdest.«

»Äh, guten Morgen.« Ich warf Falun einen Blick zu, in der Hoffnung, er würde mir irgendwie verraten, was letzte Nacht passiert war.

Er legte das Schwert beiseite und schob sich das Haar hinter die eleganten Spitzen seiner Ohren. Er wich meinem Blick aus, schüttelte leicht den Kopf, als müsste er einen unangenehmen Gedanken vertreiben, und deutete auf die abgedeckten Tabletts auf dem Schreibtisch.

Meine Haut kribbelte. Verhielten die beiden sich so merkwürdig, weil sie wussten, was ich getan hatte?

»Ich sollte euch wohl erklären, was passiert ist.«

»Ja, das solltest du«, sagte Mirabel, die mich immer noch neugierig musterte. Sie setzte sich gegenüber von Falun an meinen Schreibtisch. Falun zog einen weiteren Stuhl herbei und bot ihn mir an. Es war ein breiter Mahagonisessel, auf dem wir zu dritt Platz gefunden hätten.

Es hätte ein ganz gewöhnlicher Nachmittag sein können, an dem wir wie sonst zusammensaßen, Tee tranken und arbeiteten. Wie immer blätterte Mirabel in ihrem Buch und machte Notizen in ihrer Geheimschrift. Falun hatte sein Schwert fertig geschliffen und begann, es zu ölen. Und doch war es ganz anders als sonst. Ich konnte die gespannte Aufmerksamkeit der beiden beinahe mit Händen greifen. Sie fragten sich, wie ich überlebt hatte.

»Vorletzte Nacht hat mich ein Stadtgardist beim Tanzen angesprochen. Die Wachen nehmen während der Razzien oft Leute auf dem Flicken fest. Es ist mir gelungen, ihm zu entkommen, und danach habe ich keinen Gedanken mehr an die Begegnung verschwendet.« Ich zuckte mit den Schultern. »Ich wusste nicht, dass er ein Attentäter war, bis er mich gestern Nacht in der Gasse fand, in der ich mich mit Falun treffen wollte.«

»Wenn ich bei dir geblieben wäre, wärst du in Sicherheit gewesen«, sagte Falun. Seine Haut war aschfahl, seine Züge grimmig.

Mirabel grunzte zustimmend, und ich funkelte sie an. »Ich *bin* in Sicherheit. Dank dir bin ich hier aufgewacht und nicht in den Stadtverliesen.«

Oder, was noch wahrscheinlicher gewesen wäre, in den Gefängniszellen tief unter dem Palast. Mutter hätte sicher angeordnet, mich in Ketten zu legen, bevor sie gekommen wäre, um mich zu retten, nur um mich dann für die nächsten zwei Monate in meinem Schlafgemach einzusperren. Nicht, weil ich jemanden getötet hatte, sondern weil ich ihre Regeln gebrochen hatte, indem ich den Palast verließ.

»Als ich dich fand, dachte ich, ich wäre zu spät«, sagte Falun mit geballten Fäusten. »Du warst von oben bis unten mit Blut besudelt, aber dein Herzschlag war kräftig, also habe ich dich hierhergetragen und Mirabel geholt.«

Dank der Magika dafür. Ich konnte darauf vertrauen, dass Heilerinnen, die mich in Miras Auftrag behandelten, nichts über meinen Zustand weitererzählen würden. »Und was ist mit … der Leiche passiert?«

»Anali und ihre Soldaten haben sie fortgeschafft«, sagte Falun mit einem Blick zur Tür. »Sie sind erst vor ein paar Minuten zurückgekommen.«

Wie sich herausstellte, waren fast alle Soldaten meiner Leibgarde vor der Tür stationiert und warteten auf Neuigkeiten über meinen Gesundheitszustand. Es wäre mir lieber gewesen, wenn niemand erfahren hätte, dass ich beinahe gestorben wäre. So wie ich sie kannte – und nach drei Jahren in Asrodei kannte ich sie sehr gut –, würden sie mich in den nächsten Wochen alle noch mehr als sonst beschützen wollen … und mich auf dem Ausbildungsplatz hart rannehmen, um mich besser auf solche unerwarteten Angriffe vorzubereiten.

Falun verließ den Raum und kam mit Anali Vala, der Befehlshaberin meiner Leibgarde, im Schlepptau zurück. Die Enden ihrer salzweißen, eng am Kopf anliegenden Flechtzöpfe schwangen aufgrund ihres zackigen Tempos hin und her. Sie war Khimaerin, mit weißen Bockshörnern, die ihr feines, herzförmiges Gesicht einrahmten, und so dunkler Haut, dass darauf kein einziger Makel zu erkennen war. Ihre Hand ruhte auf ihrem Schwertknauf. Trotz ihrer zierlichen Statur hatte sie breite Schultern und konnte uns alle drei in nur wenigen Sekunden außer Gefecht setzen, wenn sie wollte.

Anali war die Erste, der mein Vater mich in Asrodei vorgestellt hatte. Er hatte ihr die Verantwortung für meine Kampfausbildung übertragen, sodass wir Hunderte Stunden zusammen verbracht hatten. Als es Zeit für mich gewesen war, nach Ternain zurückzukehren, hatte ich sie gebeten, als Befehlshaberin meiner Leibgarde mit mir zu kommen.

Als sie mich nun sah, presste sie eine Hand auf ihr Herz und neigte den Kopf. »Eure Hoheit.«

»Habt ihr ihn gefunden?«

Sie verzog das Gesicht. »Tut mir leid, Eva. Wir haben die Gasse gefunden, die Leutnant Malfar uns beschrieben hat, aber die Leiche des Mannes war nicht mehr da. Irgendjemand hat außerdem versucht, das Blut zu beseitigen, aber wir konnten noch Hinweise darauf erkennen, dass jemand die Leiche fortgeschafft hat. Wir sind den Spuren gefolgt, bis sie sich im Menschenviertel verloren haben.«

»Verdammt seien die Götter«, fluchte ich.

»Das trifft es ziemlich genau. Ich denke, wir können davon ausgehen, dass der Attentäter von seinem Auftraggeber fortgeschafft wurde. Ich habe ein paar Wachen im Viertel der Blutsvettern gelassen. Wenn wir Glück haben, finden sie etwas.«

»Wenn nicht sie, dann ich«, sagte Mirabel. »Aber zuerst muss ich den König darüber informieren. Falls Prinzessin Isadore dahintersteckt, ist euer Vater der Einzige, der etwas dagegen unternehmen kann. Es sei denn« – sie hob eine Augenbraue – »du würdest das lieber der Königin überlassen.«

»Natürlich nicht.« Mutter würde Isa verteidigen, selbst wenn wir Beweise fänden. Das hatte ich gelernt, kurz bevor ich vor fast vier Jahren davongelaufen war. »Aber ich glaube nicht, dass es meine Schwester war.« Isadore wollte mich vor versammeltem Hof besiegen, ein großes Spektakel daraus machen. Sie sah mich nicht als Bedrohung. Eine Erbrivalin vor ihrem Namenstag zu töten war Verrat und wurde mit dem Tod bestraft. »Warum sollte sie es riskieren, mich jetzt töten zu lassen, wenn sie doch in nur zwei kurzen Monaten selbst Gelegenheit dazu haben wird?«

»Stimmt, aber wir können im Augenblick noch niemanden ausschließen«, erwiderte Mirabel. »Deine Schwester hätte mehr von deinem Tod als irgendjemand sonst.«

Daraufhin breitete sich Stille im Zimmer aus. Sie wurde vom Klirren des Porzellangeschirrs unterbrochen, als Falun uns Tee einschenkte. Ich nahm die erste Tasse entgegen, doch selbst die heiße Flüssigkeit konnte die frostige Kälte in meinem Inneren nicht vertreiben. Dies war erst der Anfang. Wer auch immer den Attentäter geschickt hatte, würde es immer wieder versuchen, bis ich tot war.

War es möglich, dass Isadore meinen Tod in Auftrag gegeben hatte? Hatte sie so wenig Liebe für mich übrig? Gestern am Hof war sie so selbstgefällig gewesen, so sicher, dass ich als Erbrivalin völlig nutzlos war. Warum sollte sie mich dann jetzt umbringen lassen wollen?

»Da wäre noch etwas, Eva.« Mirabel schrieb etwas in ihr Buch und schloss es. Das eifrige Glühen kehrte in ihren Blick zurück, als sie mich wieder anstarrte. »Du hast uns noch nicht erzählt, wie du überlebt hast.«

»Ich habe ihn getötet«, flüsterte ich und zog mir die Decke fester um die Schultern.

Mirabel beugte sich zu mir vor. »Aber wie, Kind?«

Ich stellte meine Teetasse ab und atmete einmal tief durch. Ich hatte mich damit abgefunden, dass ich es ihnen sagen musste. Trotzdem war es schwer, die Worte auszusprechen. »Ich … habe meine Magika benutzt.«

Die Zeit schien sich zu verlangsamen, als Falun das Schwert aus der Hand fiel und mit einem lauten Klirren auf dem Marmorboden aufschlug. Er bemerkte es kaum. Die Sorge auf seinen Zügen wurde von Freude ersetzt, als er nach meiner Hand griff. »Brillant, Eva.«

Mirabel klopfte mit den Fingerknöcheln auf den Tisch und verkniff sich ein Lächeln. »Endlich. Ich habe es immer gewusst.«

Anali zeigte keine sichtbare Reaktion, nur ihre Augen weiteten sich leicht.

»Ich wusste es«, sagte Falun. »Als ich die Leiche sah, wusste ich, dass du einen Weg gefunden hast.«

Übelkeit stieg in mir auf. Ich schluckte und hielt mich an der Tischkante fest. »Was meinst du damit?«

»Als ich dich gefunden habe, warst du unbewaffnet, aber die Wunde am Hals des Mannes war sauber. Sie hätte nur von einer Klinge stammen können oder von …«

Meiner Magika.

Ich suchte in ihren Gesichtern nach der Furcht und dem Abscheu, die sie empfinden mussten. Falun und Anali hatten sicher all das Blut in der Gasse gesehen, das ich ohne eine Waffe vergossen hatte. Beide sahen allerdings erleichtert aus. »Wie könnt ihr so froh darüber sein?«

»Warum sollten wir es nicht sein?«, fragte Falun. »Du bist am Leben und hast endlich deine Magika benutzt. Jetzt kannst du gewinnen.«

»Gewinnen?« Als ich den Attentäter tötete, war es mir nicht wie ein Sieg vorgekommen. Ich hatte nichts als Entsetzen empfunden. Und Erleichterung. »Ich kann nicht gewinnen. Ich habe letzte Nacht nur knapp überlebt.«

Und das nur, weil der Attentäter mit mir hatte spielen wollen.

»Eva«, begann Falun sanft, »das war doch erst das erste Mal. Du wirst noch viel stärker werden.«

»Toll, damit ich ein noch größeres Monster werden kann.«

»Unsinn«, sagte Mirabel. »Magika ist Magika – sie kann dich nicht verändern.«

Sie hatte recht. Magika konnte die wahre Natur ihres Besitzers nicht verändern, sondern reflektierte sie nur. Und mit der Magika der Knochen und des Bluts in mir war ich wohl wirklich bösartig. Das war klar geworden, als ich meine Magika zum ersten Mal benutzt hatte, um Isadore zu verletzen. Nur Isadore, Papa und unsere Mutter wussten, was in jener Nacht passiert war, aber ich war sicher, dass Mirabel, Falun und Anali mir zustimmen würden, wenn sie erst mal Zeuge der zerstörerischen Kraft meiner Magika geworden wären.

Ich verschränkte die Arme vor der Brust und bemühte mich, das Zittern aus meiner Stimme zu verbannen. »Die letzte Königin mit Magika dieser Art hat ihre Schwester getötet und einen Krieg angezettelt. Es ist schon schlimm genug, dass ich meine eigene

Schwester umbringen muss. Ist es euch jemals in den Sinn gekommen, dass der Blutmond aufgegangen ist, weil ich vielleicht in Rainas Fußstapfen treten werde?«

Zu meiner Überraschung lachte Falun. »Das ist absurd. Egal, für was der Mond steht – falls Monde überhaupt für etwas stehen können –, wenn du nicht in Rainas Fußstapfen treten willst, musst du lediglich ihre Fehler kennen und nicht dieselben begehen. Welchen Krieg solltest du denn schon anzetteln?«

Mein Kopf flüsterte mir die Antwort zu. Es würde einen Krieg brauchen, um die Fehler der Vergangenheit wiedergutzumachen. Doch ich blieb still.

Falun hatte recht. Ich wusste wenig über Raina, da ich mich bisher geweigert hatte, etwas über sie zu lernen. Sie war die tiefere Dunkelheit, die mit meinem eigenen Schatten verwoben war und mich auf Schritt und Tritt verfolgte. Ich hatte immer befürchtet, dass ich mich zu sehr mit ihr identifizieren würde, wenn ich mehr über sie wusste, doch meine Unwissenheit barg das Risiko, ihre Fehler zu wiederholen.

Plötzlich wusste ich, was ich heute zu tun hatte. »Es wird euch nicht gefallen, aber ich muss in die Stadt gehen.«

»Warum?«, fragte Anali. »Wir wissen nicht, wann es einen weiteren Anschlag auf dein Leben geben wird. Mörder, denen es beim ersten Mal nicht gelungen ist, sind dafür bekannt, es wieder zu versuchen, Prinzessin.«

»Und du bist heute nicht am Hof erschienen«, fügte Mirabel hinzu. »Du wirst die Geduld deiner Mutter auf die Probe stellen, wenn du heute auch noch den Palast verlässt.« Es war ein Risiko, das ich einzugehen bereit war. Schließlich wollte mich jemand umbringen. Wenn es etwas gab, das das Geheimnis zur Kontrolle über meine Magika barg, dann war es Rainas Vergangenheit. Obwohl es eine Bibliothek im Königinnenpalast gab, befand sich der beste Ort, um auf den Spuren der Geschichte zu wandeln, auf der anderen Seite Ternains.

Ich musste dem Tempel einen Besuch abstatten.

Rasch schlüpfte ich in ein safrangelbes Kleid mit zum Reiten geteilten Röcken und holte die Schatulle aus Kiefernholz hervor, die in einer dunklen Ecke auf dem höchsten Regalbrett meines Ankleidezimmers stand. Sie war in etwa so groß wie meine Hand und mit Schnitzereien von blühenden Bäumen verziert. Vorne ließ sie sich mit einem robusten Messingschloss verschließen. Ich hatte den Schlüssel bereits vor Jahren verloren, aber herausgefunden, dass man genauso gut eine Haarnadel benutzen konnte. Meine Schultern entspannten sich ein wenig, als sich das Schloss klickend öffnete.

Die Schatulle war ein altes Geschenk meines Vaters. Eins der wenigen Dinge, die ich mitgenommen hatte, als ich aus Ternain fortgelaufen war. Darin befanden sich vier kleine Schätze: zwei flache, orangefarbene Steine mit weißen Rissen, der Schädel eines kleinen Vogels und eine goldene Halskette mit einem Anhänger, der wie das geöffnete Maul einer Schlange geformt war. Zwischen den Fangzähnen thronte ein Lapislazuli.

Ich hatte das Schmuckstück aus einem Dorf ein paar Meilen außerhalb von Asrodei. Die alte Frau, die es mir verkauft hatte, hatte versprochen, dass es meine Feinde von mir fernhalten würde. Es war keine große Überraschung, dass es nicht funktionierte – das war meistens so bei Talismanen –, aber wenn ich mich auf den Stein konzentrierte, konnte ich Magika riechen, selbst wenn sie gerade nicht benutzt wurde. Wenn ich meine geistigen Fühler weit ausstreckte, konnte ich es spüren, wenn sich mir jemand Unbekanntes näherte. Die Kette würde mir heute im Tempel nicht viel nutzen, da dort Magika unterrichtet wurde, doch ich konnte meine Gemächer nicht noch einmal ohne den Talisman verlassen.

Wenn ich ihn letzte Nacht bei mir gehabt hätte, hätte er mich vorgewarnt.

Ich schob ihn mir gerade übers Handgelenk, als es an der Tür klopfte. Ich wickelte die Kette mehrmals um meinen Arm, bis sie fest saß, und bat den Besucher herein. Ich hatte Mirabel erwartet, doch stattdessen öffnete Anali die Tür.

Sie hatte nur wenig zu sagen gehabt, nachdem ich von dem Erwachen meiner Magika erzählt hatte, doch das war nicht ungewöhnlich. Bei unserer ersten Begegnung hatte ihr Schweigen mich verärgert. Während unserer Übungsstunden hatte ich vor mich hin geplappert, um sie zum Sprechen zu bewegen oder ihr wenigstens ein Lächeln zu entlocken. Nun wusste ich es besser. Sie hörte stets zu, teilte ihre Gefühle aber erst mit, wenn sie bereit dazu war. Sie sprach nie, wenn sie wütend war, überlegte sich ihre Worte immer genau.

»Ich habe eine Wache losgeschickt, um unsere Pferde satteln zu lassen«, sagte sie und lehnte sich an den Schrank, in dem mein echter Schmuck aufbewahrt wurde. »Wie fühlst du dich?«

Ich fühlte mich wie eine leere Teekanne, an deren Boden noch der Teesatz klebte. »Es geht mir gut. Mach dir keine Sorgen. Die Heilerin hat sich um meine Wunden gekümmert.« Selbst der blaue Fleck an meinem Hals war geheilt.

Anali nickte. »Das freut mich zu hören. Nach meinem ersten Mal habe ich den armen Bastard vollgekotzt. Zum Glück war er schon tot, aber es war nicht gerade der Höhepunkt meiner Karriere.«

»Das erste Mal, dass du jemanden getötet hast?«

Sie nickte. »Ich war nicht viel älter als du. Es war in meiner ersten Woche in der Armee der Königin, und niemand war besonders scharf darauf, dass ein Biest unter ihnen lebte. Ich schlief in den Kasernen, als einer versuchte, mich zu erdolchen. Ich hatte keine Waffe, also haben sich meine Schatten um ihn gekümmert.« Sie hob eine Hand, und dunkle Schlieren tanzten um ihre Finger wie samtige schwarze Flammen, bevor sie sich wieder in ihre Haut zurückzogen. »Sie haben ihn erwürgt, bevor ich überhaupt mitbekam, was vor sich ging. Hätte dein Vater mich nicht beschützt, hätten sie mich gehenkt.«

Anali hatte immer davon gesprochen, dass sie am Anfang ihrer Karriere eine schwere Zeit durchgemacht hatte, doch ich hatte noch nie von diesen Angriffen gehört. Sie waren abscheulich, die Art von Abscheulichkeit, auf der Myre aufgebaut worden war. Wir Menschen führten hier ein gutes Leben, nicht etwa aufgrund unserer Leistungen, sondern weil wir von den Khimaern gestohlen hatten. Durch die abgeschotteten Bezirke, in denen die Khimaer lebten, wurde nur allzu deutlich, dass die Entscheidung über ihr Leben oder ihren Tod in den Händen der Menschen lag. Natürlich hatten die Soldaten in der Kaserne entschieden, dass sie ebenso ein Recht darauf hatten, über Analis Leben zu richten.

Für die meisten Menschen waren die Khimaer Monster, die in der Nacht lauerten, obwohl Raina sie bereits vor Jahrhunderten besiegt und weggesperrt hatte. Schuldgefühle und Furcht waren schnell zu Hass geworden. Wenn ich Königin wäre, was derzeit ziemlich unmöglich schien, wollte ich vieles davon ändern. Mein Vater glaubte, dass Myre irgendwann untergehen würde, wenn wir die Khimaer nicht zurück ins Königinnenreich ließen. Er hatte Mirabel als mein Kindermädchen ausgewählt und mich Anali vorgestellt, damit sie mich führen konnten. Meine Mutter wurde ja bereits als Revolutionärin bezeichnet, weil sie es den

Khimaern erlaubt hatte, ihrer Armee beizutreten. Doch eine Freiheit, die einem das Leben kosten konnte, war nur eine weitere Form der Sklaverei unter einem anderen Namen. Die Bezirke mussten abgeschafft werden, egal, ob dies unser Reich vor dem Zerfall abhielt oder nicht. Ich konnte nicht zulassen, dass die Fehler aller meiner Vorfahrinnen, weitergeführt wurden.

Das allein wäre es wert, Myre zu regieren.

Ich sah meiner Befehlshaberin in die rußgrauen Augen. »Das tut mir leid, Anali.« Sie wedelte abwehrend mit der Hand. »Es ist nicht dein Vergehen.«

Ich fummelte an der versteckten Tasche an meiner Hüfte herum, wo ich ein Messer platziert hatte. »Hast du es bereut?«

»Danach habe ich wochenlang davon geträumt, wie ich ihn einfach bewusstlos schlug, anstatt ihn zu töten. Nicht, weil mir sein Leben etwas bedeutete. Dieser Mann war schließlich so voller Hass, dass er eine Kameradin angegriffen hat. Ich fand einfach nicht, dass er es verdiente, für immer in mein Gedächtnis eingebrannt zu sein.« Ihr Lachen klang bitter. »Noch nicht mal eine Woche später kam der nächste Angriff, und ich zögerte, suchte nach einem Weg, wie wir beide am Leben bleiben könnten. Das war ein Fehler.«

Sie öffnete die ersten beiden Knöpfe ihrer weißen Uniformjacke und deutete auf eine hervortretende, etwa einen Zoll lange Narbe auf ihrem Schlüsselbein. Ein wenig höher, und sie wäre gestorben.

»Wie oft ... wie viele Soldaten haben dich angegriffen?«

Sie nahm sich die Zeit, ihre Jacke wieder zuzuknöpfen. Ich erhaschte einen Blick auf die schwarz-weißen Federn, die sich um ihren Nacken ringelten, aber schnell wieder vom Stoff verdeckt wurden. »In meinem ersten Jahr waren es sieben. Ich erinnere mich an all ihre Gesichter. Manchmal wünschte ich, ich könnte sie vergessen, aber es ist nur richtig so, dass ich ihre Tode mit mir trage. Töten sollte nie leicht sein oder einfach vergessen werden.«

»Wie hast du gelernt, damit zu leben?«

»Ich akzeptiere es.« Sie zuckte die Achseln. »Du wirst Schuldgefühle haben, Eva. Aber du wirst es nicht bereuen, am Leben zu sein, um diese Schuld empfinden zu können.«

»Ich bereue seinen Tod nicht«, sagte ich und wurde rot, als sie eine Augenbraue hob. »Ich sollte es nicht bereuen. Er wollte mich töten. Es war vielleicht nur ein Auftrag, aber ... Er wollte es tun.« Ich schauderte, als ich mich an die sadistische Genugtuung in seinen Augen erinnerte, als er von meinem langsamen Tod gesprochen hatte. »Es ist nur ... Ich will keine Mörderin sein, Anali. Ich wünschte, ich hätte es wenigstens mit meinem Messer getan.«

Die gerechte Strafe, die der Attentäter verdient hatte, war das Seil des Henkers, nicht meine Magika, die ihm das Blut aus der Kehle gerissen hatte.

»Warum?«

»Du hast die Geschichten gehört, Anali. Du weißt, wozu diese Magika fähig ist.«

Sie nickte ernst. »Du weißt, woran wir glauben.« Khimaer glaubten, dass Magika weder gut noch schlecht war. Es war ein Geschenk des Lands, das jedem im Königinnenreich zuteilwurde. »Wir entscheiden selbst, wie wir unsere Gaben einsetzen. Du solltest dich nicht dafür schämen, deine Magika zu benutzen, um dich selbst zu schützen, egal, wie zerstörerisch oder mächtig sie ist.«

»Ich kann nicht einfach aufhören, zu fühlen, was ich fühle.«

»Ich weiß, aber du musst dich entscheiden, was du mehr fürchtest – deine Magika oder deinen Tod.«

Mit diesen Worten verließ sie mein Ankleidezimmer.

Vor einigen Tagen wäre es mir schwergefallen, diese Frage

zu beantworten, aber nachdem ich meinen eigenen Tod in den Augen des Attentäters gesehen hatte, wusste ich, dass sich die Furcht vor meiner Magika nie mit der Angst vor dem Tod messen könnte. Selbst wenn ich zu dem bösartigen Mädchen meiner Albträume, einem Mahlstrom aus Knochen und Blut, wurde, würde ich tun, was nötig war, um am Leben zu bleiben.

Kapitel 6

Ich saß auf Vögelchen, meiner Palominostute, als der Tempel in Sicht kam.

Die weiße Sandsteinpyramide, die auf einem Hügel im Herzen des Menschenviertels thronte, war neben dem Königinnenpalast der höchste Punkt der Hauptstadt. Abwechselnd golden und blau gestrichene Stufen führten zu der Öffnung an ihrer Spitze. Der Tempel war von einem üppigen Garten voller Palmen und Kakteen, aber auch leuchtenden Paradiesvogelblumen und Orchideen umgeben. Letztere hätten in dieser Hitze niemals ohne Magika blühen können. Zwei Obelisken standen am Fuß der Treppen. Der eine war mit den Symbolen der Sorceryn-Tätowierungen verziert, den anderen zierten die verschiedenen Fachgebiete der Auguries: die Sterne, der Mond und andere Himmelskörper.

Die Sorceryn, Männer, die ihr Leben den Studien der Magika widmeten, wohnten in der unteren Hälfte des Tempels. Ihre weiblichen Gegenstücke, die Auguries, bewohnten hingegen die obere Hälfte, wo sie die Omen aufschrieben und ihre Visionen interpretierten. Außerdem kümmerten sie sich um die größte Bibliothek ganz Akhimars.

Unter meinen Reithandschuhen drückte sich der blaue Anhänger unangenehm in meine Handfläche. Ich hatte ihn auf dem Weg hierher nicht benutzt, da meine Leibwache alle, an denen wir vorbeikamen, scharf im Auge behalten hatten. Doch nun konnte ich nicht umhin, mich selbst auf die Probe zu stellen. Dutzende Leute gingen ein und aus, junge Eltern mit ihren Kindern, Studenten mit Pergamentrollen und in durchscheinende Roben gekleidete Sorceryn. Ich konzentrierte mich auf das kühle Gewicht des Steins in meiner Hand und atmete tief ein.

Die Gerüche hundert verschiedener Arten von Magika wirbelten um mich herum. Der Junge mit den unfertigen, feurigen Tätowierungen auf seinen Handflächen roch nach Ingwer und Rauch. Ein junges Mädchen, das vor lauter Konzentration an ihrer Schreibfeder saugte, gab einen Duft von Wacholder und Haselnuss ab. Die Sorceryn rochen nach winterlichem Eintopf, mit so vielen verschiedenen Duftnoten versetzt, dass es unmöglich war, sie auseinanderzuhalten. Da sich aufgrund all der unterschiedlichen Gerüche Kopfschmerzen anbahnten, versuchte ich eilig, mich zu entspannen, als wir vor der Treppe anhielten.

Anali und ich stiegen ab. Ein hochgewachsener Sorceryn mit ernstem Gesichtsausdruck kam auf uns zu. Im Alter waren seine verhärmten Züge und die goldbraune Haut hager geworden. Seine Glatze glänzte im Licht der Nachmittagssonne.

»Eure Hoheit, mein Name ist Jorin. Eure Anwesenheit ehrt mich«, sagte der Sorceryn und schenkte mir ein warmes Lächeln, bevor er sich verbeugte.

Für einen Zauberer war er nicht besonders mächtig. Im Laufe ihres Lebens sammelten alle Sorceryn verschiedene Typen der Magika und ließen sich die jeweiligen Symbole auf ihre Haut tätowieren, bis sie irgendwann keinen Platz mehr hatten. Oft fanden sich sogar Tätowierungen auf ihren Ohren und der Kopfhaut wieder, sodass nur ihre Gesichter frei blieben, doch bei Jorin lugten nur ein paar Muster unter seinem Kragen hervor.

»Und Eure ehrt mich, Bruder Jorin«, antwortete ich, in der

Hoffnung, dass meine Stimme aufrichtig genug klang. Obwohl sie versagt hatten, was mich und meine Ausbildung anging, versuchte ich, die Zauberer zu respektieren. Mehr als ein Jahrhundert lag zwischen Königin Rainas und meiner Geburt, und es war nicht die Schuld dieser Sorceryn, dass die Aufzeichnungen ihrer Vorgänger lückenhaft waren.

»Wir hatten gehofft, Ihr würdet unsere Hallen früher besuchen, nachdem Ihr in die Hauptstadt zurückgekehrt seid.« In den Augen des Sorceryn funkelte ein hoffnungsvolles Licht, und sein Ton war forschend. Wie alle anderen in Ternain fragte auch er sich, ob die Gerüchte über meine Unfähigkeit, meine Gabe zu benutzen, stimmten.

»Meine Pflichten am Hof haben es nicht zugelassen.« Ich bemühte mich, meine Stimme weiterhin sorglos klingen zu lassen. Nur so konnte man Gespräche wie dieses unbeschadet überstehen.

»Viele meiner Brüder waren enttäuscht, dass die Suche des Königs so wenig ergeben hat.«

Natürlich. Wozu taugte schon eine Erbrivalin ohne Magika?

»Ebenso wie ich.« Ich lächelte. »Aber ich bin heute nicht hier, um meine Magika mit Euch zu besprechen. Ich möchte Euch bitten, mich zur Bibliothek zu begleiten.«

Jorin nickte. Ich kannte den Ausdruck in seinen Augen – Enttäuschung, Bedauern und Mitleid. Er sah meinen Tod voraus.

So wie ich ihn gestern Nacht in den Augen des Attentäters gesehen hatte.

Anali zählte fünf Wachen ab, die uns begleiten würden, darunter sie und Falun. Jorin bedeutete drei Stallknechten, unsere Pferde in die Ställe hinter dem Tempel zu führen. Ich stopfte meine Handschuhe in die Satteltasche, behielt meine Ketter aber in meiner geballten Faust versteckt.

Schweißperlen rannen meinen Rücken herab, während wir die Stufen erklommen. Als wir oben ankamen, waren alle außer Jorin erschöpft. Er führte uns durch einen schlichten Torbogen in eine große Eingangshalle, die vom Boden bis zur Decke mit hellgoldenen Fliesen ausgelegt war. Auf beiden Seiten des Raums führte jeweils eine Tür in angrenzende Räume. Auf der einen prangte das Bild einer Faust, auf der anderen ein Halbmond.

Jede Tür im Tempel war mit einem der beiden Symbole markiert. Ersteres stand für die Zimmer, in denen die Sorceryn arbeiteten, und der Mond symbolisierte die Kammern der Auguries.

Wir nahmen die zweite Tür und passierten steinerne Gänge, erhellt von schwebenden, blau-weiß schimmernden Kugeln, die durch Magika in der Luft gehalten wurden. Ihr Anblick erinnerte mich an die Lichtmagika des Attentäters, und mein Magen zog sich zusammen, als mir wieder einmal der Gestank seines Bluts in die Nase stieg.

Wir kamen vor zwei riesigen Türen zum Stehen, deren Holz mit silbrigen Linien verziert war, die den gesamten Mondzyklus darstellten. Bruder Jorin bewegte leicht sein Handgelenk, und ein Windstoß stieß die Türen auf. »Willkommen in der Bibliothek der Auguri.«

Wir wurden von Worten begrüßt, die in den muschelrosafarbenen Marmorboden eingelassen waren: *Mögen die Seiten unserer Bücher so zahlreich sein wie die Sterne, sodass wir so viel über die Welt lernen können, wie wir über den Himmel gelernt haben.*

Die Bibliothek sah noch genauso aus, wie ich sie in Erinnerung hatte. Der Hauptraum war riesig und kreisrund mit drei Etagen, auf denen der Großteil der Büchersammlung gelagert wurde. Farne ergossen sich über die Brüstungen der Balkone, und kleine Bäume standen in Töpfen überall im Raum verteilt. Sonnenlicht strömte durch das Glasdach und ergoss sich über die Studierenden, die an langen Tischen saßen. Vielleicht waren ihre Bücher interessanter als mein Erscheinen, oder meine Wachen schüchterten sie ein. Jedenfalls blickte keiner von ihnen auf, als wir eintraten.

Die einzige Bewegung war im hinteren Teil des Raums auszumachen. Kurz darauf kam ein Menschenmädchen in einer zerknitterten blauen Tunika und einer passenden Hose schlitternd vor uns zum Stehen. Sie sah keinen Tag älter als vierzehn aus. Schwarze Locken umrahmten ihr Gesicht mit der kastanienbrauen Haut. Ihre haselnussbraunen Augen waren so groß, dass sie ihr Gesicht dominierten, und in der Mitte ihrer Stirn prangte die Tätowierung einer gelben Sonne.

Saru, Bibliothekarin und einzige Schülerin der Auguri, war eine Erscheinung. Bei unserer ersten Begegnung war ich weniger als halb so alt gewesen wie heute. Sie sah noch genauso aus wie damals, mit spitzen Ellbogen, Tintenflecken und Augen, die so unschuldig waren wie die eines Kinds – bis sie begann, von lange zurückliegenden Ereignissen zu erzählen, wobei sie stets so klang, als wäre sie dabei gewesen.

Ich hatte sie kennengelernt, als ich mit meinem Vater in die Bibliothek gekommen war. Ich war sieben Jahre alt gewesen, als Isadore ihren Unterricht mit den Sorceryn begonnen hatte. Meistens hatte Papa uns beide morgens zusammen zum Tempel gebracht. Wir hatten Isa im unteren Teil der Pyramide zurückgelassen und waren dann stets in die Bibliothek gegangen, bis sie ihren Unterricht beendet hatte. Während Papa dort alte Landkarten studiert hatte, hatte ich versucht, die Räume der Bibliothek zu zählen. Dutzende kleinere Zimmer waren mit dem Hauptraum verbunden und versteckten sich auf den oberen Etagen, doch es war mir nie gelungen, sie alle zu zählen. Mein Vater hatte mich immer abgefangen, bevor ich mich zu weit entfernte. Eines Nachmittags war ich Saru über den Weg gelaufen, die mit einem in Leder gebundenen Buch ganz oben auf einem Bücherregal gesessen hatte. Sie war herabgesprungen und hatte mir sogleich die Anzahl aller Räume mitgeteilt – achtundzwanzig –, bevor sie mich fortgescheucht hatte. Doch ich war ihr gefolgt und hatte sie über die Bibliothek und die Sonne auf ihrer Stirn ausgefragt.

Seitdem hatte ich sie bei jedem Besuch aufgesucht und stets mehr Fragen gehabt, als sie zu antworten bereit war. Als ich zehn war, fiel mir zum ersten Mal auf, dass ich wuchs, während Saru immer gleich zu bleiben schien.

Alle Auguries und Sorceryn lebten unnatürlich lang im Vergleich zu Menschen, doch Saru verriet mir nie, warum sie überhaupt nicht alterte. Sie erklärte mir auch nicht, wie die Visionen der Auguries funktionierten oder ob sie von Magika geleitet wurden. Jedes Mal, wenn ich danach oder nach dem Blutmond fragte, antwortete sie nur: »*Du wirst alles über unsere Geheimnisse erfahren, wenn du Königin wirst, und keinen Augenblick früher.*«

Ich fragte mich, ob sie das immer noch sagen würde, wenn sie wüsste, dass es äußerst unwahrscheinlich war, dass dieser Tag jemals eintraf.

Saru verbeugte sich und lächelte, als wäre seit unserer letzten Begegnung keine Zeit vergangen. »Hallo, Lady Eva.«

Als sie sich wieder aufrichtete, war ich überrascht – und verärgert – zu sehen, dass wir nun gleich groß waren. Saru war wirklich groß für das Alter, wonach sie aussah, und ich hatte nichts von der hochgewachsenen Statur meiner Mutter abbekommen.

»Hallo, Saru. Halten sich ein paar Schwestern hier auf?«

»Sie sind damit beschäftigt, die Omen von gestern Nacht zu deuten.« Sie zuckte mit den Achseln.

Und warum bist du nicht bei ihnen?, wollte ich schon fragen, doch das war eine der Fragen, die Saru nicht beantworten würde.

»Wegen des Blutmonds?«, fragte ich. Gleichzeitig war ich erleichtert. Als ich noch ein Kind gewesen war, hatte mein Vater bei jedem Bibliotheksbesuch darauf bestanden, mit mindestens einer Auguri zu sprechen. Genau wie Saru hatten sie alle Tätowierungen über ihren Augen – die Sonne, den Mond, ein paar Sterne, manchmal sogar die weit entfernten Welten, denen sie Namen gegeben hatten, wie die von drei Ringen umgebene Clyastis oder Juni mit den drei Monden. Die Blicke der weisen Frauen waren immer in weite Ferne gerichtet, was zu ihrer mysteriösen Aura beitrug. Wenn ich konnte, machte ich einen Bogen um alle außer Saru, aus Angst davor, dass die Frauen mir ein weiteres Omen aufdrängen würden, das die Last auf meinen Schultern noch vergrößern würde.

Ein anderer Teil von mir – der Teil, der für immer in jener Gasse leben und sich an das Gefühl der unter meinen Fingern nachgebenden Haut des Attentäters erinnern würde – wollte jetzt sofort mit den Auguries sprechen. Ich musste in Erfahrung bringen, ob die Zukunft mehr für mich bereithielt als vergossenes Blut und zerrissenes Fleisch.

Saru lächelte schief. »Das und anderes. Es gibt noch viel mehr im Himmel als nur den roten Mond. Es gibt Hunderte Omen und Tausende in den Himmeln, die jenseits unseres liegen. Mond- und Sonnenfinsternisse, fallende Sterne, Welten, auf die wir nur einmal im Jahr einen Blick erhaschen.«

»Und wirst du mir immer noch nichts über sie verraten? Oder darüber, warum du eine Sonne und keinen Mond auf deiner Stirn hast?« Ich wusste das alles bereits.

»Wenn du nur zum Tempel gekommen bist, um mir Fragen zu stellen, die ich nicht beantworten werde, kehre ich jetzt zu meiner Arbeit zurück.« Sie warf einen Blick auf den breiten Tisch am anderen Ende der Bibliothek. Der Tisch selbst war leer, doch daneben stapelten sich mehrere Büchertürme.

Ich sagte Saru, was ich brauchte, und sie brachte uns in einen kleinen Raum mit in die Wände eingelassenen Regalen und drei Rundtischen, auf denen je eine Messinglampe, eine Sanduhr, ein Tintenfässchen, eine Schreibfeder und eine Rolle Pergamentpapier bereitlagen. Hier sollten wir warten, während sie nach meinen Büchern suchte. Ich wäre mit ihr gegangen, doch im Gegensatz zu uns kannte Saru das gesamte System der Bibliothek. Fünf Soldaten und eine Prinzessin würden sie nur aufhalten.

Anali und drei andere Wachen setzten sich an einen Tisch, doch Falun blieb an meiner Seite, während ich auf die andere Seite des Raums schlenderte. Solche privaten Studienzimmer gab es überall in der Bibliothek, aber dieses kannte ich. Saru hatte es bestimmt absichtlich ausgewählt.

Es war einst das Lieblingszimmer meines Vaters gewesen. Er hatte früher gern seine Arbeit auf allen drei Tischen ausgebreitet, während ihm eine Schreibfeder hinter dem Ohr steckte, er ein Tintenfass und ein Stück Pergamentpapier in der Hand hielt, hin und her lief und sich Notizen machte. »*Jeder gute General*«, pflegte er zu sagen, »*sollte ein noch besserer Gelehrter sein. Zuerst lernen wir von den Schlachten der Vergangenheit und wenden diese Lehren dann auf die heutigen Konflikte an.*«

Ich bückte mich und tastete unter einem der Bücherregale, bis meine Finger über zwei Wörter fuhren, die ins Holz geritzt waren. Ich sank zu Boden und spürte sie unter den Fingern, während ich in der Erinnerung versank, die sie heraufbeschworen.

Isadore lag auf dem Rücken, ihr goldenes Haar umgab sie wie ein Kranz aus feinster Seide. In einer Hand hielt sie einen rubinroten Ohrring und benutzte den Stiel, um die Worte ins Holz zu ritzen. Ich legte mich neben sie. Isa nahm meine Hand und führte sie über die schiefen Linien, die unsere Namen ergaben. »*Selbst wenn niemand ein Buch über uns schreibt, werden wir jetzt für immer hier sein.*«

Dann setzte sie sich auf und ging zu dem Tisch, an dem unser Vater arbeitete. Er war tief über mit Zwirn zusammengebundene Seiten gebeugt. »*Erschaffe eine Illusion für uns, Vater.*«

Er schob die Seiten fort und wartete mit einer erhobenen Augenbraue. Isadore verdrehte die Augen, legte aber eine Wange an seine Schulter und fragte wieder, diesmal etwas höflicher. »*Bitte, Papa.*«

»*Na schön*«, sagte er mit einem gespielt ernsten Gesichtsausdruck. »*Was hättet ihr denn gern? Einen Ball im Palast? Eine Jagd auf einen Wüsten-Krakai? Eine auf dem Meer schwimmende Menagerie?*«

Doch noch während er sprach, begann die Illusion bereits, um uns herum Gestalt anzunehmen. Bücher schwebten von den Regalen, ihre Seiten raschelten wie ein Vogelschwarm, als sie sich in die Lüfte erhoben. Ihre Rücken öffneten sich knarzend, und Wörter marschierten wie Schleifen aus schwarzer Tinte von ihren Seiten. Wir rannten durchs Zimmer und versuchten, die Wörter zu fangen, bevor sie davonflatterten.

Faluns Hand auf meiner Schulter holte mich in die Gegenwart zurück. Ich lag ausgestreckt auf dem Boden, genau wie Isa gelegen hatte. Meine Augen waren feucht. Als ich sie schloss, sah ich immer noch Wörter durch die Luft tanzen und Isadore, wie sie auf die Regale kletterte, um sie zu fangen.

»Alles in Ordnung, Eva?«, fragte Falun und zupfte an dem geflochtenen Zopf, der ihm über die Schulter hing.

Anali und der Rest der Wache beobachteten mich mit besorgten Mienen. Mein Gesicht wurde heiß, als Falun mir auf die Beine half. »Alles in Ordnung.«

»Vielleicht sollten wir einen kleinen Spaziergang machen, während wir auf die Rückkehr deiner Freundin warten?«

»Ja.« Ich wollte nicht hier drin mit meinen Erinnerungen eingesperrt sein. Erst warf ich Anali einen Blick zu, dann der Sanduhr. Mehr als die Hälfte des roten Sands war bereits gefallen. »Wir sind zurück, bevor die Stunde vorbei ist. Ich kenne mich hier gut aus.«

»Na schön«, sagte Anali, obwohl Sorge in ihrem Blick lag. »Wenn ihr länger braucht, werde ich davon ausgehen, dass wir uns auf die Suche nach euch machen müssen.«

Falun und ich schlenderten zurück zum Hauptraum der Bibliothek und erklommen die Stufen zur obersten Etage. Hier schien es, als würden sich die Bücherregale ewig in alle Richtungen erstrecken. Die Stille war erdrückend. Im Gegensatz zu dem Marmorboden im untersten Stock waren die schwarz-weißen Fliesen hier oben abgewetzt und mussten dringend repariert werden. Einige hatten sogar durch das Gewicht der Regale Risse bekommen.

»Wirst du mir erzählen, was da eben passiert ist?«, fragte Falun, während wir durch das Bücherlabyrinth wanderten. Er hatte eine Hand auf seinen Schwertknauf gelegt, obwohl die Waffe zwischen den staubigen Regalen völlig fehl am Platz schien.

»Früher bin ich oft mit meinem Vater hergekommen, während Isa Unterricht hatte.« Ich zuckte mit den Schultern.

»Ach so«, sagte Falun. »Schlechte Erinnerungen?«

»Nicht wirklich.« Die Erinnerungen waren warm und golden, doch die Gegenwart machte sie bitter. »Ich habe mich immer noch nicht daran gewöhnt, wieder in Ternain zu sein. Egal, wohin ich gehe, überall lauern Erinnerungen an eine Zeit, in der alles … einfacher war.«

»Gestern am Hof hat mich meine Mutter gebeten, nach Hause zu kommen«, sagte Falun. Ein Muskel in seinem Kiefer zuckte. »Sie weiß, dass ich das nicht kann. Dein Namenstag ist in gerade einmal sieben Wochen. Nach letzter Nacht kann ich es nicht riskieren wegzugehen.«

Faluns Mutter, Lady Jessypha, war die Herrin des Hauses Malfar. Die Familie hielt sich teils in der Hauptstadt, teils auf ihrem riesigen Anwesen auf, das sich nur zwei Tagesritte südlich befand. Das meiste ihres Reichtums kam von den Obstplantagen auf ihrem Land und den umherwandernden Schafsherden, von denen die beste Wolle in ganz Akhimar stammte.

»Ich bin sicher, dass Anali dich eine oder zwei Wochen entbehren kann«, sagte ich. Obwohl der Gedanke daran, nur Mira und Anali als Gesellschaft zu haben, unangenehm war, hatte Falun es verdient, seine jüngeren Zwillingsbrüder und seine ältere Schwester wiederzusehen, die er seit unserer Rückkehr nach Ternain erst einmal besucht hatte. Er sollte nach Hause gehen, bevor es noch gefährlicher wurde, sich in meiner Nähe aufzuhalten. Ich beneidete diese unkomplizierten Beziehungen zwischen Geschwistern – den ausgeprägten Beschützerinstinkt, den er für die Zwillinge entwickelt hatte, und wie er seine Schwester Erina bewunderte, obwohl sie ihn in den Wahnsinn treiben konnte. Es erinnerte mich daran, wie unterschiedlich die Welten waren, in denen wir lebten.

Selbst wenn ich überlebte und eines Tages eigene Kinder hatte, könnten meine Töchter sich nie so nahestehen, zumindest nicht lange.

»Als ich klein war, kam es mir vor, als wäre mein Vater nie da, aber als ich das letzte Mal zu Hause war, habe ich ihn überall gesehen. Wie er zu den Bäumen singt, jedes Schaf mit seinem Namen anspricht, mit meiner Mutter vor dem Kamin tanzt.« Wir blieben am Ende des Gangs stehen. Falun starrte mit leicht gerunzelter Stirn zu Boden.

Vor etwas mehr als drei Jahren, wenige Monate nachdem ich

nach Asrodei gezogen war, war Faluns Vater in der Nähe der drakolanischen Grenze bei einer Auseinandersetzung mit Wilderern getötet worden. Nachdem seine Leiche geborgen worden war, war ich mit meinem Vater zu General Malfars Beerdigung angereist. Einen Monat später hatte Lady Jessypha Falun nach Norden geschickt, damit er seine Ausbildung in Asrodei beginnen und in die Fußstapfen seines Vaters in der Armee der Königin treten konnte.

»Tut mir so leid, Fal.«

Er schüttelte den Kopf. »Das muss es nicht. Erina hat gesagt, wenn man nur wenige Erinnerungen hat, strahlen sie dafür umso heller. Und ich werde sie in ein paar Monden sehen. Sie werden zu dem Ball für deinen Namenstag anreisen.«

Aber es würde keine Feierlichkeiten geben, wenn ich die nächsten paar Monate nicht überlebte.

Wir verfielen in Schweigen und machten uns auf den Rückweg zu dem Raum, in dem Anali und die Wachen auf uns warteten. Ich hatte vorgehabt, den Rest des Tages im Tempel zu verbringen, doch nun hoffte ich, Sarus Empfehlungen schnell entgegenzunehmen und diesen Ort verlassen zu können. Bei dem Gedanken an Saru griff ich unwillkürlich nach dem Edelstein an meinem Handgelenk. Saru verbrachte all ihre Zeit hier drin. Sie wollte mir nichts über die Omen verraten, aber vielleicht konnte ich etwas über ihre Magika herausfinden, indem ich sie erschnüffelte. In der Bibliothek musste es vor Auguri-Magika nur so wimmeln, und die Gerüche der verschiedenen Kräfte verrieten mir oft, worum es sich genau handelte.

Ich atmete tief ein, konnte aber nur Faluns Magika riechen – süßer Kirschwein, saure Orangen und Minze. Die Illusionszauber der Fey rochen immer nach Wein oder Schnaps. Ich versuchte es noch einmal und fing einen leicht erdigen Geruch auf. Ich konnte nicht genau erklären, woher ich wusste, dass er nicht zu Saru gehörte. Es fühlte sich schlicht nicht nach ihr an. Doch irgendwas an diesem Duft ließ mich innehalten. Mein Nacken kribbelte. Ich atmete nochmals tief ein.

Wir bogen um eine Ecke, und der Geruch verschwand. Ich fuhr herum und ging zurück, bis er wieder stärker wurde. Nun vermischte er sich auch mit dem eisenhaltigen Geruch von Blut. Als ich schon weiter darauf zugehen wollte, trat Falun mir in den Weg. »Was machst du da? Anali wird sich Sorgen um uns machen.«

Ich hielt ihm den Anhänger vor die Nase. Er erkannte ihn, da er mich schon einmal in Asrodei damit gesehen hatte. Schon damals war er skeptisch gewesen. *Magika hat keinen Geruch,* hatte er gesagt, die Worte aber kurz darauf zurückgenommen, als ich die Magika aller Soldaten richtig erraten hatte, an denen wir im Lager vorbeigekommen waren.

»Riechst du das denn nicht?« Aber natürlich konnte er es nicht riechen. Die Fey hatten zwar schärfere Sinne als Menschen, doch sie konnten Magika nicht riechen. »Es ist beinahe wie …« Ich verstummte und versuchte, den Duft einzuordnen. »Es riecht nach Furcht.«

Falun hob eine Hand, seine Wangen waren vor Ärger gerötet. »Nur um das klarzustellen: Die Magika stinkt nach Furcht, und du willst ihr folgen?«

Anstatt zu antworten, nahm ich seine Hand, und wir gingen weiter, folgten einem sich durch die Regale windenden Pfad, bis wir an eine unscheinbare Holztür kamen. Der Geruch war hier so stark, dass meine Zähne schmerzten.

Mit zusammengezogenen Brauen presste Falun sein Ohr gegen die Tür. »Da ist jemand drin.«

Wir traten ein. Kupferne Lampen badeten den kleinen Raum

in warmes Licht wie winzige Sonnen. Dabei warfen sie Schattenmuster an die Wände. Bücherregale mit rollbaren Leitern erstreckten sich bis zur Decke. Ein Schreibtisch mit Marmortischplatte nahm den meisten Platz ein. Darauf lagen einige seltsame Dinge. Eine umgestoßene Sanduhr, ein ungeschliffenes Stück Quarz, drei goldene Adlerfedern, ein eingetopfter Farn – obwohl mir schleierhaft war, wie die Pflanze in diesem Raum ohne Sonne gedeihen konnte – und ein altes Schwert. Das Heft wies Dellen und Rostflecken auf, das Leder um die Scheide sah aus, als hätte man es ein Jahrhundert lang in der Sonne liegen lassen. Es schien, als wäre ein starker Windstoß genug, um es zu Staub zerfallen zu lassen. Ein paar abgenutzte Satteltaschen waren wahllos unter den Tisch gestopft worden.

Ansonsten war der Raum leer.

Ich warf Falun einen Blick zu. Eine Frage lag mir auf den Lippen, doch er stellte sich vor mich und deutete mit ausgestrecktem Finger durch den Raum. Eine in Mitternachtsschwärze gekleidete Gestalt trat aus dem Schatten einer Leiter. Meine Haut kribbelte, als ich wieder einmal die moschusartige, wilde Magika roch.

Die Gestalt blickte auf, ihr Grinsen war so verschlagen, dass mir der Schweiß ausbrach. »Besuch. Wie schön.«

Kapitel 7

Ich öffnete den Mund, doch keine Worte kamen heraus. Ich konnte nicht aufhören zu starren.

Er war Fey und sah keinen Tag älter aus als fünfundzwanzig. Die helle Farbe seiner Haare erinnerte an Faluns changierende Töne – es waren eher mehrere verschiedene als eine einzige Farbe: weiß, honigfarben, pures Gold und aschblond. Sie verwoben sich zu einem ebenmäßigen Vorhang, der ihm bis zur Mitte des Oberschenkels hing und seinen Körper wie ein Tierfell umrahmte. Sosehr Faluns Hautton dem Mond ähnelte, erinnerte die kupfer- und goldfarbene Haut des Mannes an die Sonne. Er war ebenso schlank und hochgewachsen wie alle Fey, doch seine Gesichtszüge schienen noch feiner zu sein. Seine geschwungenen Brauen verliehen ihm ein elegantes Aussehen, die leicht angehobenen Mundwinkel wirkten verführerisch, die hohen Wangenkochen versprachen Gefahr.

Er war ganz in Schwarz gekleidet, mit engen Reiterhosen, weichen Stiefeln und einem knielangen, eng geschnittenen Mantel aus demselben Stoff mit goldenen Verzierungen am Revers. Der Kragen seines Hemds war aufgeknöpft und gab den Blick auf eine muskulöse goldbraune Brust frei, auf der sich ein wenig helles Haar lockte. Er trug mehr als zehn Ringe an jeder Hand, manche aus Edelmetallen und -steinen, die meisten allerdings aus Knochen.

Genau wie Raina.

Als er lächelte, zeigte er seine blendend weißen Zähne. Seine Eckzähne waren lang und spitz, was ihm ein wölfisches Aussehen verlieh. Ich widerstand dem widersprüchlichen Drang, gleichzeitig zurückzuweichen und einen Schritt auf ihn zuzumachen.

Der Mann war mehr als attraktiv – er war atemberaubend.

Er glitt auf uns zu, während seine Finger über die Kante eines Bücherregals fuhren. Am Schreibtisch hielt er an. Sein Gang erinnerte an den eines Leoparden, voll tödlicher Anmut und Gleichgültigkeit.

Natürlich war es *seine* Magika, die nach Angst roch. Dies war ein Mann, der wusste, wie man Furcht in anderen hervorrief.

»Hat die kleine Auguri euch hergeschickt?« Sein Blick glitt über Falun, bevor er ihn auf mir ruhen ließ.

War er eine weitere Kuriosität der Bibliothek? Genau wie bei Saru passte sein offensichtliches Alter nicht zu seinem Verhalten, doch er konnte sich noch nicht besonders lange hier aufgehalten haben. Seine goldene Haut war von der Sonne geküsst. Ich hob das Kinn. »Nein. Welchen Grund sollte Saru haben, mich hierherzuschicken?«

»Wer kennt schon die Beweggründe jener, die Zwiesprache mit Zukunft und Schicksal halten?« Der Mann zuckte mit den Schultern, doch sein Blick war wachsam. »Wie seid ihr dann in diesen Raum gekommen?«

Als würden seine Worte einen Zauber bergen, kam meine Antwort, bevor ich darüber nachdenken konnte. »Ich bin dem Geruch Eurer Magika gefolgt.«

Die Augen des Mannes weiteten sich unmerklich, bevor er sich zurücklehnte, sich auf die Tischkante setzte und das Kinn in eine Hand stützte. »Wie furchtbar interessant. Verrätst du mir deinen Namen?«

Falun griff nach meiner Hand, und der leichte Schmerz seines festen Griffs vertrieb den merkwürdigen Drang, dem Mann antworten zu müssen. »Wenn Ihr glaubt, ich würde zulassen, dass Ihr ihren Geist verzaubert, liegt Ihr falsch, Älterer.« Stille Wut knisterte in Faluns Stimme.

»Sicher kannst du erkennen, dass ich sie mit keinem Zauber belegt habe. Das Mädchen reagiert einfach nur auf meinen … natürlichen Charme«, antwortete der Mann. »Und vergesst nicht, dass *ihr* an *meine* Tür gekommen seid. Ich will euch nichts Böses.«

Ich warf Falun einen Blick zu, der ernst nickte. Der Mann sprach die Wahrheit, doch es beruhigte mich nicht sonderlich, dass er ohne Magika einen solchen Einfluss auf mich hatte. »Wer seid Ihr?«

Er hob eine helle Augenbraue. »Warum ratet ihr nicht?«

Älterer, hatte Falun ihn genannt.

Ich hatte einen Verdacht, aber das war kaum möglich. Doch als Falun und ich einen Blick wechselten, war ich mir sicher, dass wir an denselben Namen dachten. Meine Gedanken rasten, während ich nach einer anderen Erklärung suchte. »Wenn Ihr wollt, dass wir es erraten, gebt uns einen Hinweis.«

»Na schön.« Der blonde Fey grinste.

Ein warmer Wind blies durch den Raum und warf Bücher von den Regalen. Die Haut des Mannes glühte, als hätte er Sonnenstrahlen verschluckt, während er seinen Kopf zurückwarf und heulte. Neben mir versteifte sich Falun mit einem unterdrückten Keuchen.

Der Wind roch nach Blut, frischem und altem, und trug die Geräusche von Wölfen mit sich, deren Pfoten auf den Waldboden trommelten, während sie ihre Beute verfolgten. Vor allem trug er Entsetzen mit sich. Ich wollte ihm sagen, er solle aufhören – mein Kopf schmerzte aufgrund des Drucks, den seine Magika darauf ausübte –, doch plötzlich tauchten riesige Wölfe um den Tisch herum auf. Eine silberne Gebirgswölfin mit hellgrauen Augen stupste meinen Arm mit der Schnauze an. Ich rieb ihr über die Stirn, meine Finger fuhren durch das dicke Fell hinter ihren Ohren, sodass ihr ein vibrierendes Knurren entfuhr. Am anderen Ende des Raums hob ein weiterer Wolf den Kopf und heulte. Er war so schwarz, dass er alles Licht zu absorbieren schien. Die anderen fielen in seinen Ruf mit ein.

Langsam begann ich zu singen: »Bakkha, Bakkha, Herr der Jagd, tötet nur, wenn es nicht anders geht.«

»Bakkha, Bakkha, Bringer des Todes, lächelt, wenn er dir den Kopf abschlägt«, beendete Falun das Lied.

Ich schauderte. Ein altes Lied über eine uralte Legende, einen Mythos. Er war es wahrhaftig. Aber wie war das möglich? Alle Göttlichen – uralte Fey und Khimaer, deren Magika so mächtig war, dass sie mehrere Jahrhunderte lebten – waren lange tot. Wilde Magika wie seine war nach dem Großen Krieg ausgestorben.

Zu Zeiten der Khimaer Königinnen hatte Lord Bakkha eine Gruppe Fey und Khimaer angeführt. Die magika-begabten Söldner hatten sich selbst *die Wilde Jagd* genannt. Der Legende nach waren sie tötend und plündernd durch Akhimar gezogen und hatten schreckliche Dinge getan, bis ihr Anführer von der damaligen Königin gezähmt und in ihre Dienste gezwungen wurde. Laut der Geschichte band sie seinen Willen mithilfe seines Bluts an sich. Danach wurden er und die Wilde Jagd zu Vollstreckern der Gesetze der Königin, jagten im ganzen Reich Verbrecher und richteten sie auf ihr Geheiß hin.

Bakkha schnipste wieder mit den Fingern, und die Wölfe sowie das aus ihm strahlende Licht verschwanden. Er ließ sich auf dem nächsten Stuhl nieder und legte seine in Stiefeln steckenden

Füße auf den Tisch. »Endlich. Es war wirklich ermüdend, mich jedes Mal vorstellen zu müssen. Könnt ihr es euch vorstellen? *Ich bin Eva Killeen. Ihr wisst schon, die Prinzessin, diejenige, die wundervolle, Furcht einflößende Magie besitzt und deren Schicksal es ist, zu töten oder getötet zu werden?* Bei den Göttern, wie öde.«

Ich trat angespannt von einem Fuß auf den anderen. »Ihr hättet früher erwähnen können, dass Ihr mich erkannt habt, Herr der Jagd.«

»Und du, meine kleine Jägerin, hättest das ebenfalls tun können.« Er forderte uns mit einer Geste auf, uns zu ihm zu gesellen.

»Woher wisst Ihr, wer ich bin?«, fragte ich und setzte mich auf einen Stuhl neben Falun.

»Ich habe von dir gehört, sobald ich zurück in die Hauptstadt kam. Die Beschreibungen der jüngeren Prinzessin treffen auf dich zu, und du hast einen Soldaten im Schlepptau. Ich freue mich allerdings zu sehen, dass die schlimmsten Gerüchte über dich nicht stimmen.«

Ich runzelte die Stirn, da ich glaubte, ihn nicht richtig verstanden zu haben. »Wie bitte?«

Er schüttelte verwirrt den Kopf. »Du musst doch wissen, dass deine Fähigkeit, die Macht anderer zu spüren, eine Gabe deiner Blutmagika ist. Laut einem alten Sprichwort liegt alle Magika im Blut. Ich habe in meinem Leben nur eine Person gekannt, die dieselbe Gabe hatte.«

Ich errötete, während ich über seine Worte nachdachte. Bei meinen Übungsstunden mit den Sorceryn hatte ich von diesem Sprichwort gehört, hatte aber nie verstanden, wie es sich auf meine Magika anwenden ließ.

Rainas Name hing unausgesprochen zwischen uns in der Luft wie ein Köder, den er nach mir ausgeworfen hatte. Sie musste die andere Person sein, von der er sprach. Ich konnte mich an keine der Geschichten über den Jäger erinnern, in der es um die Erste ging. Andererseits waren Legenden und Geschichten äußerst unzuverlässige Informationsquellen. Die bekanntesten Balladen über Bakkha stammten alle aus der Zeit vor dem Großen Krieg, doch er hatte Rainas Herrschaft miterlebt. Der Knochenschmuck um seinen Hals sah genau aus wie der, den sie auf allen Porträts trug, also musste es eine Verbindung zwischen den beiden geben. Davon war ich überzeugt, doch ich würde seinen Köder nicht schlucken, bevor ich mir seiner nicht sicher war.

Er konnte ebenso gut nur ein Fey sein, der sich mithilfe eines Illusionszaubers als der Jäger ausgab. Das war realistischer, als dem wahren Herrn der Jagd hier im Tempel über den Weg zu laufen.

Ich atmete einmal tief durch. »In jedem Lied über Euch gibt es eine besondere Zeile. Man fügt sie selbst in den Liedern hinzu, die nicht auf Khimaer verfasst wurden. *Al'aedin colish coleen, al codish volduva.*«

»Die Welt ist wild und voll ungezähmter Dinge«, übersetzte Bakkha. Seine Augen funkelten vergnügt.

»Ich habe Geschichten darüber gehört, dass die Königin der Khimaer, die Euch gezähmt hat, sich auf Eurer Haut verewigt hat.«

Er verzog das Gesicht. »Muss ich mich etwa noch einmal beweisen? Und was ist mit dir? Wirst du mir deine Magika zeigen, um dich mir zu beweisen?«

Ich hob eine Hand. »Welch besseren Beweis könnte es schon geben als die Tinte auf meiner Haut?«

Mit großem Zeremoniell hielt der Jäger mir sein Handgelenk hin. Er hatte eine gewundene weiße Narbe. Ich schauderte und stellte die Frage, die mir schon im Kopf herumgeisterte, seit er aufgetaucht war. »Kanntet Ihr Königin Raina? Ich weiß von keinen Fey, die die Magika der Knochen beherrschen, aber Euer Schmuck sieht genauso aus wie die Kette, die sie auf ihren Porträts trägt.«

Er seufzte. »Ja, ich kannte sie. Ich wurde weder mit der Magika der Knochen noch der des Bluts geboren, aber ich habe sie von Raina gelernt.«

Ich bemühte mich verbissen, die Verzweiflung aus meiner Stimme zu verbannen. »Könnt Ihr sie mich lehren? Euch ist sicher zu Ohren gekommen, dass ich keine Magika wirken kann. Die Sorceryn wissen nicht genug über die Vergangenheit, um mich zu unterweisen.«

»Ich habe Verständnis für deine schwierige Lage, aber ich habe keine Zeit, um mich in einen Wettstreit zwischen Erbrivalinnen verwickeln zu lassen. Auf meinem Weg zu den Inseln habe ich nur einen kurzen Aufenthalt in Ternain eingeplant.«

»Warum seid Ihr dann nicht längst auf einem Boot? Warum versteckt Ihr Euch in der Bibliothek?« Ich erinnerte mich an die Satteltaschen unter dem Tisch. »Schlaft Ihr etwa hier?«

»Das geht nur mich etwas an«, erwiderte Bakkha. Nun lag Gefahr in seiner Stimme, eine klare Warnung.

Ich beachtete sie nicht. Mein Vater suchte seit Jahren nach jemandem, der mich in der Magika der Knochen und des Bluts unterrichten konnte. Lord Bakkha war meine einzige Chance, zu lernen, wie ich meine Gabe benutzen konnte. Der glückliche Zufall, der mich zu diesem Raum geführt hatte, würde sich nicht wiederholen.

Ich würde nichts anderes als seine Zustimmung akzeptieren. »Natürlich geht es mich etwas an, Jäger. Ich will mich nicht in Eure Angelegenheiten einmischen, aber Ihr solltet bedenken, dass Eure Antwort meiner Mutter nicht gefallen würde … Keine der alten Geschichten handelt davon, dass Ihr von eurem Bund mit der Königin entlassen wurdet. Wenn meine Mutter von Eurer Rückkehr erfährt, könnte sie Euch befehlen, Eure Dienste wiederaufzunehmen.« Bakkha wurde blass. »Es sei denn, ich überzeuge sie davon, dass ich einen besseren Zeitvertreib für Euch gefunden habe.«

»Du bietest mir … Schutz vor der Königin?«

»Meine Mutter würde mir sicher zustimmen, dass es eine angemessene Aufgabe für Euch ist, mich zu unterrichten, Jäger.« Ich sprach mit meiner Hofstimme, versteckte den scharfen Unterton unter vielen Schichten seidenweicher Verführungskunst und Charme. Doch mein Herz schlug dreimal so schnell wie sonst in meiner Brust. »Ich bitte Euch lediglich darum, Euren Aufenthalt hier um zwei Monate zu verlängern. An meinem Namenstag am Ende des Hochsommers, werdet Ihr Ternain wieder verlassen können.«

»Ich könnte tatsächlich dazu überredet werden, länger zu bleiben als beabsichtigt, aber bevor wir deinen kleinen Plan besprechen, Prinzessin, solltest du wissen, dass ich dich nur auf die Weise lehren kann, wie ich unterrichtet wurde. Wir müssen den Zustand der *Koaleszenz,* der vollkommenen Vereinigung, erreichen und unsere Magika verbinden.«

Bevor ich nachfragen konnte, was das genau umfasste, protestierte Falun auch schon. »Der Preis ist zu hoch, Eva. Die *Koaleszenz* würde deine Magika an seine binden. Er hätte dann uneingeschränkten Zugang zu deiner Magika.«

Bakkha musterte Falun durch seine dichten Wimpern. »Und sie zu meiner, mein Lieber. Wo ist das Problem?«

Faluns Wangen färbten sich rosa, als er sich wieder zu mir drehte. »Kann ich bitte mit dir unter vier Augen sprechen?«

Ich riss Falun praktisch von seinem Stuhl und in Richtung Tür. »Was tust du denn? Ich hatte ihn fast da, wo ich ihn haben wollte.«

»Das gefällt mir nicht«, flüsterte Falun. »*Koaleszenz* ist eine Technik der Fey. Wir haben sie früher benutzt, um unsere Macht in Kriegszeiten zu steigern. Ich habe noch nie davon gehört, dass sich ein Mensch und ein Fey auf diese Weise verbinden. Bis jetzt habe ich immer angenommen, dass es nur zwischen Fey funktioniert, da unsere Magika kompatibel ist. Wer weiß schon, was dabei herauskommen wird, wenn du deine Kräfte mit Lord Bakkhas vereinst? Selbst zwischen Fey können die Ergebnisse seltsam sein.«

»Was meinst du mit *seltsam*?«

»Man sagt, dass es die Personen ein Leben lang aneinander bindet, selbst nachdem ihre Magika wieder getrennt wurde.«

Ich schnaubte, denn ich konnte mir nicht erlauben, auf solche vagen, unheilvollen Warnungen zu hören. Außerdem wäre eine Verbindung zu Bakkha nützlich. Er würde den Hof und meine Mutter beeindrucken und mir womöglich helfen, Verbündete unter den Fey zu finden – solange ich ihn an der kurzen Leine hielt, was nicht einfach werden würde.

»Was bleibt mir denn für eine Wahl? Er weiß, wie ich meine Magika benutzen kann, Fal. Und er ist Bakkha. Wie könnte ich dazu Nein sagen? Ich bin jetzt schon drauf und dran, jedem Soldaten in Ternain zu befehlen, ihn festzunehmen, sollte er nicht einwilligen.«

»Ich weiß.« Faluns Finger öffneten und schlossen sich, bewegten sich immer weiter auf sein Schwert zu. »Aber er ist gefährlich, Eva.«

Natürlich war er das. »Also, was schlägst du sonst vor?«

»Mach ein paar Übungsstunden mit ihm, aber vertrau ihm nicht, bis wir mehr wissen. Ich werde ihn, so gut es geht, im Auge behalten.«

Bakkha strahlte, als wir zurückkamen. »Habt ihr euren Streit beigelegt?«

Ich verschränkte die Arme vor der Brust. »Ich habe eine letzte Frage an Euch, Bakkha. Warum seid Ihr nach Myre zurückgekehrt? Warum jetzt, nach Hunderten von Jahren?«

»Weil eine alte Freundin mich darum gebeten hat.«

»Wer?«, fragte Falun.

»Eine alte Frau, die es nicht leiden kann, wenn sich junge Männer in ihre Angelegenheiten einmischen«, antwortete er aalglatt. »Ein paar Geheimnisse darf ich mir doch bewahren, oder nicht, Prinzessin?«

Natürlich konnte er das, bis wir ihnen selbst auf die Spur kamen. »Ja, schon gut. Bitte, Lord Bakkha, würdet Ihr mir helfen?«

»Bis zum Ende des Sommers.« Sein vorheriges spitzbübisches Gehabe verschwand mit einem Mal, als er mir in die Augen sah. »Aber versteh mich nicht falsch, Prinzessin. Die Drohung, dass die Königin Interesse an mir haben könnte, macht mir keine Sorgen. Ich könnte aus diesem Raum verschwinden, ohne euch beiden ein Haar zu krümmen, und ihr würdet mich nie wiedersehen. Aber es würde meine Pläne behindern, wenn ich jedem Soldaten im Königinnenreich aus dem Weg gehen müsste, also werde ich die Monate bis zu deinem Namenstag hier ausharren.«

Ich dankte den Göttern für leere Drohungen und Bakkhas scharfes Gehör, musste mich aber an der Tischkante festhalten, als ich aufstand. Ich fühlte mich benommen und hätte am liebsten laut geschrien. So viele verschiedene Empfindungen prasselten auf mich ein – überschwängliche Freude, Schreck, Erleichterung –, als mir langsam klar wurde, dass ich gerade einen legendären Göttlichen als meinen Lehrer angestellt hatte. Ich musste auf meine Ausbildung bei Hofe zurückgreifen, um meine Stimme ruhig zu halten. »Nehmt ein Boot und kommt morgen bei Sonnenaufgang zum Tor der Monde. Falun wird Euch abholen, und ich werde dafür sorgen, dass Ihr bezahlt werdet. Wir werden unsere erste Lektion morgen früh abhalten.«

Als ich ihm meine Hand reichte, hauchte Bakkha einen züchtigen Kuss darauf, statt sie zu schütteln.

Kapitel 8

Selbst die Neuigkeit, dass ich einen Lehrer gefunden hatte, konnte Analis Zorn nicht besänftigen. Ihre Wut war von der leisen Sorte, aber ich spürte sie jede Sekunde auf dem Rückweg zum Palast. Ich nahm es ihr nicht übel. Als wir zu meiner Eskorte zurückgekehrt waren, hatten sie bereits nach uns gesucht, in der Befürchtung, dass es einen weiteren Anschlag auf mein Leben gegeben hatte.

Trotzdem erklärte sich Anali bereit, Falun am nächsten Morgen zu begleiten, um Bakkhas Bekanntschaft zu machen. Ich wusste, dass sie und Mirabel den Jäger erst einmal selbst kennenlernen wollten, bevor sie ihn mit mir allein ließen.

Saru ließ mich eine kurze Biografie und ein Buch über den Stammbaum der Killeen-Dynastie ausleihen. Ich versprach, beides in einer Woche zurückzubringen. Die anderen beiden Biografien, die sie mir brachte, lehnte ich ab, nachdem ich die ersten Kapitel überflogen hatte. Die Verfasser schienen zu erpicht darauf, Raina als göttlich darzustellen, wie meine Lehrer es früher immer getan hatten. Und warum sollte ich überhaupt etwas über Raina lesen, wenn ich nun von Bakkha alles aus erster Hand erfahren konnte?

Als wir in den Palast zurückkehrten, war es bereits spät am Abend. In meinen Gemächern war es dunkel, das einzige Licht schien unter Mirabels Schlafzimmertür hindurch. Als ich dahinter mindestens zwei Stimmen flüstern hörte, klopfte ich überrascht an.

Mirabel öffnete die Tür. »Gut, du bist wieder da.« Sie zog mich ins Zimmer und schloss die Tür. »Der neue Wachmann ist eingetroffen, während du fort warst. Ich dachte, du solltest ihn kennenlernen, bevor ich ihn in die Kaserne schicke.«

»Warte, Mirabel, ich muss dir erzählen, was in der Bibliothek passiert ist.«

Sie ignorierte meine Worte und schob mich weiter in den Raum hinein. Mirabels Schlafzimmer war karg eingerichtet, da sie die meisten ihrer Habseligkeiten in ihrer Wohnung in der Stadt aufbewahrte. Es gab nur eine kleine Sitzgelegenheit, einen Kleiderschrank, der mit lilafarbenen Singvögeln bemalt war, und ein Himmelbett. Das runde, mit Gitterwerk verzierte Fenster darüber gab den Blick auf den königlichen Innenhof frei.

Ein junger Khimaer in einer von der Reise mitgenommenen weißen Soldatenuniform saß auf einem Stuhl in der Ecke. Als er mich sah, erhob er sich. Er war hochgewachsen und schlank, hatte rotbraune Haut, langes schwarzes Haar, das zu Zöpfen geflochten war, und die spiralförmigen schwarzen Hörner einer Impala. Obwohl er nicht ganz so groß war wie Falun oder Bakkha, überragte er mich. Er sah jung aus, nicht älter als zwanzig, und hatte eins dieser Gesichter, die einen zur Weißglut treiben konnten. Er war so lächerlich attraktiv, dass ich am liebsten die Augen verdreht hätte. Ein scharf geschwungener Kiefer, bedeckt mit leichten Bartstoppeln, und volle Lippen, die eindeutig nach einem zweiten Blick verlangten. Doch das war nicht einmal das Schlimmste. Dichte, rußschwarze Brauen umrahmten seine goldenen Augen.

Golden.

Nicht etwa eine Mischung mit anderen Farbtönen, nein, pures Gold.

Er erwiderte meinen prüfenden Blick. In seinem lag Feuer, während er mich vom Gesicht bis zu den Oberschenkeln musterte. Meine Wangen wurden heiß, und ich wischte die feuchten Handflächen unauffällig an meinen Hüften ab.

Ein leises Lächeln zupfte an einem Mundwinkel, bevor sich seine Züge in eine Maske höflichen Interesses verwandelten. Ich konnte nicht glauben, dass mir an einem Tag gleich zwei Männer die Sprache verschlagen hatten.

»Das ist Aketo Jahmar, aus dem Bezirk Sher n'Cai.« Mirabels Stimme erklang hinter mir, und ich zuckte zusammen. Sher n'Cai bedeutete auf Khimaer *Gefängnis im Himmel*. Es war der Name des nördlichsten Bezirks, der sich tief im Gebirge nahe der drakolanischen Grenze befand.

Jahmar, wiederholte ich in Gedanken. Sie wollte damit doch nicht wirklich sagen, dass er …

»Du meinst *Prinz* Aketo Jahmar?«, entfuhr es mir.

Es war nur zwei adligen Khimaer Häusern erlaubt worden, ihre Titel zu behalten, nachdem die Bezirke ins Leben gerufen worden waren. Das eine war ausgestorben, sodass die Jahmars die einzigen verbliebenen Adligen waren. Sie waren Nachfahren der letzten Königin der Khimaer, Prinzen und Prinzessinnen, deren Recht, das Land zu regieren, nie wieder anerkannt werden würde. Also, warum wollte einer von ihnen *mir* dienen?

Mit vor der Brust verschränkten Armen drehte ich mich zu Mirabel um. »Weiß meine Mutter, dass ein Prinz der Khimaer in ihrer Armee dient?«

Ihr Blick glitt an mir vorbei und blieb auf dem Prinzen liegen. »Dein Vater ist der Meinung, wir sollten es erst einmal geheim halten.«

Natürlich. Mutter wäre nicht erfreut, wenn sie es herausfände.

Ich wollte gerade fragen, wie wir das anstellen sollten, als Aketo das Kinn hob. »Ich bin unter falschem Namen in die Armee eingetreten, Eure Hoheit. Es wird kein Problem darstellen.« Seine Stimme war weich und melodisch, wenn sein Tonfall auch etwas kühl war.

»Warum habt Ihr diesen Posten angenommen? Ich weiß, dass mein Vater Euch die Wahl gelassen hätte.«

»Nach allem, was passiert ist, können wir uns glücklich schätzen, Prinz Aketo hier bei uns zu haben«, schalt mich Mirabel. »Er ist für seine Kampfkünste berühmt. Frag deine Befehlshaberin.«

»Das ist eine berechtigte Frage«, warf der Prinz ein, »aber ich habe diese Position nicht einfach nur angenommen, sondern darum gebeten. Dies ist der einzige Ort, an dem ich eine Khimaer Befehlshaberin haben kann, und mein Vater lebt in Ternain. Er ist der Botschafter der Blutsvettern im Rat der Königin. Ihr versteht sicher, dass wir uns nicht besonders oft sehen.« Aketo hob eine dunkle Augenbraue, seine goldenen Augen blitzten auf. »Eure Hoheit.«

Verlegen senkte ich den Kopf, die Andeutung einer Entschuldigung. »Es scheint, als wäre Ternain der richtige Ort für Euch. Bitte, nennt mich Eva. Willkommen in der Hauptstadt.«

Er nickte und verließ den Raum, um Anali, seine neue Befehlshaberin, zu begrüßen. Aufgrund seiner Hörner war er so groß, dass er sich ducken musste, um durch die Tür zu passen.

Ich würde Anali bitten, ein paar Wachen darauf anzusetzen, ihn im Auge zu behalten. Wenn seine Aufnahme in die Armee der Königin auch nur annähernd so grausam gewesen war wie Analis, würde er Verbündete brauchen. Es war bereits absehbar, dass wir uns nicht besonders gut verstehen würden, aber ich musste mich trotzdem um seine Sicherheit kümmern.

Auch wenn er so arrogant wie eine Katze war.

Während Mirabel über die aktuelle Verfassung meiner Haare

schimpfte, folgte sie mir aus dem Zimmer. Nach einem Ritt war mein Haar immer völlig verknotet, die Hälfte war verfilzt, und der Rest stand in alle möglichen Richtungen ab. Ich setzte mich am Fußende meines Betts auf den Boden, und Mira ließ sich mit meinem Kopf zwischen ihren Knien auf der Matratze nieder. Während sie meine Locken entwirrte und zu einfachen Zöpfen flocht, erzählte ich ihr von Saru und Bruder Jorin, hob mir Bakkha aber bis zum Schluss auf.

»Du hast mir beigebracht, keinem zu vertrauen, bis ich seine Absichten kenne. Also brauche ich dich, um alles über Bakkhas jüngste Vergangenheit herauszufinden.« Obwohl ich froh war, den Herrn der Jagd heute getroffen zu haben, schien es auch ein wenig zu viel des Zufalls, ihm in der Bibliothek über den Weg gelaufen zu sein. Ich musste herausfinden, warum er nach Ternain zurückgekehrt war, und zwar so bald wie möglich.

»Das könnte einem Mann wie dem Jäger missfallen.« Obwohl ich Mirabels Gesicht nicht sehen konnte, hörte ich an ihrem eifrigen Ton, dass sie höchst interessiert war.

Was Bakkha gefiel, war mir egal, solange sich sein Unterricht als nützlich herausstellte. »Wir müssen eben diskret vorgehen.«

»Der Bringer des Todes ist es eindeutig wert, von meinen Geistern unter die Lupe genommen zu werden«, sagte sie nachdenklich, während sie einen besonders widerspenstigen Knoten entwirrte. »Aber es wird nicht einfach werden.«

»Er hat gesagt, eine alte Frau habe ihn gebeten, hierher zurückzukommen. Das war vielleicht eine Lüge, aber …« Sein Gesichtsausdruck wies auf das Gegenteil hin.

»Ich mache mich gleich morgen daran, da ich sowieso nicht viel anderes zu tun habe.«

Bis jetzt hatte Mirabel nichts darüber herausfinden können, wer die Leiche des Attentäters fortgeschafft hatte. »Ich habe keinen Zweifel, dass du dem Aufwand gewachsen bist«, sagte ich. »Du wirst etwas finden, Mira. Das tust du immer.«

»Das hoffe ich.« Sie wickelte mein Haar in ein Tuch und machte sich auf den Weg zur Tür, wobei sie die Lampen überall im Zimmer löschte. Ich kämpfte gegen ein herzhaftes Gähnen an. »Wusstest du, dass mein Vater Prinz Aketo nach Ternain geschickt hat?«

»Nein, wenn ich davon gewusst hätte, hätte ich versucht, es dem König auszureden, obwohl die Götter wissen, dass es mir noch nie gelungen ist, deinen Vater von etwas abzubringen, das er sich in den Kopf gesetzt hat.«

»Warum hättest du es ihm ausreden wollen?«

»Wenn es hier Höflinge gibt, die wirklich etwas über Khimaer wissen, wird er entdeckt werden. Nur jene, die von adligen Familien abstammen, haben solche langen, wunderschönen Hörner.« In ihrer Stimme lag Sehnsucht. Mit einem Seufzen löschte sie auch die letzte Flamme. »Hab Nachsicht mit ihm, Eva. Ich bin sicher, dass Prinz Aketo eine nützliche Informationsquelle für dich sein kann. Wahrscheinlich hat dein Vater ihn aus diesem Grund hergeschickt.«

Nachdem Mirabel gegangen war, konnte ich stundenlang nicht einschlafen. Mein Kopf war zu voll mit Jägern und Prinzen und Königen. Irgendwann träumte ich, dass ich wieder auf dem Flicken war und eine Melodie trommelte, während alle drei Männer nach meinem Willen dazu tanzten. Doch als ich zu spielen aufhörte, erkannte ich, dass sich Marionettenfäden an *meinen* Knöcheln und Handgelenken befanden. Egal, wie sehr ich mich anstrengte, es gelang mir nicht herauszufinden, wer mich manipulierte.

Kapitel 9

Am nächsten Morgen hatte ich meine erste Lektion mit Bakkha im Arbeitszimmer meines Vaters im Kleinen Palast. Das kornblumenblaue Gebäude wurde von Orangen- und Zitronenbäumen gesäumt. Weitere Obstbäume und Dattelpalmen befanden sich im Garten dahinter. An jedem anderen Ort wäre dies ein beachtliches Anwesen, doch im Schatten des Königinnenpalasts wirkte der Kleine Palast nur wie eine Hütte.

Traditionell wurde er als Heim der Familie des Königs benutzt, doch er hatte leer gestanden, bis meine Eltern sich auseinandergelebt hatten und Papa aus dem Palast ausgezogen war. Bereits im darauffolgenden Sommer hatte er allerdings noch mehr Distanz zwischen sich und seine Frau gebracht, indem er nach Asrodei aufgebrochen war. Bald darauf war ich ihm gefolgt.

Eine ungewöhnlich kühle Brise wehte durch das große Fenster herein, das die gesamte Wand des Zimmers einnahm. Der Luftzug brachte die Karte auf dem ovalen Tisch in der Mitte des Raums in Bewegung. Der Schreibtisch meines Vaters war in eine Ecke auf der gegenüberliegenden Seite geschoben worden. Darauf befanden sich ein Haufen zerknitterter Pergamentseiten, Kerzen aus Myrrhe, umgeben von Pfützen aus getrocknetem Wachs, umgestoßene Tintenfässchen und Porzellantassen, in denen noch die getrockneten Kaffeereste klebten.

Als Mutter mich zurück in die Hauptstadt beordert hatte, hatte

Papa mir die Erlaubnis gegeben, den Kleinen Palast nach Belieben zu nutzen. Hier hielt ich Abendessen für meine Leibgarde ab und spazierte durch die Zitronenhaine, wenn die Gärten im Königinnenpalast zu überfüllt mit Höflingen waren. Bis jetzt hatte ich das Arbeitszimmer kaum genutzt und konnte es immer noch nicht über mich bringen, den Schreibtisch aufzuräumen. Ich gab mich nicht der falschen Hoffnung hin, dass Papa endgültig in die Hauptstadt zurückkehren würde. Wenn ich schon nicht hier sein wollte, warum sollte er? Der Schreibtisch erinnerte mich an ihn – an lange Ritte über frostbedeckte Hügel, Schwertkampflektionen im Morgengrauen und nächtliche Kartenspiele, während wir Pfefferminztee tranken.

Bakkha beugte sich gerade über den größeren Tisch, als ich eintraf. Genau wie am Vortag hing ihm sein Haar lose bis zur Mitte der Oberschenkel. Ich näherte mich ihm und erkannte, dass er die winzigen Briefbeschwerer aus Jade und Onyx betrachtete, die auf der Landkarte lagen. Er hob einen mit einem Tigerkopf und dem Körper eines Krokodils hoch.

»Weißt du, was das ist, Prinzessin?«

Ich schüttelte den Kopf. Die Figuren gehörten meinem Vater.

»Die Drakolaner nennen das hier einen Tirimsho, einen Flussgeist.«

»Woher wisst Ihr das?«, fragte ich bemüht unbeschwert. Natürlich besaß Papa Briefbeschwerer aus Drakol. Während seiner Reisen durch das Reich hatte er unzählige Dinge gesammelt.

»Ich habe den Großteil des letzten Jahrhunderts in Drakol verbracht.« Er wandte sich der Karte von Akhimar zu, fuhr mit dem Finger über die zerklüftete Linie von Myres Westküste bis nach Drakol, dem kleinen Menschenkönigreich im Norden, das hinter dem A'Nir-Gebirge lag.

Vor dreißig Jahren hatte meine Großmutter, Königin Eryna,

einen von Drakols Prinzen ermorden lassen, nachdem sie von seinen Plänen, Myre den Krieg zu erklären, erfahren hatte. Seitdem hatte Drakols derzeitiger Monarch, König Lioniten der Vierte, oft gedroht, sich zu rächen. Er hatte das Attentat bis heute nicht vergessen. Doch da ein Krieg gegen Myre, eine Nation, die doppelt so groß wie Drakol war, höchstwahrscheinlich mit einer Niederlage enden würde, beschränkte sich Drakol auf Angriffe auf das Ackerland am Rande Myres. Regelmäßig schickten sie Plünderer, die die fruchtbaren Felder verbrannten. Die feindlichen Einfälle waren in letzter Zeit für die im Norden stationierten Soldaten immer tödlicher ausgefallen. Daraufhin hatte Mutter die Grenze geschlossen und den Drakolanern, die in Myre lebten, verboten, in ihre Heimat zurückzukehren. Gerüchte besagten, dass wir am Rande eines Kriegs standen – dem ersten seit dem Großen Krieg vor zwei Jahrhunderten –, doch Papa und Mutter würden niemandem den Krieg erklären, ohne wirklich provoziert worden zu sein.

Das Wissen, dass Bakkha in Drakol gelebt hatte, lag mir schwer im Magen. Seine Loyalität könnte sich verschoben haben, was potenziell gefährlich war. Ich konnte mir nicht vorstellen, dass Bakkha für den König von Drakol arbeitete, allerdings hätte ich bis gestern nicht einmal zu träumen gewagt, dass er überhaupt am Leben war. Alles war möglich. Ich würde Mirabel davon und von allem anderen erzählen, was er mir gegenüber erwähnte.

»Aber warum? Drakolaner fürchten Magika und hassen uns Myreaner.«

»Natürlich habe ich mich als Mensch ausgegeben«, antwortete Bakkha leise. »Du wärst allerdings überrascht, Prinzessin, wie viele Drakolaner Magika tolerieren.«

Ich hatte meinen Vater nach vielen Angriffen der drakolanischen Reiter die Toten zählen sehen und biss die Zähne zusammen. »Trotzdem sterben jeden Tag Soldaten an der Grenze.«

»Das ist richtig.« Sorge zeichnete sich auf seiner Miene ab, doch er straffte die Schultern und stellte die Figur aus Drakol auf eine Karte, die die Wüste von Kremir abbildete. Er musterte mich einmal rasch von Kopf bis Fuß und runzelte die Stirn. »Heute keine Eskorte? Dein Falun schien äußerst begeistert davon, mich während meines Aufenthalts hier im Auge zu behalten.«

Es gelang mir nicht, meine Züge unter Kontrolle zu halten. Falun wartete vor der Tür und hörte wahrscheinlich jedes Wort. Er hatte mich gebeten, mit in den Raum kommen zu dürfen, doch ich wollte bei meiner ersten Lektion keine Zuschauer. Genauso wenig wie bei der zweiten, dritten oder vierten.

»Wie schade.« Bakkha grinste.

»Ich werde ihn über Eure Enttäuschung in Kenntnis setzen, Lord Bakkha.«

Er rollte die Karte zusammen, und wir nahmen gegenüber voneinander Platz. »Damit wir unsere Magika verbinden können, muss ich zuerst wissen, an welchem Ort deine Magika lebt.«

Als ich ihn verblüfft anstarrte, setzte er eine Miene duldsamer Verzweiflung auf. »Der Ort in deinem Kopf, der dir Zugang zu deiner Magika verschafft, Prinzessin.«

»Äh … also, mein See?« Ich sah stets einen See vor mir, wenn ich an meine Magika dachte. Und als ich den Attentäter getötet hatte, hatte dieser See mir Kraft gespendet.

»Ja, ganz genau so etwas. Jeder visualisiert diese Quelle auf andere Weise. Als ich zum ersten Mal die Magika in mir gespürt habe, nahm sie die Gestalt eines durch einen Wald fließenden Flusses an. Dort habe ich neben anderen Gaben auch meine Wölfe und den Wind gefunden.« Bakkha kramte in der Tasche seines schwarzen Ledermantels herum und zog einen Dolch hervor, dessen Knochenheft die Form eines Wolfskopfs hatte. »Damit wir unsere Magika verbinden können, müssen wir die Landschaften in deinem und meinem Geist verschmelzen. Es sollte nicht allzu schwierig sein, deinen See mit meinem Fluss zu kombinieren.«

Er schob den Dolch über den Tisch zu mir. Ich betrachtete das Heft. Der Wolf fletschte die Zähne, als würde er knurren. Wie Bakkhas Knochenschmuck war er ebenfalls mit Goldakzenten durchwirkt. »Und wofür brauche ich den?«

»Für die Koaleszenz müssen wir ein wenig von deinem und meinem But vergießen.« Er lehnte sich zurück und wartete darauf, dass ich begann. »Glaub mir, Prinzessin, dir wird nichts passieren.«

Ich zog den Dolch aus der Scheide und zögerte. »Bakkha, gestern sagtet Ihr, dass Ihr danach Zugang zu meiner Magika haben würdet.«

»Ja, das habe ich gesagt.«

»Wird es Euch auch möglich sein, sie zu kontrollieren?« Ich schluckte. »Könnt Ihr mich davon abhalten, jemanden zu verletzen, der es nicht verdient hat?«

Er biss sich auf die Lippe. »Das könnte ich, aber an Eurer Stelle würde ich mir darüber keine Sorgen machen. Magika ist immer gefährlich –«

»Ich will, dass Ihr es mir versprecht. Wenn ich das hier mache, wenn ich lerne, meine Magika zu benutzen, werdet Ihr mich aufhalten, sollte ich je die Kontrolle verlieren.«

Wenn ich doch nur jemanden darum bitte konnte, dem ich vertraute. Ich wusste nicht mehr über Bakkha, als ich aus den Geschichten über seine Taten kannte. Darin war er zur Hälfte Schurke und zur Hälfte Held, gezwungen, den Willen der Königin durchzusetzen, während er oft sogar um jene trauerte, die er hatte töten müssen. Wer wusste schon, welche Geheimnisse sich in seiner jüngeren Vergangenheit verbargen? Doch ich vertraute darauf, dass er sich nicht am Tod eines Unschuldigen laben würde.

Unsere Blicke trafen sich. »Ich schwöre es«, sagte der Jäger.

Ich zog die Klinge über meine Handfläche und zuckte zusammen, als Blut aus der Wunde quoll.

Bakkha zog sich einen seiner Ringe vom Finger, der halb aus Knochen und halb aus Gold bestand. Er nahm meine blutende Hand und steckte mir den Ring an den Daumen. Er war zu groß, doch Bakkha tippte zweimal darauf. Als er schrumpfte, bis er perfekt an meinen Finger passte, keuchte ich auf. »Das wird unsere Verbindung zueinander stärken und mir ermöglichen, dich zu finden, wenn du in Gefahr schwebst.«

Bakkha zuckte nicht mal mit der Wimper, als er sich einen Kreis in die Handfläche ritzte. Er wischte die Klinge an der Hose ab und schob den Dolch zurück in seinen Waffengurt. Das schwarze Leder seiner Hose verbarg das Blut.

Er schauderte und hielt mir seine Hand hin. Schmale Rinnsale sammelten sich in den Furchen seiner Handfläche. Ich nahm seine Hand. Für einen Augenblick spürte ich nichts als die Berührung unserer Haut und wie unsere Handflächen über eine dicke Schicht Blut glitten.

»Nun stell dir den Ort deiner Macht vor«, murmelte Bakkha. »Begib dich dorthin.«

Ich beschwor den See vor meinem geistigen Auge herauf. Dafür musste ich mich kaum konzentrieren. Schon befand ich mich an seinem Ufer, an das schwarze Wellen brandeten. Ich stellte mir vor, wie meine nackten Füße im feuchten Schlamm versanken. Von irgendwo weit weg drang das Plätschern eines Flusses an meine Ohren, und ich wusste, dass es die Magika des Jägers sein musste.

Als Bakkha neben mir am Ufer auftauchte, zuckte ich zusammen, unsere Finger waren noch immer verschränkt.

Wind brauste um uns herum und wirbelte Bakkhas Haar zu einem goldenen Tornado auf. Der See meiner Magika begann langsam zu brodeln. Er war nicht so aufgewühlt wie vor zwei Nächten bei meinem Kampf gegen den Mörder, sondern ließ seine Kraft langsam an die Oberfläche steigen. Wasser umspielte meine Knöchel und drohte schon bald, mich mit sich nach unten zu ziehen.

Plötzlich brannte meine Hand, als hätte ich sie an heißes Eisen gepresst. Ich biss die Zähne zusammen, um nicht zu schreien, und versuchte, Bakkha meine Finger zu entziehen, doch er hielt mich fest. Als ich ihn ansah, zügelte seine ruhige Miene die in mir aufsteigende Panik. Die Erde bebte, als mein See und sein Fluss eins wurden. In nur einem Wimpernschlag wuchsen Bäume aus dem Boden, umgaben uns von allen Seiten. Über uns sausten Nachtvögel durch die Äste.

So schnell, wie der Wind gekommen war, legte er sich auch wieder. Mein See lag wieder still da.

Bakkhas Stimme erklang in meinem Kopf. *An diesem Ort können wir einfach kommunizieren, aber nur, wenn wir gemeinsam hier sind.*

Und was jetzt?, versuchte ich zu denken.

Bakkha zuckte zusammen, ließ meine Hand los und massierte sich die Schläfen. *Kein Grund zu schreien, Prinzessin. Als Nächstes geht es ins Wasser.*

Ich hielt einen Fuß über die Oberfläche. Als ich versuchte, einen Zeh hineinzutauchen, spürte ich Widerstand. Ich drückte fester und verlor den Halt, da der Boden plötzlich unter mir nachgab. Ich stürzte in den See.

Als das Wasser über meinem Kopf zusammenschlug, war es tiefschwarz. Ich war eine gute Schwimmerin, aber das schien mir hier nicht zu helfen, da mich eine unsichtbare Macht nach unten riss. Ich sank hinab wie ein Stein. Dabei war mir bewusst, dass es unlogisch war, in meinem eigenen Geist zu ertrinken. Trotzdem stieg Panik in mir auf. Ich trat wild um mich und schluckte schwarzes Wasser, fiel aber nur noch schneller.

Ich versuchte, Bakkhas Namen zu rufen, verschluckte mich nur wieder. Da traf ich endlich gegen etwas, das der Grund des Sees sein musste. Doch schnell begriff ich, dass es eine Art Barriere war. Sie war durchsichtig und bewegte sich mit dem Seewasser, wogte langsam hin und her. Ich versuchte, mich hindurchzuschieben, doch ein sengender Schmerz schoss durch meinen Körper. Er verzehrte mich – es gab keinen Ausweg. Kurz darauf konnte ich mich schon nicht mehr erinnern, wo oder wie ich hierhergekommen war. Erst als meine Hand von der Barriere abfiel, drangen alle Erinnerungen wieder auf mich ein. Ich versuchte wegzuschwimmen, aber mein Körper war träge, ich spürte immer noch den Nachhall des Schmerzes.

Komm zurück, Eva! Es ist nicht echt. Komm zurück in deinen Körper. Bakkhas Stimme durchbrach die Dunkelheit und vertrieb meine entsetzliche Angst.

Ich öffnete die Augen und fand mich im Arbeitszimmer meines Vaters wieder. Ich hielt immer noch Bakkhas Hand. Rasch entzog ich sie ihm. Die Wunde war verheilt und hatte eine blasse Narbe hinterlassen.

»Was war das, Bakkha?« Die Etikette konnte mir gestohlen bleiben.

Der Jäger sah aufgewühlt aus, seine Augen waren groß, der Blick nicht fokussiert. »Als ich sagte, du sollst ins Wasser gehen, habe ich nicht gemeint, dass du bis zum Grund schwimmen sollst. Menschliche Magika kann unbeständig sein.«

»Und das hättest du mir nicht vorher sagen können? Ich bin nicht geschwommen, Bakkha. Ich bin gefallen. Und ich konnte den Grund des Sees nicht mal erreichen. Da war eine Art Grenze.«

»Ich weiß. Und das ist lediglich das Zweite, was schiefgelaufen ist.« Er sah mich mit zusammengekniffenen Augen an. »Kannst du es nicht fühlen?«

Ich schloss die Augen und suchte die hintersten Winkel meines Geists ab. Dort war der See, wie immer dunkel und tief und voller Magika. Er war nun mit einem fremden Bewusstsein verbunden, das Bakkhas Fluss sein musste. Meine Gedanken streckten sich danach aus. Es war, als würde ich die Hand in reißende Fluten tauchen, als könnte mich die Strömung jeden Moment davontragen. Plötzlich überkam mich Ärger. Verblüfft riss ich die Augen auf. Es war nicht mein Gefühl. Es war Bakkhas. »Was hast du getan?«

»Es ist eine … Nebenwirkung der Koaleszenz. Es passiert nicht oft, dass wir die Empfindungen des anderen spüren können, aber manchmal schon. Ich dachte, dein Leibwächter hätte es erwähnt, als er sein Missfallen ausdrückte.«

»Er hat gesagt, dass eine Verbindung zwischen uns entstehen könnte, aber er hat nicht von so etwas gesprochen … was auch immer das sein soll.«

»Unser Band ist ein emotionales. Wir werden von nun an die Gefühle des anderen empfinden.«

»Das hättest du mir vorher sagen sollen. Du willst Geheimnisse vor mir haben, na schön, aber wenn es mich betrifft, will ich immer die Wahrheit hören, und zwar geradeheraus.«

»Verzeihung, Prinzessin«, sagte Bakkha. »Zu meiner Verteidigung kann ich vorbringen, dass ich es wirklich nicht erwartet hätte. Eine solche Verbindung tritt normalerweise nur auf, wenn zwei Personen, die sich gut kennen, eine Koaleszenz eingehen.«

»Und warum ist es uns dann passiert?«

»Ich bin nicht sicher, Prinzessin«, sagte er. Die Spitzen seiner Ohren färbten sich rosa.

Ich stöhnte, stupste dann aber das neu erwachte Bewusstsein in meinem Geist prüfend an. »Und du kannst alles fühlen?«

»Ja, wenn ich mich konzentriere, aber für gewöhnlich erreichen mich nur die stärksten Emotionen.«

»Das gefällt mir nicht, Jäger.« Ich wollte niemand Fremdes in meinem Kopf haben, der fühlte, was ich fühlte. Es war ein schrecklicher Gedanke. Lieber wäre ich nackt durch Ternain gelaufen, als meine Seele so entblößt zu wissen.

»Wenn du den Unterricht frühzeitig abbrechen möchtest, kann ich es ungeschehen machen. Obwohl ich fürchte, dass dies dein anderes Problem noch verstärken wird.« Ich konnte seine Verwirrung durch unsere neue Verbindung spüren. »Wusstest du, dass jemand deine Magika gebunden hat, Prinzessin?«

»Das war also diese Barriere?« Ich erhob mich von meinem Stuhl und begann, um den Tisch herumzutigern.

»Ja, leider«, fuhr Bakkha fort. »Es bedeutet, dass –«

»Du denkst vielleicht, ich wäre nur eine dumme kleine Prinzessin, aber das bin ich nicht«, fuhr ich ihn an. »Ich habe von gebundener Magika gehört, Bakkha.«

Es handelte sich um einen der schändlichsten Tricks. Während des Großen Kriegs hatten die Sorceryn die Magika ihrer Gefangenen gebunden, sodass diese ihre Gaben nicht mehr nutzen konnten. Man konnte solche Bindungszauber zwar brechen, da Magika immer siegte, aber es war nicht einfach.

Ich dachte an den Schmerz, den ich beim Druck gegen die Barriere gespürt hatte. Wie sollte ich dagegen kämpfen? Er hatte meine Gedanken zu Staub zermahlen. Hätte Bakkha mich nicht zurückgerufen, wäre ich dort verloren gewesen, gestrandet in meinem eigenen Geist.

»Dann weißt du auch, dass so eine Bindung nur von dem Sorceryn aufgehoben werden kann, der den Zauber gewebt hat. Ich kann mir nur einen einzigen Umstand vorstellen, unter dem man deine Magika ohne dein Wissen gebunden haben könnte.«

Mein Harkening, der Zauber, dem jedes Menschenkind im Reich unterworfen wurde, um die Natur seiner oder ihrer Magika zu bestimmen. Ich schlang die Arme um meinen Bauch, um die Panik aufzuhalten, die mich zu übermannen drohte.

»Aber warum sollte ein Sorceryn die Magika seiner Prinzessin binden?«, fuhr Bakkha fort. »Vor allem derjenigen, die aufgrund ihrer mächtigen Gabe größere Chancen darauf hat, Königin zu werden?«

Immer, wenn jemand von meiner Geburt sprach, wurde erwähnt, wie ungewöhnlich lange ich dem Harkening-Zauber unterworfen gewesen war. Zehn Tage – fünf Tage länger als gewöhnlich. Zu diesem Zeitpunkt musste die Bindung vorgenommen worden sein. Ich kannte jemanden, der fähig wäre, die Sorceryn dazu zu überreden – meine Mutter. Sie fürchtete meine Magika genug, um so etwas tun, aber wie hätte sie mich so kurz nach meiner Geburt einem solchen Schicksal überlassen können? Ich konnte nicht glauben, dass sie die Bindung in Auftrag gegeben hatte, egal, wie angeschlagen meine Beziehung zu ihr war.

Mühsam schob ich diese Gedanken von mir. »Aber, Bakkha, ich habe schon zweimal Magika benutzt. Zum Beispiel in der Nacht vor unserer ersten Begegnung. Hätte die Bindung das nicht verhindern müssen?«

Er bat mich, ihm von beiden Malen zu erzählen – von der Nacht, in der ich als Kind Isadore verletzt hatte, und als ich den Attentäter getötet hatte. Ich ging nicht zu sehr ins Detail, spürte aber trotzdem sein Mitleid durch unsere neue Verbindung aufwallen. Es breitete sich wie eine düstere Wolke in meinem Geist aus, als wäre es meine eigene Emotion. Bakkha schien weder Abscheu noch Verachtung für mich zu empfinden, nachdem ich ihm anvertraut hatte, ein Leben genommen zu haben. Andererseits konnte *er* mir deshalb wohl kaum Vorhaltungen machen.

Er schüttelte den Kopf. »Man kann Magika binden, um eine bestimmte Fähigkeit zu blockieren oder sie mit der Zeit verschwinden zu lassen. Ich nehme an, dass Ersteres auf dich zutrifft, da du bereits als Kind deine Magika benutzt hast. Das sind gute Neuigkeiten. Wir können unseren Unterricht trotzdem fortsetzen. Wir müssen einfach die Magika umgehen, die gebunden wurde, bis du herausgefunden hast, wer den Zauber auf dich gelegt hat, und ihn aufheben lässt.«

»Woher sollen wir wissen, womit wir arbeiten können und womit nicht?« Ich konnte das Zittern in meiner Stimme nicht verbergen. Wer hatte mir das angetan? Und warum?

»Oh, du wirst es wissen, glaub mir«, sagte er und fuhr sich mit der Hand übers Gesicht. »Was du gespürt hast, als du versuchtest, die Barriere zu durchbrechen ... du wirst jedes Mal ein Echo davon zu spüren bekommen, wenn du zu viel Druck auf die Bindung ausübst.«

Ein Teil von mir kam nicht umhin, in diesem Desaster einen Vorteil zu sehen. Wenn die Bindung etwas zurückhielt, musste es etwas noch viel Schlimmeres sein als die Kraft, die ich benutzt hatte, um den Attentäter zu töten. Es würde mir leichter fallen, den Rest zu lernen, wenn ich wusste, dass es etwas gab, das mich zurückhielt. Doch Bakkhas nächste Worte ließen mein Herz schneller schlagen. »Wir werden vorsichtig sein müssen, Prinzessin. Wenn der Bindungszauber gebrochen wird und du noch nicht bereit bist, könnte dein Geist völlig verknotet zurückbleiben.«

Nein, ich wusste, wo ich mich dann wiederfinden würde, nämlich für immer gefangen in den Tiefen des Sees.

»Woher weißt du so viel darüber, Bakkha? In keiner der Geschichten über dich gibt es eine Verbindung zwischen dir und den Sorceryn.«

»Es ist keine allgemein bekannte Geschichte.« Bakkha biss die Zähne zusammen, uralter Schmerz wurde über den Fluss zwischen uns zu mir getragen. »Nach dem Krieg wurde ich gebeten, die Bindungszauber einer Khimaer Familie zu entfernen, bevor sie in ihren Bezirk geschickt wurden. Der Sorceryn, der ihre Magika gebunden hatte, war am Ende des Kriegs gestorben, sodass die Aufgabe mir zufiel. Die Krone wollte, dass diese Zauber aufgehoben wurden, da sie die Leute verrückt machten. Es gab Unfälle. Wenn man einen Bindungszauber gewaltsam auflöst, kann die Magika, die daraufhin ungebunden herausfließt, nicht nur die betroffene Person töten, sondern auch alle in ihrer Nähe. Ich konnte allerdings nur zwei von ihnen befreien.«

»Und der Rest?«, flüsterte ich.

Er seufzte und fuhr sich durch das goldene Haar. »Sie starben.«

Wir verfielen in Schweigen. Ich stand am Fenster und betrachtete die Obsthaine. Bakkha hatte es geradeheraus gesagt: Wenn ich den Sorceryn nicht fand, der mir das angetan hatte, und ihn überzeugte, es rückgängig zu machen, würde dasselbe mit mir passieren.

Nachdem ich mich von Bakkha verabschiedet hatte, suchte ich meine Mutter auf. Ich hatte sowieso vorgehabt, sie heute zu besuchen, um zu erklären, warum ich schon zwei Tage lang nicht am Hof erschienen war. Die Bindung machte ein Gespräch mit ihr nun noch dringender.

Der Königinnenpalast sah aus wie alle anderen traditionellen myreanischen Bauten, nur war er um einiges größer. Statt einem zentralen Innenhof gab es vier: den Thronsaal, die Sonnengärten, die Silberbecken und den königlichen Innenhof. Alle Fenster der königlichen Gemächer gaben den Blick auf unseren privaten Innenhof frei, es war nur der königlichen Familie und unseren Gästen erlaubt, sich darin aufzuhalten.

Auf dem Weg zu den Gemächern meiner Mutter überquerte ich ihn, in der Hoffnung, die plätschernden Brunnen und blühenden Bäume würden mich beruhigen. Die blau-weißen Fliesen glänzten in der hoch stehenden Sommersonne, von den vielen Obstbäume her roch es süßlich. Es war Hochsaison für Feigen, Pomeranzen und blaue Mazi. Seit meiner Rückkehr nach Ternain hatte ich durch meine Fenster oft den Innenhof betrachtet, dort aber nie Isadore oder meine Mutter gesehen. Trotz der vielen Bediensteten, die hier arbeiten mussten, um alles so hübsch zu halten, war der Innenhof still und verlassen.

Als ich die Gemächer meiner Mutter erreichte, war sie noch nicht vom Hof zurückgekehrt, doch ihre Wächter ließen mich ein, um auf sie zu warten. Die Suite der Königin war viel größer als meine, mit mehreren Schlafzimmern, zwei Badezimmern, einem formellen Esszimmer und einem Salon mit breitem Balkon, der einen Ausblick auf den Roten Fluss gab. Sein Wasser war rötlich braun, gefärbt von dem Lehm auf seinem Grund.

Ich wartete dort, beobachtete die Schiffe – flinke Kutter mit bunt bemalten Segeln und tief liegende, mit Laternen geschmückte Passagierboote. Weiter oben, wo das Wasser seichter war, gab es einen schwimmenden Markt, wo die Händler Melonen, leuchtende Zitrusfrüchte, Fisch und Blumen auf schmalen Kanus feilboten.

Ein leises Klopfen ertönte an der Tür. Es war eine der Zofen meiner Mutter, eine blasse Frau mittleren Alters mit gebeugten

Schultern. »Ihre Majestät wird Euch nun in ihrem Schlafgemach empfangen, Eure Hoheit.«

Genau an dem Ort, den ich gehofft hatte, nicht betreten zu müssen. Seit meiner Kindheit war ich nicht mehr im Schlafzimmer meiner Mutter gewesen. All meine Erinnerungen daran waren schlecht.

Als ich eintrat, stellte ich überrascht fest, dass das Zimmer kleiner war, als ich es in Erinnerung hatte. Es war zwar größer als mein eigenes, hatte aber nichts von der einschüchternden Höhle, zu der ich es in meinen Erinnerungen gemacht hatte.

Es roch nach Orangenblüten, und statt der Öllampen an der Decke kam das Licht von hellblauen Kerzen, die auf jedem Tisch brannten. Sie rochen nach Meer. Die Wände waren hellgolden gestrichen, und die Decke war mit vergoldeten Friesen verziert. Mutter saß an einem Teakholztisch in einer Ecke und las einen Stapel Berichte. Sie war in eine bestickte Seidenrobe gekleidet, ihr weißblondes Haar hing ihr offen über die Schultern und umrahmte ihr Gesicht. So sah sie viel jünger aus als auf ihrem Thron.

Mit gesenktem Kopf näherte ich mich dem Schreibtisch. Ich würde es sehr vorsichtig anstellen müssen. Mutter mochte es, wenn ich mich reuig gab, aber nicht schwach. »Danke, dass du mich empfängst, Mutter.«

»Was gibt es?« Sie sah auf, der Blick ihrer flaschengrünen Augen traf meinen, bevor sie sich wieder ihrer Arbeit zuwandte.

»Ich … bin gekommen, um dich um Erlaubnis zu bitten, dem Hof für die nächsten zwei Wochen fernzubleiben.«

»Und das nach zwei bereits verpassten Tagen.« Ihre Stimme war emotionslos, ihr Blick glitt immer noch über die Seite in ihrer Hand. »Bei deiner Rückkehr nach Ternain hast du eingewilligt, mir zu gehorchen. Ich sehe nun, dass sich seit deiner Abreise nichts verändert hat, obwohl dein Vater mir das Gegenteil versichert hat. Du bist genauso starrsinnig wie immer.«

»So wie jemand, der einmal Königin zu werden hofft, sein sollte, Mutter.«

Sie hob eine Augenbraue und forderte mich mit einem Nicken auf fortzufahren.

»Ich war gestern nicht bei Hofe, weil ich jemanden getroffen habe, der mich lehren kann, meine Magika zu benutzen«, sagte ich. »Unsere erste Lektion hat heute Morgen stattgefunden. Ich dachte, du würdest sicher zustimmen, dass die Entwicklung meiner Fähigkeiten Vorrang hat.«

Das weckte ihre Aufmerksamkeit. Sie setzte sich auf und bedachte mich mit einem scharfen Blick. »Wer?«

»Ich fürchte, du wirst es mir nicht glauben, wenn ich es dir sage. Er ist Fey und neu in der Stadt. Ein Knochenarbeiter aus dem Norden.« Ich hielt die Luft an, hoffte, dass sie nicht weiter nachfragen würde. Bei meinem ersten Treffen mit Bakkha hatte ich gelogen. Sollte meine Mutter herausfinden, wer mein Lehrer war, würde ich sie nie überzeugen können, Bakkha nicht fortzuschicken.

Die Königin durfte keine Lieblinge haben, doch meine Mutter hatte ganz klar eine Favoritin. Solange ich denken konnte, hatte sie Isadores Bedürfnisse über meine gestellt. Wenn sie glaubte, Bakkha würde die Zukunft meiner Schwester als Wahre Erbin gefährden, würde sie ihn mir wegnehmen.

»Ein Fey-Knochenarbeiter. Nur du könntest so etwas Kurioses auftreiben«, murmelte sie. Sie verschränkte die Arme auf der Tischplatte, ihre langen Nägel waren hellblau lackiert, und sie trug Ringe an jedem Finger. Der kleinste war ihr goldener Ehering. Ich war überrascht, dass sie ihn immer noch trug. »Na schön. Bring ihn am Ende der Woche an den Hof. Bis dahin darfst du fernbleiben.«

Ohne ein weiteres Wort wandte sie sich wieder ihrer Arbeit zu. »Da wäre noch etwas anderes«, sagte ich eilig.

»Evalina, du weißt, dass ich beschäftigt bin. Ich habe in einer Stunde eine Ratsversammlung.«

»Ich wollte dich etwas über meinen Harkening-Zauber fragen«, entfuhr es mir. »Du hast mir nie davon erzählt, und ich bin neugierig.«

Sie seufzte und massierte sich die Schläfen. »Dein Vater könnte dir mehr darüber sagen als ich. Ich habe bei deiner Geburt viel Blut verloren. Noch Tage danach ging es mir schlecht, selbst die Heiler hatten Mühe, mich am Leben zu halten. Ich hatte mich gerade erst erholt, als deine Magika in der Stadt verkündet wurde.«

Mein Herzschlag donnerte dröhnend in meiner Brust. War das der Grund, warum sie meine Anwesenheit so verabscheute? Ich hatte sie auf meinem Weg in die Welt beinahe getötet und war auch noch mit Magika geboren worden, die das Leben der Tochter bedrohte, die sie bereits lange vor mir geliebt hatte. Kein Wunder, dass unsere Beziehung schwierig war. »Das wusste ich nicht, Mutter.«

»Du hast nie danach gefragt, Liebes«, sagte sie kühl.

Ich blinzelte die Tränen fort, bevor sie fielen. »Aber die Sorceryn, Mutter. Hast du sie ausgewählt? Weißt du, wer sie waren?«

»Nein, dein Vater hat das alles geregelt. Wenn es um dich ging, hat er sich immer um alles gekümmert.« Ihre stoische Maske fiel, doch ich konnte nicht erkennen, ob Trauer oder Wut in ihrem Blick lag. »Nach deiner Geburt hat er dich zum Tempel gebracht. Er kam jeden Morgen, um mich zu besuchen, verbrachte aber ansonsten die ganzen zehn Tage im Tempel, bis es vollbracht war. Wenn das dann alles wäre, Eva …«

Ich konnte mich nicht an die Worte erinnern, die ich zum Abschied murmelte, während ich mich von ihrem Schreibtisch entfernte. Ich ballte die Hände zu Fäusten, um ihr Zittern zu verbergen, schloss die Tür hinter mir und sank zu Boden.

Es ergab keinen Sinn. Mein Vater konnte nicht hinter alldem stecken. Warum sollte er versuchen, mich von meiner Magika abzuschneiden, und dann die letzten drei Jahre im ganzen Königinnenreich nach einem Lehrer für mich suchen? Ich hatte ihn auf vielen dieser Reisen begleitet: zur Halbinsel Korsai, nach Soli und Port, zu Dutzenden Dörfern, in denen betagte Sorceryn lebten. Er hätte es mir jederzeit sagen können – er hätte es mir sicher gesagt.

Nein.

Es musste eine andere Erklärung geben. Etwas, das Mutter nicht wusste oder ausgelassen hatte, um mich zu quälen.

Kapitel 10

Bakkha und ich spazierten durch die Zitronenhaine des Kleinen Palasts. Die Zweige bogen sich unter der Last der vielen reifen Zitronen und Bitterorangen. Bereits jetzt lag ein dünner Schweißfilm auf meiner Haut, in ein paar Stunden wäre die Hitze unerträglich. Es war ein typischer heißer Sommertag, an dem sich am Nachmittag alle zurückziehen würden. Selbst Bakkha hatte seinen Ledermantel gegen ein Exemplar aus schwarzer Seide mit goldenen Blattstickereien eingetauscht.

Ich war zu spät zu unserem Treffen gekommen. Letzte Nacht hatte ich kaum geschlafen. Ich konnte mir einfach keinen Reim auf die Worte meiner Mutter machen. Wenn Papa wirklich während meines gesamten Harkening-Zaubers im Tempel geblieben war, während sie krank im Palast gelegen hatte, musste er einen guten Grund dafür gehabt haben. Es musste eine Erklärung geben, eine Rechtfertigung. Ich hatte in Erwägung gezogen, einen Raben nach Norden zu schicken, aber dies war nicht die Sorte Frage, die ich ihm in einem Brief stellen konnte. In ein paar Wochen würde er für den Ball zu meinem Namenstag nach Ternain zurückkehren, aber konnte ich es mir leisten, so lange zu warten?

Ich hatte in Erwägung gezogen, Mirabel von der Bindung meiner Magika zu erzählen. Bis jetzt hatte ich mich jedoch noch keinem anvertraut. Ich wollte niemanden beunruhigen, vor allem, da ich noch nicht wusste, was ich dagegen unternehmen sollte.

»Was weißt du über die Magika der Menschen, Prinzessin?«, riss mich Bakkha aus meinen Gedanken.

Leider wusste ich nicht besonders viel. Nachdem die Sorceryn mich tätowiert hatten, hatten sie mich fortgeschickt, ohne mich zu unterrichten. Sie hatten nicht gewusst, wie.

»Es liegt in der Natur der menschlichen Magika, eine Substanz zu kontrollieren, sei sie physischer oder metaphysischer Art«, gab ich das wenige wieder, was ich wusste. »Mit der Magika der Illusionen kann man zum Beispiel die Vorstellungskraft eines anderen beeinflussen, und mit der Magika des Wassers kontrolliert man … Wasser.«

»Und weißt du, warum Menschen Tätowierungen dafür benutzen?«

»Das Ritual holt unsere Magika an die Oberfläche, und die Sorceryn benutzen daraufhin die Tätowierungen, um unsere rohe Macht zu verschiedenen Fähigkeiten zu formen. Wenn man sie berührt, ruft man seine Magika herbei.«

Allerdings war es mir nie gelungen, meine Magika mit einer einfachen Berührung hervorzulocken. Ich hatte es an jeder meiner Tätowierungen versucht, hatte sie fest umklammert und mich auf den See konzentriert. Doch seine Oberfläche war immer unbewegt geblieben.

Ich schloss die Augen und war plötzlich wieder neun Jahre alt. Ich befand mich in einer staubigen Kammer, während sich zwei in Roben gekleidete Gestalten über mich beugten. Meine Arme waren an einen Tisch gefesselt, auf dem sich Glasfläschchen voll Puder und Tinte türmten. Einer der beiden sprach einen Zauber, während der andere meine Haut mit einer Nadel und einem Hammer bearbeitete. Magika lag in der Luft. Sie roch nach verbranntem Zucker, Nelken und dem eisenhaltigen Geruch meines Bluts. Ich zuckte jedes Mal zusammen, wenn die Geräte auf meine Haut trafen. Winzige Blutstropfen zogen sich meine Arme hinab wie dünne Stoffbänder.

»Prinzessin?« Bakkhas tiefe Stimme riss mich aus meinen Erinnerungen. »Alles in Ordnung?«

»Ja«, murmelte ich. Seine Sorge sickerte durch unsere Verbindung. »Warum müssen wir bereits in so jungen Jahren tätowiert werden? Warum nicht erst, wenn wir älter sind?«

Wäre es nicht besser, unsere Magika erst zu verstehen, bevor wir gezwungen wurden, dafür zu bluten?

»Mit acht ist man zu jung, und aus Erfahrung weiß man, dass es mit zehn Jahren oft schon zu spät ist«, erklärte Bakkha leise. »Die Magika braucht zwischen neun und zehn Jahre, um zu … man könnte es *reifen* nennen. Das trifft auf alle zu, aber wenn die Magika der Menschen erst einmal gereift ist, fließt sie ungezähmt aus euch heraus. Ich war noch sehr jung, als die Männer, die man später Sorceryn nannte, die Tätowierungen erschufen, mit denen Menschen ihre Magika kontrollieren sollten. Damals haben nur jene überlebt, die gelernt hatten, ihre Magika zu zähmen … viele sind gestorben oder wurden getötet, wenn sie eine zu große Gefahr für die Allgemeinheit darstellten. Je mächtiger die Magika, desto schlimmer waren die Unfälle.«

Meine Brust zog sich zusammen. Wenn das stimmte, war es nicht meine Schuld, dass ich Isadore verletzt hatte. Es war ein Unfall gewesen. Es lag nicht an meinem bösartigen Wesen, sondern an der Unberechenbarkeit der menschlichen Magika. Doch die Menschen mussten bereits über Magika verfügt haben, bevor wir nach Myre gekommen waren. Wir hätten es sicher nie über das Ruhige Meer geschafft, wenn wir mit ständigen Unfällen aufgrund von ungebändigter Magika zu kämpfen gehabt hätten. »Ich habe aber gelernt, dass wir bereits Magika hatten, bevor wir nach Akhimar kamen.«

Bakkha neigte den Kopf und blinzelte gegen das grelle Sonnenlicht an. »Das lehren die Sorceryn also heutzutage? Deine Geschichtskenntnisse sind unzureichend.«

»Dann bring mir bei, was ich wissen muss.«

»Wirst du mich auch für Geschichtsunterricht bezahlen?« Er hob eine helle Augenbraue. »Die Gemächer, die mir zugeteilt wurden, könnten größer sein, weißt du.«

»Nein, du wirst mich unterrichten, weil es sich so gehört. Die nächste Königin sollte die wahre Geschichte von Myre kennen. Sollte ich nicht mit mehr Fähigkeiten als nur meiner Magika ausgestattet sein?«

»Dem kann ich nicht widersprechen.« Bakkha rieb sich über die goldenen Bartstoppeln. »Na schön, ich werde dir jeden Tag nach unseren Lektionen etwas über die Vergangenheit erzählen.«

»Ich würde lieber sofort etwas über Raina hören.«

»O nein, Prinzessin. Ich unterrichte dich auf meine Art oder gar nicht. Raina kommt erst im Mittelteil der Geschichte. Was würde es schon bringen, wenn ich den Anfang überspringe?«

Natürlich würde er es mir nicht leicht machen. Bakkha spielte nur nach seinen eigenen Regeln. Er hatte mir immer noch nicht erklärt, warum unsere heutige Lektion im Freien stattfand.

Wir kamen an eine kleine Lichtung. Bakkha setzte sich in den Schatten eines Baums und klopfte auf das Gras neben sich.

»Erzähl mir von dem Attentäter«, sagte er, als ich mich setzte. »Und diesmal bitte ausführlich. Es tut mir leid, dass du es noch einmal durchleben musst, aber ich muss jedes noch so kleine Detail kennen, um zu wissen, wie wir deinen Unterricht beginnen sollen.« Ich bemühte mich, meine Stimme ruhig zu halten, als ich ihm den Vorfall schilderte – das Blut, das meine Haut verbrannt hatte, meine Tätowierungen, die plötzlich geleuchtet hatten, und die pure Macht, die hungrig aus mir herausgebrochen war und sich in die Haut des Attentäters gebohrt hatte.

Mit jedem Wort schnürte sich meine Brust weiter zusammen.

Erinnerungen waren unbeständig. Beispielsweise konnte ich mich nicht daran erinnern, welchen Tee Mirabel mir heute Morgen serviert hatte, aber wenn ich an den Attentäter dachte, kamen mir plötzlich Dinge in den Sinn, die mir in jener Nacht nicht aufgefallen waren. Die Narbe an seinem Kinn, die sich verzogen hatte, als er mich angeknurrt hatte. Ein ganzer Busch verwelkter Mohnblumen, die vom Balkon über mir gehangen hatten, mit völlig ausgebleichten Blütenblättern.

Falls Bakkha mein wachsendes Entsetzen durch unsere Verbindung spürte, verbarg er es geschickt. »Also hast du bereits das Geheimnis der Blutmagika gelernt. Während es den meisten Menschen genügt, ihre Tätowierungen zu berühren, um Zugang zu ihrer Magika zu haben, kann Blutmagika nur von der Substanz herbeigerufen werden, die sie antreibt.«

»Also … Blut?«

»Ja, vorzugsweise von dem Wesen, an dem du sie benutzen möchtest. Wenn du das Blut deiner Feinde auf eine deiner Blutmagika-Tätowierungen gibst, wird es deine Macht freisetzen.«

»Und was passiert, wenn ich mein eigenes Blut benutze?« Ich war mir sicher, dass es *mein* Blut gewesen war, das in jener Nacht meine Magika auf den Plan gerufen hatte.

»Es kann unter schwierigen Umständen funktionieren, aber ich würde es dir nicht empfehlen. Wenn deine Konzentration nachlässt, könntest du deine Magika versehentlich gegen dich selbst richten, was ein fataler Fehler wäre. Außerdem solltest du es deinen Feinden überlassen, dich zu verletzen. Gib ihnen lieber keinen Vorteil in die Hand.« Mit einem verschmitzten Grinsen zückte er den Dolch mit dem Wolfskopf, den er bei unserer ersten Lektion benutzt hatte, und schob seine Ärmel hoch. »Verletz mich. Am besten irgendwo an den Armen, aber woanders ginge es auch.«

»Einfach so? Solltest du mir vorher nicht noch mehr erklären?«

»Bei der Großen Mutter! Du wirst erst aufhören, deine Magika zu fürchten, wenn du sie verstehst.« Er griff nach meiner Hand und riss die Klinge nach unten, viel zu schnell, als dass ich Zeit gehabt hätte zu protestieren. Blut tropfte aus einem tiefen Schnitt in seinem Unterarm. »Man kann Magika nur verstehen, indem man sie benutzt.«

Bakkha hob den Arm, Blut tropfte auf die Erde. »Ein Vorteil deines Unterrichts bei mir ist, dass ich so gut wie alles heilen kann.«

Die Wunde begann bereits, sich zu schließen. Zurück blieb nur eine Blutkruste auf der nun unberührten Haut.

»Beeindruckend, Jäger.«

»Danke.« Er hielt mir den Dolch hin. »Jetzt schmier mein Blut auf eine deiner Blütentätowierungen, und begib dich zum See.«

Ich hielt die Klinge, an der Bakkhas Blut klebte, über eine der Rosen auf meinem Unterarm. Doch als ich mich daran erinnerte, wie der See mich beim letzten Mal in seine Tiefen gezogen hatte, zögerte ich.

»Du musst nicht darin schwimmen gehen, ich verspreche es« sagte Bakkha.

Ich presste die flache Seite der Klinge auf meine Haut und unterdrückte ein Keuchen, als die Tätowierung schmerzhaft zu brennen begann. Bakkhas Blut entzündete ein unsichtbares Feuer unter meiner Haut. Mein Körper und Geist reagierten sofort, mir wurde schwindelig, als der See zu brodeln begann.

Ich schloss die Augen und fand mich am Ufer neben Bakkha wieder. Ein dichter Wald war um den See herumgewachsen, ein Zeichen der Koaleszenz. Die Landschaften unserer beiden Geister waren verschmolzen. Vögel zwitscherten, und Affen schwangen sich über unseren Köpfen kreischend von Ast zu Ast.

Pass auf. Als die Stimme des Jägers in meinem Kopf wisperte, zuckte ich zusammen.

Einen Augenblick später schoss eine rote Blume aus dem See. Es war keine echte Rose, ihre Blütenblätter schienen aus fließender, roter Energie zu bestehen, in deren Innerem Dunkelheit pulsierte. Sie schwebte über den brodelnden Wellen und drehte sich langsam. Ich konnte ihre Gier nach Blut spüren, vor allem nach Bakkhas Blut. Wie bei meinem Kampf gegen den Attentäter hörte ich Bakkhas Blut in meinen Ohren rauschen.

Ich wich zurück, doch Bakkha packte mein Handgelenk.

Erinnere dich an unser Versprechen, Eva. Mir kann nichts passieren und dir auch nicht.

Stimmt. Ich hatte mich entschlossen, das hier durchzuziehen. Jetzt konnte ich keinen Rückzieher machen. *Was soll ich tun?*

Ruf sie zu dir.

Komm, dachte ich. Die Blume schwebte heran, bis ich sie mit den Fingerspitzen berühren konnte. Aus der Ferne hatte sie die Größe eines Tellers gehabt, doch als ich nun die Hand danach ausstreckte, passte sie genau in meine Handfläche. Die Blume erzitterte, die Blütenblätter leuchteten auf, dann versank sie in meiner Haut.

Alle Rosentätowierungen auf meinen Armen begannen augenblicklich, so rot zu glühen wie die Blume. Die Magika des Sees überzog meine Hände wie Handschuhe.

Bakkha lächelte. *Gut, lass uns zurückgehen.*

Ich öffnete die Augen, und die Hitze der Sonne umgab mich wieder. Die Magika überzog immer noch meine Handflächen. Sie bewegte sich auf Bakkha zu, der nur wenige Fuß von mir entfernt saß, berührte ihn jedoch nicht.

»Siehst du?« Er hielt seine Hand dicht über meine, und die Magika züngelte wie eine Flamme an seiner Haut. Nach einer Weile zeigte er mir seine Handfläche. Seine Haut war unversehrt. »Sie kann mich nicht verletzen, wenn du es ihr nicht befiehlst. Du hast die Kontrolle, nicht die Magika. Sie begibt sich lediglich dahin, wo du sie haben möchtest.« Er hielt mir seine Hand hin. »Ich will jetzt, dass du es versuchst.«

Ich berührte die Mitte seiner Handfläche. *Blute.*

Als ich meine Hand zurückzog, troff Bakkhas Blut von meinen Fingerspitzen.

Als Bakkha die wenigen oberflächlichen Kratzer inspizierte, wo ich ihn berührt hatte, seufzte er. »Das kannst du besser, Prinzessin. Die Wunden sind es kaum wert, geheilt zu werden.«

Ich atmete zitternd aus und starrte auf die Magika, die meine Hände immer noch überzog. Darunter sahen die Rosen auf meinen Armen so aus, als würden sie lichterloh brennen. Für Bakkha war das vielleicht nichts Besonders, aber ich fand es atemberaubend. »Hast du noch bessere Ratschläge, oder willst du mich einfach so lange niedermachen, bis ich besser werde?«

»Die Magika spürt dein Zögern.« Er klang, als wäre das offensichtlich. »Du musst es wollen. Lass dich gehen.«

»Na schön«, fuhr ich ihn an. Ich packte sein Handgelenk, spürte seinen regelmäßigen Puls. Bakkha hatte überhaupt keine Angst davor, dass ich ihn verletzen könnte. Selbst als die Magika von meinen Händen auf seine Haut überging, blieb seine Miene gelassen. *Öffne seine Haut,* befahl ich. *Lass ihn bluten.*

Und sie tat es. Drei Schnitte erschienen auf seinem Unterarm, als hätte ich ihn mit einem unsichtbaren, gefährlich scharfen Messer verletzt. Blut spritzte auf, es roch nach Salz, Eisen und Bakkhas Magika.

Ich erhaschte einen Blick auf den weißen Knochen darunter

und schlug mir die Hand vor den Mund, als mein Magen rebellierte. Zu meiner Überraschung verließ mich meine Magika augenblicklich. Die glühende Kraft zog sich in meine Haut zurück.

Es war so … einfach gewesen.

Was nur dazu führte, dass es mir noch falscher erschien. Ich hatte erwartet, dass meine Magika viel Anstrengung und ein großes Opfer von mir verlangen würde. Isa hatte oft davon gesprochen, dass ihre Sorceryn-Lehrmeister sie wieder und wieder dieselbe Methode hatten üben lassen und sie nach der genauen Stelle einer jeden Tätowierung auf der Haut abgefragt hatten. Ich hatte geglaubt, dass mein Unterricht mit Bakkha ähnlich verlaufen würde.

Der Jäger zuckte angesichts der Wunden nicht einmal mit der Wimper, und ich konnte durch unsere Verbindung keinen Schmerz spüren. Da war nur warme Befriedigung, wie der Geschmack von frischen Sahnebonbons, als er mich anlächelte. »Du wirst dich an das Blut gewöhnen. Das musst du, wenn du den Thron erobern willst.«

»Mir wäre es lieber, wenn es mich jedes Mal aufs Neue entsetzt.« Papa sagte immer, dass man vergaß, das Leben zu schätzen, wenn man sich an Gewalt gewöhnte. Es war besser, dass mich meine Magika verstörte. Wie Anali gesagt hatte, war es gut, wenn ich deshalb Schuldgefühle hatte. Sonst würde ich diese Gewalt vielleicht eines Tages als die Lösung für alles ansehen.

»Wie du meinst, solange du nicht zulässt, dass dich das Entsetzen daran hindert, das zu tun, was getan werden muss.« Er stoppte die Blutung mit einem Taschentuch, das mit rennenden Wölfen bestickt war. »Nun hast du Blutmagika durch Berührung benutzt, aber du verstehst sicher, dass dir diese Methode in einem Kampf mit Waffen einen Nachteil verschaffen würde.«

Ich hatte mich schon gefragt, wie Raina auf dem Schlachtfeld Tausende mit einer Magika getötet hatte, mit der man jeden Gegner berühren musste, doch ich sagte nichts und ließ ihn fortfahren.

»Es gibt außerdem die Möglichkeit, deine Magika mithilfe einer Waffe zu steuern. So kannst du sowohl aus der Entfernung als auch aus nächster Nähe kämpfen.«

»Wie?«, fragte ich eifrig. Magika mit einer Waffe zu benutzen, die ich bereits führen konnte, versprach so viel mehr Potenzial. Schaudernd dachte ich an das Blut des Attentäters auf meinem Körper. Nie wieder wollte ich so etwas spüren.

»Rufe deine Magika herbei, wie du es vorhin mit meinem Blut gemacht hast, aber lenk sie stattdessen hierhin.« Er half mir auf die Beine und deutete auf eine Tätowierung direkt unterhalb meines Ellbogens. Neben ein paar Rosenknospen prangte dort ein Dolch mit geschwungener Klinge, halb versteckt unter den Blütenblättern. »Das sollte gut klappen.«

Ich tat wie geheißen und benutzte dabei das Blut von Bakkhas Taschentuch. Als die Tätowierung unangenehm heiß wurde, schloss ich die Augen.

»Vergiss nicht, dass du diese Magika in einem Kampf benutzen wirst, Prinzessin. Halte den Blick stets auf deinen Gegner gerichtet.«

Als ich in seine bernsteinfarbenen Augen blickte, konnte ich immer noch den See spüren. Sein Wasser schwoll an, die Oberfläche kräuselte sich, bis ein rotes Messer aus den Tiefen auftauchte, das genauso geformt war wie das auf meiner Tätowierung. Düster pulsierend schwebte es über der Oberfläche.

»Du siehst es, nicht wahr? Du musst nicht jedes Mal zum See reisen. Öffne dich der Magika, und sie wird dir antworten.« Bakkha lächelte.

Ich stellte mir vor, wie das rote Messer Bakkhas Dolch bedeckte. Kurz darauf leuchteten die roten Tätowierungen an meinen Armen auf. Mit offenem Mund verfolgte ich, wie die rote Energie meine Haut entlangraste und den Dolch umschloss.

Bakkha pfiff leise und wich zurück. »Und jetzt werde ich dir zeigen –«

Ich wartete nicht auf seine Erklärung. Irgendwoher wusste ich, was zu tun war. Bakkha hatte gesagt, die Waffe würde die Magika steuern, was mir die Möglichkeit geben würde, aus der Ferne zu kämpfen. Das musste bedeuten, dass ich ihn nicht mit der Klinge berühren musste. Ich riss den Dolch nach oben und zielte auf seine Brust. Wie ich gehofft hatte, raste die Magika in seine Richtung. Ein dünner roter Streifen zuckte durch die Luft und traf Bakkha.

Blut spritzte aus seiner Schulter. Knapp daneben.

Ich ließ das Messer fallen und rannte zu ihm.

»Gut gemacht.« Er sah noch wilder aus als sonst. Blut lief aus seiner Schulter und tränkte sein langes Haar. »Jetzt lass uns mal sehen, wie oft du mich triffst, wenn ich nicht ruhig stehen bleibe.«

Er wartete kaum ab, dass seine Wunde geheilt war, bevor er mir befahl, erneut anzugreifen. Ich jagte ihn zwischen den Bäumen hindurch. Er wich meinen Angriffen mühelos aus, bis mir auffiel, dass er wollte, dass ich seine Bewegungen voraussah. Die meisten meiner Angriffe schlugen fehl, doch die wenigen, die ihn trafen, rissen tiefe Wunden in seine Haut. Ohne seine Fähigkeit, sich selbst zu heilen, wäre es unmöglich gewesen, auf diese Weise zu üben. Auch so war ich froh, dass wir allein waren und niemand seine blutdurchtränkte Kleidung sehen konnte.

Und dankbar, dass Bakkha bis jetzt noch nicht das Pochen in meinem Kopf bemerkt hatte. Wahrscheinlich hatte ich meine gebundene Magika überstrapaziert, was mir Schmerzen bereitete.

Ich entschied, Bakkha nichts zu sagen, bis ich es nicht mehr aushielt. Bakkha hatte betont, dass die Bindung meiner Magika gefährlich war, doch Kopfschmerzen schienen ein kleiner Preis für die Sicherheit zu sein, die mir die Beherrschung meiner Kräfte verleihen würde. Ich war bereit, ihn zu zahlen.

Als ich eine Stunde später erschöpft und schweißüberströmt zusammensackte, erzählte mir Bakkha die erste Geschichte aus der Vergangenheit, während wir gemeinsam zum Kleinen Palast zurückschlenderten.

Bevor es so etwas wie Anfänge und Enden gab, trieben zwei Seelen dahin und warteten darauf, dass die Traumgöttin Hesa ihnen ein Heim schaffen würde.

Hesa konnte alles erschaffen, was sie sich erträumen konnte, doch sie wählte zuerst diese beiden Seelen aus, da Seelen einfacher zu erträumen sind als Welten. Als Hesa zum letzten Mal in ihren Schöpfungsschlaf fiel, flossen Ozeane aus ihren Augen, Länder erstreckten sich unter ihrer Berührung, und roter Sand floss über ihre Haut. Sie träumte von blühenden Bäumen und Krokodilen und Flüssen. Und schließlich träumte sie von einer Kraft, die tief im Erdboden verankert war.

Als sie erwachte, nannte Hesa das Land Akhimar, was »Ort der Magika« bedeutet. Denn die Macht, die sie gesät hatte, würde in alle Seelen fließen, die in diesem Land lebten, wenn sie sich entschieden, das Geschenk anzunehmen.

Damit sandte die Traumgöttin die beiden Seelen, die sie »die Göttlichen« nannte, nach Akhimar.

Sie wurden nicht geboren, sondern wachten ausgewachsen auf. Die erste, Khimaerani, machte ihren ersten Atemzug am Ufer des Flus-

ses, der daraufhin klar und blau wurde. Die zweite Seele, Safiron, erwachte auf dem Wipfel einer Bergkiefer, gekleidet in eine Decke aus Schnee.

Die beiden Göttlichen verharrten in ihren Teilen des Reiches und dachten, sie wären allein. Doch eines Tages flog Safiron zu einem Berggipfel. Er blickte nach Süden, wo der große Fluss durch das Land pflügt. Während die Berge in seinem Reich kalt waren, erkannte er, dass die Sonne die südlichen Regionen verwöhnte.

Seine Sicht war so scharf wie die eines Falken, und selbst aus dieser Höhe entdeckte er eine Frau, die im Fluss badete. Ihr Körper war anders als seiner: Hörner traten aus ihrer Stirn hervor, und ihre Beine ähnelten denen der Antilopen. Doch als sie durchs Wasser watete, veränderte sie sich. Ihr Körper verschob sich, die Hörner wurden zu einem Geweih, die Arme zu Flügeln. Nur ihr Gesicht blieb gleich: hohe Wangenknochen, wallnussbraune Haut, volle Lippen und samtschwarze Augen.

Safiron flog zu ihr.

Khimaerani sah den Mann kommen. Sie hätte ihn nicht verfehlen können. Er flog ohne Flügel durch die Luft, die Sonne tanzte auf seiner umbrabraunen Haut, die weißen Locken flatterten hinter ihm im Wind. Seine Augen waren so grün wie junge Blätter und seine Ohren spitz.

»Wie kannst du ohne Flügel fliegen?«, fragte sie, als er am Ufer landete.

»Wie kann sich dein Körper verändern, ohne dass er auseinanderbricht?«, fragte Safiron, während sie zu ihm schwamm.

Der Wind flüsterte eine Antwort: Magika.

Die beiden verliebten sich und wanderten gemeinsam vom roten Sand im Süden zu den Bergen im Norden. Sie schwammen zu den Inseln und zurück.

All ihre Kinder waren so unterschiedlich wie ihre Eltern. Der erste

Sohn hatte Safirons Gestalt und Schönheit und konnte andere alles sehen lassen, was er wollte. Das zweite Kind, eine Tochter, hatte Hörner wie ihre Mutter und die goldenen Flügel eines Adlers. Sie konnte kraft ihrer Gedanken Stürme herbeirufen. Das dritte Kind, ein weiterer Sohn, ernährte sich von Blut und konnte alle, die ihm in die Augen sahen, verzaubern.

Aus diesen dreien entstanden viele. Der Sohn, der Safiron ähnelte, nannte sein Volk Fey und schuf ein Königreich im Norden. Die Tochter, die ihrer Mutter Khimaerani ähnelte, nannte ihr Volk Khimaer und schuf ein Königinnenreich im Süden. Der letzte Sohn, der sein Volk Blutsvettern nannte, zog frei durch beide Länder, mit allen verwandt.

Die beiden Reiche lebten in Frieden, bis sich eines Tages alles veränderte.

Kapitel 11

Am darauffolgenden Nachmittag war ich gemeinsam mit Prinz Aketo auf dem Weg zu den Sandgruben. Nach meiner dritten Lektion mit Bakkha hatte Anali einen Besuch auf dem an die Kasernen grenzenden Übungsplatz vorgeschlagen.

Ich hatte den Prinzen seit unserer ersten Begegnung nicht mehr gesehen und musste all meine Konzentration aufbringen, mich in seiner Nähe zu entspannen. Jedes Mal, wenn ich ihm einen Seitenblick zuwarf, verspürte ich den Drang, sein Gesicht eingehender zu betrachten. Ich verabscheute seine Perfektion, hatte mich immer nach einem Gesicht wie seinem oder Isadores gesehnt. Mein Vater hatte früher immer gesagt, dass sich Mutters Lächeln, wenn es denn echt war, wie Sonnenstrahlen auf der Haut anfühlte. Isadore hatte dasselbe Lächeln. Ich hatte Jahre mit dem Versuch verbracht, es nachzuahmen.

Würde ich in Ohnmacht fallen, wenn Prinz Aketo mich anlächelte, statt mit düsterer Miene den Boden anzustarren?

Wir liefen schweigend nebeneinanderher, bis ich spürte, wie er sich versteifte.

Ich folgte seinem Blick. In diesem Teil des Palasts waren die weißen Sandsteinwände mit Mosaiken aus gefärbtem Glas, Steinen und Kristallen verziert. Nur Khimaer Künstler konnten solche Mosaike herstellen.

Er starrte die kunstvolle Szene an, die detailreich den Thronsaal darstellte. Die silbrig weißen Säulen bestanden aus zerstoßenen Kristallen, und in der Mitte prangte eine Miniaturversion des Elfenbeinthrons. Die Frau auf dem Thron besaß den Schwanz einer Schlange, der sich um das Podest wand. Ein mächtiges Geweih wuchs zwischen den roten Spitzen ihrer Krone in die Höhe. *Wie Khimaerani in Bakkhas Geschichte,* dachte ich. Sie war wunderschön und sehr fremdartig, da es Khimaern mit solch offensichtlich tierischen Zügen nicht erlaubt war, die Bezirke zu verlassen.

Aketos Nasenflügel blähten sich, während er das Kunstwerk betrachtete. Es musste ihn verärgern. Die Kunst der Khimaer zierte die Palastwände, obwohl es den meisten seines Volks nicht einmal erlaubt war, ihn zu betreten.

»Verzeihung. Manchmal hängen sie Wandteppiche darüber, aber die Mosaike sind gerade in Mode«, sagte ich, als wir um die Ecke bogen. Er presste die vollen Lippen fest zusammen. »Die talentiertesten Künstler in Ternain versuchen seit Monaten ohne Erfolg, den Stil nachzuahmen. Ich habe gehört, dass einige sogar die südlichen Bezirke besuchen, um von den Khimaern zu lernen, aber …«

»Die Soldaten lassen nur wenige Besucher hinein.« Er schenkte mir ein mattes Lächeln und zupfte an seinem Haar. Er hatte es zurückgebunden, sodass es ihm bis weit über die Schultern fiel.

Die schwarzen Strähnen verschoben sich, und ich erhaschte einen Blick auf goldene Schuppen an seinem Nacken. Sie hatten dieselbe Farbe wie seine Augen. Ich keuchte auf. Er war Lami, entstammte der Khimaer Sippe, deren Erscheinung Schlangen ähnelte, wie die Königin in dem Mosaik.

Aketos Miene wurde steinern, sein Blick abweisend, doch er blieb still, während wir weiter durch den Gang schritten.

»Ich habe nicht … ich wollte nicht …« Verzweifelt suchte ich nach den richtigen Worten, nach einer Erklärung. »Euer Stamm ist Lami, nicht wahr?«

Er antwortete nicht sofort, und als er es tat, presste er die Worte zwischen zusammengebissenen Zähnen hervor. »Ja, Eure Hoheit.«

Mein Gesicht brannte. »Ich habe gehört, dass Lami die Gefühle anderer lesen und manipulieren können.«

»Falls Ihr Euch fragt, ob ich gerade dabei bin, meine Nase in Eure Gefühlswelt zu stecken: Ich habe von frühester Kindheit an gelernt, die meisten Leute auszublenden.« Sein Blick traf meinen. »Unsere Gedanken und Herzen sollten nur uns selbst gehören.«

»Wie nett von Euch«, sagte ich. Obwohl mein Ton scharf war, meinte ich es ernst.

Er sah mich durch seine dichten Wimpern an. »Würdet Ihr mir eine Frage beantworten?«

»Natürlich.«

»Ich nehme an, dass Ihr von Mirabel oder Befehlshaberin Anali einiges über unsere Stämme und unsere Magika gelernt habt, aber was ist mit dem Rest des Königinnenreichs? Wie viel wissen sie? Es ist … interessant für mich zu sehen, dass sich im Palast immer noch Überbleibsel unserer Herrschaft finden. Kennt das Volk die Geschichte über die Machtergreifung?«

»Hier wird dieses Ereignis als Großer Krieg bezeichnet, und ja, wir lernen darüber im Geschichtsunterricht, obwohl meine Lehrmeister die zweifelhaften Details ausgelassen haben. Mirabel hat mir von den Khimaern erzählt, lange bevor meine Lehrer es taten, aber nein, die meisten Myreaner kennen nicht die ganze Wahrheit über den Großen Krieg oder die darauffolgende Rebellion.«

Sie wussten nicht, wie die Menschen es genossen hatten, Blut an den heiligen Feiertagen der Khimaer zu vergießen. Sie wussten nicht, dass Raina die Khimaer gezwungen hatte, den Thron aufzugeben, indem sie ein ganzes Zimmer voller Kinder abgeschlachtet hatte, darunter einige Säuglinge.

Sie wussten nicht, dass diese Grausamkeit mich nicht schockierte. Das System der Erbrivalinnen war aus derselben Verderbtheit hervorgegangen und hatte all die Jahre bestanden.

»Würde es etwas ändern, wenn alle es verstehen würden?« Seine Augen waren so golden und sein Blick so stechend, so ernst. »Würden die meisten Myreaner die Bezirke als rechtswidrig ansehen, wenn sie die Wahrheit kennen würden?«

Ich wollte Ja sagen, da es *mich* verändert hatte, darüber Bescheid zu wissen.

Doch dann dachte ich daran, wie viele Khimaer Legenden von unseren Geschichtenerzählern und Barden erzählt wurden. Und wie viele Bürger sich zu bestimmten Festen als Khimaer verkleideten, mit Papierhörnern und juwelenbesetzten Klauen. Für die meisten menschlichen Myreaner waren Khimaer keine echten Personen. Sie waren mystische, angsteinflößende Wesen aus der Geschichte über unsere Machtergreifung.

»Es würde nicht viel ändern, wenn die Krone nicht selbst etwas unternimmt. Sie hätten bloß mehr Mitleid mit Euch, aber was bringt Euch das schon? Schließlich haben auch alle Mitleid mit mir. Niemand würde seine Kinder an meiner oder Isadores Stelle sehen wollen. Trotzdem haben sie nie verlangt, dass sich etwas ändert. Und das werden sie auch nie. Niemand gibt Macht einfach so auf. Wenn es uns je gelingen soll, den Khimaern ihre Rechte und ihren angestammten Platz wiederzugeben, wird das nicht durch Wissen bewerkstelligt, sondern mit Gewalt. Oder durch monatelange politische Manöver. Um es zu schaffen, müsste man den gesamten Rat auf seiner Seite haben.«

»Den Rat?«, fragte er.

»Den Rat der Königin. Alle dreizehn Mitglieder müssten zustimmen, um das Gesetz zu ändern, das die Khimaer dazu verdammt, in den Bezirken zu leben. Heutzutage wäre es machbar. Jetzt leben viel mehr Khimaer in Ternain als zu der Zeit, als ich ein Kind war. Aber es wäre viel Arbeit.«

»Ihr scheint bereits darüber nachgedacht zu haben.« Sonnenlicht fiel durch die Fenster und brachte die goldenen Stecker in seinen Ohren zum Funkeln.

»Ja.«

»Also würdet Ihr es tun?«

Es war mein Plan, genau das zu tun, was wir gerade besprochen hatten, wenn ich mir erlaubte, mich Tagträumen darüber hinzugeben, wie ich Königin wurde. Zuerst würde ich die Gesetze abschaffen, laut denen alle Kinder der Khimaer in einem Käfig aufgezogen werden mussten. Dann würde ich das System der Erbrivalität beseitigen. »Zuerst müsste ich gekrönt werden, was, wie Ihr sicher mittlerweile wisst, höchst unwahrscheinlich ist.«

»Wie funktioniert es? Mit Euch und … der anderen Prinzessin?«

»An meinem Namenstag werden die Sorceryn einen Zauber auf mich und meine Schwester legen, den man *Verflechtung* nennt. Damit werden unsere Leben aneinander gebunden, sodass nur wir zwei einander töten können. So kann sich niemand anderes einmischen.«

Wenn ich bis zu meinem Namenstag überlebte, wäre ich wenigstens sicher vor dem- oder derjenigen, die gerade versuchte, mich umzubringen … es sei denn, ich lag falsch und Isadore steckte tatsächlich hinter dem Attentat.

»Dann wird eine von uns die andere herausfordern.«

»Noch in derselben Nacht?«

»Traditionell gibt es eine Gnadenfrist von einem Tag.« Isadore hatte mir zwei Jahre voraus, in denen sie stärker hatte werden können. Die älteren Erbrivalinnen hatten immer einen Vorteil. »Danach könnte es Tage, Wochen oder sogar Jahre dauern.«

»Das tut mir leid.« Er legte eine Hand auf meinen Arm.

Ich starrte darauf, bis er sie wieder wegzog. »Ihr seid der Letzte, der sich entschuldigen muss.«

Wir verfielen wieder in unangenehmes Schweigen. Hatte er mir nicht zugehört? Mitleid nützte rein gar nichts.

Erst nach drei weiteren Schritten fiel mir auf, dass ich ihn zuerst bemitleidet hatte.

Falun schob sich eine karmesinrote Strähne aus den Augen und hob sein Schwert. »Bereit?«

Ich nickte, und er schwang sein Übungsschwert in weitem Bogen, um mich anzugreifen. Ich duckte mich darunter weg und drehte mich mühelos im Sand, um seinen nächsten Schwertstreich abzuwehren.

»Also, wie läuft es mit deiner Überwachung des Jägers?«

Falun errötete, doch ich konnte nicht sagen, ob es von der Anstrengung kam oder weil ich Bakkha erwähnt hatte. »Er hat bisher nur für euren Unterricht sein Gemach verlassen.« Er ging in die Knie und hieb heftig auf meine Wade ein.

Ich tänzelte rückwärts, wobei meine Füße auf dem Sand ins Rutschen kamen. Ich ließ mein Übungsschwert zu Boden fallen, obwohl keiner von uns den Kampf gewonnen hatte. »Und er hat keinen Besuch vom Hof bekommen?«

»Ich lasse dich wissen, falls sich etwas verändert, Eva, aber ich glaube nicht, dass wir herausfinden, warum er nach all den Jahren in die Hauptstadt zurückgekehrt ist, indem wir ihn beobachten.«

Mirabels Nachforschungen hatten ebenfalls noch nichts ergeben. Sie hatte versucht herauszufinden, wann genau Bakkha in der Stadt eingetroffen war. Einer ihrer Geister durchsuchte die Aufzeichnungen aller Ein- und Ausreisenden der letzten Monate, hatte aber noch nichts gefunden. Ich war drauf und dran, dem Tempel noch einen Besuch abzustatten, um Saru zu fragen, würde aber wahrscheinlich keine klare Antwort von ihr bekommen. Sie kannte Bakkha viel länger als mich und war ihm sicher treu ergeben.

Ein Ruf ertönte aus der Grube. Ich erstarrte und wandte mich in die Richtung. Jemand jubelte.

»Bei den Göttern.« Falun ließ sein Schwert fallen.

Fünfzig Fuß von uns entfernt wurde Sand aufgewirbelt, wo Anali und Prinz Aketo miteinander kämpften. Das durch die netzartige Decke hereinfallende Sonnenlicht brach sich auf ihren Klingen. Sie sahen aus wie zwei Flammen, die in einer Rauchwolke loderten. Ich konnte sie nicht voneinander unterscheiden. Sie bewegten sich so schnell, dass ich kaum folgen konnte. Hier blitzte ein Schwert auf, dort ein Arm oder Bein.

Prinz Aketo sprang in die Luft. Ich wusste, dass er es war, da die hinter ihm flatternden Haare dunkel waren. Analis waren weiß. Mit einem Brüllen rammte er ihr das Knie in die Brust. Ihre Bewegungen hatten beinahe einen Sandsturm verursacht, sodass es eine Weile dauerte, bis der Staub sich legte. Doch dann bot sich den Zuschauern ein verblüffendes Bild.

Anali lag auf dem Rücken im Sand, während Aketo mit einem gekrümmten Kurzschwert in jeder Hand über ihr kauerte. Nach einem Augenblick rammte er beide Klingen in den Boden und hielt ihr eine Hand hin.

Ein paar Soldaten lachten und eilten auf die beiden zu. Sie stolperten über die neu entstandenen Hügel im goldenen Sand.

Falun warf mir einen Blick zu. »Sieht so aus, als wäre deine neue Wache gerade zur richtigen Zeit hier eingetroffen.«

Ich murmelte eine Verwünschung. Mirabel hatte recht gehabt. Prinz Aketo war ein brillanter Kämpfer. Selbst ohne Waffe konnte er wahrscheinlich alle Soldaten meiner Leibgarde mühelos in den Staub befördern.

Wir gingen auf die beiden Kämpfer zu, und ich hoffte, es gelang mir, meine Verärgerung über seine offensichtliche Perfektion zu verbergen.

»Anscheinend habe ich vergessen, wie man tanzt«, sagte Anali und klopfte sich den Sand von der Hose.

»Eure Füße sind flinker als die der meisten anderen, Befehlshaberin. Wirklich.«

»Also ist ein Tänzchen das Geheimnis zum Sieg über den Schatten?«, fragte ein Wachmann namens Malto und schlug Aketo auf den Rücken. Malto war ein Blutsvetter, klein, mit breiter Brust, bronzefarbener Haut und Armen so muskulös wie die eines Schmieds.

Aketo senkte den Kopf, doch ein zufriedenes Lächeln umspielte seine Lippen. Er sah auf, sein Blick traf meinen, und sein selbstzufriedenes Grinsen wurde noch breiter.

Obwohl Hitze unter meiner Haut brannte, hob ich das Kinn und ignorierte die Wärme, die mir in die Wangen stieg.

Er zupfte abermals an seinem Haar. Es musste ein nervöser Tick sein, den ich im Kopf sofort unter der Liste seiner Makel vermerkte. Ich hatte mir zum Ziel gesetzt, mindestens tausend davon zu finden. Er warf Anali einen Blick zu. »Man nennt es Kathbaria.«

»Kathbaria, *Blutstanz* oder *Todestanz*, je nachdem, wer es übersetzt«, fügte Anali hinzu. »So üben wir uns in der Kampfkunst. Den ersten Tanz lernt man ohne Waffen. Wenn man sich nicht allein zu bewegen weiß, wie soll man es dann mit Stahl in der Hand schaffen? Aber Kathbaria hat keine festgelegten Regeln, es ist lediglich eine fortlaufende Bewegung, ein Tanz.«

»Unmöglich«, rief eine raue Stimme aus der Menge. »Der Schatten wurde von einem neuen Rekruten besiegt? Ich traue meinen Augen nicht. Wir können die Prinzessin doch nicht in solch unfähigen Händen gelassen haben.«

Anali war in der Armee als »Schatten« bekannt, da es so schwer war, sie zu fangen, und weil sie dank ihrer Magika die Fähigkeit besaß, Schatten und Dunkelheit zu kontrollieren. Alle vom Stamm der Nozin hatten diese Gabe.

Ein Grinsen breitete sich auf meinen Lippen aus. Ich rannte los, noch bevor er fertig gesprochen hatte. Die Fragen sprudelten nur so aus mir hervor. »Dagon, was machst du denn hier? Wo ist Papa? Ist er in den Palast zurückgekehrt?«

»Oh, hallo, Eva, mein Mädchen.« Dagon fuhr sich mit der Hand durch das kurze, ordentlich frisierte Haar. Ich kannte ihn schon mein ganzes Leben lang. Er war eine der persönlichen Leibwachen meines Vaters und einer seiner engsten Freunde. Dagon hatte mir im Alter von zehn Jahren das Reiten beigebracht und auch, vom Pferderücken aus Pfeile abzuschießen. Zu seinem Leidwesen war ich nie eine gute Bogenschützin gewesen. Meine Arme waren zu kurz, und ich konnte besser mit einem Wurfmesser zielen.

Anali stellte sich neben mich und schlug in Dagons Hand ein. »Willkommen zurück. Ist der Kommandeur auch in Ternain? Ich wäre euch dankbar, wenn ihr und der König mir die Prinzessin abnehmen würdet, da ich doch so unfähig bin.«

Er lachte leise. »Ich bin mir sicher, dass ich nicht *unfähig* gesagt habe. Da musst du dich verhört haben. Aber nein, der König weilt immer noch im Norden.« Er hielt etwas hinter dem Rücken versteckt, doch mit der freien Hand tätschelte er meine Wange. »Tut mir leid, Eva. Ich bin allein gekommen.«

Während die über mich hereinbrechende Enttäuschung langsam nachließ, erinnerte ich mich an den Bindungszauber meiner Magika. Ich schlang die Arme um mich, um das elende Gefühl in meinem Magen zu vertreiben, und wünschte, ich könnte im Sand versinken. Ein Teil von mir war froh, dass Dagon allein gekommen war. Ich war noch nicht bereit, meinen Vater zu konfrontieren.

Anali brach die Stille. »Wann wird der König nach Süden zurückkehren? Der Namenstag der Prinzessin ist in weniger als zwei Monaten.«

»Ich kann nicht mit Sicherheit sagen, wann er sich von seinen Pflichten losreißen kann. Die Angriffe auf die Grenze dauern immer noch an, und es treten vermehrt Unruhen in den Bezirken auf. Der König reist viel, und dafür ist Asrodei der bessere Ausgangspunkt. Er hat sich außerdem in letzter Zeit so oft wie möglich mit den Erzherzögen in den Schwesternzitadellen getroffen.«

Die Zitadellen befanden sich an der Grenze zwischen Myre und Drakol, eine auf jeder Seite des Flusses. Sie waren Myres zweitwichtigste Militärstützpunkte. Der Großteil der Armee war dort oder in Asrodei stationiert. Im Norden waren meine Onkel, die Erzherzöge Kel und Roshanon, so hoch angesehen wie Könige.

»Der König hat mir aufgetragen, dir zu versichern, wie sehr er es bedauert, noch nicht hier sein zu können«, wandte sich Dagon an mich. »Und ich habe Geschenke dabei.« Dagon zog ein in Stoff gewickeltes Schwert hinter seinem Rücken hervor. »Es gibt noch mehr, aber ich dachte, du fändest dies sicher am nützlichsten.«

Ich zog den Stoff zurück und starrte verblüfft.

»Es ist alt«, sagte Dagon, während ich das Schwert von allen

Seiten begutachtete. Die Parierstange bestand aus dumpfem, abgenutztem Stahl, und das Heft war aus einem Knochen geschnitzt, der sich gelb verfärbt hatte. »Du musst das Heft neu umwickeln, da das Leder vor langer Zeit verrottet ist. Aber es war wichtig, dass du die Waffe in diesem Zustand siehst. Erkennst du sie?«

Es waren die Schnitzereien, die mir die Sprache verschlagen hatten. Mein Daumen fuhr über die Federn und das schmale, feminine Gesicht. Mit ihren gedrehten Hörnern, den gefederten Schwingen und einem Bein, das in Leopardenklauen endete, und einem anderen in Form eines Schlangenkörpers, erkannte ich sie sofort wieder.

»Daei sher'khimaer.« Die Wörter rollten von Aketos Zunge, als wäre sein Mund allein geschaffen worden, um sie auszusprechen. »Daei Khimaerani.«

»Khimaerani, die Mutter«, wiederholte ich. Die Gestaltwandlerin aus Bakkhas Geschichte, die Mutter, aus deren Schoß die Khimaer entsprungen waren. »Dagon, wo hat Papa es gefunden?«

»Er hat es einem Händler in den Bergen abgekauft, der nicht wusste, was er für einen Schatz gefunden hatte.«

Khimaer glaubten nicht an die Existenz von Göttern, im Gegensatz zu den Fey, die Hunderte hatten, oder den Blutsvettern, die nur einen Gott anbeteten, der alle Dinge repräsentierte. Stattdessen sahen die Khimaer ihre Vorfahren als heilig an, und keiner davon war heiliger als Khimaerani.

Während des großen Kriegs und der Rebellion waren alle Statuen von Khimaerani zerstört worden. Ich hatte Zeichnungen gesehen, aber das hier war … Meine Hand schloss sich schützend um die Waffe.

Ich zog das Schwert aus der Scheide. Es ähnelte meinem anderen Langschwert, zweischneidig und gebogen, doch bei diesem waren die Stränge aus Silber und Gold mit spitzen und runden Symbolen versehen. Die Verzierungen waren komplex, und obwohl sie mich an Fey-Runen erinnerten, erkannte ich keins der Symbole wieder.

»Es ist wunderschön.« Es war ohne Zweifel das Großartigste, was ich je berührt hatte.

»Kann ich das Schwert sehen?«, fragte Anali.

Ich reichte es ihr, und Aketo trat vor, um mit dem Finger die Mitte entlangzufahren. »Wir nennen diese Symbole Iktar. Es ist ein Alphabet, das für adlige Familiennamen benutzt wird.« Mit zusammengezogenen Augenbrauen warf er Anali einen Blick zu. »Nbaltir. Der Name ist königlich und … tot.«

Anali hielt mir das Schwert entgegen. »Jedenfalls ist es ein wahres Fundstück Seiner Majestät.«

Als ich die Ehrfurcht auf ihren Gesichtern sah, zögerte ich. Wenn der Name von königlicher Herkunft war, sollte die Waffe an Aketo gehen, doch er betrachtete es auf dieselbe Art, wie man eine Leiche betrachten würde. Lag es daran, dass es nun in meinem Besitz war?

Als Anali lächelte, zeigten sich Fältchen um ihre dunklen Augen. »König Lei wollte, dass du es bekommst. Dafür gibt es einen Grund. Ich hoffe, dass du es mit Stolz tragen wirst.«

Anali gab mir das Schwert zurück. Zerstreut fuhr ich mit dem Daumen über das Knochenheft. Ein Pulsieren fuhr durch meine Hand, sodass mein Herz einen Schlag aussetzte. Es war so sanft gewesen, dass ich es mir nur eingebildet haben musste.

»Wirst du so lange dastehen und es anstarren, bis wir alle tot umfallen, Evalina?« Dagon grinste mich an und pfiff durch die Zähne. »Oder sollen wir schauen, ob deine Befehlshaberin dich in Form gehalten hat?«

Ich warf noch einen Blick auf das Schwert. Ich wollte das Geschenk meines Vaters nicht benutzen – nicht, bevor ich mit ihm über den Bindungszauber gesprochen hatte. Doch die Wachen meines Vaters forderten mich auf diese Weise heraus, seit ich zu kämpfen gelernt hatte. Es war nichts dabei, die Waffe für diesen einen Kampf zu benutzen.

Ich hob die Klinge über den Kopf und hielt sie an Dagons Kehle. »Sollen wir?«

Das Knochenheft lag glatt und unnachgiebig in meiner Hand, und doch schmiegten sich Khimaeranis Federn angenehm an meine Handfläche.

Als Dagon sein Schwert aus der Scheide zog, trat ich einen Schritt zurück. Ich winkte ihn heran, tief in die Dünen hinein, bis die anderen weit genug entfernt waren, damit nichts passieren würde. Dagon machte sich nicht einmal die Mühe, sich die Stiefel auszuziehen.

»Bist du immer noch so schnell wie in meiner Erinnerung?«, fragte er.

»Das bin ich, und du bist immer noch so schwerfällig!«

Dagon war für seine Größe schon immer recht flink gewesen. Nun griff er mich mit einem breiten Grinsen an. Sand wirbelte auf, und ich grinste zurück.

»Du magst schnell sein, aber du bist immer noch jung und leichtsinnig.« Sein robustes, von den Fey geschmiedetes Schwert raste so flink wie eine Viper heran und verfehlte meinen Bauch nur um Haaresbreite.

Dagon drehte das Handgelenk und versuchte, mir stattdessen die Taille aufzuschlitzen. Mein Schwertarm vibrierte, als unsere Klingen aufeinanderschlugen. Ich duckte mich, und Dagons Schwert raste durch die Luft, wo gerade noch mein Kopf gewesen war.

Dagon sprang vor, doch ich schlug nach seinen Armen und zwang ihn, sich zurückzuziehen, während ich ihm immer näher kam.

Ich grinste ihn an, und er grinste zurück. »Eva, mein Mädchen, du bist schneller, als ich ge–« Ich griff an. Unsere Klingen schlugen so heftig aufeinander, dass die Vibration durch meinen gesamten Arm fuhr. Die Zeit schien stillzustehen, und die Luft … veränderte sich. Sie wurde zähflüssig, dicker als Wasser und so warm wie Blut.

Ich roch Wildblumen und Myrrhe – Magika.

Dagons Gesicht wurde mit einem Mal völlig ausdruckslos. Ihm fehlte plötzlich nicht nur jegliche Emotion, sondern sein gesamtes Ich. Das, was ihn ausmachte, schien verschwunden zu sein. Er blinzelte langsam und nahm mein Gesicht ins Visier.

»Dagon?«, flüsterte ich.

Er schubste mich grob, ich stolperte zurück und fiel in den Sand. Schon stand er über mir und hob sein Schwert. Immer noch war sein Gesichtsausdruck völlig leer.

Ich griff in den Sand und warf ihm eine Handvoll ins Gesicht. Während er sich die Augen rieb, krabbelte ich eilig rückwärts.

Ich sah mich nach Falun oder Anali um, doch die Luft um Dagon und mich wirkte seltsam – sie hatte sich vollkommen verzogen.

Mein Blick fuhr von der schimmernden Klinge zu Dagons Gesicht. Ich suchte nach einem Anzeichen darauf, dass er wieder zu sich gekommen war. Doch da war nichts. Seinen nächsten Angriffen konnte ich kaum ausweichen. Das Schwert, das sich eben noch fremd angefühlt hatte, wurde leicht in meiner Hand. Es schlug wie von selbst so schnell und präzise zu, dass es mir gelang, seinen Hieben zu entgehen.

Ich lehnte mich zurück, als Dagons Waffe mir so nahe kam, dass er mir eine Haarsträhne abschnitt. Es war eindeutig, dass Dagon nicht mehr er selbst war, dass ihn eine merkwürdige Magika übermannt zu haben schien.

Wer auch immer er jetzt war, er hatte vor, mich zu töten.

Ich durfte nicht zögern. Nur ein paar glückliche Zufälle hatten mich die Begegnung mit dem Attentäter überleben lassen. Nun würde ich mich auf mein Können verlassen müssen. Als ich eine Öffnung in seiner Deckung ausmachte, schlug ich zu und schlitzte ihm die Brust auf. Blut quoll hervor, doch Dagon hielt nicht inne. Er reagierte nicht einmal auf die Wunde. Ich zog mein Schwert zurück und hob den rechten Arm, um seinen Schlag abzublocken. Seine Klinge drang tief in meine Haut.

Ich schrie auf und stolperte von ihm fort. Einen kurzen Moment zog ich es in Erwägung, das Blut aus der Wunde zu benutzen, um meine Magika zu rufen, doch Dagon hob bereits wieder seine Waffe. Ich wusste, dass er mich töten würde, schrie auf und bohrte mein Schwert tief in Dagons Bauch. Er zuckte nicht einmal zusammen, gab keinen Laut von sich. Der Boden schien unter meinen Füßen zu schmelzen, als die Klinge in seine Haut eindrang, doch ich stieß sie weiter hinein, während ich gegen die in mir aufsteigende Übelkeit ankämpfte. Mein Arm war ruhig, Blut lief mir über die Finger, bis meine Klinge bis zum Heft in seinem Bauch steckte.

Als sie gegen seine Wirbelsäule stieß, schluchzte ich. Dagon runzelte verwirrt die Stirn und fiel zu Boden, mein Schwert steckte immer noch in seiner Brust. Ich brach zusammen und würgte, während ich hektisch versuchte, sein Blut von meiner Hand zu wischen. Nachdem ich den Attentäter getötet hatte, hatte ich mich genauso gefühlt. Meine Haut brannte, wo das Blut sie berührte. Magika brodelte in mir.

Doch da war noch ein anderes Brennen in dem Arm, den Dagon verwundet hatte. Es fühlte sich nicht nach Magika an, sondern befand sich tief im Inneren meines Arms. Ich schob meinen Ärmel hoch. Blut floss stetig aus der Wunde und tränkte den Sand.

Anali erschien an meiner Seite. Ich konnte die Schatten der anderen um uns herum erkennen. Sie sprach rasch, doch ich hörte sie nicht. »Sieh dir das Schwert an, Anali«, flüsterte ich und drehte mich weg, aus Angst, mich übergeben zu müssen.

Schatten umringten mich, jemand berührte meine Schulter, mein Haar. »Sieh dir Dagons Schwert an«, wiederholte ich. »Vergiftet.«

Ameisen schienen über meinen gesamten Arm zu krabbeln, von innen und außen. Ich schrie und kratzte wie wild.

Mir war übel, und meine Worte klangen verzerrt, unverständlich. Die anderen konnten mich nicht verstehen, und deswegen würde ich sterben.

Nur ein Gedanke drang durch den Schmerz zu mir durch: Dagon war tot.

Jemand, irgendein Zauber, hatte ihn dazu gebracht, mich anzugreifen.

Ein schwaches Stöhnen entwich mir, und ich begann zu weinen. Die Welt kippte, als ich rückwärts in den Sand fiel.

»Warum dauert es so lange, einen Heiler zu finden?«, stöhnte Anali.

Ich öffnete die Augen und sah verschwommen, dass sich Prinz Aketo über mich beugte. »Ich kann ihr helfen.«

Als das Gefühl in meinen Arm zurückkehrte, krümmte ich mich vor Schmerz. Hände strichen über meine Stirn. Ich spürte harte Schwielen, doch die Berührung war überraschend sanft. »Wie? Erklär es mir.« Das war Analis Stimme, so scharf wie eine gut geschliffene Klinge.

»Ich kann sie heilen.«

»Die Heiler werden bald eintreffen«, protestierte ein anderer Mann.

Falun?

Prinz Aketos Stimme wurde hart. »Befehlshaberin, verzeiht mir, aber uns bleibt nicht viel Zeit, bevor das Gift die Prinzessin töten wird.«

Es befand sich nun in meiner Schulter und bewegte sich auf mein Herz zu, wie Sand, der sich seinen Weg durch meine Haut bahnte. Eine neue, viel schlimmere Angst überkam mich. »Tu es jetzt«, hauchte ich. Es kostete mich alle Kraft, die Worte hervorzubringen.

Aketos Blick schoss zu mir und hielt meinen fest. Er hatte das Gesicht verzogen, als würde es ihm Schmerzen bereiten, mich anzusehen. Dann ließ er sich neben mich in den Sand fallen.

Seine Finger untersuchten meine Wunde. Ich schrie auf und riss den Arm zurück.

»Verzeihung, Eure Hoheit«, sagte er, als er meinen Kopf zur Seite drehte. »Ich kann Euch retten, indem ich mein Gift einsetze, um den Giftfluss in Eurem Blut zu verlangsamen. Meine andere Magika wird uns beide dabei beschützen.«

Ich schüttelte den Kopf. Seine Worte ergaben keinen Sinn.

Er öffnete den Mund so weit, dass es wie ein Lächeln aussah, doch seine Lippen zogen sich zurück und gaben den Blick auf Fangzähne frei.

Es fühlte sich nicht wie ein Biss von einem Blutsvetter an, dessen Zähne sich sauber in meinen Hals bohrten, während seine Lippen die Wunde sanft bedeckten, um alles Blut aufzufangen, und seine Magika mir den Schmerz nahm. Als Aketo zubiss, drangen seine Fänge mit entsetzlicher Wucht in meinen Hals. Der Schmerz war so überraschend, dass mir ein Schrei entweichen wollte. Doch ich biss die Zähne zusammen, sodass mir nur ein

Wimmern entfuhr. Ein betäubendes Gefühl breitete sich von der Stelle aus, an der er mich gebissen hatte. Es kühlte das Brennen in meiner Brust, bis ich meinen Körper nicht mehr spürte. Dieses Gift verbreitete sich schneller als das erste.

Er drehte meinen Kopf zu sich zurück und sah mir in die Augen. »Sie dürfte jetzt keinen Schmerz mehr spüren.«

Ich versuchte, den Mund zu öffnen, doch ich konnte kaum den Blick heben, um zu sehen, was er als Nächstes tat. Er schnitt seine Handfläche auf und presste sie gegen meine Haut. Sekunden später griff die Taubheit auf meine Augen über, bis sie schließlich zufielen.

Kapitel 12

Als ich sieben und Isadore neun war, verließ die Königsfamilie Ternain zu Beginn des Fernen Winters und reiste drei Monate mit einer Karawane der Größe einer kleinen Stadt umher. Wir kamen am Rand des Toten Dschungels vorbei und beschmierten unsere Wagen und Kutschen mit frischem Lammblut, um die Verdammten zu besänftigen – die rastlosen Geister, Furien und uralten, vor langer Zeit verstorbenen Göttlichen, die in diesem Dschungel lauerten.

Danach ging es nach Adonsai, dem Kristall der Wüste, der größten der fünf Wüstenstädte. Diese war teils Zitadelle, teils Tempel und befand sich an den Ausläufern der Kremir-Wüste. Schon von Weitem sah man die sieben Türme, die sich in den unablässig strahlend blauen Himmel schraubten.

Die Zitadelle schien das Einzige zu sein, was die heißen goldenen Dünen davon abhielt, die Stadt unter sich zu begraben. Die riesigen Sandanhäufungen wanderten tagsüber umher, als ob sich tief in ihrem Inneren gigantische Biester verbargen. Der Barde der Zitadelle erzählte uns Geschichten über die Kreaturen, die in der Wüste hausten: die Hekerrita, eine solch gewaltige Schlange, dass sie ganze Dörfer verschlingen konnte, die Krakai, die aus den Tiefen der Silbrigen See durch den Sand krochen, und die Karansa, halb Geier, halb Eidechse, die Gift spuckten und durch die Lüfte segelten.

Isadore liebte alles dort – die trockene, drückende Hitze und die Sonne, die ihrer Haut einen tiefen Bronzeton verlieh und alle Farbe aus ihrem blonden Haar bleichte. Sie wollte in die Wüste marschieren und den Karansa befehlen, sie zum tiefsten Punkt der Erde zu fliegen, wo selbst die Ozeane austrockneten und der Sand sich schwarz färbte. Sie wollte die Hekerrita zu einem Duell herausfordern, in ihr Maul klettern und sie von innen aufschlitzen.

Ich hasste alles dort – das Knirschen des Sands bei jedem Schritt und dass ich ständig meine Stiefel ausschütten musste, aus Angst, darin Skorpione oder eine Hornviper vorzufinden, aber vor allem meine alles übersteigende Furcht vor den Dünen. Jede Nacht plagten mich Albträume, in denen ich mit all den Ungeheuern unter dem Sand begraben war.

Als ich nun langsam erwachte, war es, als wäre ich wieder in einem dieser Albträume gefangen.

In meinem halb schlummernden Zustand wurden Erinnerungen zu Albträumen und zermürbten mich unbarmherzig, so wie Wüstenstürme nach und nach ganze Dörfer verschlangen.

Im Traum rammte ich Dagon wieder und wieder das Schwert in den Leib. In manchen Träumen war ich selbst nicht verletzt, sodass ich mich am Ende schluchzend über seinen leblosen Körper beugte. In anderen tötete ich nicht Dagon, sondern den Attentäter. Und in wieder anderen wandte ich mich von der Leiche ab, ohne sie eines weiteren Blickes zu würdigen. Kleine Details veränderten sich, doch jedes Mal erstach ich meinen Gegner und ließ ihn blutend im Sand zurück.

Dann veränderten sich die Träume.

Ich befand mich auf dem Flicken und küsste einen gesichtslosen Jungen unter den Trümmern eines eingestürzten Gebäudes. Ich schlief auf einer zerschlissenen Decke. Ich umrandete meine

Augen mit Kohle, bevor ich nachts ausging. In diesen Träumen war ich keine Prinzessin – mein Wunsch hatte sich endlich erfüllt. Doch beide Träume waren ebenso furchteinflößend.

Durch meine Traumlandschaft zu waten war ein Gefühl, als würde ich eine Düne erklimmen, während ich immer wieder im Sand versank. Zähne und Klauen rissen an meinen Knöcheln. Ab und zu hatte ich einen klaren Moment. Ich hörte Gesprächsfetzen, spürte raue Hände an meinem Gesicht und roch Sandelholzkerzen und Räucherwerk. Doch jedes Mal, wenn ich aufzuwachen versuchte, zog mich feiner Sand wieder nach unten.

Schließlich erwachte ich mit einem Keuchen, das sich gleich darauf in starken Husten verwandelte. Ich öffnete die Augen und sah Mirabel, die mich von einem Stuhl neben meinem Bett ansah.

»Wie lange?«, fragte ich. Meine Stimme war nur ein raues Flüstern.

»Ich habe alles getan, um deine Mutter davon abzubringen, dich nicht in den Krankentrakt des Palasts zu verlegen. Sie sagte, sie wolle deine Genesung überwachen, aber ich hielt dagegen, dass es keinen Sinn ergab, da die Heiler dich längst behandelt haben. In Wahrheit hat sie nur etwas dagegen, dass *ich* mich um dich kümmere.« Sie erhob sich, ohne mich zu fragen, wie es mir ging. Mit so etwas hielt sich Mirabel nicht auf. »Drei Tage«, sagte sie. »Du hast dir Zeit gelassen.«

Ich versuchte zu sprechen, hustete aber stattdessen. Meine Kehle war trocken und kratzig.

Sie hob einen Becher Wasser an meine Lippen, und während ich vorsichtig kleine Schlucke nahm, fuhr sie fort. »Gerüchte über deinen Tod haben sich kurz nach dem Kampf in der Stadt verbreitet, aber nachdem die Königin dich besuchen kam und mehrere ihrer persönlichen Heiler dich untersucht haben, wurde verkündet, dass du bei bester Gesundheit seist. Trotzdem herrscht

Unruhe in der Stadt. Du wirst eine Stellungnahme abgeben und dich in der Öffentlichkeit zeigen müssen. Ein kurzer Ritt durch die Stadt sollte genügen.«

»Und was ist mit Dagon?«

Mira schüttelte den Kopf. »Es tut mir so leid.«

Warum sollte es ihr leid für *mich* tun? Was war mit Dagons Familie? Ein überwältigendes Schuldgefühl stach so scharf in meine Brust, dass ich nicht sprechen konnte. Ich schluckte schwer und schloss meine Augen, um die Tränen zurückzuhalten. »Wissen wir … warum Dagon mich angegriffen hat?«

Ich war noch nicht so weit, mich nach seiner Leiche zu erkundigen oder danach, ob man seine Familie benachrichtigt hatte. Ich wollte diese Briefe selbst verfassen und die Witwenrente persönlich unterschreiben. Ich wollte seine Auszeichnungen und Abzeichen eigenhändig um Myres Flagge herum anordnen und einen Dolch mit blauem Heft in ein Killeen-Banner einwickeln.

Mira presste die Lippen zusammen. »Fest steht zumindest, dass er durch einen Zauber dazu gezwungen wurde, dich anzugreifen. Außerdem wurdet ihr beide von einem Schutzwall umgeben, sodass niemand anderes zu euch gelangen konnte. Kurz nachdem du das Bewusstsein verloren hast, ist Lord Bakkha eingetroffen. Er konnte in der Luft schmecken, dass einer oder mehrere Sorceryn dahinterstecken müssen. Dank der Mutter, dass Prinz Aketo dort war, um dich zu heilen.«

»Wie hat er mich geheilt?« Plötzlich erinnerte ich mich an den Biss, zog eine Hand unter der Decke hervor und ertastete einen Verband an meinem Hals.

»Er hat sein eigenes Gift benutzt, um die Ausbreitung des feindlichen Gifts in deinem Körper zu verlangsamen. Lami sind immun gegen Vergiftungen jeglicher Art. Also hat er sein Blut dazu benutzt, dich zu heilen.«

Deshalb hatte Aketo sich also in die Handfläche geschnitten.

»Er hat gesagt, dass dein Körper eine Weile zur Heilung brauchen würde, aber wir haben nicht erwartet, dass es so lange dauern würde. Er anscheinend auch nicht. Alle haben sich große Sorgen gemacht. Vor allem Falun.«

Ich biss mir so fest auf die Lippe, dass sie zu bluten begann. »Habt ihr schon herausgefunden, wer den Zauber gewirkt haben könnte? Oder wer ihn in Auftrag gegeben hat?«

»Nein. Anali wollte eine Verbindung zwischen Dagon und deiner Schwester oder ihren Verbündeten herstellen, aber es scheint, als hätte Dagon mit niemandem in Ternain gesprochen, bevor er zu dir kam. Selbst die Wachen am Stadttor haben seine Ankunft nicht verzeichnet. Aber wir werden weitersuchen, um den verantwortlichen Sorceryn zu finden.« Sie hielt inne. »Ich bin allerdings auf etwas anderes gestoßen.«

Sie hielt mir eine Goldmünze mit einem quadratischen Loch in der Mitte hin. Noch nie zuvor hatte ich etwas Derartiges gesehen. Die Münzen in Ternain waren dicker und mit dem Gesicht meiner Mutter verziert. »Auf mein Geheiß hat Falun gestern Lord Bakkha hergebracht, um dich zu besuchen. Währenddessen habe ich mich in den Gemächern des Jägers umgesehen. Um herauszufinden, wohin jemand gereist ist, sieht man sich am besten seine Münzen an.«

Ich musterte das Goldstück. Das Loch in der Mitte musste herausgeschnitten worden sein, nachdem die Münze geprägt worden war, denn drum herum konnte man noch die Ränder eines Schlosses erkennen. Die Bauweise war typisch für die riesigen Bastionen des Nordens. Ich konnte die Wörter auf der anderen Seite nicht lesen, erkannte aber die Schrift mit den kleinen, schnörkellosen Buchstaben wieder. »Sie kommt aus Drakol.«

Doch das war nichts Neues. Es bestätigte lediglich, was Bakkha mir bereits erzählt hatte. »Sie wurde in Drakol geprägt, aber eine Münze mit einem solchen Quadrat in der Mitte kann nur von einem einzigen Ort stammen«, erklärte Mirabel. »Aus Roune. Alle Münzen in Bakkhas Besitz sehen so aus.«

Ich starrte sie mit offenem Mund an. Das gesetzlose Land im nordöstlichen Zipfel des Reichs war bevölkert von umherziehenden Räuberbanden und Kriminellen, die aus Drakol und Myre verbannt worden waren. Das Land war kaum bewohnbar, da auf dem steinigen Boden nur wenig wuchs. Nur eine einzige Stadt, Ysrai, hielt sich an ein paar wenige Gesetze. Wenn ich darüber nachdachte, schien es genau die Art von Ort zu sein, wo Bakkha unerkannt ganze Jahrzehnte verbringen könnte. Aber wenn er in Roune gewesen war, warum hatte er mir dann erzählt, er sei aus Drakol hergekommen?

»Es gibt nur einen Weg, um Myre im Norden zu betreten«, sagte ich.

Das A'Nir-Gebirge zwischen Roune und Myre war unpassierbar. So blieb nur der Wasserweg über den Fluss, wobei man den Pass des Ydara überqueren musste. Jedes Schiff, das aus dem Norden kam, wurde an der Zitadelle der Schwestern angehalten.

Mirabel lächelte breit. »Heute Morgen habe ich einen Raben nach Norden geschickt. Ich kenne dort einige Kontakte deines Vaters. Aber jetzt wissen wir wenigstens, woher Bakkha wirklich kam.«

Als sie meinen Vater erwähnte, ließ ich mich mit einem tiefen Seufzen zurück in die Kissen sinken. Es war an der Zeit, Mirabel zu erzählen, was ich über ihn in Erfahrung gebracht hatte. Wenn jemand damals Wind von seinen Machenschaften bekommen haben könnte, dann war es Mira. »Ich habe auch Neuigkeiten. Es ist eher ein Rätsel, das ich nicht lösen kann. Während meiner ersten Übungsstunde mit Bakkha habe ich herausgefunden, dass meine Magika gebunden ist.«

Ich erzählte Mirabel, was ich von Mutter erfahren hatte. Dabei wurde Mira immer blasser. »Ich glaube nicht, dass dein Vater dich hintergangen hat, aber die Königin hat die Wahrheit gesagt«, sagte sie, als ich fertig war. »Lei hat dich an dem Tag, nachdem deine Magika benannt wurde, zu mir gebracht.«

»Welche andere Erklärung könnte es geben?«

»Ich bin nicht sicher. Dein Vater ist ein Mann mit vielen Geheimnissen. Genau wie du behält er seine Pläne gern für sich, aber das, was du ihm unterstellst, hätte er niemals über sich gebracht«, sagte Mirabel. »Hat er dir je erzählt, wie wir uns kennenlernt haben?«

Ich schüttelte den Kopf, und sie fuhr fort. »Ich habe irgendwann aufgehört zu zählen, aber ich feierte meinen hundertsten Namenstag bereits Jahrzehnte vor deiner Geburt. Die Langlebigkeit der Fey, die von unseren Vorfahren, den Göttlichen, an uns weitergegeben wurde, ist unbeständig. Aber trotz des wenigen Fey-Bluts in meinen Adern und meiner schwachen Magika habe ich sie geerbt. Meine Mutter und alle außer einem meiner sieben Geschwister sind längst gestorben. Als ich feststellte, dass sich mein Alterungsprozess verlangsamte, verließ ich meinen Geburtsort und kam nach Ternain. Es war keine leichte Zeit für mich. Ich konnte wegen meiner Hörner keine Arbeit finden und musste mich als Taschendiebin durchschlagen, um zu überleben.«

Einiges davon wusste ich bereits. Dass Mirabel in der Wüste aufgewachsen war, dass ihre Mutter, eine Menschenfrau mit entfernten Fey-Verwandten, die Verwalterin einer kleinen Festung nahe des südlichen Bezirks gewesen war. Ihr Vater, ein Khimaer, hatte in jenem Bezirk gelebt. Doch Mira hatte mir nie erzählt, warum sie ihr Zuhause verlassen hatte und was danach passiert war.

»Ich bin nicht stolz darauf, aber so bin ich wenigstens nicht verhungert«, fuhr sie fort. »Ich überlebte. Eines Morgens habe ich einen jungen Lord mit einer schweren Geldbörse gesehen. Er hatte keine Wachen bei sich, also habe ich versucht, ihn zu bestehlen. Doch er schnappte mich und fragte, ob ich Arbeit suchte. Als deine Eltern frisch verheiratet waren, ist dein Vater gern allein in den Straßen umhergewandert, genau wie du jetzt. Er hat gesagt, er brauche eine Sekretärin, meinte damit aber eine Spionin. Niemand hätte erraten, dass der König eine alte Khimaerin in seinen Diensten hatte.«

Sie lachte, doch in ihren Augen glänzten Tränen. »Ich arbeitete zwei Jahre für Lei, bis die Königin schwanger mit dir wurde. Lei versuchte monatelang, mich zu überreden, er bettelte sogar, bis ich schließlich einwilligte, mich um dich zu kümmern. Er wusste, dass dein Leben … schwierig werden würde. Er wollte jemanden, der dich beschützen und zu deinem Besten handeln würde, wie ich es schon oft für ihn getan hatte. Ich hatte mich früher um meine jüngeren Geschwister gekümmert, sie altern und sterben sehen. Dich oder deinen Vater eines Tages sterben sehen zu müssen war eine Sache – ich habe es schon erlebt, und es wird wieder passieren –, aber die Vorstellung, dass man dich mir wegnehmen würde, konnte ich nicht ertragen … ich weiß immer noch nicht, wie ich das jemals hinnehmen soll.« Sie seufzte.

»Erst als ich sah, wie dein Vater dich an sich gedrückt hat, so als wärst du aus Glas geblasen und in Gold eingeschlagen und würdest zerbrechen, wenn er nur zu laut atmete, habe ich mich entschieden. Ich wusste, dass er dich verwöhnen würde, dass *alle* dich verwöhnen würden, und ich wusste, dass ein junges Mädchen, vor allem eine zukünftige Königin, mehr braucht. Also nahm ich dich ihm aus der Hand, drückte dich an mich, gerade lange genug, dass du dich an mich gewöhnen konntest, und übergab dich der Amme. Ich habe dich von diesem ersten Moment an geliebt, noch bevor ich gesehen habe, dass deine Augen glühten wie brennende Blütenblätter, bevor du zum ersten Mal meinen Namen geknurrt oder du dich in meine Haare erbrochen hast. Ich wusste, dass ich alles tun würde, um dich zu beschützen, lange bevor ich akzeptieren musste, dass deine Sicherheit nicht immer in meinen Händen liegen würde.«

Heiße Tränen liefen mir über die Wangen. Ich wusste, dass Mirabel mich liebte, doch sie sagte es mir selten. Es nun zu hören setzte etwas in mir frei.

»Sollte dein Vater wirklich die Sorceryn gebeten haben, dir das anzutun, kann es nur zu deinem Schutz gewesen sein.«

Ich wischte mir übers Gesicht und wünschte, ich könnte ihre Überzeugung teilen. Doch ich war schon zu oft von meiner Mutter und Schwester enttäuscht worden. Es war unmöglich, alles über jemanden zu wissen, selbst über jene, die man liebte. »Dann muss ich mit ihm sprechen.«

»Deine Mutter hat zwei ihrer Wachen vor deinen Gemächern postiert, um dich im Auge zu behalten. Sollte sie Grund zur Annahme haben, dass du so kurz vor deinem Namenstag abhauen möchtest …«

Sie würde mich bewachen lassen, wahrscheinlich sogar in meinem Zimmer einsperren, bis ich siebzehn wurde. »Ich werde nicht weglaufen, Mira. Ich werde ihr sagen, dass ich abreisen muss.«

»Bist du sicher, dass du *jetzt* gehen willst? Dagons Angriff ist erst ein paar Tage her. Wer auch immer deinen Tod plant, wird es wahrscheinlich bald wieder versuchen.«

Mein Herz machte einen Satz. »Du hast recht, aber in Ternain ist es auch nicht wirklich sicher. Auf Reisen wird meine Leibgarde mich besser beschützen können, da sie auf offener Straße schon von Weitem sehen, wenn sich uns jemand nähert. Und in Asrodei wird Vater mich beschützen.« Ich bat Mirabel, meinen Wachen zu sagen, dass sie sich für die Abreise fertig machen sollten. Nach einem Besuch am Hof würden wir morgen nach Asrodei aufbrechen. Irgendwie würde ich meine Mutter schon dazu bringen, mich gehen zu lassen.

Als Mirabel endlich gegangen war, traf mich Dagons Tod wieder mit voller Wucht. Erinnerungen donnerten auf mich ein, bis ich kaum noch atmen konnte. Ich zog mich in mein Ankleidezimmer zurück, da ich nicht wollte, dass mich jemand schluchzen hörte. Was würde Papa sagen, wenn er erfuhr, dass ich einen seiner ältesten Freunde getötet hatte?

Während ich weinte, betete ich, dass er mir vergeben würde, denn ich wusste, selbst verzeihen würde ich mir nie.

Kapitel 13

Als die Türen vor uns aufschwangen, legte ich eine Hand auf Bakkhas Unterarm. Die von seiner Magika verstärkte Stimme des Ausrufers hallte durch den Thronsaal. »Ihre Hoheit, Prinzessin Evalina Grace Killeen, Erbrivalin des Throns von Myre.« Er machte eine Pause, gerade lange genug, dass ich einmal tief Luft holen konnte. »In Begleitung von Lord Bakkha, Herr der Wilden Jagd.«

Der Plan war, dass sich mein heutiger Auftritt am Hof wie ein Lauffeuer durch ganz Myre verbreiten und alle Gerüchte über meinen Tod ausmerzen würde. Als sich nun der gesamte Hof zu uns umwandte, um uns anzustarren, wusste ich, dass es die richtige Entscheidung gewesen war, Bakkha mitzubringen. Seine Anwesenheit in Ternain, zum ersten Mal in zweihundert Jahren, würde bald in aller Munde sein.

Ich fühlte mich wund und steif nach so vielen Tagen im Bett, doch ich hielt den Rücken gerade, während wir vorwärtsglitten. Obwohl die Wunde, die ich von meinem Kampf gegen Dagon davongetragen hatte, verheilt war, pochte sie immer noch. Doch ich begrüßte den Schmerz, da er mich stets an den Vorfall erinnern und nie vergessen lassen würde.

Dagon ist tot, und du hast ihn umgebracht.

Mirabel hatte mich in ein kobaltblaues Kleid gesteckt, dessen an den Saum gestickte Bronzemünzen bei jedem Schritt melodisch klirrten. Das Mieder war so eng, dass es mich schlanker wirken ließ, und der taillierte Rock umschmeichelte meine Hüften. Die Robe war wunderschön und strahlend und passte überhaupt nicht zu mir. Doch der kobaltblaue Dolch war Haus Killeens Siegel. Ich hoffte, dass Mutter wenigstens auffallen würde, dass ich mir Mühe gegeben hatte.

Die Aufmerksamkeit aller Höflinge lag schwer auf mir, aber ich konzentrierte mich stattdessen auf die einzige Blutsverwandte, die sich in meinem Blickfeld befand.

Mutter hatte ihre gewohnte emotionslose Maske aufgesetzt, im Gegensatz zu all den Höflingen, die um sie herumschwirrten und die Hälse reckten, um einen Blick auf mich zu erhaschen. Sie hob einen silbrigen Fächer vor ihr Kinn, hielt aber meinem Blick stand, als Bakkha mich auf sie zuführte. Der Blick aus ihren grünen Augen flackerte über ihn hinweg, und sie neigte den Kopf, der Anflug von einem Lächeln umspielte ihre Mundwinkel.

Die Menge teilte sich vor uns. Sie waren alle entweder von zu niedrigem Stand, um uns anzusprechen, oder zu überrascht. Eine braunhäutige Blutsvetterin mit großen, unschuldigen Augen und der schlichten Kleidung einer Dienerin begrüßte uns mit Wein. Ich nahm mir ein Glas und dankte ihr.

Bakkha sah mich mit einem steifen, wenn auch immer noch umwerfenden Lächeln an. Ich brauchte einen Moment, um es zu erwidern. Ich hatte versucht, mein Misstrauen gegenüber Bakkha tief in mir zu vergraben, als Falun ihn in meine Gemächer gebracht hatte, in der Hoffnung, er würde es nicht durch unsere Verbindung spüren. Doch ich war nicht sicher, ob es mir gelungen war. Auf dem Weg zum Thron musste ich mich mehrmals zurückhalten, um ihn nicht geradeheraus nach den Münzen zu fragen. An diesem Morgen war er bisher ungewöhnlich still gewesen. Doch das hätte auch an den fünfundzwanzig Soldaten liegen können, die uns hierher eskortiert hatten.

Mit einer Konfrontation würde ich abwarten müssen, bis ich einen Weg gefunden hatte, Ternain zu verlassen.

Bakkha warf dem Podest einen Blick zu. »Ihre Majestät, die Königin, nehme ich an?«

Ich nickte. »Was hältst du von ihr?«

»Ich sehe dich in ihr«, wisperte er. »Obwohl ich hoffe, dass du im Alter nicht ebenso versteinert wirken wirst wie sie.«

»Du wirst deine Meinung vielleicht noch ändern. Sie mag im Augenblick frostig erscheinen, aber sie kann äußerst charmant sein, vor allem, wenn sie es mit gut aussehenden Fey-Männern zu tun hat.«

»Das bezweifle ich«, verkündete er. »Eine Frau, die ihre Tochter mit einem solch kalten Gesichtsausdruck begrüßt, wird es schwer haben, mich zu bezaubern. Außerdem siegt mein Furcht einflößender Ruf immer über mein beeindruckendes Äußeres – sehr zu meinem Leidwesen.«

»Wir werden ja sehen.«

»Und was ist mit deiner Schwester? Die umwerfende Schönheit?«

Ich hob eine Augenbraue. »Woher weißt du, dass sie umwerfend schön ist?«

Bakkha lächelte nur, langsam und genüsslich wie eine sich räkelnde Katze. In seinen Augen blitzte es. »Deinem Ton entnehme ich, dass es mir nicht erlaubt ist, mit ihr ins Bett zu gehen.«

Durch seine Ablenkungsversuche fiel es mir tatsächlich schwer, meine Hofmiene – hübsch anzusehen, emotionslos und unnahbar – aufrechtzuhalten, da ich gleichzeitig lachen und ihm auf den Fuß treten wollte.

Ich grub die Fingernägel in seinen Arm. »Nein, Bakkha, es ist dir nicht erlaubt, mit einer Killeen zu schlafen, sei es Prinzessin oder Königin.«

»Oh, aber was ist mit Prinzen? Bist du sicher, dass du keinen älteren Bruder hast, der sich zwischen all diesen lieblichen Wesen versteckt?« Er ließ den Blick bewundernd durch den Raum schweifen. »Ich könnte mich köstlich mit einem Prinzen amüsieren, vor allem, wenn –«

Ich zwickte ihn, und er heulte ziemlich unelegant auf. »Bakkha.« Ich seufzte. »Können wir jetzt bitte einfach mit meiner Mutter *sprechen*?« Ich hoffte, heute nicht auf Isadore zu treffen, zumindest nicht, bevor ich Mutter überredet hatte, mich gehen zu lassen. Ich zerrte Bakkha an gaffenden Höflingen vorbei. Das Lächeln, das der Jäger ihnen schenkte, schwankte zwischen verwegen und blutrünstig. Dann erreichten wir endlich den Thron.

Ich ließ Bakkha los, straffte die Schultern, hob das Kinn und erklomm die Stufen des Podests.

Ich krümmte einen Finger in seine Richtung, und Bakkha folgte mir. Mutters Augenbrauen hoben sich leicht, während sie uns musterte. Ich trat nahe an den Thron heran, wobei mein Blick auf meine Lieblingsschnitzerei fiel: eine Frau in Gestalt einer Löwin, von Kopf bis Fuß in Blumen statt in Stoffe gekleidet. Überrascht erkannte ich Sorge in Mutters Augen, als ich eine Hand ausstreckte, um ihre Wange zu berühren.

Bakkha und ich hatten ein ziemliches Spektakel veranstaltet. Stille hatte sich über den Thronsaal gesenkt. Nun lagen alle Blicke auf uns, als ich zuerst Bakkha ansah und dann in Mutters Richtung nickte.

Augenblicklich beugte er ein Knie. Jeder andere Lord wäre vor der Königin auf beide Knie gefallen, selbst die Erzherzöge aus dem Norden taten es. Was er tat, war die angemessene Begrüßung für ausländische Würdenträger. Es bedeutete, dass Bakkha Mutters Autorität zwar anerkannte, sich aber nicht unter ihre Herrschaft stellte.

Noch dazu hatte unser Verhalten, seit wir den Saal betreten hatten, unmissverständlich klargemacht, dass Bakkha unter *meiner* Herrschaft stand. Wir hatten es so geplant, doch es verschaffte mir trotzdem Genugtuung, zu beobachten, wie Mutter ihre Verärgerung nun hinter einem Lächeln verbarg.

Gleichzeitig war es keine Überraschung. Sie trug ihre Gefühle nie zur Schau, es sei denn, es diente einem Zweck. Allerdings schaffte sie es nicht immer, sie zu verbergen.

Sie gab Bakkha das Zeichen, sich zu erheben. Ich nahm mir ein weiteres Glas Wein von einem Tablett. Mutter bevorzugte Weine aus den nördlichen Bergen. Dieser war trocken und bitter, ein perfektes Zusammenspiel mit den dazu gereichten eingelegten Guaven, den kleinen, vergoldeten Schalen mit Granatapfelkernen und den bunten Papiertüten mit kandierten Nüssen.

Es war das perfekte Gleichnis dieses Orts: Bitterkeit inmitten von süßem Luxus.

Mutter machte sich nicht die Mühe, ihre Stimme zu senken, als sie sprach. Die versammelten Höflinge wogten wie eine zähflüssige Masse vorwärts und spitzten die Ohren, als hätten sie es einstudiert. »Du hättest erwähnen können, dass dein Fey-Lehrer der Herr der Jagd ist, Eva.«

»Verzeihung, Mutter«, sagte ich. »Wie ich bereits sagte, dachte ich, du würdest es mir nicht glauben.«

»Es freut mich zu sehen, dass du dich von dem Angriff erholt hast. Ich hoffe, dass es dir nichts ausmacht, dass ich Wachen vor deinen Gemächern postiert habe. Es … bereitet mir Sorgen, dass du vor den Augen deiner Leibgarde angegriffen wurdest.« Ihre Stimme war durchdrungen von tiefer Sorge. »Vielleicht wäre ein neuer Befehlshaber angebracht?«

»Ein Zauber hielt meine Soldaten davon ab einzuschreiten«, erwiderte ich.

»Bitte behalte meine Wachen trotzdem in deiner Nähe. Wir wollen doch nicht, dass es zu weiteren Vorfällen kommt.« Sie hielt inne und ließ den Blick über den versammelten Hof schweifen. »Einige Höflinge haben bereits vorgeschlagen, Isadore zur Wahren Erbin zu ernennen. Wenn ich ihnen nicht versichert hätte, dass es dir gut geht und du in Sicherheit bist, wäre es nicht leicht gewesen, ihnen diesen Wunsch abzuschlagen.«

Als ob irgendjemand meine Mutter zu etwas zwingen könnte. Nur der Rat der Königin konnte sich gegen sie durchsetzen, doch sie standen alle unter ihrer Fuchtel.

»Und ich dachte immer, man bräuchte eine Leiche, um die Wahre Erbin zu ernennen«, sagte ich langsam. Wut brodelte unter meiner Haut. Einen *Vorfall* – so hatte sie das Attentat auf mein Leben genannt. Als ob es nichts als eine kleine Unannehmlichkeit wäre.

»Hm.« Mutter zuckte mit den Schultern, was so gar nicht königinnenhaft wirkte. »Das ist der Brauch, aber wir leben in schweren Zeiten. Dein Vater erzählt in seinen Briefen oft von der wachsenden Dreistigkeit der drakolanischen Angriffe an der Grenze, und alle unsere Spione am Königshof berichten von ihrer neuen Kriegsmaschinerie, die es angeblich mit unserer Magika aufnehmen kann. Das ist natürlich unmöglich, aber wenn der Feind seine Hoffnungen in diese Erfindung steckt, wird es mit Tod und Elend enden. Außerdem zweifeln viele hier am Hof nach deiner langen … Abwesenheit deine Hingabe für die Krone und unser Land an.«

»Dann sollte es den Hof besänftigen, dass mein Namenstag immer näher rückt«, antwortete ich, darauf bedacht, den Ärger in meiner Stimme zu unterdrücken. »Wir können erst voranschreiten, wenn ich alt genug bin, den Thron zu besteigen. Es stärkt unser Reich gewiss nicht, wenn die Myreaner die Aufrichtigkeit einer Erbrivalin anzweifeln.«

Mutter blinzelte. »Ja, das ist wahr. Wo wir gerade von deinem Namenstag sprechen – es bekümmert mich, dass dein Vater seine Rückkehr aus dem Norden noch weiter nach hinten verschoben hat. Ich bete, dass seine Pflichten ihn nicht von den Feierlichkeiten fernhalten, aber wer weiß schon, was diese wilden Drakolaner als Nächstes planen?«

Es kostete mich einige Mühe, anhand ihrer leeren Worte nicht die Augen zu verdrehen. Sie bezeichnete alle unsere Feinde als *wild* oder *unzivilisiert,* selbst jene, die innerhalb unserer Grenzen lauerten. Glaubte sie etwa, dass Myreaner zahm waren? Trotzdem warf es mich aus der Bahn, dass sie meinen Vater erwähnte, bevor ich dazu gekommen war. »Haben sich seine Pläne geändert?«

»Nein, aber das könnte jeden Moment passieren«, murmelte Mutter. Ein Lächeln huschte über ihr Gesicht, so kalt wie der Wind im Fernen Winter. »Man weiß nie, was im Norden passieren könnte, Liebes. Die Umstände dort verändern sich nicht nur täglich, sondern stündlich. Es würde mich überraschen, wenn dein Vater vor deinem Namenstag hier eintrifft. Im Augenblick scheint es so, als ob er es nicht einmal schaffen wird, am eigentlichen Tag der Feierlichkeiten hier zu sein.«

»Aus diesem Grund würde ich ihn gern in Asrodei besuchen.« Mein Gesicht brannte, doch ich bemühte mich, meine Miene ausdruckslos zu halten. »Mit deiner Erlaubnis, natürlich.«

»So kurz vor deinem Namenstag? Es sind nicht einmal mehr zwei Monate, Liebes.«

Ich ahmte ihren übermäßig liebevollen Ton nach. »Asrodei ist ja nur einen Wochenritt entfernt, Mutter. Ich werde nicht mehr als drei oder vier Wochen fort sein, sodass nach meiner Rückkehr noch genug Zeit bleibt.«

Mutter hob mechanisch die Augenbrauen, doch ihre Hände umklammerten die Lehnen ihres Throns. Ihre blau lackierten

Nägel sahen aus wie Klauen. Sie musste äußerst überrascht sein, wenn sie sich so gehen ließ. »Und was ist mit deiner Sicherheit? Wenn deine Leibgarde dich schon in Ternain nicht beschützen kann, wie soll ich mich dann darauf verlassen, dass sie dich wohlbehalten zu mir zurückbringt?«

»Aus diesem Grund wollte ich dich darum bitten, mir fünf Soldaten deiner eigenen Wache zu überlassen. Befehlshaberin Anali würde sich über die Hilfe freuen.« Ich hasste jedes Wort, das meinen Mund verließ. Mutters Soldaten würden mich vermutlich für sie ausspionieren, doch damit konnte ich leben.

»Und wird dein Gast mit dir reisen?«, fragte Mutter mit frostiger Stimme. »Was sind Eure Pläne, Jäger?«

Bakkha, der unseren Schlagabtausch neben mir mit wachsendem Unbehagen verfolgt hatte, suchte meinen Blick, bevor er antwortete. »Ich habe vor, Ihre Hoheit zu begleiten, wo immer sie hingeht, bis ihre Ausbildung abgeschlossen ist.«

Ich hatte ihn gefragt, ob er mit mir nach Asrodei kommen oder hier auf mich warten wollte, um unseren Unterricht nach meiner Rückkehr fortzuführen. Er hatte zugestimmt, mich zu begleiten und mich während der Reise weiter zu unterweisen.

Mutter nickte und wandte sich wieder an mich. »Wunderbar. Aber es überrascht mich, dass es dir nichts ausmacht, Ternain zu so einem … wichtigen Zeitpunkt zu verlassen. Isadore hat jedes Detail ihres Namenstagballs selbst geplant.«

Ich atmete einmal tief durch. »Ich vertraue darauf, dass Mirabel sich um alles kümmert, was wir bisher noch nicht besprochen haben.«

Mutter kräuselte die Lippen. Sie hielt mit ihren Vorurteilen gegenüber Mirabel nie hinter dem Berg. Eine Weile herrschte Stille. »Na schön, aber du wirst fünfzehn zusätzliche Soldaten mitnehmen.«

Eine Woge der Erleichterung überkam mich, auch wenn das Gefühl durch ihre Forderung getrübt wurde. Fünfzehn Soldaten zusätzlich zu meinen zwanzig würden unsere Reise verlangsamen. »Danke, Mutter.«

Bevor ich sie darum bitten konnte, uns zu entschuldigen, wandte sie sich an Bakkha. Er stand so dicht neben mir, dass ich spürte, wie angespannt er war.

»Jäger«, sagte Mutter mit plötzlich rauer Stimme. »Ich muss gestehen, dass es mich erstaunt, Euch hier zu sehen, vor allem an der Seite meiner lieben Eva.«

Auf einmal war ich also ihre liebe Eva?

»Eure Majestät, es ehrt mich, dass Ihr meinen Namen überhaupt erkannt habt. Nur wenige haben mich bisher während meines Besuches in Ternain als der gesehen, der ich bin.« Bakkhas Stimme klang klar und deutlich, sein Tonfall war galant. »Aus diesem Grund hat Eva sich meinen Respekt und meine Zuneigung so rasch verdient.«

Mutters Augen funkelten. »Eva liebt ihre Geschichten. Ich erinnere mich daran, wie wir einmal eine hitzige Diskussion über eine der weniger bekannten Erzählungen über Euch geführt haben. Wie hieß sie noch gleich?« Sie tippte sich mit einem langen Fingernagel ans Kinn. »Ach ja, das Räubermädchen. Evalina war der Meinung, Ihr hättet dem Befehl der Königin zuwiderhandeln und das Mädchen verschonen sollen. Woher sie so eine alberne, romantische Anwandlung hat, weiß ich allerdings nicht.«

Als sie die Geschichte erwähnte, setzte Bakkha augenblicklich eine neutrale Maske auf. Seine Stirn glättete sich, doch er schürzte kaum merklich die Lippen.

Obwohl »Das Räubermädchen« eine der weniger bekannten Erzählungen über ihn war, da die Geschehnisse ihn in keinem guten Licht darstellten, war ich davon fasziniert gewesen. Darin hatte ein Mädchen mit schwarzem Haar und silbernen Augen im ganzen Land Juwelen geraubt. Sie hatte sich sogar in den Palast geschlichen und von der Krone gestohlen. Die Königin hatte dem Jäger befohlen, sie zu finden und ihr eine Bestrafung zuzuführen, die schlimmer als der Tod war. Also hatte Bakkha sie entführt und zur Frau genommen. Sie war so lange bei ihm geblieben, bis sie sich in ihn verliebt hatte. In der Nacht, in der sie ihm seine Liebe gestanden hatte, hatte er sie geküsst und ihr dann die Kehle aufgeschlitzt.

Über und über mit ihrem Blut bedeckt, hatte er sie nach Ternain getragen und ihre Leiche zu Füßen des Throns fallen lassen.

So erzählte man es sich zumindest.

Ich kniff mich in die Armbeuge, um meine Mutter nicht anzufahren. »Ich war ein Kind, Mutter«, sagte ich. »Wie hitzig kann eine Diskussion mit einer Neunjährigen schon werden?«

»In meiner Erinnerung bist du älter, Liebes. Und ich kann mich auch entsinnen, dass du recht beharrlich warst.«

Bakkha legte mir eine Hand auf den unteren Rücken und schüttelte den Kopf. »Damals wurde jeder Schwur gegenüber der Königin mit Blut besiegelt, Prinzessin«, sagte er mit kalter Stimme. »Es war unmöglich, der Königin nicht zu gehorchen.«

Ich sah zu ihm auf und war überrascht zu sehen, dass er mich anlächelte. Doch es war nicht sein gewöhnliches Lächeln, verführerisch und tückisch. Dieses war weich und gleichzeitig furchterregend – und es verlangte ihm einiges ab.

Durch den Fluss, der uns beide verband, spürte ich die zerstörerische Wut und Trauer, die in ihm um die Oberhand kämpften. Die Gefühle waren tief verwurzelt und schmerzhaft, selbst jetzt noch, Jahrhunderte später.

Bakkhas Augen weiteten sich, als meine sich mit Tränen füllten.

Mutter starrte uns an, als wären uns beiden gerade zwei zusätzliche Gliedmaßen gewachsen. Ich straffte die Schultern und wischte mir die feuchten Handflächen am Kleid ab.

Fieberhaft versuchte ich, einen Weg zu finden, dieses Gespräch zu beenden oder wenigstens das Thema zu wechseln. Doch da sprach Mutter wieder. »Wenn ihr mich entschuldigen würdet, Lady Shirea ist gerade eingetroffen, und ich muss mit ihr über die Neuigkeiten von der Grenze sprechen.«

Lady Shirea war ein Mitglied des Rats der Königin.

Ich öffnete den Mund, da ich die Neuigkeiten ebenfalls hören wollte, doch Bakkha nahm mich am Arm. Er führte uns fort und umging dabei geschickt sämtliche Höflinge, die nah genug herankamen, um das Wort an uns zu richten.

Wir verbargen uns hinter einer breiten Säule in einer der abgeschirmten Lauben des Thronsaals. »Warum hast du das getan?«, fragte ich.

»Was hat deine Mutter deiner Meinung nach gerade zwischen uns beobachtet?«, erwiderte er.

»Ich weiß es nicht. Sie hat gesehen, dass du traurig warst und dass es mich ebenfalls traurig gemacht hat.«

»Denk nach, Prinzessin. Du warst aufgewühlt. Meinetwegen! Was wird wohl passieren, wenn deine Mutter glaubt, du wärst einem mächtigen Fey hörig? Jemandem, der so mächtig ist wie ich. Was, wenn sie diesen Verdacht gegenüber anderen Adligen äußert?«

Dann hätte ich nie eine Chance auf den Thron. Alle menschlichen Adligen würden rebellieren. Ich ließ mich gegen die Säule sinken, rieb mir die Augen und erinnerte mich zu spät an das Puder in meinem Gesicht und die Kohle um meine Augen, die ich heute Morgen aufgetragen hatte. Rasch ließ ich von meinem Gesicht ab und begann stattdessen, an meinen Haaren zu zupfen. »Es tut mir leid.«

»Nein, *mir* tut es leid. Ich hätte nicht … ich hätte wissen müssen, dass sie einen Weg finden würde, mich zu manipulieren. Schließlich hat sie gerade dasselbe mit dir getan.« Er massierte seine Schläfen. »Sollen wir jetzt deine Schwester aufsuchen, oder hast du genug von diesem Ort?«

Ich hatte mehr als genug, und obwohl Bakkha wieder normal zu sein schien, wusste ich durch die schmerzhafte Stille, die ich durch unsere Verbindung spürte, dass Mutters Worte etwas in ihm aufgerissen hatten. Eine alte Wunde. »Lass uns von hier verschwinden«, sagte ich.

Doch sobald wir wieder in den großen Saal traten, hörte ich ein mir nur allzu bekanntes Lachen und stöhnte innerlich auf.

»Ich nehme an, dass deine Schwester Teil der Gruppe ist, die gerade auf uns zukommt? Sollen wir schnell durch die Türen entfliehen?«

Ich spürte ein Gefühl durch unsere Verbindung aufflackern. *Innere Ruhe.*

Ich würde nicht schon wieder vor Isadore davonlaufen. Bakkha zog mich vorwärts, mitten in das Rudel der hungrigen Wölfe hinein.

Isadore stand inmitten einer großen Gruppe Höflinge, die meine Gegenwart geflissentlich ignorierten, bis ich direkt vor ihnen stand. Sie sah wunderschön aus in ihrem einfachen, himmelbauen Kleid mit dem rechteckigen Ausschnitt und den langen, durchsichtigen Ärmeln. Ihre Fingernägel waren weiß lackiert, und ihr Haar fiel ihr in vollkommenen Locken bis auf die Hüfte. Genau wie Mutter hatte sie einen Fächer in der Hand. Obwohl er die Hälfte ihres Gesichts verdeckte, waren ihre Augen zu sehen. Ich konnte das Gefühl, das darin funkelte, nicht zuordnen.

Sie stand zwischen zwei jungen Fey-Männern: Lord Katro und Lord Patric, Lady Shireas Söhne. Sie starrten Bakkha offen an, während ein Anflug von Feindseligkeit ihre schönen Züge verzerrte.

Ich trat vor, während Isadore den Fächer senkte. Mein Daumen fuhr an ihrem Kinn nach oben, während sie ihre Hand an meine Wange legte.

Isadore lächelte. Es war ihr gefährliches Lächeln – so leicht wie ein Blütenblatt und so scharf wie ein Messer.

Wie ein Hase, der den über sich lauernden Adler entdeckte, erstarrte ich.

Bakkha räusperte sich und riss mich damit aus meiner Starre. »Lord Bakkha, darf ich Euch meine Schwester, Prinzessin Isadore vorstellen.« Mein Blick fiel auf Isadores Hände, die sich unter den langen Ärmeln bewegten. Ich hatte es erwartet und erinnerte mich noch allzu gut an das Spektakel, das sie bei meinem letzten Besuch bei Hofe veranstaltet hatte. So spürte ich sofort, als ihre Magika aus ihr herausströmte.

Sie webte ein weites Netz, das sich über meinen Geist legte wie ein leichter Schleier, sodass die Luft um mich herum zu schimmern und zu zucken begann.

Isadores Haar war plötzlich mit silbernen und goldenen Strähnen durchzogen, das Grün ihrer Augen war noch intensiver. Ihre Wangen waren gerötet, die Haut leuchtete – sie wirkte beinahe metallisch, als wäre sie Fey.

Ich schwankte, fühlte mich zu ihrem süßen Lächeln und der wundervollen Haarfarbe hingezogen, doch ich zwickte mich in den Arm. Als der Schmerz mich durchzuckte, verschwand auch Isadores durch Magika verstärkte Schönheit.

Katro und Patric starrten sie jedoch weiterhin mit offenem Mund und verklärtem Blick an.

»Es ist mir eine Freude, Lord Bakkha«, sagte Isadore. Alle Härchen an meinem Körper stellten sich auf, als Bakkha sich verbeugte und einen sanften Kuss auf ihre Handfläche hauchte. Meine Schwester beobachtete mich. Sie war sehr darauf bedacht, mir ihre vollkommene Verzücktheit zu verdeutlichen. Wahrscheinlich hoffte sie, auf meinem Gesicht Eifersucht zu erkennen.

»Die Freude ist ganz meinerseits, Eure Hoheit«, sagte Bakkha. Ihre Magika schien keinen Einfluss auf ihn zu haben.

Mit einem verärgerten Stirnrunzeln entzog sie ihm die Hand, und ihre Magika verpuffte.

»Wie habt Ihr die Prinzessin kennengelernt?« Katro beugte sich vor und strich sich das hellgrüne Haar aus dem Gesicht. Die Farbe hatte mich schon immer fasziniert. Mit seiner gelbbraunen Haut sah er wunderschön aus, wie ein Traum. Nur leider zerstörte sein spöttisches Grinsen seine Schönheit.

Bakkha antwortete mit einer Stimme so weich wie frische Butter. »Unser Bündnis ist noch jung, aber unverzichtbar«, flüsterte er verschwörerisch. »Aufgrund unserer Magika fühlen wir uns ... zueinander hingezogen. Knochen, Blut und dergleichen.«

Isa kniff die Augen zusammen, sagte aber nichts.

»Jäger, wenn ich so frei sein darf zu fragen: Warum seid Ihr hier? Die meisten Fey glauben, Ihr wärt vom Hof geflohen und hättet Euch seit dem« – Katros Lippen wurden dünn – »Großen Krieg geweigert zurückzukehren. Warum seid Ihr jetzt wieder hier?«

»Vor einiger Zeit hörte ich von einer Erbrivalin mit der Magika der Knochen und des Bluts, die auch noch während eines Blutmonds geboren wurde.« Alle Höflinge um uns herum verfielen augenblicklich in Schweigen. »Mir wurde das Privileg zuteil, schon einmal zur gleichen Zeit mit einer solch mächtigen Magika auf der Erde zu wandeln. Schon damals habe ich es gespürt, genau wie jetzt. Nichts ist mit der Anziehungskraft einer mächtigen Königin zu vergleichen.«

Eine schöne Rede, die allerdings nicht der Wahrheit entsprach. Seine Worte hätten nicht die Kraft haben dürfen, mich mit so viel Bitterkeit zu erfüllen.

»Ihr wisst aber, dass es zwei Erbrivalinnen gibt«, sagte Patric und streckte die Brust raus wie ein Idiot. »Ich für meinen Teil ziehe in dieser Art von Konflikten die Seite der Gewinnerin vor.«

Ich warf ihm einen Blick zu, der ihm das Fleisch hätte von den Knochen sengen müssen – was auch passiert wäre, wenn es Gerechtigkeit auf der Welt gäbe.

Bakkha lachte leise und verächtlich. »Macht ist Macht. Man kann sie nicht verfehlen.«

»Ich würde nicht so weit gehen zu sagen, dass ihr euch verschätzt habt, Lord Bakkha, aber es gibt rohe Kraft, und es gibt politischen Einfluss«, erwiderte Isadore. In ihrer Stimme schwang Verärgerung mit. Die Stille um uns wurde von flüsternden Stimmen unterbrochen, die wie Seide über Tüll glitten.

»Ja, und politischer Einfluss kann sich so schnell verändern wie die Gezeiten, Eure Hoheit. Vergesst nicht, dass Macht nicht beeinflusst werden kann. Macht existiert ganz einfach.« Bakkhas Blick huschte in meine Richtung, sein Lächeln war gequält.

Mein Körper fühlte sich verspannt an, als ich lachte. »Was für eine ernste Wendung unser Gespräch genommen hat! Wenn ihr uns entschuldigen würdet, wir müssen jetzt wirklich gehen. Wir haben noch etwas zu tun.«

»Ich freue mich, dass es dir gut geht, Eva.« Isas kühle Fassade hatte Risse bekommen, ihre Brauen zogen sich zusammen, ihre Unterlippe zitterte. »Aufgrund all der Gerüchte dachte ich …«

Sie machte einen Schritt auf mich zu und streckte eine Hand aus. Nur Bakkhas Finger auf meinem Arm hielten mich davon ab, vor ihrer Berührung zurückzuschrecken – vor all diesen Speichelleckern.

»Wie bitte? Warst du nicht erleichtert, dass jemand deine Arbeit für dich gemacht hat?«, fragte ich sie.

Isadore behielt ihre versteinerte Miene bei. »Natürlich nicht. Es hat mich getroffen zu hören, dass du verletzt wurdest.« Sie klang jedoch alles andere als entschuldigend, eher aufgewühlt und verwirrt.

»Warum, Isa? Wir werden uns in ein paar Monaten gegenseitig umzubringen versuchen. Warum sollte es dich kümmern, dass ich verletzt wurde? Du tust schon genug, um mich bei jeder sich bietenden Gelegenheit hier am Hof zu verletzen. Ich hätte gedacht, es würde dich freuen, dass ich angegriffen wurde. Es sei denn, es macht dir etwas aus, es nicht selbst getan zu haben.«

Ihre Augen wurden groß, als ich sie mit dem Spitznamen aus unserer Kindheit ansprach. Isa und Eva. Ich benutzte ihn sonst nicht mehr. Wir waren nicht mehr Isa und Eva füreinander, nur noch Erbrivalinnen, die einen blutrünstigen Weg beschritten. Es wäre am besten, wenn wir beide alles andere vergaßen.

»Willst du damit etwa andeuten, dass ich etwas damit zu tun hatte?«

»Hattest du denn etwas damit zu tun, Isa?«

»Natürlich nicht«, fuhr sie mich an. »Das Gesetz verbietet es.«

Ein bitteres Lachen entfuhr mir. Ich hätte erleichtert und dankbar sein müssen, dass Isadore keinen Anteil an den Angriffen auf mich gehabt hatte, doch was machte das für einen Unterschied? Selbst wenn sie nicht dahintersteckte, würde sie trotzdem versuchen, mich zu töten, wenn das Gesetz es endlich erlaubte.

»Entschuldigt uns«, sagte Bakkha. Er lächelte, diesmal breit und wunderschön, und zog an meinem Arm. Isadore und ich standen nur wenige Zoll voneinander entfernt und funkelten einander an.

»Ja«, murmelte ich und lehnte mich zurück. »Wenn ihr uns entschuldigen würdet … wir müssen eine Reise vorbereiten.«

»Ach ja?« Isadore hob eine Augenbraue. »Wohin denn?«

»Nach Asrodei.«

Sie lächelte. Mein Mund wurde trocken – dieses Lächeln war genau wie Mutters. »Läufst du mal wieder davon, Eva?«

»Nein, Isa. Ich werde zurückkehren.«

Und wenn ich zurückkam, würde ich über die Magika gebieten, die sie mich einst zu benutzen gedrängt hatte. Ich würde sie meine Macht fürchten lehren, wie sie sie von Anfang an hätte fürchten müssen.

Ich überließ es Bakkha, sich zu verabschieden.

Wenn ich Isadore das nächste Mal sah, wäre es wenige Tage vor meinem Namenstag. Ich wünschte, der letzte Blick, den ich auf sie erhaschte, wäre weniger schmerzhaft, also ersetzte ich ihn in Gedanken. Als Bakkha und ich davongingen, holte ich eine einfache Erinnerung aus den Tiefen meines Geists hervor: Isadores Fey-Kindermädchen Kitsina, wie sie mein Schlafgemach mithilfe eines Zaubers in einen Ballsaal verwandelte, voll fliegender Röcke und schwerem Brokat, Kristallen und Perlen, glitzernden Steinen und mit Kohle umrandeten Augen. Isadore und ich tanzten wild durch all die Pracht, zelebrierten unsere ganze eigene Feier.

Doch selbst in dieser Erinnerung war ihr Blick so grausam wie jetzt.

Kapitel 14

Ich wusste nichts von dem Gesetz der Erbrivalität, bis ich dreizehn wurde.

Es begann mit Isadores Wut.

Wir waren in meinem Schlafgemach. Sie saß im Schneidersitz neben mir auf dem Sofa, während ich meine Spielzeugsoldaten um ein Modell des Königinnenpalasts aufstellte. Der Palast war etwa drei Fuß hoch und strahlend weiß, mit einem Flachdach, aufwendig gefliesten Innenhöfen und einer Brüstungsmauer mit Schießscharten. Ein Geschenk zu meinem Namenstag von meinem Vater, der zwei Tage zuvor nach Norden aufgebrochen war.

Von Mama hatte ich immer noch kein Geschenk bekommen und erwartete auch nicht, dass sich das ändern würde.

Isadore war schon den ganzen Nachmittag verstimmt gewesen und hatte dem Spielzeugpalast böse Blicke zugeworfen. Sie war nun fünfzehn und hatte beschlossen, dass sie zu alt für solche Dinge war. Doch ihr Blick glitt trotzdem über die glitzernden Mosaike in seinem Inneren. Sie griff hinein und holte eins der Porträts von dem Gang vor dem Thronsaal. Es war nicht viel größer als ihr Daumen.

Sie musterte es eine Weile und legte es dann zurück. »Habe ich dir schon das Armband gezeigt, das Mama mir geschenkt hat? Sie hat gesagt, dass es zu erwachsen für dich ist, sonst … hätte sie dir bestimmt auch eins gegeben.«

Isa konnte nicht anders, als sich mit all den Geschenken von Mutter zu brüsten, und sie liebte es, sich Entschuldigungen dafür auszudenken, dass ich nicht dasselbe bekommen hatte. Es war ihre unbeholfene Art, mich zu trösten, wenn Mutter sie mal wieder bevorzugte. Trotz all ihrer Ichbezogenheit verstand sie, dass ich traurig war – das redete ich mir zumindest ein. Vielleicht hatte Mama es wirklich gesagt, doch sosehr ich es mir auch vorzustellen versuchte, konnte ich diese Worte nur aus Isas Mund kommen hören.

Ich nahm es meiner Schwester nicht übel. Ich ließ sie gern mit meinen Geschenken spielen, da Mutter nie etwas anderes als Schmuck und Juwelen kaufte. Jedes Mal, wenn Papa ihr etwas schenkte – für gewöhnlich Dinge, die man gut hätte mit anderen teilen können –, ersetzte Mama es mit etwas, das ihrem Geschmack entsprach. So konnte Isa ihre Geschenke nie mit mir teilen und erzählte mir stattdessen davon.

Trotzdem war es nicht gerecht. Wenigstens gab Papa sich Mühe mit Isa. Ich hatte Mama an meinem Namenstag dagegen noch nicht einmal zu Gesicht bekommen, geschweige denn in den Tagen davor. Sie war damit beschäftigt gewesen, die Ankunft eines Fey-Lords aus einem entlegenen Winkel des Reiches zu feiern, und hatte keine Zeit für mich gehabt.

»Mir gefällt das hier besser.« Ich deutete auf das Modell. »Mit einem Armband kannst du nichts anderes tun, als es zu tragen. Und außerdem«, fügte ich hinzu, da ich wusste, warum Isa es nicht trug, »weiß Mama nicht, dass du keine Armbänder mehr magst?«

Wusste Mama nicht, dass Isadore alles hasste, was ihrer Magika im Weg stand?

Isas Augen verengten sich, während sie die Armbänder musterte, die ich an meinem Handgelenk trug, doch sie widersprach mir nicht. Stattdessen rief sie nach ihrem Kindermädchen Kitsina. Als die schlanke Fey mit der gelbbraunen Haut, den haselnussbraunen Augen und dem spitzen Kinn ins Zimmer kam, würdigte Isadore sie keines Blickes. »Eva möchte das Armband sehen, das Mama mir geschenkt hat. Geh und hol es«, befahl sie.

»Isadore«, sagte Kitsina langsam, »es ist schon spät, und wir gehen sowieso bald in dein Zimmer zurück. Du kannst es deiner Schwester morgen zeigen.«

Isadore erhob sich, ein grausames Lächeln umspielte ihre Lippen. »Ich will es aber jetzt sehen. Du kannst es aus eigenem Antrieb holen gehen, oder ich kann dich dazu zwingen. Es ist deine Entscheidung, Kitsina.«

Stille breitete sich zwischen ihnen aus, sie maßen sich mit feurigen Blicken. Furcht stieg in mir auf. Ich hasste es, wenn Isadore ihre Magika benutzte. Dann wurde sie jedes Mal zu jemand anderem. Schließlich senkte Kitsina den Kopf und verließ das Zimmer.

»Du solltest so etwas nicht tun«, entfuhr es mir.

»Was denn?«, fragte Isadore verständnislos.

»Wenn Kitsina nicht tut, was du von ihr verlangst, solltest du Mama um ein neues Dienstmädchen bitten. Es ist nicht nötig, sie mit deiner Magika zu etwas zu zwingen.«

»Das sagst du nur, weil du keine Magika hast, Eva. Wenn du welche hättest, würdest du sie nicht so sehr fürchten.«

»Ich habe keine Angst«, protestierte ich.

Isadore winkte ab und schlug vor, eine Geschichte nachzuspielen, während wir auf Kitsinas Rückkehr warteten. Sie grinste und schob sich ihre langen blonden Haare hinter die Ohren. »Lass uns Zauberin spielen.«

Ich schmollte etwas, da ich nur zu gut wusste, was als Nächstes kam. Einer von Mutters Lieblingsbarden am Hof erzählte die

Geschichte über die Zauberin und ihre Prinzessin immer, wenn Isadore und ich zugegen waren. Darin stahl die Zauberin die von allen geliebte Prinzessin aus dem Palast und versetzte sie in einen Zauberschlaf, um der Prinzessin jede Nacht ihre Schönheit zu rauben.

Die Zauberin war irgendeine alte, hässliche Khimaer. Sie hatte Hörner, blutige Klauen und Fangzähne, so lang wie eine Kinderhand. Ihre Augen leuchteten so hell wie Feuer – an dieser Stelle warf der Barde mir immer einen Blick zu, denn meine Augenfarbe war ebenso außergewöhnlich.

Aus diesem Grund zwang Isadore mich auch immer dazu, die Zauberin zu spielen. Außerdem würde sie nie eine Khimaerin spielen. Ich tat sowieso alles, was sie wollte, egal, wie unglücklich es mich machte, nur um sie davon abzuhalten, ihre Magika zu benutzen. Seit sie von den Sorceryn gelernt hatte, sie zu benutzen, suchte Isadore ständig nach einem Grund, sie heraufzubeschwören.

»Kitsina wird bald zurück sein«, warf ich ein. Isas Gemach war nicht weit weg. »Ich dachte, du wolltest mir das Armband zeigen.«

»Ich lasse dich die Prinzessin spielen«, sagte Isadore, zog ihre Kette mit dem langen Smaragdanhänger ab und bettete sie wie ein Diadem auf mein Haar.

Ich musterte ihre Augen. Der Sturm darin hatte sich wieder beruhigt, doch sie waren immer noch gefährlich leer und emotionslos, wenn auch kein Funkeln ihrer Magika zu sehen war. Ich schwieg, damit sie ihre Meinung nicht änderte.

Ich lehnte mich auf dem Sofa zurück und schloss die Augen, während Isadore einen langen Zauber rezitierte. Es war einfacher, die Prinzessin zu spielen, doch es machte nicht halb so viel Spaß, wie Isa es immer klingen ließ. Schließlich musste ich nur reglos daliegen. Ich versuchte, mich daran zu erinnern, was Isadore normalerweise tat, während ich den Zauber sprach. Ihre Lippen waren immer zu einem leichten Lächeln verzogen, die langen Wimpern flatterten, wenn sie ab und zu einen Blick auf mich wagte. Isadore lehnte sich gegen mich. Ich öffnete die Augen nicht, sondern konzentrierte mich auf das kühle Gewicht des Juwels auf meiner Stirn, ein weiteres Geschenk von Mama. Ich sehnte mich danach, ihn zu berühren, ihn in meiner Hand funkeln zu sehen, wie sonst auf Isas Brust.

Schließlich öffnete ich doch die Augen, um Isadore anzusehen. Mittlerweile hätte die Zauberin die Prinzessin längst ihrer Schönheit beraubt haben müssen, und der Juwel sollte von Isadores Kopf baumeln anstatt von meinem.

»Isa?«, flüsterte ich. Sie hatte sich über mich gebeugt und starrte mich an.

Wieder tobte ein Sturm in ihren Augen, in dem dieselbe stille Wut lauerte, als würde sich Kitsina ihren Befehlen widersetzen. Ich sah mich um, da ich dachte, ihr Kindermädchen wäre zurückgekehrt, doch als ich mich aufzusetzen versuchte, legte Isadore ihre Hände um meinen Hals. Zuerst versuchte ich nicht, mich zu wehren, da ich nicht verstand, was vor sich ging. Doch es tat weh. Ich konnte nicht atmen. Ihre Fingernägel gruben sich in meine Kehle.

Ich versuchte, ihre Finger zu lösen, doch durch meine wachsende Panik waren meine Bewegungen langsam und verwirrt.

Ich kämpfte, Tränen traten mir in die Augen. Ich stürzte vom Sofa, doch Isadore drückte mich weiter nieder.

»Eva«, sagte sie. »Versuch, deine Magika zu benutzen. So befreit die Prinzessin sich von der Zauberin!«

Ihr Griff lockerte sich ein wenig. Ich sog keuchend Luft in meine Lunge und schubste sie von mir. »Warum verlangst du das von mir?«

Isa ächzte, während sie über den Boden rutschte, doch als sie aufsah, grinste sie. »Darum. Du brauchst schließlich deine Magika, oder nicht? Ich habe mir meine zum Teil selbst beigebracht, vielleicht schaffst du das auch.«

»Du weißt doch, dass meine Magika gefährlich ist.« Ich hatte es ihr schon tausendmal gesagt. Außerdem wusste sie es aus erster Hand.

»Magika ist immer gefährlich«, spottete sie, während sie zu mir zurückkrabbelte. »Du bist so kindisch. Du hast vor allem und jedem Angst!«

Ich versuchte, vor ihr zurückzuweichen, doch sie griff nach meinem Knöchel. Da roch ich die Magika, die ihrer Haut entströmte. Wut stieg in mir auf.

Ich sollte meine Magika benutzen. Schließlich setzte Isadore ihre auch gegen mich ein. Sie verdiente es nicht anders. Ich sollte es ihr zeigen – nein, ich *würde* es ihr zeigen.

Doch meine Magika reagierte nicht auf die Wut, die Isa in mir auslöste. Ich trat wild aus und traf Isadore mit meinem Schuh am Kinn. Blut tropfte auf ihr Kleid. Die Tür flog auf, und Kitsina eilte herein.

»Was hast du getan?« Sie keuchte auf. Ich dachte, sie würde mit Isadore sprechen, doch sie kam direkt auf mich zu und riss mich am Arm hoch.

Sie zerrte mich ins Schlafgemach meiner Mutter, wo man mich stundenlang warten ließ. Als Mutter endlich zu mir kam, war die Nacht längst angebrochen, und ich lag zusammengerollt am Fuß ihres Betts. Meine Tränen waren längst getrocknet.

Wir setzten uns auf die gepolsterte Bank vor ihrem Bett. »Was du für einen Aufruhr veranstaltet hast«, flüsterte sie mit einem missbilligenden Seitenblick auf mich. Ich versuchte zu sprechen, doch sie ließ mich nicht. »Ich weiß längst, was du getan hast.

Deine Schwester hat mir von deiner Magika erzählt. Dass du sie gebeten hast, mit dir zu üben. Du hättest mir sagen sollen, dass du gelernt hast, sie zu benutzen, Eva.«

»Aber das habe ich nicht, Mama. Isadore ist diejenige, die –«

»Genug, Liebes. Ich hätte das schon vor Jahren tun müssen. Ab sofort wirst du deine Schwester nur noch am Hof sehen.«

»Mama, bitte«, flüsterte ich, Tränen erstickten meine Stimme. »Isadore wollte, dass ich meine Magika benutze, aber ich habe es nicht getan. Ich schwöre.«

»Es tut mir leid, mein Schatz. Wir hätten nicht so lange warten dürfen. Es ist unausweichlich.«

»Warten … auf was?«

Meine Mutter legte den Kopf schief, Mitleid machte ihre Züge weich. »Wir hätten nicht damit warten dürfen, euch zu trennen. Im Leben von Prinzessinnen kommt immer ein Punkt, ab dem sie keine wahren Schwestern mehr sein können.« Sie runzelte die Stirn und tippte sich ans Kinn, als ob sie sich gerade erst an etwas erinnerte. »Oh, ich hatte vergessen, dass du es ja gar nicht weißt. Dein Vater wollte es dir persönlich sagen, aber … nur eine von euch kann überleben. Das ist die wahre Bestimmung einer Erbrivalin. Eine von euch muss die andere töten.«

Ich zitterte, während ich versuchte, ihre Worte zu verstehen. Doch sie waren völlig unverständlich. »Ich und Isa? Was?«

»Du und deine Schwester. Das Gesetz verlangt dieses Opfer von euch. Ich würde euch beide davor bewahren, wenn ich es könnte, aber es liegt nicht in meiner Macht.« Sie tätschelte meine Wange mit ihrer kühlen Hand. »Du verstehst es doch, nicht wahr, Eva? Je älter du wirst, desto mehr wirst du deine Magika benutzen wollen. Du weißt, dass es nicht sicher ist.«

Das wusste ich, aber diesmal war es Isadore gewesen, die *mich* verletzt hatte. Meine Mutter würde alles glauben, was Isadore ihr erzählte, ohne sich auch nur meine Seite der Geschichte anzuhören. Die beiden stellten die wahre Gefahr dar, nicht ich.

Meine Mutter wies mich an, mir das Gesicht zu waschen, und rief nach einem Bediensteten, um mich zurück in meine Gemächer zu bringen, die ich von nun an nur noch für Besuche am Hof oder den Unterricht mit meinen Lehrern verlassen durfte.

In der folgenden Nacht hinterließ ich eine Nachricht für Mirabel auf meinem Bett und schlüpfte allein in den Geheimgang. Bei mir trug ich einen kleinen Beutel mit den wenigen Überresten meines Abendessens und einige Dinge von persönlichem Wert. Ich hatte nicht vor, jemals zurückzukehren.

– II –

MAGIKA DER KNOCHEN

Ihre Zähne, stark und weiß – womit sie deine Haut aufreißt,
Ihre Hörner spießen dich auf – wahre Macht entspringt daraus.

– Khimaer Kinderreim

Kapitel 15

Zwei Tage später verließen wir Ternain, genau sechs Wochen vor meinem Namenstag. Der Mond hing tief am Horizont, und das ferne Glühen des Sonnenaufgangs sandte bernstein- und fliederfarbene Wellen über den Himmel.

Anali, Prinz Aketo und die drei Soldaten, die neben mir im Boot saßen, waren im Halbdunkel kaum auszumachen. Sie ließen ihre wachsamen Blicke über den Fluss schweifen, um nach Krokodilen Ausschau zu halten. Der Rest meiner Leibgarde und die Soldaten meiner Mutter waren bereits letzte Nacht aufgebrochen, um Pferde und Verpflegung auf das Boot zu laden. Nachdem wir den Fluss überquert hatten, würden wir nach Norden reisen. Zuerst würden wir den Schmalen Wald durchqueren und dann am Rand der Ebene von Arym entlangreiten, bis wir das Hochland erreichten, wo Asrodei lag.

Der Palast ragte hinter uns auf wie ein blasser Berg und warf seinen Schatten über die Stadt. Ohne die Sonne, die sonst seine mit Mosaiken verzierte Fassade erstrahlen ließ, wirkte er eher wie eine Festung als wie ein Palast. Die mit Zinnen versehenen Mauern hoben sich stark von den vergoldeten Kuppeldächern und kristallenen Türmen ab. Aus der Ferne waren die Nähte Ternains so klar erkennbar wie bei einem gewebten Gewand. Die weiß getünchten Mauern standen in starkem Kontrast zu den bunten Lehmhäusern der ärmeren Bevölkerung und den aus Marmor und Glas errichteten Anwesen der Adligen. Ternain war sowohl uralt als auch immer wieder neu. Wie ein Garten, der jedes Jahr wuchs, leuchtender und lebendiger wurde.

Nachdem wir den Fluss überquert hatten, war die Sonne höher gestiegen und erfüllte die Welt mit diesigem, rosagoldenem Licht. Das einzige Lebenszeichen waren die Wasservögel – scharlachrote Ibisse und blaue Reiher, deren Flügel sich wie Röcke aus Krepp über dem Wasser entfalteten, wenn sie zum Flug ansetzten.

Noch war es hier ruhig und friedlich, bevor die Stadt zum Leben erwachte.

Der Kai auf der anderen Seite des Flussufers neigte sich gefährlich, als wir anlegten. Wir bezahlten den Bootsführer mit einem schweren Sack Gold und bedankten uns für seine Diskretion. Dann marschierten wir durch den Schmalen Wald, der seinen Namen aufgrund der dünnen blaugrünen Bäume und seiner Form erhalten hatte. Er war nur vierzig Meilen breit und zog sich am Fluss entlang. Wir trafen die anderen auf einer Lichtung, etwa eine Meile vom Fluss entfernt.

Die Reisegruppe war bereits unverkennbar in zwei Lager geteilt. Die fünfzehn Soldaten meiner Mutter standen bei den Pferden und packten ihre Satteltaschen. Sie waren älter als meine Wachen und fast alle männlich. Meine Leibgarde war hingegen noch damit beschäftigt, die Zelte abzubauen, in der sie die Nacht verbracht hatte.

Als Anali ging, um sich zu vergewissern, dass wir genug Verpflegung hatten, fand ich mich plötzlich allein mit Prinz Aketo wieder.

Die dunklen Haare hingen ihm offen über die Schultern, seine Hörner glänzten wie Obsidian im Sonnenlicht. Er hatte sich einfach gekleidet, trug Baumwollhosen, eine dunkelgrüne Tunika und Stiefel aus geschmeidigem, ausgetretenem Leder. Er passte besser in den Wald als in den Palast, und seine Anwesenheit schien mir auf einmal bedeutsamer als bei unserer ersten Begegnung. Er schien seine wahre Identität wie ein Gewicht mit sich herumzutragen – ein Khimaer Prinz, der sich in einer Welt befand, die nicht die seine war –, doch statt ihn zu brechen, schien ihn dieses Wissen noch zu stärken.

Ich konnte nicht umhin, ihn dafür zu beneiden, da ich selbst von aufwallender Furcht geplagt wurde.

Die Reise zur Festung würde eine Woche dauern, doch mein Magen kribbelte bereits vor Aufregung, als ob mein Vater bereits hier zwischen den Bäumen auf mich wartete. Seit wir den Königinnenpalast verlassen hatten, hatte ich diese Unruhe verspürt. Wenn ich daran dachte, meinen Vater in einer Woche zu konfrontieren, zog sich meine Brust schmerzhaft zusammen.

Die Soldaten meiner Mutter hatten unsere Ankunft bemerkt und musterten Aketo kühl. Er starrte gelassen zurück. Die Soldaten wandten zuerst die Blicke ab.

»Sollte Euch jemand belästigen, sagt mir oder der Befehlshaberin Bescheid.«

Aketos Nasenflügel bebten. Während unseres letzten Gesprächs hatte ich gelernt, dass es ein Zeichen von Verärgerung war. »Sollte das passieren, werde ich mich selbst darum kümmern.«

»Das scheint mir eine weise Entscheidung zu sein«, murmelte ich und atmete einmal tief durch. »Ich habe mich noch nicht bei Euch dafür bedankt, dass Ihr mir das Leben gerettet habt.«

»Dafür musst du mir nicht danken, Eva«, murmelte er. Sein Blick bohrte sich in meinen.

Ich versuchte meine Wut zu unterdrücken. Er hatte mich Eva genannt, war einfach so zum *Du* übergegangen und ließ noch nicht einmal zu, dass ich mich entschuldigte. »Trotzdem bin ich dankbar, *Prinz* Aketo, und solltet Ihr jemals etwas brauchen –«

»Nenn mich Aketo.« Er grinste.

Ich verspürte augenblicklich den Drang, ihm die Zähne einzuschlagen. »Glaubst du wirklich, du kannst es mühelos mit diesen erfahrenen Soldaten aufnehmen, *Aketo*?«

Er hob eine Augenbraue. »Ich habe mich mein ganzes Leben lang mit erfahrenen Soldaten herumgeschlagen.«

Und wieder war ich ins Fettnäpfchen getreten. In den Bezirken wimmelte es nur so von Soldaten. »Bist du deshalb so versiert im Kampf?«

Er grinste wieder. »Also glaubst du bereits, dass ich gut kämpfe? Nachdem du erst einen einzigen Übungskampf gesehen hast?«

Ich biss die Zähne zusammen, erwiderte dann aber doch sein Lächeln. »Ja, das würde ich sagen. Aber ich fürchte, dass dein Ego dir im Weg stehen wird, sollte es nur noch ein winziges bisschen größer werden. Zum Beispiel könnte es deine Fähigkeit beeinträchtigen, ein zivilisiertes Gespräch zu führen.«

Ohne ihn eines weiteren Blicks zu würdigen, ließ ich ihn stehen und ging mit großen Schritten über die Lichtung davon.

»Warte, Eva«, rief Aketo und folgte mir. »Tut mir leid, das war kindisch. Ich habe dich kämpfen sehen. Du bist sehr gut mit dem Schwert, flink und unerschrocken, aber …«

»Aber *was*?« Ich sah mich nach Faluns rote Mähne um, konnte ihn aber zwischen all den Zelten nirgendwo ausmachen.

»… aber was dir im Nahkampf fehlt, gibt so einiges über dich preis.«

Das konnte er doch nicht ernst meinen. Ich hatte mich bei ihm bedankt, weil er mir das Leben gerettet hatte, und nun kritisierte er meine Kampfkünste?

»Wenn du so sehr davon überzeugt bist, treten wir heute Abend gegeneinander an, nachdem wir das Lager aufgeschlagen haben.« Sobald die Worte meinen Mund verlassen hatten, zuckte eine Erinnerung durch meinen Kopf: Anali, wie sie in der Sandgrube auf dem Rücken lag. Wie Aketo sie dorthin befördert hatte. Und ich hatte Anali noch kein einziges Mal geschlagen.

»Bist du dir sicher?«

War ich nicht. Nicht einmal annähernd. Aber, bei den Göttern, wenn ich gegen ihn gewann, wäre allein die Aussicht auf sein überraschtes Gesicht die mögliche Niederlage wert. Mein Lächeln war so scharf wie eine Dolchspitze, während ich sagte: »Ich freue mich schon darauf.«

Wir nahmen eine überwucherte Straße, die sich etwa eine Meile abseits der Hauptstraße befand. Man konnte sie nur entfernt als Straße bezeichnen, da es sich eher um festgetretene, rötliche Erde handelte, auf der etwa vier Reiter nebeneinander Platz hatten. Azurblaue und lilafarbene Vögel trällerten von den Zweigen über unseren Köpfen. Wir ritten den ganzen Tag und hielten erst an, als die Sonne bereits unterzugehen begann.

Bakkha rettete mich vor meinem Übungskampf mit Aketo. Er wollte die Grenzen ausweiten, auf die ich beim Wirken meiner Blutmagika immer noch stieß, und schlug deshalb eine Lektion im Nahkampf vor. Bisher konnte ich die Blutmagika nur dreimal hintereinander anwenden, bevor sie sich wieder verflüchtigte.

Wir kämpften am Rande einer Wiese voller gelber Wildblumen, auf der wir das Lager aufgeschlagen hatten.

Bisher war es allerdings weniger ein Kampf, als dass Bakkha mich mit seinem stumpfen Übungsschwert verprügelte. Er wollte, dass ich lernte, meine Magika heraufzubeschwören, während ich angegriffen wurde. Im Gegensatz zu unseren anderen Lektionen musste ich nun Bakkhas Blut im Nahkampf vergießen, um meine Magika anzuzapfen.

Fluchend wehrte ich seinen nächsten Hieb ab. Ich sprang vor, doch er konterte meinen nächsten Angriff mit Leichtigkeit. Ich hatte es nicht anders erwartet und duckte mich, bevor ich abermals zustieß. Meine Klinge riss eine Wunde in seinen Oberschenkel.

Ich stolperte rückwärts und wischte die blutige Klinge an meinem Oberarm ab. Beim Kontakt mit Bakkhas Blut wurde die Tätowierung in Form eines Schwerts heiß, und meine Blutmagika erwachte zum Leben. Ich wickelte die roten Stränge gerade rechtzeitig um mein Schwert, um Bakkhas nächsten Schlag abzublocken.

Nun musste ich das Schwert nur noch drehen, um die Magika zu dirigieren. Ich zielte auf Bakkhas Brust und schickte sie los. Dunkelrote Energie schoss aus meiner Klinge. Als sie Bakkhas Brust traf, spritzte Blut auf.

»Gut«, presste Bakkha zwischen zusammengebissenen Zähnen hervor.

Mir blieb kaum Zeit, seinen nächsten Angriff abzuwehren, als meine Sicht plötzlich verschwamm. Der Schwindel, der mich bereits bei meiner ersten Lektion überkommen hatte, war mit der Zeit nicht verschwunden, wie ich gehofft hatte. Mein Kopf schmerzte höllisch, eine Nebenwirkung des Bindungszaubers. Ich hatte Bakkha noch nichts davon erzählt, aus Angst, er würde die Geschwindigkeit, mit der wir bei unserem Unterricht voranschritten, drosseln.

Es gelang mir, Bakkha mithilfe meiner Magika eine letzte Wunde am Bauch zuzufügen, dann ließ ich mein Schwert sinken und fiel auf die Knie. »Das war's für heute, Bakkha.«

Er grunzte, als er sich neben mich setzte. »Gut so. Die hier« –

er zeigte auf die Wunde in seinem Rumpf – »muss erst einmal heilen.«

Während Bakkha sich langsam erholte, beobachteten wir, wie die Sonne hinter dem Horizont versank.

»Wie hast du das gelernt?«

»Die Selbstheilung?«

Ich nickte.

Sein zu einem Zopf geflochtenes Haar glänzte wie gesponnenes Gold, als er mich ansah. »Ich habe es von einem pensionierten Sorceryn im Toten Dschungel gelernt.«

»Nein, im Ernst.«

»Ich wurde mit der Magika der Heilung und der Illusion geboren, aber das ist alles«, sagte Bakkha.

»Und was ist mit dem Rest?« Ich dachte an die Landschaft in seinem Geist, den riesigen Wald und den Fluss, die sich mit meinem See verbunden hatten. Viele der adligen Fey, die wie Bakkha von den Göttlichen abstammten, hatten mehrere verschiedene Gaben dieser Blutlinie geerbt. So hatte Falun beispielsweise von der Familie seines Vaters die Gabe des Fährtenlesens. Doch wenn Bakkha nicht mit all dieser seltsamen Macht geboren worden war, wie hatte er sich ihrer dann bemächtigt?

Durch unsere Verbindung spürte ich seine Zufriedenheit sowie sein Desinteresse an meiner Frage. Seit Mira die Münzen aus Roune in Bakkhas Gemächern gefunden hatte, hatte ich herauszufinden versucht, ob ich spüren konnte, wenn er log. So könnte ich ihn konfrontieren und vielleicht erfahren, warum er wirklich nach Myre zurückgekehrt war. Es war verwirrend zu wissen, dass Bakkha entweder gelogen oder zumindest die Wahrheit geschickt umgangen hatte, obwohl ich durch unsere Verbindung einen intimen Einblick in seine Gefühlswelt bekam. Es war unmöglich, ihn wirklich einzuschätzen.

»Das ist eine lange Geschichte, Prinzessin. Und außerdem will ich dir heute eine andere erzählen.«

»Welche?«, entfuhr es mir sofort.

Er lächelte. »Ich habe dir von Akhimar erzählt, nun ist Myre an der Reihe.«

Viele Jahre zogen seit dem Zeitalter der Göttlichen ins Land, doch Frieden endet immer irgendwann.

Das Königreich der Fey und das Königinnenreich der Khimaer gediehen, wurden stetig mächtiger und angesehener. Doch wie es so üblich ist, brach ein Krieg aus, da der König das Land unterhalb des Flusses begehrte, wo die Felder mehr Getreide und die Bäume mehr Obst trugen.

Doch er machte einen Fehler. Er hatte den Khimaern während einer Erbfolge den Krieg erklärt. Bei ihnen war es Brauch, dass die nächste Königin nicht durch ihr Geburtsrecht oder ihre Macht den Thron bestieg, sondern aufgrund ihrer Fähigkeiten. In jeder Generation gab es zehn Prinzessinnen – eine aus jedem der adligen Stämme –, und wenn die Königin starb, begann die Erbfolge. Den Prinzessinnen wurde eine Aufgabe gegeben, die stets mit dem Schicksal des Reiches verknüpft war. Wer sie am besten meisterte, wurde zur Königin ernannt.

Als der Rat der Ältesten hörte, dass der Fey-König einen Angriff auf ihre Hauptstadt plante, stellten sie die Prinzessinnen vor die Herausforderung, den Krieg zu beenden, bevor er beginnen würde.

Viele Prinzessinnen zogen Truppen am großen Fluss, der Grenze zwischen den beiden Ländern, zusammen. Andere planten, den Fey-König ermorden zu lassen. Doch eine Prinzessin namens Aaliya sammelte stattdessen Informationen über den Fey-Monarchen. Jedes Gerücht über sein Haus und seine Familie ließ sie zusammentragen.

Am Abend vor dem Angriff des Fey-Königs überquerte Aaliya den Fluss und schlich sich ins feindliche Lager. Sie ging am Zelt des Königs vorbei und hielt vor einem anderen an.

Es war kleiner als das prunkvolle Zelt des Königs, am Eingang prangte das Siegel einer Leopardentatze. Sie schlüpfte hinein und wartete. Schließlich trat ein junger Mann ein. Sein Haar hatte die Farbe des Sommerhimmels, ein helles, perfektes Blau. Seine Haut war hellbraun und mit Sommersprossen übersät.

Aaliya wusste von der seltsamen Anmut ihrer nördlichen Nachbarn, doch sie war nicht auf Prinz Rhymers Schönheit vorbereitet.

Sie hielt ihm ein Messer an die Kehle und befahl ihm, sich zu setzen. Ihm blieb keine Wahl, als sich anzuhören, was sie zu sagen hatte.

»Wenn wir heiraten und unsere Völker vereinigen, können wir unsere beiden Länder vor dem Krieg bewahren«, sagte sie zu ihm.

»Und Ihr wärt dann Königin?«, fragte er. »Was wäre ich?«

»Als mein Ehemann würdet Ihr meine Armeen anführen und das Reich beschützen.«

»Und was würde aus meinen Söhnen und Töchtern werden?«, fragte der Prinz. »Würden sie ihr Anrecht auf den Thron verlieren?«

»Eine Fey-Tochter werde ich als meine Zofe nehmen und sie eines Tages in meine Familie einheiraten lassen«, versprach Aaliya mithilfe eines Blutschwurs. »Einen Sohn werde ich als meinen getreuesten Berater einsetzen.«

Prinz Rhymer musste nicht lange darüber nachdenken. Aaliya war wunderschön, und ihr Angebot war mehr als gerecht, doch es war ihr Verstand und nicht ihre Schönheit, der ihr zum Sieg verholfen hatte. Der König hatte nämlich erst vor einem Jahr in einem Wutanfall seine Frau getötet, und der Prinz hasste ihn deswegen immer noch. Am nächsten Morgen überquerten sie gemeinsam den Fluss, mit dem Kopf des Königs auf einen Speer gespießt. Wochen später überquerte auch die Armee der Fey den Fluss, allerdings nicht, um Krieg zu führen, sondern um einer Krönung beizuwohnen.

Sie nannten ihr neues Königinnentum Myre. In der Sprache der Göttlichen bedeutet das »keine Schöpfung ohne Opfer«.

Ich dachte immer noch über Bakkhas Geschichte nach, als ich in mein Zelt kroch. Das Bild des Prinzen und der Prinzessin, die mit dem Kopf des Königs auf einem Speer gemeinsam durch den Fluss wateten, würde ich nie mehr vergessen. Ich hatte noch nie von Königin Aaliya, der Gründerin von Myre, gehört, was mich allerdings nicht überraschte. Warum sollten unsere Barden Geschichten erzählen, in denen die Khimaer die Helden unseres Landes waren, wenn die Menschen sich jahrelang so viel Mühe gegeben hatten, sie als Bösewichte darzustellen? Ich fragte mich, wie weit Haus Killeen gegangen war, um die Vergangenheit geheim zu halten.

Ich dachte an mein Gespräch mit Aketo im Palast, bevor Dagon mich angegriffen hatte. Ich hatte gesagt, dass die Wahrheit Myre nicht verändern würde, doch damit hatte ich falschgelegen. Die Auslöschung der Wahrheit hatte das Reich bereits verändert.

Von außen sah mein Zelt genauso aus wie alle anderen auf der Lichtung, doch im Inneren waren die Wände mit Streifen aus hellblauer und orangefarbener Baumwolle verziert, und drei Teppiche bedeckten den Boden. Das Zelt war groß genug, dass drei Personen darin schlafen konnten, doch ich teilte es mir nur mit Falun. Er war bereits dort und löste gerade seinen geflochtenen Zopf.

Von dem langen Ritt und meiner letzten Lektion mit Bakkha schmerzte mein ganzer Körper, und so seufzte ich schwer, während ich mich auf die Kissen am Boden fallen ließ.

»Schwierige Unterrichtsstunde?«, fragte Falun. Die Öllampe in der Mitte des Zelts verströmte nur wenig Licht, doch Faluns blasse Haut leuchtete hell.

Die Stunde war zwar erschöpfend gewesen, aber das war es wert gewesen. »Der Unterricht war … vieles. Wenn ich alles aufzählen würde, würde ich mir wahrscheinlich irgendwann selbst widersprechen.«

Er schnaubte. »Klingt in etwa so wie Bakkhas Charakter.«

Ich kramte in meinen Satteltaschen, bis ich die Münze aus Roune fand. Ich war noch nicht dazu gekommen, Falun davon zu erzählen. Warum hatte Bakkha gesagt, er käme aus Drakol und nicht aus Roune? Man ging nicht nach Roune, wenn man keinen triftigen Grund dafür hatte. Vielleicht versuchte er zu verbergen, warum er wirklich nach Myre zurückgekehrt war.

Faluns Miene war unleserlich, während ich ihm erzählte, was Mirabel herausgefunden hatte. Seine Haare fielen ihm offen über die Schultern, als er die Münze begutachtete. »Was wirst du tun?«

»Weiter zu unseren Lektionen gehen und darauf warten, dass er wieder lügt oder mich betrügt.« Ich hielt inne und überlegte, ob es wirklich schlau wäre, die nächsten Worte laut auszusprechen. »Ich habe gesehen, dass ihr heute zusammen geritten seid.«

Falun errötete. »Du hast mir schließlich gesagt, dass ich ihn im Auge behalten soll.«

»Ich weiß. Und das sollst du auch weiter tun. Es ist nur … sei bitte einfach vorsichtig.«

»Das werde ich.« Falun löschte das Licht. »Du aber auch.«

Kapitel 16

Ich lag auf dem Rücken und versuchte, Atem zu schöpfen.

Aketo blickte auf mich herab. Er schien sich das Lachen zu verkneifen.

Ich stand auf und klopfte meine engen Kalbslederhosen ab. »Noch mal.«

Hinter mir hörte ich Gelächter und revanchierte mich mit einer vulgären Geste in Bakkhas und Faluns Richtung. Sie saßen auf einem umgestürzten Baumstamm neben der dritten Zuschauerin, Anali, was nur noch zu meiner Scham beitrug. Ab und zu rief sie mir Anweisungen zu. »Eva, versuch, nicht nur auf seine Bewegungen zu reagieren. Du musst die nächste bereits vorhersehen!«

Es war der dritte Tag auf dem Weg nach Asrodei, und ich hatte mich nicht mehr vor dem Übungskampf mit Aketo drücken können. Am Vortag war mir das nur gelungen, indem ich mich bis zum Abendessen in meinem Zelt versteckt hatte. Nach meiner Lektion mit Bakkha war ich zu erschöpft gewesen, um mich ein weiteres Mal verprügeln zu lassen.

Wieder einmal traten wir einander entgegen. Aketo leckte sich über die Lippen und grinste süffisant. Seine dunkle Haut glänzte vor Schweiß, die Hörner verschmolzen mit den Bäumen hinter ihm. »Sie hat noch nicht gelernt zuzuhören, wie soll sie dann meinen nächsten Angriff spüren können, Befehlshaberin?«

»Wovon sprichst du?«, murmelte ich. »Ich höre gut genug.«

»Genau das meine ich. Gut reicht nicht aus.« Er winkte mich heran. Während der ersten beiden Kämpfe hatte er mich jedes Mal zu ihm kommen lassen. Vielleicht war das mein Fehler.

Ich stieß die Luft aus. »Und was soll ich deiner Meinung nach nicht hören können?«

»Alles«, sagte er. »Es ist ein Teil von Kathbaria.« *Kathbaria* – der Todestanz der Khimaer. Der unglaubliche Kampfstil, mit dem er und Anali in den Sandgruben gegeneinander angetreten waren, bevor sich alles verändert hatte.

»Kathbaria ist ein Tanz«, fuhr er fort und rieb sich geistesabwesend übers Kinn. »Eine Vereinigung mit der Welt, die uns umgibt. Einer Welt mit einem unverkennbaren Herzschlag, einem Rhythmus, einer Melodie.«

Das konnte er doch nicht ernst meinen. Meine Reaktion musste sich klar erkennbar auf meinem Gesicht abgezeichnet haben, denn Aketo seufzte. »Du musst mir nicht glauben. Hör einfach auf deinen Körper, lausche dem Wind. Kannst du das Lager hinter uns hören?«

Ja, ich konnte das Klirren von Waffen, das Wiehern der Pferde und das Knistern des Feuers hören, aber den Wind …? »Ich glaube nicht, dass –«

»Wenn du es gar nicht erst versuchen möchtest, warum fragst du dann überhaupt?«, fragte er. Wo er recht hatte …

Ich beobachtete, wie er sich langsam hin- und herzuwiegen begann, nur ganz leicht, als würde er Musik in seinem Kopf hören. Ich versuchte, seine Haltung nachzuahmen. Ich balancierte auf meinen Fußballen, stellte den rechten Fuß vor den linken, hielt die Hände seitlich von mir, entspannt und gleichzeitig bereit zuzuschlagen.

Ab und zu fiel ihm eine Strähne ins Gesicht, und der goldene

Glanz seines Haars schien in der Dunkelheit noch heller zu strahlen.

Ich versuchte, mich auf die Geräusche der Wachen zu konzentrieren, die nicht weit von uns entfernt standen – Kelis' raues Lachen, Maltos Gemurmel, was sicher ein versauter Witz war, und der dumpfe Schlag, als irgendjemand ziemlich hart gegen die Brust geboxt wurde. Doch all die Laute flossen nicht zusammen, ergaben keine Melodie. Es gab zu viel anderes, das nicht dazupasste: der Wind, der über die Lichtung fuhr, an den Zelten riss, das Laub der Bäume zum Rascheln brachte.

Nach einer Minute gab ich auf. Ich passte mich lediglich an Aketos leichtes Schwanken an und hoffte, dass wir bald weitermachen würden.

Aketo verengte die Augen zu Schlitzen. »Das hier wird ziemlich langweilig, wenn du es nur kurz versuchst und dann aufgibst.«

Er war wohl doch nicht so geduldig.

Ich straffte die Schultern und stemmte die Hände in die Hüften. »Woher willst du wissen, dass ich es nicht versuche?«

»Ich bitte dich«, murmelte er abfällig.

Ich warf die Hände in die Luft. »Ich weiß nicht, was du von mir erwartest. Ganz normale Geräusche können doch nicht zu Musik werden!«

»Wenn du mehr als nur ein paar Sekunden lauschen würdest, dann würdest du es hören.« Aketo kam näher, sodass er nur noch eine Armlänge von mir entfernt stand. Zu nah. Ich machte einen Schritt zurück. Er folgte mir und hielt mich mit unnachgiebigem Blick an Ort und Stelle fest. »Schließ die Augen.«

Ich verschränkte die Arme vor der Brust, tat aber wie geheißen. Seine Stimme schwebte zwischen uns, tief und scharf. »Leere deinen Geist und hör zu. Beginne mit den Bäumen.«

»Was …?«

»Der Wind fährt durch die Bäume. Konzentrier dich zuerst auf einen einzigen Ton, finde die Melodie darin und lass zu, dass dein Bewusstsein sich darüber hinaus entfaltet.« Er hielt inne, seine Hand berührte kurz meinen Arm. Ich zuckte zusammen. »Ohne Musik kannst du nicht tanzen, und du wirst nicht immer jemanden dabeihaben, der für dich spielt. Du musst sie selbst finden.«

Ich versuchte, mich zu entspannen. Der Wind in den Bäumen klang wie ein gedämpftes Glockenspiel. Ich konnte darin allerdings keine Melodie erkennen. Also zog ich weiter und suchte mir ein anderes Geräusch – den stetigen Rhythmus von Aketos Atemzügen.

Die hohen, klaren Noten des Winds in den Bäumen und sein leiser Atem erklangen auf einmal im selben Takt.

Ich hörte Schritte im Unterholz und ferne Bewegungen im Lager. Doch es fehlte immer noch etwas – eine Trommel, ein Bass. Doch dann spürte ich es, das stetige Pochen meines Herzschlages.

Der Rhythmus von Aketos Atemzügen veränderte sich. Erst geriet er ins Stocken, dann wurde er schneller. Ich öffnete die Augen und duckte mich instinktiv. Seine Hand fuhr durch die Luft, wo gerade noch mein Hals gewesen war.

Ich konnte immer noch seinen Atem hören. Mein Herz schlug im selben Takt. Die Drosseln in den Bäumen kreischten, als ich von ihm forttänzelte, der Rhythmus ihrer abgehackten Schreie fügte sich in meine Melodie ein. Im Takt dazu duckte ich mich und trat zu, um ihm die Beine unter dem Körper wegzuziehen. Aketo sprang mühelos über mein Bein. Als ich mich aufrichtete, packte er meinen Arm. Er stieß mich von sich und wirbelte mich herum, bis mein Rücken gegen seine Brust gepresst war und einer seiner Arme lose um meinen Hals hing. Wenn er ein Messer gehabt hätte, wäre ich jetzt tot.

Trotz meines donnernden Herzschlags konnte ich immer noch den Wind, die Vögel und das Knistern der Lagerfeuer hören. Die Musik.

»Es überrascht mich, dass es dir gelungen ist zuzuhören«, sagte Aketo. Sein warmer Atem strich über meinen Hals.

Ich rammte ihm den Ellbogen in die Seite, und er lachte dicht an meiner Haut, bevor er mich losließ und sich entfernte.

Selbst jetzt noch spürte ich seinen Herzschlag an meinem Rücken. Ich hörte, wie mein Atem im selben Rhythmus wie seiner ging. Doch falls es Aketo ebenso erging, zeigte es sich nicht auf seinen Zügen. »Nächstes Mal geh von einem Angriff zum nächsten über, ohne darauf zu warten, was dein Gegner tun wird. Es ist schließlich ein Tanz. Du vergisst die Musik nicht, sobald du einen Schritt machst. Du bist schnell wie ein Vogel. Arbeite damit – zögere nie, werde nie langsamer.«

Seine Stimme durchschnitt die Luft zwischen uns. »Noch mal.«

Wir waren so weit voneinander entfernt, dass ich seinen Atem nicht mehr hören konnte, doch der Wind reichte aus. Ich wiegte mich hin und her, ließ zu, dass sich mein Körper zu der Melodie der knarzenden Zweige und des raschelnden Laubs bewegte, während allem der stetige Rhythmus meines Herzschlags unterlag.

So wurden Aketos Bewegungen zu falschen Tönen, die die Harmonie störten. Ich hörte sie und wusste genau, wann ich ausweichen, mich ducken oder angreifen musste.

Ich wich seinen Schlägen aus, duckte mich, ging in die Knie und sprang wieder auf die Beine, sobald ich seinen Arm über mir durch die Luft zischen hörte. Als er das nächste Mal versuchte, mich zu packen, um mich an seine Brust zu drücken, zog ich ihn stattdessen an mich. Ich boxte ihn in den Magen und freute mich über den ihm entweichenden Schmerzenslaut. Der Siegestaumel währte aber nur kurz, da mich sein nächster Tritt sogleich zu Boden beförderte.

Danach glich der Kampf so sehr einem Tanz, dass ich mich darin verlor. Der Schweiß glänzte auf Aketos Stirn, seine Wangen waren gerötet, unsere Füße schlugen hart auf dem Boden auf. Wir hätten uns genauso gut auf dem Flicken befinden können, doch unser Tanz war um einiges intimer.

Die Hitze seines Körpers wärmte meine Haut, und sein Blick ließ den meinen nie los. Mein Herz raste, während ich versuchte, die Anmut seiner Bewegungen nachzuahmen, und ich konnte kaum atmen, wann immer er mich berührte.

Die Illusion löste sich jedoch auf, als sein Ellbogen auf mein Kinn traf und sein kurz darauffolgender Tritt mich zu Boden beförderte. Mein Herzschlag donnerte mir immer noch in den Ohren, und meine Haut fühlte sich heiß und zum Zerreißen gespannt an. Ich schloss die Augen und stellte mir vor, die Welt wäre ein ganz anderer Ort. Ein Ort, an dem ich Aketo zum ersten Mal auf dem Flicken begegnet wäre.

»Das ist genug für heute«, rief Anali und vertrieb meine törichten Wunschträume.

Meine Wangen brannten. Ich ignorierte Aketos ausgestreckte Hand und kam aus eigener Kraft auf die Beine.

Er starrte mich an, als wäre ich ein Rätsel, das er nicht lösen konnte, saugte mit zusammengezogenen Brauen an seiner Unterlippe. Unruhig trat ich von einem Fuß auf den anderen, wich seinem Blick aus. Nach einer gefühlten Ewigkeit lächelte er. Es war nun so dunkel, dass ich ihn kaum noch erkennen konnte. »Bis morgen, Eva«, murmelte er.

Am nächsten Morgen weckte Falun mich früh. Er erzählte mir, er habe letzte Nacht gesehen, wie Bakkha das Lager während der Wachablösung verlassen hatte. Falun hatte versucht, ihm zu folgen, doch ohne Bakkhas Blut, das er brauchte, um seine Magika zu wirken, hatte er ihn nach ein paar Meilen verloren. Die Spuren des Fey hatten sich in nichts aufgelöst. Und als Falun am Morgen erwacht war, war Bakkha wie selbstverständlich aus seinem Zelt gekommen, als hätte er es nie verlassen.

Kapitel 17

Am nächsten Tag kamen wir am Rand der Ebene von Arym vorbei. Das weite Grasland war geformt wie eine riesige Schüssel. Der Wald endete abrupt an einem Steilhang, und darunter erstreckte sich ein flaches Meer aus goldenem Gras, hier und da gespickt mit in die Höhe ragenden Felsen, auf denen sich Löwen räkelten. In der Ferne waren Sümpfe und flache Seen als dunkle Linie am Horizont auszumachen. Wenn wir tiefer in die Steppe hineingeritten wären, hätten wir Gnuherden, Hyänen und Schakale angetroffen. Das Heim der Familie meines Vaters befand sich tief in der Steppe, doch er hatte mich nie mitgenommen, um sie zu besuchen. Es war ein harter und gefährlicher Ritt durch das wilde Grasland.

Wir schlugen unser Lager zwischen den kargen Bäumen auf, die sich zwischen der Ebene und dem fernen Gebirge erhoben, in dem Asrodei lag. In nur drei Tagen würde ich meinen Vater wiedersehen. Während des ersten Teils der Reise hatte ich ihn erfolgreich aus meinen Gedanken verbannt, doch nun konnte ich nur noch an den Bindungszauber denken. Ich träumte davon, zum Grund meines Sees zu schwimmen, doch ich wachte immer genau dann auf, wenn der Schmerz durch meinen Körper fuhr.

Es war nicht das erste Mal, dass mein Vater die Wahrheit vor mir verheimlichte. Er hatte es meiner Mutter überlassen, mir zu erklären, was es hieß, eine Erbrivalin zu sein. Und sie hatte es mir auf die grausamste Art mitgeteilt.

Hatte er den Bindungszauber wirklich veranlasst, um mich zu beschützen, wie Mira gesagte hatte? Das wollte ich glauben, doch Hoffnung machte selbst aus den weisesten Frauen Dummköpfe. Mir war bewusst, dass ich nach einer Entschuldigung suchte, nach einer Rechtfertigung. Ich wollte ihm vergeben, bevor er sich überhaupt dazu bekannt hatte. War es falsch, dass ich mir jemanden in meinem Leben wünschte, dem ich voll und ganz vertrauen konnte?

Unser Lager befand sich an einem Seitenarm des Roten Flusses, und ich führte meine Stute zum Ufer, um uns beide zu waschen. Ich war es längst leid, mich seit Tagen nur mit einem über dem Feuer erwärmten Wassereimer säubern zu können.

Ich führte Vögelchen durch die Bäume zum Wasser. Als ich Aketo sah, der bis zu den Oberschenkeln in den Fluten stand und sein großes Pferd mit dem goldenen Fell wusch, entfuhr mir ein Stöhnen. Er schien mich nicht zu bemerken, also blieb ich stehen, um seinen Anblick zu bewundern.

Er war nackt, bis auf seine tief sitzende, enge Hose und ein Lederband um seinen linken Arm. Irgendwie war es ihm gelungen, sein Haar in einem Knoten auf dem Kopf zu bändigen. Selbst von Weitem konnte ich die vielen goldenen Ringe erkennen, die seine Ohren zierten.

Natürlich war er wunderschön. Hochgewachsen und schlank und gleichzeitig muskulös mit seiner goldbraunen Haut. Ein dunkler Schatten lag auf seinen Wangen – er hatte sich immer noch nicht rasiert –, und Schuppen zogen sich über seinen Rücken bis zu den Hüften. Sie bildeten ein faszinierendes Muster aus Gold, Kupfer und Schwarz.

Eine Weile gab ich mich der Vorstellung hin, wie es wohl wäre, ihn zu berühren. Ich wollte seine Unterlippe mit dem Finger nachfahren, auf die er gerade voller Konzentration biss. Ich wollte die Wölbung seiner Brust und seinen flachen Bauch so lange bewundern, bis ich jedes Detail seines Körpers auswendig kannte. Und dann wollte ich ihn mit den Händen erkunden.

Aketo drehte sich um und sah mich an. Schon wieder zupfte dieses vermaledeite Grinsen an seinen Mundwinkeln. »Ich sollte dich warnen, Eva. Ich kann dich fühlen.«

Meine Kinnlade fiel herunter.

Er räusperte sich und wurde rot, während ich ihn ertappt anstarrte. »Ich meine, ich kann spüren, was du empfindest. Ich kann die Gefühle aller um mich herum spüren. Es wird intensiver und akkurater, je näher mir jemand kommt. Das solltest du wohl wissen. Ich wollte deinen Moment der Bewunderung nicht unterbrechen, aber wer weiß, wohin das geführt hätte … was du als Nächstes empfunden hättest …«

Er biss sich wieder auf die Unterlippe, und ich fragte mich, ob er sich diesen Trick angeeignet hatte, weil er wusste, was es in anderen auslösen konnte. Jedes Mal, wenn er das tat, überkam mich das starke Verlangen, ihn entweder zu erwürgen oder zu küssen. Es machte mich rasend.

Ich brauchte sehr lange, um ihm zu antworten, da meine Zunge mir am Gaumen klebte. Er sah selbstzufrieden aus, und ich konnte spüren, wie sein Blick über meinen Körper wanderte. Schwer und warm und unglaublich ablenkend. »Be…wun…derung?«

»Ja.« Er zuckte mit den Achseln, sein Lächeln wurde verschmitzt.

Ich zählte im Kopf bis fünf und schluckte die schlaue Antwort herunter, die ich mir zurechtgelegt hatte. Wortlos führte ich Vögelchen ans Ufer. Dort zog ich meine Tunika aus, sodass ich nur noch das leichte Hemd darunter trug. Aketo hatte sich nicht bewegt. Ich spürte, wie er mich beobachtete, doch ich konnte nicht sagen, was er in diesem Moment fühlte.

Mit einem Kopfsprung tauchte ich ins Wasser, weil es heiß war und ich seit Tagen nicht mehr richtig sauber gewesen war. *Und* weil ich dringend seinem eindringlichen Blick entfliehen musste.

Ich wusch Vögelchen so schnell wie möglich, ohne dass es zu gehetzt wirkte. Als ich fertig war, sah ich Aketo am Ufer stehen. Er starrte mich immer noch an. Ich hielt seinem Blick stand, während ich mein Haar auswrang. »Aketo?«

»Hm?« Er leckte sich über die Lippen, etwas blitzte in seinen Augen auf.

»Es ist wirklich nicht gerecht. Du weißt, was ich fühle, aber wie soll ich wissen, was in *dir* vorgeht?«

»Das wurde mir mein ganzes Leben vorgeworfen, und ich habe bis heute keine passende Antwort darauf«, antwortete er. Sein Blick löste sich keinen Augenblick von meinem. »Falls es dich beruhigt, normalerweise spreche ich nicht über die Gefühle anderer, aber manchmal muss es sein. In diesem Fall habe ich es getan, um dich wissen zu lassen, dass ich dich ebenfalls bewundere.«

»Das beruhigt mich tatsächlich«, sagte ich und ließ mich zurück ins Wasser sinken, um meine brennenden Wangen zu kühlen. Als ich wieder auftauchte, war er fort.

Ich fühlte mich wunderbar sauber, als ich in meine engen Lederhosen und eine weiche, blaue Tunika schlüpfte, bevor ich mich auf den Weg zurück ins Lager machte. Nachdem ich mich vergewissert hatte, dass Vögelchen gut untergebracht war, ging ich zu meinem Zelt. Die ganze Zeit über versuchte ich, ein Lächeln zu unterdrücken. Doch es erstarb auf meinen Lippen, als Bakkha mir vor meinem Zelt in den Weg trat.

Er sah ungewöhnlich düster drein.

Ich zuckte zusammen, da ich ihn nicht mehr gesehen hatte, seit wir das Lager aufgeschlagen hatten. Falun war tagsüber neben ihm geritten. Ich hatte die beiden beobachtet und mich gefragt, ob Falun Bakkha fragen würde, wo er letzte Nacht gewesen war, doch die beiden hatten kaum miteinander gesprochen.

Ich verschränkte die Arme vor der Brust. »Hallo, Bakkha.«

»Komm mit«, sagte Bakkha. Heute trug er sein Haar wieder offen, der Wind spielte mit den langen blonden Strähnen.

»Wohin denn?«

»Hol deine Waffen, eine robuste Klinge, aber kein Schwert, ein paar Wurfmesser, etwas Gezacktes.« Er tippte ungeduldig mit dem Fuß auf den Boden. »Wir gehen jagen. Es wird langsam Zeit, dass wir uns der Magie der Knochen zuwenden, Prinzessin.«

»Wo warst du letzte Nacht?«, fragte ich geradeheraus, bevor mich der Mut verließ.

Er seufzte schwer. »Ich war auf der Suche nach unserer heutigen Beute. Noch weitere Fragen, Eure Hoheit? Wir müssen sofort aufbrechen. Es ist schon spät. Befehlshaberin Anali will, dass wir vor dem ersten Wachwechsel zurück sind.«

Ich konnte meine Verblüffung kaum verbergen, als ich ins Zelt schlüpfte. Rasch legte ich einen Gürtel mit Wurfmessern an und befestigte auch zwei lange Jagdmesser daran.

Nachdem ich mich bei Anali erkundigt hatte, dass Bakkha auch wirklich die Wahrheit sagte, führte er mich aus dem Lager. Ich konnte es mir nicht leisten, unvorsichtig zu sein, nicht, wenn ich die Münze aus Roune immer noch in meiner Hosentasche mit mir herumtrug. Doch nachdem Bakkha meine Frage ohne Umschweife beantwortet hatte, fühlte ich mich wie eine Verräterin. Die Münze war wohl kaum ein Beweis dafür, dass er mich anlog. Ich entschied, ihn danach zu fragen, sobald wir in Asrodei eintrafen. Dort würde er wenigstens nicht einfach im Wald verschwinden können.

Ich überließ Bakkha die Führung. Die Bäume waren hier ganz anders als im Wald. Die tief hängenden, blätterlosen Zweige griffen nacheinander und wanden sich umeinander wie Tanzende. Nach kurzer Zeit fühlte es sich in dieser seltsamen Welt bereits so an, als hätte unser Lager nie existiert.

Ich hatte Mühe, mit Bakkha Schritt zu halten. Obwohl er sich immer anmutig bewegte, war er an diesem Ort zu etwas anderem mutiert. Er wirkte größer und breiter, und als ich meine Gedanken über unsere Verbindung nach ihm ausstreckte, erschien mir sein Fluss gewaltiger. Er war angeschwollen, als befänden wir uns an der Stelle, an dem der Rote Fluss in die Silbrige See überging. Ich schien ihn auf einmal noch weniger zu kennen als vorher.

Er wand sich mühelos zwischen den Bäumen hindurch, schien beinahe zu fließen, als wäre er selbst zu Wasser geworden. Die Äste beugten sich seinem Willen, gaben den Weg frei, wenn er sie berührte. Sein Haar verfing sich kein einziges Mal in den Zweigen, obwohl sie ständig nach mir griffen, wenn ich mich nicht dicht genug hinter ihm hielt.

Die Mühelosigkeit, mit der er sich durch den Wald bewegte, hätte mich nicht überraschen dürfen, schließlich war er der Meister der Jagd, der im Dienst der Königin einst ein Wolfsrudel, Nachthirsche, Geister und Zauberer angeführt hatte. Natürlich hießen die Bäume ihn willkommen. Würde sich selbst die große Wüste im Süden für ihn teilen? Würden die Schneemassen im Norden, die höher als Dörfer aufragten, auf sein Geheiß schmelzen?

Die altbekannte Angst vor Bakkha überkam mich wieder. Wie viel wusste ich wirklich über ihn? Was hatte er mich sehen lassen, und wie viel verbarg er vor mir? Und konnte ich ihm so weit vom Lager entfernt vertrauen?

»Was jagen wir denn?«, fragte ich, als wir schon beinahe eine

Stunde unterwegs waren. Der Himmel wurde stetig dunkler, und Bakkha hatte noch kein Wort gesprochen.

Er duckte sich unter einem besonders verknoteten Netz aus Zweigen hindurch und öffnete eine Lücke für mich. Ich berührte die Bäume und erwartete beinahe, das sanfte Vibrieren eines Illusionszaubers zu spüren, doch ich konnte seine Magika noch nicht einmal riechen. Sobald Bakkha weiterging, zogen die Äste sich an ihren Platz zurück. Wie schaffte er das ohne Magika?

»Hoffentlich Antilopen. Manchmal verlassen sie die Steppe.«

Wir gingen weiter, suchten den Boden nach Spuren ab, die zwei nebeneinanderliegenden Tränen glichen. Es wurde zunehmend schwerer, da ich schon bald kaum noch etwas in der Dunkelheit erkennen konnte.

»Bakkha. Die Sonne geht unter. Ich muss das Tier schon sehen können, um es zu erlegen«, sagte ich.

Mein anfänglicher Eifer hatte sich in Furcht verwandelt, und das kleine Stück Fladenbrot, das ich mir vor unserem Aufbruch schnell in den Mund gestopft hatte, hielt den Hunger längst nicht mehr fern.

Bakkha blieb so abrupt stehen, dass ich in ihn hineinlief. Ich fluchte, als ich auf den Hintern fiel. »Was ist denn los?«

»Ich habe vergessen, dass du nachts nichts sehen kannst.« Er schlug sich mit der flachen Hand auf die Stirn. »Ich habe es tatsächlich einfach vergessen.«

»Also gehen wir zurück?« Er hielt mir seine Hand hin und zog mich auf die Füße.

»Nein, Prinzessin«, antwortete Bakkha lachend. »Für eine, die so erpicht darauf ist, ihre Magika zu benutzen, gibst du aber ziemlich schnell auf.«

»Verzeihung, dass ich nicht verstehe, wie es mir weiterhelfen soll, im Dunkeln herumzustolpern. Ich habe nicht gewusst, dass es anscheinend einen wichtigen Teil meines Unterrichts ausmacht.«

Er hob die Hände. »Was hast du denn erwartet?«

»Ich weiß nicht, Bakkha«, murmelte ich. »Ich hatte eher an den Unterricht meiner Kindheit bei den Sorceryn gedacht – ordentliche, stickige Räume, verstaubte Schriftrollen, riesige Stapel Bücher. Jagen bei Tageslicht.«

Bakkha lachte so sehr, dass er sich den Bauch halten musste. »Es war *deine* Idee, Ternain zu verlassen. Na, komm schon.« Er winkte mich hinter sich her. »Ich gebe dir etwas von mir ab, damit du die Nacht überstehst.«

Ich verschränkte die Arme vor der Brust, und Bakkha grinste. Bevor ich auch nur blinzeln konnte, presste er seine Handflächen auch schon sanft auf meine Augen. »So ist's gut«, murmelte er und trat einen Schritt zurück.

Ich blinzelte ein paarmal. Es fühlte sich an, als hätte ich Staub in die Augen bekommen. Ich sah zu ihm auf und lehnte mich zurück. Noch vor wenigen Augenblicken hatte ich seine scharfen Gesichtszüge im Dunkeln kaum noch erkennen können. Doch als ich ihn nun anstarrte, war alles klar erkennbar. Ich fuhr herum und nahm all die leuchtenden Farben in mich auf. Die Dunkelheit hatte sich nicht nur verzogen, die Farben waren nun auch viel intensiver, kontrastreicher. Ich konnte die verschiedenen Grüntöne der Ranken, der Blätter an den Bäumen und der vertrockneten am Boden klar unterscheiden.

Ich drehte mich zu Bakkha um, um ihn mit meiner neuen Sicht zu begutachten. Sein Haar war noch beeindruckender als vorher. Ich trat vor, um es zu berühren. Nun konnte ich die individuellen Farben einzelner Strähnen ausmachen: Weiß, Gold, Roségold und Silber. Selbst sein Hautton war leuchtender, wärmer, sodass er mich an Honig und Bronze erinnerte.

»Lass dir das nicht zu Kopf steigen, Bakkha, aber du bist erstaunlich. Ich wünschte, ich könnte mich selbst so sehen oder …« Ich schluckte die übrigen Worte herunter. Aketo. Meine Mutter. Selbst Isadore. Vielleicht liebten die Fey sie deshalb so sehr, da sie sie immer so sahen.

»Du wirst mich beim Wort nehmen müssen, Eva.« Er strich mir einen meiner geflochtenen Zöpfe aus dem Gesicht. »Du bist ebenso erstaunlich. Und du wirst noch erstaunlicher sein, wenn dir erst einmal zwei Hörner um den Hals hängen.«

Wir liefen weiter zwischen den Bäumen hindurch und ich bewegte mich mit viel mehr Energie als zuvor. Ich fühlte mich so leicht wie seit Tagen nicht mehr. Mühelos folgte ich Bakkha, und wir kamen schneller voran. Je weiter wir nach Osten kamen, desto dichter standen die Bäume. Ihre Zweige waren noch fester miteinander verflochten, doch das war kein Problem für Bakkha.

Er rannte los. Der Wind, den er dabei aufwirbelte, war derselbe, den ich am Tag unserer ersten Begegnung gerochen hatte. Er pfiff durch die Äste, spielte mit meinem Haar, fuhr durch meine Tunika und zog mich mit sich. Ich hielt mich, so dicht ich konnte, hinter Bakkha, trat in seine Fußstapfen, davon überzeugt, dass der Wind mich mit sich reißen würde, wenn ich mich von ihm entfernte.

Als Bakkha schließlich langsamer wurde, atmete ich schwer, war aber nicht so erschöpft, wie ich hätte sein müssen. Ich hätte mir die Seiten halten müssen, meine Beine hätten schwer sein und mein Atem stoßweise gehen müssen. Ich wusste, dass wir sehr weit gerannt waren, weiter, als es hätte möglich sein dürfen. »Wie hast du … wie habe *ich* das gemacht?«, flüsterte ich.

Bakkha warf mir einen Blick zu. »Wir sind mit dem Wind gereist. Und bevor du fragst: Nein, das ist keine Gabe, die ich mit dir teilen kann. Es hat mich den Großteil meiner ersten beiden Jahrhunderte gekostet, es zu lernen.«

»Und wann war das?«

»Still jetzt.« Er zeigte auf Spuren im Unterholz. »Von hier aus gehen wir zu Fuß.«

Ich versuchte, mich so leise wie Bakkha fortzubewegen, der keinen Laut verursachte, doch es gelang mir nicht. Trotz meiner neuen Sicht stolperte ich über Wurzeln und schlüpfrige Flechten. Doch ich hielt die Augen offen und lauschte.

Wir liefen etwa fünf Minuten, bis ich es hörte: das leise Knistern und Knirschen von Hufen, die die Blätter am Boden zertraten. Der Wind klang anders, als ob er um etwas herumwehte. Ich legte eine Hand auf Bakkhas Rücken und bat ihn durch unsere geistige Verbindung, stehen zu bleiben.

Dann nahm ich ein Messer aus meinem Gürtel und trat um einen Baumstamm herum. Meine Sicht fokussierte sich, bis ich nur noch meine Beute sah.

Die Antilope war wunderschön, ihr Fell von einem weichen, buttrigen Braun mit weißen Streifen am schmalen Hals. Sie stand nicht einmal fünfzehn Fuß entfernt, den langen Hals herabgebeugt, um Gras zu rupfen. Ihre mit mehreren Höckern versehenen Hörner drehten sich nach hinten, die scharfen Spitzen zeigten jedoch nach vorn. *Wunderschön.*

Mein Blick glitt über die dünnen, aber gleichzeitig starken Beine, die weißen Streifen an ihrem Rücken.

Ich bewegte mich, und die Antilope hob den Kopf. Ihr Blick traf meinen im selben Moment, als ich das Messer warf. Eine Sekunde später hörte ich das Sirren einer Bogensehne. Drei Pfeile trafen ins Ziel. Einer drang in die Brust des Tiers, zwei in die Körpermitte. Die Antilope fiel auf die Seite, ein Pfeil brach unter ihrem Gewicht entzwei.

»Ich hatte alles unter Kontrolle, Bakkha.«

»Du hast ihr den Todesstoß versetzt, was das Wichtigste ist.

Ich wollte einfach nicht, dass sie panisch herumläuft und alles mit Blut besudelt.«

Ich zeigte ihm die übrigen beiden Messer in meinen Händen.

»Ich bitte um Entschuldigung, dich unterschätzt zu haben, Prinzessin, aber du wirkst nicht gerade wie eine ausgebildete Jägerin«, schnaubte er. Dann band er sich das Haar im Nacken zu einem Knoten zusammen, den er unter seinem Hemdkragen verschwinden ließ.

»Und was ist mit dir, *Jäger*? Ich habe die Antilope aufgespürt, bevor du sie überhaupt entdeckt hast.« Ich deutete mit einem meiner Messer auf ihn.

Er lächelte so boshaft, dass ich einen Schritt zurücktrat. »Pass mit dem Messer auf. Dies ist *deine* Jagd, Prinzessin. Wenn du gerne sehen würdest, wie ich … jage, kann ich es dir ein anderes Mal zeigen. Aber ich sollte dich vorwarnen, ich bin besser darin, Leute zu jagen als Tiere.«

»Nein danke«, sagte ich und unterdrückte ein Schaudern.

»Dann können wir uns ja an die Arbeit machen.« Bakkha deutete auf die Antilope.

Ich ging auf das Tier zu und zog mein Messer aus seiner Kehle. Als mir der Geruch nach Blut und Tod in die Nase stieg, verzog ich das Gesicht.

Ich säuberte die Klinge am moosigen Stamm eines nahe stehenden Baums. Hitze stieg immer noch vom Körper der Antilope auf, während sich ihr Blut auf den Waldboden ergoss. Selbst mit dem blutüberströmten Hals war sie noch schön. Die flüssig erscheinenden schwarzen Augen sahen zu den Sternen auf, ihre Hörner waren halb so lang wie ihr gesamter Körper.

»Was jetzt?«, fragte ich, nachdem Bakkha seine Pfeile aus dem Kadaver gezogen hatte.

Er blinzelte mich an und lachte. »Hol dir die Hörner, Eva. Das ist der einzige Teil der Magika der Knochen, dem wir uns heute Nacht widmen. Du musst sie einfach nur für dich beanspruchen.«

»Wie …?« Ich hielt inne, suchte nach den richtigen Worten. »Kann ich nicht irgendwie meine Magika benutzen, um sie der Antilope abzunehmen, ohne dass es eine Sauerei gibt? Sodass sie einfach abfallen?«

»Ich schlage ein Sägemesser vor.« Bakkha versuchte sich an einem desinteressierten Schulterzucken, doch seine zuckenden Mundwinkel verrieten ihn. »Beginne so nah am Kopf wie möglich.«

Unausstehlicher, unsterblicher Bastard.

»Ich kann dein Amüsement spüren, Bakkha«, murmelte ich, während ich das lange Messer aus meinem Stiefel zog. Die Klinge funkelte im Mondlicht, sie war beinahe so lang und breit wie mein Unterarm. Die Waffe diente einzig und allein dem Zweck, zu schlachten, durch Fettschichten, Muskeln und Knochen zu schneiden. Nicht dazu, Hörner abzusägen.

Ich drehte den Kopf der Antilope so, dass ihre Augen mich nicht mehr anstarrten. Mit den Händen fuhr ich über beide Hörner, und ein Energiestoß raste durch mich hindurch. Ich atmete einmal tief durch, bevor ich das Messer am linken Horn ansetzte. Dann biss ich die Zähne zusammen und begann zu sägen. Ich hatte nicht bemerkt, dass ich die Augen geschlossen hatte, bis Bakkha rief: »Prinzessin, du musst hinsehen.«

Die weißen Tätowierungen an meinen Armen – Knochen- und Tiersilhouetten, die sich in einer Reihe von der Spitze meiner beiden Mittelfinger bis über meine Ellbogen zogen – strahlten heller als das Mondlicht. Ich keuchte auf und riss das Messer aus der Kerbe, die ich bereits ins Horn gesägt hatte. Als ich von Neuem begann, beobachtete ich, wie sich das Licht mit jedem weiteren Messerstoß verstärkte. Das Glühen breitete sich von meinen

Armen über die Hörner aus, sodass sie nun in einem dunstigen weißen Glanz erstrahlten.

Mit einer Hand am Kopf des Tiers, wo das Horn entsprang, und der anderen fest um das Messer geschlossen, brauchte ich nicht lange. Trotzdem brannten meine Armmuskeln bereits, als ich erst die Hälfte des Horns durchgesägt hatte. Schweiß tropfte mir in die Augen. Ich hielt mehrmals inne und begann erneut, während ich die ganze Zeit fürchtete, abzurutschen und mir eins der Hörner in den Bauch zu bohren.

Als ich das letzte Stück durchsägte, loderte das Licht auf, und Schmerz explodierte in meinem Kopf. Er war so sengend, dass ich mir auf die Zunge biss. Das Licht verschwand. Bakkha trat dicht an mich heran und nahm mir das Horn ab.

»Danke«, flüsterte ich, als er mir einen Wasserschlauch reichte. Mein Kopfschmerz kehrte zurück, und ich biss die Zähne zusammen.

Bakkha ging in die Hocke und reichte mir ein Tuch, um mir das Gesicht abzuwischen. »Möchtest du eine Pause einlegen?«

Ich warf ihm einen Blick zu. Auf seinen Zügen, den geraden Brauen und den flachen Lippen, konnte ich so was wie Respekt erkennen. Es war immer etwas Besonderes, wenn Bakkha nicht lächelte. »Ich bringe es zu Ende.«

Er senkte den Kopf und zog sich zurück, nachdem ich ihm das Wasser zurückgegeben hatte. Sobald ich meine Hände wieder um die Hörner legte, kam der Kopfschmerz zurück. Diesmal bohrte er sich noch stärker in meinen Geist, wie Nadeln in meine Haut.

Aber ich musste es aushalten. Bakkha erwartete von mir, dass ich beide Hörner an mich nahm, und ich weigerte mich, ihm einen weiteren Grund zu bieten, an meinem Engagement zu zweifeln. Solange ich mir selbst einredete, dass ich den Schmerz ertragen konnte, war es auch so. Außerdem durfte ich den Bindungszauber nicht vergessen, aber da ich der Antilope bereits ein Horn abgenommen hatte, nahm ich an, dass die Bindung diese Art von Magika zuließ.

Statt auf den in meinem Kopf explodierenden Schmerz konzentrierte ich mich auf das Zwicken zwischen meinen Schulterblättern. Der Geruch von Blut und verwesenden Blättern drang mir in die Nase, und ich konnte nichts anderes sehen als das Licht, das aus meinen Armen strömte, und den silbernen Mondschein, der von meiner Klinge reflektiert wurde.

Als ich das zweite Horn zur Hälfte abgesägt hatte, atmete ich tief durch, stand auf und schüttelte den Kopf. Bakkha rief meinen Namen, doch ich wedelte abwehrend mit der Hand. Sobald ich das Horn nicht mehr berührte, wurde mein Geist wieder klar.

Ich würde es schaffen, ich konnte es zu Ende bringen, ich brauchte nur einen kurzen Augenblick frische Luft, die nicht nach Tod stank.

Ich schloss die Augen und zählte, bis ich mich nicht mehr schwach fühlte. Wieder fiel ich auf die Knie, zu müde, um in die Hocke zu gehen. Das immer noch warme Blut der Antilope durchweichte meine Hose. Ich spürte den Kopfschmerz kaum noch, dachte an nichts mehr als daran, dass ich es beenden musste.

Als das Messer durch das letzte Stück Horn schnitt, sackte ich erleichtert zusammen. Bakkha war bei mir, bevor ich ihn darum bitten konnte, und nahm es mir aus der Hand.

»Manche Knochen sind schwerer zu beanspruchen als andere«, murmelte er. »Hörner sind am schwierigsten.«

»Und wir mussten mit dem schwierigsten beginnen?« Ich entfernte mich auf allen vieren von der toten Antilope, kroch in die entgegengesetzte Richtung der Hörner, die Bakkha auf den Boden gelegt hatte. Am Stamm eines nahen Baums brach ich zusammen.

»Dein Namenstag ist bald, viel zu bald, als dass ich es bereuen würde, dich so hart rangenommen zu haben.«

Ich funkelte ihn an, in der Hoffnung, dass der Schmerz hinter meinen Augen verschwinden würde.

»Ich weiß, dass es schwer für dich war, aber ich konnte dir nicht helfen. Du kannst nur eine andauernde Bindung zu einem Knochen eingehen, den du für dich beansprucht hast, indem du ihn eigenhändig entfernt hast.« Ich sah zu, wie Bakkha die Knochen in ein grobes, braunes Tuch wickelte. Erleichterung strömte durch mich hindurch. Ein Teil von mir wollte sich ihnen nie wieder nähern. »Wenn du die Knochen nicht offiziell zu deinen machst, werden sie ihren Nutzen in weniger als einem Jahr verloren haben. Ich habe Knochen, die ich seit über einem Jahrhundert trage. Der Ring, den du trägst, ist hundertneunzig Jahre alt.«

»Also werde ich mein Leben lang keine Hörner mehr stehlen müssen?«

»Genau. Es sei denn, du lebst so lange wie ich, und in diesem Fall hättest du sowieso andere Dinge, um die du dir Sorgen machen müsstest, als ein paar neue Hörner.« Ich spürte seine Betrübtheit durch unsere Verbindung.

»Komm, wir bringen dich zurück.«

»Was ist mit der Antilope?«

»Es ist zu weit, um sie zu tragen. Schakale streifen durch diese Wälder. Sie werden sich besser um sie kümmern, als wir es können.« Bakkha reichte mir seine Hand.

Ich ignorierte sie und kam aus eigener Kraft auf die Knie. Dann zog ich mich an einem tief hängenden Ast auf die Beine.

Auf dem Rückweg erzählte Bakkha mir die nächste Geschichte.

Das Reich wurde ein weiteres Mal unwiderruflich verändert, als zwanzig Schiffe an den Ufern des Ruhigen Meers auftauchten.

Die Reisenden hatten ihre Heimat, ein riesiges Reich auf der anderen Seite des Meeres, verlassen und sich auf dem Ozean verirrt. Sie nannten sich Menschen, und ihre Erscheinung war unscheinbar, ihre Hautfarbe variierte lediglich in verschiedenen Erdtönen. Doch das Seltsamste an ihnen war, dass sie keine Magika wirken konnten.

Die Myreaner wussten schon lange, dass es andere Länder gab, die keine Magika hatten, doch dies waren die ersten Wesen aus diesen fernen Reichen, die an ihren Ufern eintrafen.

Die Menschen baten die damalige Königin, ihnen Zuflucht zu gewähren. Sie erlaubte ihnen, fünf Jahre in Myre zu bleiben, um sich von ihrer langen Reise zu erholen. Im Gegenzug würden die Menschen ihrem Volk Schiffe bauen, sodass auch die Myreaner das Meer erkunden konnten.

Als sie ihre Arbeit getan hatten, wandten die Menschen sich abermals an die Königin. Sie sagten, dass sie in dem Jahrzehnt, das sie auf See verbracht hatten, ihre Heimat vergessen hatten und Myre zu ihrem Zuhause geworden war. Sie wollten bleiben, doch sie wussten, dass weder Land noch Leute sie ohne Magika akzeptieren würden.

»Was wollt ihr dann von mir?«, fragte die Königin.

»Wir bitten Euch, uns myreanisches Blut zu schenken, im Gegenzug für unsere Loyalität und Handwerkskunst«, sagte ein Lord der Menschen.

Die Direktheit dieser Bitte schockierte die Königin, obwohl Myre durch die Hilfe der Menschen und den Handel auf See bereits zu beachtlichem Reichtum gekommen war. Doch solch ein großes Geschenk war noch nie vergeben worden. Die Königin dachte ein Jahr lang darüber nach und rief die Menschen dann zurück an ihren Hof. Sie bot ihnen ein Elixier an, das aus dem Blut der Khimaer, Fey und Bluts-

vettern bestand. Es würde ihnen keine Magika verleihen, doch dafür sorgen, dass sie im Blut ihrer Kinder heranwuchs.

Als die Menschen erfuhren, was es mit dem Elixier auf sich hatte, floh die Hälfte in die Berge im Norden und verzichtete auf Magika. Der Rest trank es und schwor der Königin Treue. Eine ganze Generation lebte und starb, bis die ersten Menschen mit Magika geboren wurden. Ihre Macht war so groß und unterschiedlich wie das Meer, viele hatten sogar gleich mehrere Gaben. Es gab die Magika des Wassers, des Feuers, der Geschwindigkeit und der Voraussicht. Die Magika des Geistes, des Heilens und des Blutes.

Doch ihre Magika war verflucht und unmöglich zu kontrollieren, denn wenn die Magika der Menschen freigesetzt wurde, tötete sie.

Die Königin jener Generation, die fand, dass ihre Vorfahrin einen Fehler begangen hatte, als sie ihnen das Geschenk machte, befahl den Menschen, das Reich zu verlassen, sollte es ihnen nicht gelingen, ihre Gaben zu kontrollieren. Doch sie war nicht grausam. Es war nicht die Schuld der Menschen, dass ihre Vorfahrin so töricht gehandelt hatte.

Sie beauftragte eine Gruppe menschlicher Männer, die durch Rituale und Zaubersprüche gelernt hatten, ihre Magika zu kontrollieren, die anderen darin zu unterweisen. Um sie dabei zu unterstützen, rief sie einen Rat ins Leben, der aus den mächtigsten Myreanern bestand.

Doch dies war ein Fehler.

Der Rat und die Menschenmänner, die sich Sorceryn nannten, fanden einen Weg, die Magika mit Symbolen auf ihrer Haut zu verbinden. So wurde die menschliche Magika die mächtigste und gefürchtetste im ganzen Reich.

Und es war diese grenzenlose Macht, die die Menschen schließlich davon überzeugte, dass sie über alle anderen regieren sollten.

Kapitel 18

Als wir ins Lager zurückkehrten, wartete Aketo vor meinem Zelt. Er roch nach Minzseife.

»Hast du … kann ich dich sprechen?«

Ich starrte ihn an. Ich hatte ihn noch nie zuvor stottern gehört. Er trat von einem Fuß auf den anderen und lächelte. »Natürlich nur, wenn du Zeit hast.«

»Äh, einen Moment.« Ich huschte ins Zelt. Glücklicherweise war Falun nicht da. Ich wusch mir das Gesicht mit einem Tuch und dem restlichen Inhalt des Wasserschlauchs, den Bakkha mir gegeben hatte. Dann bat ich Aketo hereinzukommen.

Sobald er sich mir gegenüber hingesetzt hatte, wirkte das Zelt plötzlich kleiner als vorher. Die Spitzen seiner Hörner stießen an die Decke, und seine Beine waren unglaublich lang. Meine Wangen wurden heiß, als seine Knie meine berührten. Mein Blick wanderte über seine breiten Schultern, den Hals hinauf, bis mir die leichten Einkerbungen in seiner Unterlippe auffielen, die von seinen Fangzähnen stammen mussten.

Ich senkte den Blick. Schon wieder hatte ich ihn angestarrt.

Irgendjemand hatte ein Tablett mit Tee gebracht. Ich machte mich daran, uns zwei Tassen einzuschenken. »Honig?«

»Ja.« Ich sah auf, und unsere Blicke trafen sich. Er hatte mich beobachtet. Doch selbst wenn ich ihn dabei ertappte, wie er mich anstarrte, schien ihm das gar nichts auszumachen.

Er war viel zu selbstbewusst, zu gut aussehend, als dass er sich die Mühe machen musste, liebenswürdig zu sein.

Und dieses süffisante Grinsen.

Ich drückte ihm die Tasse in die Hand und trank die Hälfte meines Tees in einem Zug aus. Ein Honigtropfen lief an der Seite seiner Tasse hinunter. Aketo wischte ihn mit dem Daumen ab und steckte ihn sich in den Mund.

Verdammt seien die Götter! Was hatte ich mir nur dabei gedacht, ihn in mein Zelt einzuladen? »Worüber wolltest du mit mir sprechen?«

»Wie war dein Unterricht?«, fragte er im selben Moment.

»Nicht übel …«

»Ich wollte …« Er lachte leise. »Du zuerst.«

»Es lief gut. Wir haben eine Antilope gejagt. Ich habe sie erlegt.« Ich sah wieder zu ihm auf. Er beugte sich zu mir vor. Mit einem Nicken forderte er mich auf weiterzusprechen. »Ich … es war seltsam. Meine Magika, meine ich.«

Ich hatte bisher mit niemandem außer Falun über meinen Unterricht mit Bakkha gesprochen, und selbst mit ihm nur kurz. Niemand sonst hatte mich danach gefragt. Von mir aus hätte ich mich Aketo nie anvertraut.

Die Khimaer nutzten ihre Magika seit frühester Kindheit. Jeder Stamm hatte eine andere Gabe. Die Lami, von denen Aketo abstammte, konnten die Emotionen anderer spüren und kontrollieren, während alle von Analis Stamm Schatten und Dunkelheit manipulieren konnten. Je älter Khimaer wurden, desto größer wurde ihre Macht, doch sie benutzten keine Tätowierungen, um sie in Schach zu halten. Sie brauchten keine Sorceryn, um die Kraft in ihrem Inneren anzuzapfen. Magika zu wirken war für die Khimaer so einfach, wie zu atmen, wie Anali mir erklärt hatte.

Aketo nickte langsam. »Gefällt es dir, deine Magika zu benutzen?«

»Nein. Vielleicht, wenn ich langsam lernen könnte, wenn ich schon als Kind damit begonnen hätte. Aber jetzt? Nein.«

Er lehnte sich wieder zurück und schob sich die Haare hinter die Ohren. »Ich habe meine Magika am Anfang gehasst. Ziemlich lange konnte ich meine Gefühle und die der Leute und mich herum nicht auseinanderhalten. Es war überwältigend. Deshalb blieb ich meistens für mich, bis ich etwa zehn wurde.«

»Was hat sich verändert?«

»Meine Mam hat entschieden, es sei an der Zeit, dass ich sie auf ihren Runden durch den Bezirk begleite, um ihr bei der Arbeit zuzusehen.«

»Was macht sie denn?«

»Sie ist die Verwalterin unseres Bezirks. Das heißt aber nur, dass alle Befehle des Gouverneurs an sie gehen und sie diese dann an die Bürger weitergibt. Aber ihre wichtigste Arbeit ist es, sich um die Betrübten zu kümmern.«

Ich wusste nicht, was er damit meinte, blieb aber still und wartete, ob er es erklären würde.

»Sie besucht Leute mit gebrochenem Herzen«, fuhr er fort, »und nimmt ihnen mithilfe ihrer Magika ein wenig von ihrem Schmerz, wenn sie das möchten. Manchmal bringen wir ihnen auch nur etwas zu essen und sorgen dafür, dass ihre Häuser instand gehalten werden. Am Anfang habe ich alles versucht, um mich vor diesen Hausbesuchen zu drücken. Ich hatte gerade erst gelernt, die Emotionen anderer zu filtern, aber in der Gegenwart von Leuten, die so sehr litten, fiel es mir viel schwerer. Wir dürfen ihnen nicht einfach nur den Schmerz nehmen, weil er eine Last für uns ist, da wir ihn ebenfalls spüren. Wir tun nur, was sie wünschen. Dazu kam noch, dass ich schon immer Dinge wusste, die ich nicht wissen sollte und … diese Besuche haben mir verdeutlicht, wie viel Glück meine Familie hatte. Ich hatte Mam und meinen Bruder Dthazi und meine Granna. Viele der Familien, denen wir halfen, waren entzweigerissen worden. Entweder lebten ihre Verwandten in anderen Bezirken oder waren von Soldaten getötet worden. Sie beseitigen alle, die Ärger machen. Selbst wenn sie nur betrunken sind oder sich nach der Ausgangssperre draußen aufhalten. Oder natürlich, wenn sie es wagen, einem Soldaten zu widersprechen.«

Ich schluckte. »Wie kam es, dass du diese Besuche nicht mehr verabscheut hast? Und deine Magika?«

»Ich habe erkannt, wie viel Gutes wir taten. Und meine Mutter hat mir klargemacht, dass meine Magika zu hassen in etwas dasselbe war, wie mich selbst zu hassen. Sie sagte immer: *Du kannst dich nicht von deiner Magika trennen. Das würde euch beide töten.*«

»Oh. Also deshalb fällt es mir so schwer, meine Magika der Knochen und des Bluts anzunehmen. Wenn sie und ich ein und dasselbe sind, bin ich nichts als eine Mörderin. Die bekannteste Person mit derselben Gabe war Königin Raina.«

»Ich weiß.«

Stieß ihn das ab? Ekelte es ihn an, mich zu verteidigen, obwohl ich die Magika geerbt hatte, die seine Vorfahren getötet hatte? An seiner Stelle würde es mich von innen auffressen.

Aketo bewegte sich leicht. Wir hatten uns die ganze Zeit aufeinander zubewegt. Ich saß im Schneidersitz, meine Knie an seine Schienbeine gepresst, und eine seiner Hände lag halb auf meinem Oberschenkel. Ich schauderte. Trotz meiner dicken Lederhose spürte ich seine Berührung wie auf nackter Haut.

Ich zog mich zurück, um etwas Distanz zwischen uns zu bringen. »Was wolltest du mit mir besprechen?«

»Da wir uns nur noch ein paar Tagesritte von Asrodei entfernt befinden, wollte ich dir sagen, dass ich deinen Vater kenne.«

Natürlich. Mein Vater kannte jeden Soldaten meiner Leibgarde persönlich. Außer Anali und Falun, die ich selbst gewählt hatte, hatte er sie alle eigenhändig ausgesucht. »Das war mir schon klar, als du nach Ternain kamst.«

»Nein, ich meine, dass ich ihn *gut* kenne. Er hat früher immer die Bezirke besucht und …« Aketo brach mitten im Satz ab und legte den Kopf schief, als hörte er etwas in der Ferne. Er wurde blass und riss die Augen auf.

»Aketo?«

Er schüttelte den Kopf und legte mir eine Hand auf den Mund. Eine halbe Sekunde später erstarrte ich.

Wie lange hatten unsere Stimmen die Schreie übertönt?

Kapitel 19

Ich wühlte mich hastig durch die Waffen in meinem Zelt und drückte Aketo ein Schwert in die Hand.

Unsere Blicke trafen sich. »Bleib hier drin«, sagte er eindringlich. »Ich bewache dein Zelt. Wenn mir etwas passiert, musst du wegrennen.«

Ich ließ ihn gehen, während mein Herz wie eine Trommel in meiner Brust schlug. Ich hatte nur noch ein weiteres Schwert, das Geschenk mit der Khimaer Schnitzerei am Heft. Ich zog es aus der Scheide. Die Knochen des Hefts schmiegten sich perfekt in meine Handfläche.

Während ich wartete, lugte ich durch die Öffnung in der Zeltplane. Jemand erschien, angesichts seiner Stiefel musste es ein Mann sein. Aketo lockte ihn vom Zelt fort, und die beiden begannen zu kämpfen.

Aketos Schwert sauste heulend durch die Luft, doch dann traten zwei weitere Angreifer aus den Schatten. Ich kroch aus dem Zelt und duckte mich gerade noch rechtzeitig, bevor ein herabsausendes Schwert mich geköpft hätte.

Ich sprang auf die Füße und schwang meine Waffe, ohne zu zögern. Die Klinge traf den Unterarm eines vermummten Kriegers. Sie drang so tief ein, dass sie über seinen Knochen schabte.

Er zischte und fluchte leise. Ich verstand seine Worte nicht, spürte aber den Hass, der darin mitschwang.

Sein leicht gekrümmtes und einschneidiges Schwert verriet mir, dass er aus dem Norden stammte, aus Drakol. Mir blieb nur ein Augenblick, um dies zu bemerken, bevor er mich angriff. Ich parierte zwei seiner Schläge und fror dann in der Bewegung ein, als ich Aketos schmerzerfülltes Stöhnen hörte.

Ich warf einen raschen Blick nach links.

Zwanzig Fuß entfernt zogen drei Männer mit wirbelnden Klingen ihren Kreis immer enger um Aketo. Blut lief aus einer Wunde an seinem Oberschenkel und sickerte durch seine Hose. Ich hörte das Pfeifen der nächsten durch die Luft rasenden Klinge gerade rechtzeitig, um mich erneut zu ducken, bevor ich meinen Kopf verlor.

Ich wich zurück, und das drakolanische Schwert ritzte mich am Bauch. Ich nahm den Schmerz kaum wahr, spürte aber, wie Blut durch den Bund meiner Hose sickerte.

Ich versuchte, auf die Musik zu lauschen, doch um mich herum herrschte nichts als misstönendes Chaos. Da war nichts als das Geräusch der Klingen, die aufeinandertrafen. Ich riss meinen Ärmel hoch, fand die Tätowierung des Schwerts auf meinem Arm und beschmierte es mit dem Blut des vermummten Mannes.

Meine Magika bäumte sich auf. Ich ließ sie in meine Klinge fahren und zielte auf das Herz meines Gegners. Blut spritzte aus einer Wunde in seiner Brust. Es war kein tödlicher Treffer, aber ein gutes Ablenkungsmanöver. Sein verblüffter Blick lag auf meinem Schwert, das in der Dunkelheit immer noch rot glühte, als würden Flammen über die Klinge tanzen. Dann zuckten seine Augen in Richtung meines Arms, auf dem sein Blut trocknete. Während er noch starrte, schwang ich mein Schwert in weitem Bogen und traf ihn am Hals.

Ich sah nicht mehr, wie er zu Boden ging, sondern fuhr bereits zu Aketo herum. Er kämpfte nur noch gegen zwei Gegner, einer war bereits gefallen. Ich beobachtete, wie seine Klinge durch die Luft fuhr, rasend schnell und gefährlich wie eine Schlange. Während er ihre Schläge parierte, zuckte Aketos Blick zu mir. Er gab mir zu verstehen, dass ich weglaufen sollte.

Stattdessen hob ich mein Schwert hoch über den Kopf und wartete auf den richtigen Moment. Endlich trat einer der Krieger zurück, um Aketos Klinge auszuweichen. Ich schlug zu. Mein Schwert bohrte sich in seine Schulter, und er drehte sich mit einem schmerzerfüllten Knurren zu mir um.

Ich stolperte rückwärts, wischte sein Blut von meiner Klinge und rieb es mir über den Arm. Dann ließ ich meine Magika auf ihn los. Sofort tat sich eine tiefe Wunde an seinem Hals auf, die mich mit Blut besudelte. Er stolperte und fiel zu Boden.

Die heißen Tropfen auf meinem Gesicht erinnerten mich an Dagons Blut und an das des Attentäters, sodass ich würgen musste. Schmerz explodierte in meinem Hinterkopf, viel stärker als zuvor, wenn ich Magika gewirkt hatte.

Als ich zu Aketo blickte, humpelte er gerade auf mich zu. Der letzte Angreifer war besiegt. Ich rannte los und fing Aketo auf, bevor er hinfiel. Die Wunde in meinem Bauch schmerzte, als ich ihn vorsichtig auf den Boden bettete.

»Du hast gesagt … du würdest … im Zelt … bleiben«, keuchte er. Sein Kopf fiel zurück, das Gewicht seiner Hörner zog ihn nach unten. Seine Haut war aschfahl und fühlte sich kühl an.

»Still jetzt. Ich musste rauskommen und dir beistehen, sonst hätten sich dich überwältigt.« Ich musste dringend den Blutfluss stoppen, damit ich mich auf die Suche nach Bakkha machen konnte. Ich versuchte, ein Stück meiner Tunika abzuschneiden, doch meine Hände zitterten zu stark. Verzweifelt schickte ich all meine Furcht durch unsere geistige Verbindung und hoffte, dass Bakkha zu mir kommen würde.

»Ich hatte …«, flüsterte Aketo. Seine Augen schlossen sich langsam. »… alles unter Kontrolle.«

Als ich eine Bewegung hinter dem nächsten Zelt ausmachte, erstarrte ich, sank dann aber in mich zusammen, als ich Bakkha erkannte. Er wurde von einem seiner Wölfe begleitet, dessen Schnauze blutrot war. Mit nur einem Blick erfasste er die Lage: Aketo am Boden, die gefallenen Krieger überall um uns herum. Bakkha kniete sich neben mich.

»Bewache uns«, wies er den Wolf an, der ihm mit einem Knurren antwortete. Rosafarbene Speichelfäden hingen von seinem Maul.

Bakkha schnitt rasch Aketos Hose auf, um an die tiefe Schnittwunde in seinem Oberschenkel zu kommen. Immer noch sprudelte Blut daraus hervor. Ich sah weg. Bakkha drückte die Ränder der Wunde zusammen. Während er ihn heilte, stöhne Aketo und wand sich unter der Berührung.

Schließlich öffnete er seine goldenen Augen und seufzte tief. Meine Angst verschwand im selben Moment, ich atmete erleichtert auf.

»Du bist auch verletzt, Prinzessin«, sagte Bakkha.

Vorsichtig schob er meine Tunika hoch, um sich den breiten Schnitt an meinem Bauch anzusehen. Als der Stoff an der Wunde kleben blieb und schmerzhaft daran zupfte, zuckte ich zusammen. Bakkha schob die Ränder der Wunde zusammen, und mir entfuhr ein schriller Schrei. Eisige Fäden bohrten sich durch meine Haut, während Bakkha sie mit seiner Magika zusammennähte.

»Wie viele?«, fragte ich, als ich wieder zu Atem kam.

»Am Anfang waren es zwanzig«, antwortete Bakkha. »Wir haben sie problemlos in die Flucht geschlagen. Sie müssen die Größe des Lagers unterschätzt haben.« Er musterte mich. »Ich kann deine Magika riechen, Prinzessin. Gut gemacht. Obwohl du dich nächstes Mal vielleicht nicht aufschlitzen lassen solltest.« Er warf Aketo einen strengen Blick zu. »Das trifft auf euch beide zu.«

Bakkha erhob sich und ging zu einem der Gefallenen. Er zog ihm das Tuch vom Kopf. Der Mann war überraschend attraktiv, mit hohen Wangenknochen und vollen Lippen, was mir nun, da er tot war, allerdings makaber erschien. Seine Haut hatte einen warmen Ockerton, wie er im Norden üblich war, und seine großen, runden Augen blickten leblos in den Nachthimmel auf.

»Ein Überfall?«, fragte Aketo.

»So weit im Süden?« Ich setzte mich auf, wobei ich ein schmerzerfülltes Stöhnen unterdrückte. »Wir befinden uns nur wenige Tage von der Hauptstadt entfernt. Das ergibt keinen Sinn. Es sei denn, es war gar kein gewöhnlicher Überfall, und sie arbeiten für jemanden, der mich zu töten versucht.«

»Welches Interesse sollte jemand aus Drakol an dem Kampf zwischen Erbrivalinnen haben?«, fragte Aketo.

»Was wissen wir schon über die Interessen der Drakolaner?«, fragte ich mit einem vielsagenden Blick in Bakkhas Richtung, um ihn herauszufordern, mir endlich zu sagen, was er im Land unserer Feinde zu suchen gehabt hatte.

Er mied meinen Blick. »Ich bin mir sicher, dass Befehlshaberin Anali dir mehr dazu sagen kann. Gehen wir sie suchen und sagen ihr, dass ihr beiden wohlauf seid.«

Ich half Aketo auf und würdigte Bakkha keines Blickes, während wir zum Rand des Lagers gingen. Meine Hände zitterten immer noch, aus Angst davor, was mit Aketo passiert wäre, wenn Bakkha nicht rechtzeitig eingetroffen wäre. Doch ich schob den Gedanken von mir. Es war weder der richtige Zeitpunkt noch der richtige Ort, um mich mit meinen Gefühlen für den Prinzen auseinanderzusetzen. Außerdem galt für mich immer noch dieselbe Regel wie auf dem Flicken: Romantik war ein Luxus, den sich nur jene leisten konnten, die noch viele Jahre vor sich hatten, keine Wochen, so wie ich.

Dreizehn Leichen lagen in einer Reihe. Es waren alles Drakolaner, mit Tüchern vermummt, die mit schwarzen und roten Perlen bestickt waren. Schwarz stand für Gebete und Rot für die Leben, die sie genommen hatten, wenn ich mich recht erinnerte. Falls es wirklich zwanzig gewesen waren, wie Bakkha gesagt hatte, dann waren diese dreizehn plus die vier vor meinem Zelt nicht genug. Mindestens drei mussten entkommen sein.

Nur zwei meiner eigenen Wachen und einer der Soldaten meiner Mutter waren verletzt worden. Alle anderen waren eifrig damit beschäftigt, ihre Waffen zu säubern und ihre Sachen zu packen. Als Anali mich entdeckte, verlor sie keine Zeit.

»Wir reisen ab«, sagte sie mit grimmiger Stimme. »Sobald alle geheilt und die Leichen verbrannt wurden. Wir reiten die Nacht und den morgigen Tag durch, bis wir Asrodei erreichen.«

Was bedeutete, dass ich in nur wenigen Stunden meinen Vater sehen würde. Endlich würde ich die Wahrheit erfahren.

Kapitel 20

Wir ritten wie Dämonen, verborgen von Faluns und Bakkhas Illusionszaubern. Analis Magika der Schatten umgab uns wie ein schützender Vorhang, als wir mitten in der Nacht aufbrachen, und Bakkha hatte seine Wölfe vorausgeschickt, um die Umgebung zu erkunden. Aketo ritt neben mir, obwohl wir kein Wort miteinander sprachen. Ich nahm an, dass Anali ihn im Falle eines weiteren Angriffs mit meiner Sicherheit beauftragt hatte. Oder er verspürte nach dieser Nacht einen ebenso starken Drang, mich zu beschützen, wie ich ihn. Ich konnte die Erinnerung daran, wie er auf dem Boden verblutete, nicht aus meinen Gedanken verbannen.

Gleichzeit erinnerte seine Nähe mich an alles, was ich nie haben würde. Aketo war Khimaer. Natürlich gab es keine Zukunft für uns. Wir täten beide gut daran, das nicht zu vergessen.

Die Landschaft veränderte sich drastisch. Das spärliche Grasland, durch das wir lange geritten waren, stieg bald steil an. Schon befanden wir uns in den Ausläufern der Berge, in denen sich die Festung befand. Kurz darauf ging es leicht bergab, während wir von grünen und lila gesprenkelten Hügeln umgeben waren, die stetig höher aufragten. Man nannte sie Klein-A'Nir, da sie dem Gebirge im Norden ähnelten.

Wir erklommen sie oder ritten in weiten Schlangenlinien darum herum, bis wir endlich die Kalksteinfestung erreichten.

Asrodei thronte auf dem Gipfel eines Bergs. Aufgrund des Grases und der Wildblumen, die sich auch über die Mauern der Festung zogen, war es beinahe unmöglich zu erkennen, wo das Bollwerk begann und der steile Berghang endete. Die myreanische Flagge wehte über den Mauern im Wind. Der blaue Dolch darauf wand sich wie eine Schlange.

Ohne die Mosaike, die die meisten antiken Gebäude in Myre zierten, war Asrodei mir immer unvollständig vorgekommen, bis ich hier gelebt hatte. Nun erkannte ich die Eleganz seiner schnörkellosen Mauern, die Schönheit, die in seiner Schlichtheit lag.

Alle Soldaten meiner Leibgarde seufzten auf, als die Festung in Sicht kam, außer Aketo. Für uns war es, als kehrten wir heim. Ohne dass wir uns abgesprochen hätten, ritten alle schneller. Ich beugte mich dicht über Vögelchens Sattelknauf. Mein Herz schlug mir bis zum Hals.

Als wir uns Asrodei auf hundert Fuß genähert hatten, kamen uns fünf Wachen entgegen. Anali ritt voran, um sie zu begrüßen, doch ich lenkte Vögelchen an ihr vorbei. Ich wollte mich nicht mit Formalitäten aufhalten, die unsere Ankunft nur hinauszögern würden.

Ich zog mir das Tuch vom Kopf, das mich vor der Sonne schützte, und streckte meine Hand aus. Der Killeen-Ring bestand aus Silber und hatte die Form von Adlerschwingen, die einen leuchtend blauen Stein umschlossen. Durch seine Mitte zog sich ein schwarzer Riss. Mein Siegelring bestand hingegen aus schwerem Gold, mit orangefarbenen Mondsteinen und einem Porträt von mir, unter dem mein Name in winzigen Buchstaben eingelassen war.

Doch ich hätte ihn gar nicht zeigen müssen. Einer der Soldaten, hellhäutig, mit einem breiten Nacken und einer langen Narbe auf einer Wange, warf einen einzigen Blick auf mein Gesicht und stieg ab. Er ging neben seinem Pferd auf die Knie und presste seine Stirn auf den Boden. Einen Moment später folgten die anderen seinem Beispiel. »Eure Hoheit«, murmelten alle.

Der erste Soldat kam wieder auf die Beine. Alle zuckten zusammen, als er brüllte: »Sie ist da, Lord Kommandant!«

Ich erstarrte. Anali hatte am Vortag Reiter vorausgeschickt, um meinen Vater über unsere Ankunft zu informieren. Doch ich hatte nicht erwartet, dass er mich hier unten empfangen würde. Ich hatte geglaubt, mehr Zeit zu haben, um mich vorzubereiten. Ich hatte keine Ahnung, was ich zu meinem Vater sagen sollte.

Die anderen Wachen traten beiseite, und da war er auf einmal, mein Vater. Er lief durch die Gasse, die sie für ihn bildeten, und dabei gelang es ihm beinahe, seriös auszusehen. Er trug die gold-weiße Uniformjacke des Lord Kommandanten, doch sie war nicht zugeknöpft, und die im Sonnenlicht funkelnden Abzeichen und Medaillen hingen schief daran. Mein Vater scherzte oft darüber, dass er neben seinen Töchtern und seiner Frau zu schlicht aussah. Er war durchschnittlich groß, hatte kastanienbraune Haut, und sein Gesicht war breit und markant. Seine dichten Augenbrauen und die mindestens dreimal gebrochene Nase verliehen ihm etwas Verwegenes. Seine kurz geschnittenen Locken waren so schwarz wie meine. Mir fiel auf, dass sein etwas zu langer Bart mehr graue Haare aufwies als bei unserer letzten Begegnung. Obwohl seine braunen Augen so vertraut waren, schauderte ich, als sich unsere Blicke trafen.

Ich stieg ab und wischte meine feuchten Handflächen an meinem Reitrock ab.

Er zog mich in eine feste Umarmung und küsste mich auf den Kopf. Er roch genauso wie immer – nach Tinte, Pfefferminzblättern, Schwertöl und Papier. Ich bemerkte, dass er dünner war als sonst und sich tiefe Linien um seinen Mund gebildet hatten, die vor knapp einem Jahr noch nicht da gewesen waren.

Er musste mein Unbehagen spüren, denn er trat einen Schritt zurück. »Du siehst beinahe überrascht aus, mich zu sehen, *Parder*.«

Das Wort bedeutete Leopard auf Khimaer. Er hatte mir den Spitznamen gegeben, als ich mit elf Jahren von einem Orangenbaum im Garten des Kleinen Palasts auf seinen Rücken gesprungen war.

»Ich dachte, du würdest drinnen warten.« Ich brachte es nicht über mich, ihm wieder in die Augen zu sehen, und drehte mich stattdessen zu meinen Wachen um. Alle stiegen ab und knieten nieder. »Wir sind fünf Tage und Nächte durchgeritten. Ich bin sicher, dass sich alle gern ausruhen würden.«

Papa verengte die Augen zu Schlitzen, als er die Soldaten meiner Mutter erkannte. Er bedeutete allen, sich zu erheben. »Natürlich. Ihr müsst erschöpft sein. Sollen wir die Treppe nehmen oder …?«

Er warf einen Blick zum Fuß des Hügels, wo zwei riesige Holzplattformen an Seilen aus geflochtenem Leder befestigt waren. Sie beförderten Nahrungsmittel und Soldaten oder Besucher nach Asrodei, da die uralten Treppenstufen, die in den Berg geschlagen waren, schmal, ausgetreten und gefährlich waren. Ich hasste es, den hölzernen Aufzug zu benutzen. Oft wehte der Wind so stark, dass das ganze Konstrukt gefährlich hin und her schwang. Selbst während der vielen Jahre, die ich hier verbracht hatte, war es mir nie gelungen, mich wirklich daran zu gewöhnen.

»Nehmen wir die Aufzüge«, sagte ich. Das war am besten für alle. Es wäre egoistisch, von allen Soldaten zu verlangen, den ganzen Weg zu Fuß nach oben zu steigen. Meine Angst war sowieso unbegründet. Wenn der Wind zu stark war, wurde der Aufzug gar nicht benutzt.

Auf dem Weg zum Berghang unterhielt mein Vater sich mit

Anali, doch ich hörte kein Wort. Ich versuchte, mir zurechtzulegen, was ich zu meinem Vater sagen würde, wenn wir allein waren. Als wir die Plattform betraten, stellten sich Papa, Aketo und die Hälfte der Wachen im Kreis um mich auf. Falun, Bakkha und einige andere Soldaten erklommen die zweite Plattform.

Als die erste Böe das Holzkonstrukt zum Schwanken brachte, wurden meine Knie weich. Ich hasste es, diesem Stück Holz hilflos ausgeliefert zu sein.

Alle Wachen im Kreis hatten mir den Rücken zugewandt und sahen nach außen, mit Ausnahme von Aketo. Er hielt mir seine Hand hin. Ich nahm sie, und unsere Finger verschränkten sich. Wieder ruckte der Aufzug, und ich klammerte mich so fest an Aketo, dass ich glaubte, jeden Moment einen Krampf in der Hand zu bekommen. Sein Daumen strich über meinen Handrücken, bis sich mein Herzschlag beruhigte und ich wieder atmen konnte.

Einen entsetzlichen Augenblick lang fragte ich mich, ob das wohl seine Magika war. Nein, entschied ich. Magika war selten so subtil. Und in meinem Zelt hatte Aketo gesagt, dass er und seine Mutter nie die Empfindungen anderer ohne deren Einwilligung manipulierten. Sonst wäre er keinen Deut besser als Isadore.

Sekunden später brach das knarzende Geräusch der Lederbänder abrupt ab. Wir waren am Fuß der Festung angekommen. Ich ließ Aketos Hand los und eilte hinter meinem Vater her, froh, wieder festen Boden unter den Füßen zu haben.

Ich kam nicht dazu, mich bei Aketo zu bedanken. Anali schickte ihn und die anderen Soldaten fort. Nur mein Vater und ein paar Wachen seiner Königsgarde blieben bei uns. Papa drehte sich zu mir um, Sorge stand in seinen braunen Augen. »Wie es scheint, haben wir viel zu besprechen. In Ternain muss es ziemlich schlecht stehen, wenn deine Mutter dich so kurz vor deinem Namenstag gehen lassen hat.«

»So ist es, aber deshalb bin ich nicht hier. Ich bin gekommen, um mit dir über meinen Harkening-Zauber zu reden.«

Papas Augen weiteten sich, doch seine Verblüffung verwandelte sich schnell in Resignation. »Na schön. Ich werde dir alles erzählen, was du wissen möchtest.«

Wir liefen schweigend durch die vertrauten grauen Hallen Asrodeis. Die Stille zwischen uns war unangenehm. Wir wurden nur von ein paar Wächtern der Königsgarde begleitet, die uns in einiger Entfernung folgten.

In der Festung ging es geschäftig zu. Soldatengruppen salutierten, wenn Papa an ihnen vorbeikam, und Schreiber in Wappenröcken voller Tintenflecke eilten umher, Berge von Landkarten und Pergamentpapierseiten in den Armen. Hunderte Arbeiter und Arbeiterinnen dienten in der Armee der Königin: Schmiede, Pfeilmacher, Näherinnen und viele mehr. Die meisten von ihnen waren in Asrodei stationiert und verneigten sich tief, als wir an ihnen vorbeigingen. Papa kannte fast alle, und auch ich erkannte den Sohn des obersten Schmieds – breitschultrig und mit Grübchen, wenn er lächelte, was mich einst zum Erröten gebracht hatte. Dennoch sprachen wir mit niemandem.

Als Papa endlich das Wort an mich richtete, hatte er die Hände hinter dem Rücken verschränkt, und seine ernste Miene zeichnete abermals tiefe Falten um seinen Mund. »Mira hat mir von dem Attentäter und Dagon berichtet.«

»Es tut mir so leid, Papa«, flüsterte ich und musste aufwallende Tränen fortblinzeln. Wie jedes Mal, wenn ich an Dagon dachte, spürte ich sein warmes Blut auf meiner Hand. »Ich wollte ihn nicht verletzen, aber ich hatte keine andere Wahl.«

Meine Worte klangen hohl und leer. Dagon würde nie wieder atmen, nie mehr lachen oder weinen. Und das alles nur, weil jemand mich so dringend tot sehen wollte, dass er oder sie ihn als Marionette benutzt hatte.

»Du hast dich selbst verteidigt. Es gibt nichts, wofür du dich entschuldigen musst, Eva«, sagte mein Vater.

»Er ist trotzdem tot, Papa. Meinetwegen.«

»Es ist die Schuld des verfluchten Sorceryn, der Dagon verzaubert hat, und seines Auftraggebers. Ich hätte dich nie ohne mich zurück in den Palast gehen lassen dürfen. Schon viel zu lange bin ich der Hauptstadt ferngeblieben. Ich werde dafür sorgen, dass du dort sicher bist. Ich muss zugeben, dass ich es gutheiße, dass deine Mutter dir zusätzliche Wachen mitgegeben hat.« Er hielt inne, als uns ein hochgewachsener, rothaariger Mann entgegenkam, der anscheinend mit Papa sprechen wollte. Trotz des blauen Ansteckers an seiner Brust, der die Form eines Dolchs hatte und ihn als General auswies, schickte Papa ihn fort. »Mira hat mir außerdem berichtet, dass der Herr der Jagd dich unterrichtet. Ich glaube, ich weiß, warum du hergekommen bist.«

Ich ballte die Hände zu Fäusten und versuchte, ruhig zu bleiben. »Warum, Papa? Warum hast du veranlasst, meine Magika zu binden?«

»Wegen …« Er seufzte schwer. »Wegen der Omen.«

»Omen?«, wiederholte ich und blieb verdutzt mitten im Gang stehen. Der Teppich an der Wand neben mir zeigte ein antikes, blutgetränktes Schlachtfeld. Bei dem Anblick drehte sich mir der Magen um. »Aber was hat der Blutmond mit meiner Magika zu tun?«

»Es war mehr als das, Eva. Vier Monate vor deiner Geburt gab es eine Sonnenfinsternis. Die Auguries nennen diese Erscheinung *Schwarze Sonne*. Es geschah einen Tag nachdem deine Mutter dem Hof verkündete, dass sie schwanger war. Wochen später gab es einen Meteoritenschauer, eine Nacht voller Sternschnuppen am Himmel über Ternain. Die Auguries hatten den Blutmond lange vor deinem Namenstag vorausgesehen, genauso wie die fallenden Sterne, aber die Sonnenfinsternis … überraschte sie. Es ist ein seltenes Omen und so verstörend, dass sich eine der Auguries hinter dem Rücken deiner Mutter an mich wandte. Sie glaubten, dass die Königin die Gefahr, der du ausgesetzt zu sein schienst, nicht ernst genug nahm.«

Ich wusste, dass der Blutmond ein Symbol für Veränderung und Wandel war und dass fallende Sterne normalerweise für Magika standen, doch eine Sonnenfinsternis … »Was bedeutet die *Schwarze Sonne*?«

»Es ist ein Omen, das große Gefahr voraussagt. Die Schwestern glaubten, dass deine Magika eine Bedrohung für dich darstellen würde, vielleicht sogar deinen Tod bedeuten könnte. Schwester Amya war so besorgt, dass sie vorschlug, deine Magika bis zur Volljährigkeit zu binden und dir damit die Wahl zu lassen, ob du sie erlenen möchtest oder nicht.«

»Und du hast zugestimmt?«, fuhr ich ihn an. »Wie soll ich deiner Meinung nach ohne Magika gegen Isadore bestehen?« Ich hatte einen bitteren Geschmack im Mund.

Seine Hand zitterte, während er sich damit über die Stirn fuhr. »Ich habe Monate damit verbracht, die Auswirkungen von Bindungszaubern zu studieren, und wusste, dass ich es nicht erlauben konnte, dich gänzlich von deiner Magika zu trennen. Mithilfe eines Sorceryn, den ich seit Jahren kannte, habe ich eine Alternative gefunden. Einen Bindungszauber, mit dem du zwar Zugang zu einem Teil deiner Magika haben würdest, der dich aber vor deiner verheerendsten Macht schützen würde. Damals schien es die beste Möglichkeit zu sein.«

»Obwohl ich einen Teil meiner Magika benutzen kann, verursacht es mir aufgrund des Bindungszaubers jedes Mal Schmerzen«, sagte ich mit kalter Stimme. »Es wird immer schlimmer.«

»Es tut mir leid.« Sein Blick traf meinen, und ungeweinte Tränen glänzten in seinen Augen. »Ich habe versucht, dich zu beschützen, *Parder*.«

»Es darf keine Lügen mehr zwischen uns geben, Vater«, sagte ich mit eisiger Stimme. Es war meine beste Imitation der Stimme meiner Mutter, wenn sie am Hof Befehle gab.

Er nickte. »Ich verspreche es dir, Eva. Ich werde dir alles erzählen.«

»Warum hast du es mir nicht früher gesagt? So hast du mich vielleicht vor *einer* Gefahr bewahrt, aber indem du mir nie die Gelegenheit gegeben hast, das Problem auf eigene Faust zu lösen, hast du mich geschwächt.«

»Ich weiß.« Er senkte den Kopf. »Ich wollte es dir die ganze Zeit über sagen. Ich habe es versucht, aber ich dachte, dass du mir nie verzeihen würdest. Nicht nach allem, was passiert ist.«

Wut und Verwirrung lagen mir wie ein kalter, harter Stein schwer im Magen. »Wovon sprichst du, Papa?«

War da etwa noch etwas, von dem ich nichts wusste?

Mein Vater sah mir in die Augen. »Bruder Kaar, der Sorceryn, der deinen Bindungszauber ausgesprochen hat, ist tot. Er wurde vor acht Jahren ermordet, kurz vor deinem neunten Namenstag.«

Er erzählte mir, dass Bruder Kaar mit aufgeschlitzter Kehle gefunden worden war. Als mein Vater daraufhin in den Tempel ging, um die Recherchen des Sorceryn über Bindungszauber zu holen, entdeckte er, dass alles zerstört worden war. Bruder Kaar war dabei gewesen, die Geheimnisse der Magika der Knochen und des Bluts zu lernen, um mir zu helfen. Nach seinem Tod suchte Papa im ganzen Königinnenreich nach jemandem, der mich lehren konnte, meine Magika zu benutzen. Er hatte vorgehabt, mir alles zu erzählen, sobald er einen Lehrer gefunden hatte. Doch dazu war es nie gekommen. Ich hatte Bakkha auf eigene Faust gefunden.

Ich hörte nur noch mit halbem Ohr zu. Im Gehen hatte ich die Arme fest um mich geschlungen, während mir das Blut in den Ohren rauschte.

Mein Vater war für mich immer unfehlbar gewesen. Selbst seine Fehler – zum Beispiel, dass er zu lange gewartet hatte, mir von dem System der Erbrivalinnen zu erzählen – hatten nur dem Zweck gedient, mich zu beschützen. Er hatte mich vor Mutter beschützt, als ich Ternain verlassen wollte. Er hatte mich so ziemlich alles Wichtige gelehrt: Reiten, Schwertkampf und das Verständnis dafür, dass Myre aus mehr bestand als nur aus den Adligen, die an der Macht waren.

Doch er hatte mich angelogen. Ich dachte an unsere gemeinsame Zeit. Wie wir zusammen durch diese Hallen geschritten waren, wie er mir Militärstrategien beigebracht hatte, wie wir gemeinsam aßen, in die Bibliothek gingen. All die Jahre hätte er mir Schwester Amya vorstellen können. Er hätte es mir an jedem Tag meines Lebens sagen können, doch stattdessen hatte er mich glauben lassen, er wäre perfekt.

Er hatte recht. Ich konnte ihm nicht vergeben. Eisige Wut umschloss mein Herz, und die Entschuldigungen meines Vaters machten es nur noch kälter.

Wenn ich mein Leben nicht aufs Spiel setzen wollte, musste ich mich mit der Bindung meiner Magika abfinden. Nur Bruder Kaar hätte den Zauber gefahrlos aufheben können. Und sollten die Omen wahr sein, war es vielleicht sogar besser so.

Kapitel 21

Nachdem ich mich in meine Gemächer zurückgezogen hatte, schlief ich tief und fest. Als ich am nächsten Tag erwachte, war es bereits früher Nachmittag. Die Einladung zum Mittagessen mit meinem Vater lehnte ich ab.

Die Wut nagte immer noch so sehr an mir, dass sich nicht nur mein Herz, sondern sogar meine Haut wund anfühlte.

Ich wäre den ganzen Tag in meinem Zimmer geblieben, wenn Falun mir nicht eine Nachricht von Bakkha gebracht hätte. Es war Zeit für unsere nächste Lektion.

Ich saß dem Jäger an einem runden Tisch in seinem Zimmer gegenüber. Es war schöner, als ich erwartet hatte, groß für ein Schlafzimmer, mit einem grün gemusterten Teppich auf dem Fliesenboden, einer großzügigen Sitzecke und einem kreisrunden Fenster, von dem aus man einen Ausblick auf die grünen Hügel um die Festung hatte. Auf dem Tisch stand eine längliche weiße Schachtel. Bakkha umfasste die Ecken mit seinen blassen Fingern.

Durch unsere Verbindung konnte ich spüren, dass er es kaum erwarten konnte, sie zu öffnen.

Ich ließ seine Münze auf den Tisch fallen. »Bevor wir beginnen, erzähl mir doch bitte, woher du die hast.«

Bakkha versteifte sich. »Ich dachte, wir hätten uns darauf geeinigt, dass du mich meine Geheimnisse wahren lässt, Prinzessin.«

»Das haben wir, und ich würde mich auch an unsere Abmachung halten, wenn du mich nicht belogen hättest.«

»Ach, ja?«, murmelte Bakkha. »Und wann soll das gewesen sein?«

»Du hast gesagt, du habest die letzten hundert Jahre in Drakol verbracht. Laut Mira weisen alle deine Münzen ein solches Loch in der Mitte auf. Warum hast du nicht erwähnt, dass du durch Roune gereist bist?«

»Das nächste Mal, wenn einer deiner Leute meine Privatsphäre verletzt, ist unser Unterricht vorbei«, sagte er in scharfem Ton.

»Das wird nicht mehr nötig sein, wenn du mir die Wahrheit sagst. Warum bist du hier, Bakkha?«

»Es gibt Dinge aus meiner Vergangenheit, über die ich nicht sprechen *darf*. Du wirst dich damit zufriedengeben müssen, nicht alles zu wissen. Erinnerst du dich, wie ich dir am Hof von Blutschwüren erzählt habe? Ich wurde dreimal gebunden: mit meinem eigenen Blut, dem meiner Sippe und dem Blut der Königin, die mich einst an die Leine legte. Der Schwur kann nicht gebrochen werden. Mehr kann ich dir darüber nicht sagen, ohne dass …« Er zuckte zusammen. »Bitte, Prinzessin.«

Sein Schmerz war wie Säure, die sich durch unsere geistige Verbindung fraß. Ich musterte seine eleganten Gesichtszüge, die uralten, honigbraunen Augen, die trotzdem nie alt wirkten, seine goldene Haut. Und wieder einmal dachte ich daran, wie mysteriös er war. Gerade war er blasser als sonst, sein Gesicht vom Schmerz gezeichnet, doch er war immer noch Bakkha. Und mit ihm war ich meinem eigenen Überleben so viel näher gekommen als jemals zuvor.

»Können wir den Schwur nicht irgendwie brechen?«

»Nur durch meinen Tod. Und du erinnerst dich sicher, dass ich unsterblich bin«, sagte er mit einem bitteren Lächeln.

»Aber wie kann ich dir dann vertrauen?«

Kannst du nicht, wisperte es in meinem Kopf. *Du kannst nur dir selbst vertrauen.*

»Du hast mein Wort, dass ich dich nie verletzen werde. Das ist alles, was ich dir anbieten kann.« Er senkte den Kopf. »Tut mir leid.«

»Hat das alles etwas mit Raina zu tun?«

»Nur am Rande. Ich kann frei über sie sprechen.«

»Gut, ich möchte nämlich ihre Geschichte hören. Ich weiß, dass sie als Nächstes kommen muss.«

»Da hast du recht. Aber ich werde ihre Geschichte nicht auf dieselbe Weise erzählen wie die anderen, denn diesmal war ich selbst dabei.« Er machte eine theatralische Pause.

»Damals war es üblich, dass die Königin drei Zofen wählte, Fey, Mensch und Blutsvetterin, nach der Tradition der ursprünglichen Nation der Fey und Khimaer. Die Kandidatinnen kamen aus den edelsten Familien des Königinngenreichs. Oft kam es vor, dass die Königin ihre Lieblingszofe mit einem der adligen Khimaer bei Hofe verheiratete. In einen angesehenen Stamm einzuheiraten wurde als große Ehre angesehen. Es war Rainas Traum, eine Zofe der Königin zu werden. Ihre Familie besaß großen Reichtum, aber nur einen mittleren Stand am Hof. Da sie Menschen waren, hatten sie nur wenig Macht. Die Königin hätte sie nie in Erwägung gezogen, wenn Raina und ihre Schwester Amara nicht außergewöhnliche Talente gehabt hätten.

Amara konnte mithilfe ihrer Magika des Winds und der Flammen fliegen. Rainas Gaben waren allerdings am Hof weniger gern gesehen. Sie konnte die Magika von Fremden spüren, sie bestimmen und Wunden ebenso einfach öffnen wie schließen. Wie die Sorceryn tätowierte sie ihre Haut jedes Mal, wenn sie eine neue Gabe an sich entdeckte. Doch am Ende wählte die Königin Amara. Ich traf Raina zwei Jahre später. Sie war neunzehn und unterrichtete Magika an einer kleinen Schule am Rande Ternains.« Bakkhas Blick glitt in weite Ferne.

»Wenn ich nicht für die Krone arbeitete, suchte ich nach besonders begabten Leuten, um von ihnen zu lernen. Raina war dickköpfig und hatte mit ihren eigenen Dämonen zu kämpfen. Manchmal war sie distanziert, manchmal wollte sie alles über das Leben am Hof wissen, vor allem über ihre Schwester Amara. Ich dachte nicht, dass sie einwilligen würde, mich zu unterrichten, aber eines Tages suchte sie mich auf. Im Gegenzug für den Unterricht verlangte sie nur von mir, sie als Gast mit in den Palast der Königin zu nehmen. Als sie mir sagte, welchen Abend sie für unseren Besuch ausgewählt hatte, hätte ich hellhörig werden müssen. Aber ich habe sie unterschätzt. Sie hatte bereits seit unserer ersten Begegnung begonnen, heimlich Pläne zu schmieden.« Bakkha seufzte, und ich beugte mich vor Spannung etwas weiter vor.

»An jenem Abend gab es ein großes Fest im Palast, und die Königin hatte alle Adligen eingeladen. Am Ende hat sie einen Trinkspruch auf Amara ausgesprochen und ihre Verlobung mit dem Bruder der Königin verkündet. Raina zuckte nicht einmal mit der Wimper. Ich verlor sie in der Menge aus den Augen, und erst da wurde mir klar, dass ich einen schrecklichen Fehler begangen hatte. Als ich Raina endlich fand, hatte sie bereits die Königin und ihre eigene Schwester ermordet. In jener Nacht begann der Große Krieg.«

»Also sind wir Menschen in dieses Land gekommen, haben den Herrschern Treue geschworen und sie dann mit den Gaben betrogen, die sie uns einst geschenkt hatten.« Ich bemerkte erst gar nicht, dass ich die Worte laut ausgesprochen hatte.

»Ja, du hast es ziemlich gut zusammengefasst«, antwortete Bakkha. Er schob die Schatulle in die Mitte des Tischs. »Sollen wir jetzt unseren Unterricht beginnen?«

»Warte, ich will mehr über Raina wissen. Warum hat sie es getan? Warst du während des Kriegs in Ternain?«

»Weil sie es nicht ertragen konnte, dass man ihr den Zugang zur Macht verwehrt hatte. Und nein, war ich nicht.«

»Wo warst du dann?«

»In den Bergen, wo ich jenen half, die wegen des Kriegs aus dem Land fliehen mussten.« Er tippte auf die Schachtel. »Öffne sie.«

»Was ist das?«

»Die Hörner. Ich dachte, wir würden bis zu unserer Rückkehr nach Ternain warten müssen, um etwas daraus zu machen, aber ich habe hier einen tauglichen Juwelier gefunden, der hatte, was ich brauchte. Er hat ein paar Münzen eingeschmolzen und, na ja, sieh selbst ...«

Ich hob den Deckel. Die dicken Enden der Hörner waren an einer goldenen Kette angebracht und die Spitzen vergoldet worden.

»Halte deine Hände über die Kiste.«

Ich tat wie geheißen.

»Schließ die Augen.«

Ich hatte das Gefühl, dass er mich gleich auf den Arm nehmen wollte, doch ich schloss die Augen, ohne zu murren.

»Was spürst du?«

Eine sanfte Wärme entsprang meiner Handfläche und zog sich bis zu meinen Fingerspitzen. Mein Herzschlag beschleunigte sich, und das Echo des Kopfschmerzes, den ich seit dem Überfall auf das Lager hatte, verringerte sich.

Die Wärme breitete sich in meinem Körper aus, bis ich mich leichter, entspannter und ausgeruhter fühlte.

»Was ist das?«, keuchte ich.

»Du hast die Knochen für dich beansprucht.« Bakkha zog die Kiste von mir fort. Die Wärme schwand augenblicklich, bis ich mich kalt und schwach fühlte. »Die Hörner enthalten sowohl die Energie, die du aufgewendet hast, um sie der Antilope abzunehmen, als auch die Kraft des Tiers. Es ist eine berauschende Mischung.«

»Aber es hat mich nicht berauscht, Bakkha. Ich fühlte mich eher …«

»Voller Energie? Besser als jemals zuvor?«

Ich nickte.

»Das ist die Magika der Knochen«, erklärte er. »Während du die Magika des Bluts gegen deine Feinde einsetzt, wirkt sich die Magika der Knochen auf deinen eigenen Körper aus. Diese Energie verschafft dir einen Vorteil gegenüber deinen Gegnern.«

Bakkha zog eine weitere Schatulle aus seiner Jackentasche. Sie war viel kleiner als die erste. »Ich habe noch etwas anderes machen lassen.«

Darin lagen zwei goldene Armreifen. Sie waren zu klein für mein Handgelenk und viel zu groß, als dass ich sie als Ringe tragen könnte. Bakkha nahm sie aus der Kiste. Durch unsere geistige Verbindung spürte ich ein leises Summen. »Der Juwelier hat ein wenig von der Unterseite jedes Horns abgeschabt, und ich habe ein bisschen von meinem und deinem Blut benutzt …«

Mein Nacken kribbelte. »Und woher hattest du mein Blut?«

»Mach dir darüber keine Gedanken, Prinzessin.«

»Bakkha!«, rief ich empört. Doch dann schüttelte ich den Kopf. »Vergiss es, ich will es lieber nicht wissen.«

»In Ternain habe ich dir ein wenig Blut abgenommen, als es

dir nicht gut ging. Blut ist immer nützlich.« Er lächelte unschuldig. Dann reichte er mir einen der Armreifen und schob sich den anderen über die Hand.

Staunend beobachtete ich, wie sich das Gold weitete, während Bakkha sich das Schmuckstück über die Fingerknöchel schob, und sich schließlich wieder zusammenzog, sodass es perfekt um Bakkhas Handgelenk passte. »Jetzt bist du dran.«

Ich schob den Reif über meine Finger, und er floss wie flüssiges Gold über meinen Handrücken. Als er sich um mein Handgelenk schmiegte, leuchtete ein goldenes Band auf, das Bakkha und mich verband. Ich griff danach, doch da löste es sich schon wieder auf. Trotzdem spürte ich es, ein sanftes Ziehen, das mich zu Bakkha zog. »Würde ich es immer noch spüren, wenn ich den Raum verlasse?«

»Wenn du dich konzentrierst, ja. Du könntest mich überall finden, solange wir beide die Armreifen tragen.«

»Aber warum, wenn ich doch das hier habe?« Ich hob den Finger mit dem Ring, den Bakkha mir während unserer Koaleszenz gegeben hatte.

»Weil wir hiermit von beiden Seiten kommunizieren können. Wenn du mich brauchst, zupf einfach an unserem Band.« Bakkha fuhr mit der Hand über seinen Reifen, und ich spürte ein Ziehen im Magen. »So weiß ich sofort Bescheid. Es ist einfacher.«

»Danke, Bakkha«, sagte ich.

Bakkha lehnte sich zurück und rieb über die goldenen Stoppeln an seinem Kinn. »Ich fand, dass sie nützlich sein würden. Nach dem Überfall solltest du wissen, wie du mich problemlos und schnell rufen kannst. Nun zu den Hörnern. Was hast du mit der Antilope gemeinsam?«

Ich überlegte kurz. »Schnelligkeit?«

Er legte den Kopf schief und dachte nach. »Hm, nein. Die Antilope ist flink, aber aus einem bestimmten, ihr ganz eigenem Grund. Ganz anders als beispielsweise bei einem Gepard, der ebenfalls schnell ist. Denk an das Leben der Antilope. Sie wird gejagt. Sie verbringt beinahe ihr gesamtes Leben damit, in der Steppe vor Raubtieren zu fliehen. So entgeht sie täglich dem überall lauernden Tod. Die schwächsten Antilopen sterben jung, doch die stärksten – wie eine, die so lange lebte, dass ihr solche Hörner wuchsen –, was ist ihre Gabe? Was macht sie besonders?«

»Ihr Überleben?«, murmelte ich wie zu mir selbst. Der Gedanke, ich sei eine Antilope, die von Löwen gejagt wurde, gefiel mir nicht sonderlich. »Sie sind Überlebende.«

»Ja, genau das ist es. Aus diesem Grund habe ich die Antilope für deine ersten Knochen ausgewählt. Dieser Teil von dir, deine Fähigkeit, dem Tod zu entgehen, ist sehr wertvoll. Sieg bedeutet Überleben. Es ist wichtig zu wissen, wann du kämpfen und wann du weglaufen solltest. Zu wissen, welche Wunden du überleben kannst und welche nicht. Dass du Ternain nach dem letzten Attentat verlassen hast, war schlau – so hast du überlebt.« Bakkha hielt inne. Seine Finger fuhren über den Rand der Kiste. »Diese Knochen werden dir guttun, Eva.«

Ich fand nicht, dass Überleben eine meiner Stärken war. Es war eher eine seltsame Kombination aus Glück und der Hilfe anderer, fähigerer Leute. Während ich in der Nacht auf dem Flicken aus eigener Kraft überlebt hatte, hatte ich es allein Aketo zu verdanken, dass ich ein paar Tage später nicht gestorben war. Aber warum sollte ich Bakkha widersprechen? Vielleicht würden mir die Knochen wirklich helfen. Das hoffte ich. Sie waren wunderschön, und ich wollte mich in diesem Summen verlieren, das sie in mir auslösten. Ich wollte in meine Magika eintauchen, zu dem Tier werden, das ich dafür erlegt hatte, und danach wieder in meinen eigenen Körper zurückkehren.

»Kann ich sie ab jetzt benutzen?«, fragte ich.

Bakkha nickte. »Du solltest sie um den Hals tragen.«

Ich nahm die Kette aus der Schachtel. Sofort floss die Wärme wieder in meine Hand.

Ich wartete auf den Schmerz in meinem Kopf, doch da war nichts. Ich lächelte breit und legte mir die Kette um den Hals. Die Spitzen der Hörner reichten mir bis zum Bauch, und da sie schwer in meiner Hand lagen, fragte ich mich, ob sie wohl meine Bewegungsfreiheit einschränken würden.

»Wie soll ich so kämpfen?«

»Mach dir deswegen keine Sorgen. Die von dir beanspruchten Knochen haben es so an sich, sich von allein zu bewegen. So, wie du sie gerade brauchst.«

»Na, wenn du es sagst. Und was jetzt?«

»Die Magika der Knochen lässt sich am besten im Nahkampf einsetzen, da du dabei nicht ständig deine Tätowierungen benutzen musst.«

»Also, gehen wir jetzt runter zu den Sandgruben und kämpfen?« Bakkha trug heute kein Schwert, was er auch sonst selten tat, sondern viele kleine Messer.

Ich mochte es, mit Messern zu kämpfen. Als ich nach Asrodei gekommen war, hatte Anali mich unter anderem darin unterwiesen. Doch Bakkha war so groß und flink und bewegte sich so anmutig, dass ich nicht besonders erpicht darauf war, gegen ihn anzutreten.

»Nein, wir können hierbleiben. Ich werde dich jagen.« Ein Messer erschien in seiner Hand. »Willst du nicht weglaufen?«

»Du kannst doch nicht wirklich verlangen, dass ich in diesem Zimmer herumrenne?« Sein Gemach war in drei Teile geteilt. In einer Ecke stand das riesige Himmelbett, in der Mitte einige Sofas für Gäste und in der anderen Ecke der Tisch, an dem wir saßen. Es gab mehr als genug Platz zum Kämpfen, aber die scharfen Kanten der Möbel konnten ebenso tödlich sein wie Bakkhas Messer. »Ich könnte ausrutschten und mir den Hals brechen.«

»Die Antilope hat einen ausgeprägten Gleichgewichtssinn, hoffentlich auch die Prinzessin.« Er beugte sich vor, und das Messer schlitterte über den Tisch, bis es die Schachtel traf. »Und du hast vorhin erwähnt, dass du schnell bist.«

»Du meinst das wirklich ernst?«, fragte ich, während ich langsam zurückwich, bereit, jeden Moment aus dem Weg zu springen. Ich hatte keine Angst vor Messern. Das Problem war, dass Bakkha bisher jedes Mal, wenn ich dachte, er machte während des Unterrichts einen Witz, völlig ernst gewesen war. Ich war unsicher, wie es sich dieses Mal verhielt.

Ich ließ den Blick durch den Raum schweifen. Hinten in der Ecke stand ein kleines Sofa, davor ein schmaler Tisch, darum herum äußerst zerbrechliche Stühle. Ein Windstoß warnte mich vor.

Bakkha sprang auf den Tisch zwischen uns. »Na komm schon, Eva. Lauf!«

Eine seiner Brauen schoss in die Höhe, er grinste hämisch, und das war alles, was ich wissen musste. Ich trat meinen Stuhl beiseite und sprang zurück. Sein Blick folgte mir, seine scharfen Zähne blitzten auf. »Braves Mädchen.«

In diesem Moment fiel mir wieder auf, dass ich die ganze Zeit über einen Löwen an der Leine geführt hatte. Manchmal vergaß ich, dass der Löwe scharfe Zähne hatte und es sehr genoss, Menschen mit Haut und Haar zu verschlingen.

Trotzdem hoffte ich, gegen ihn bestehen zu können. »Braves Mädchen?«, entfuhr es mir. Ich wich weiter zurück.

Er legte den Kopf schief. »Sehr gut, Prinzessin. Endlich verstehst du den praktischen Teil unserer Lektionen.«

»Was soll ich tun?«

»Greif auf die Magika der Hörner zu. Sie sind für mehr geschaffen, als dich zu wärmen.« Ein weiteres Messer erschien in seiner Hand. Er probierte an seinem Daumen aus, ob es scharf war. Ein dicker Blutstropfen quoll hervor, und er schob sich den Finger in den Mund. »Bist du nicht neugierig, was sie sonst noch zu bieten haben?«

»Das ist alles? Mehr Anweisungen bekomme ich nicht?«

Bakkha beugte sich so rasch vor, dass ich zurücksprang. Ich war zu weit entfernt, als dass er mich mit seinen Messern verletzen konnte, es sei denn, er warf sie nach mir.

»Wenn es dir gelingt, mich zum Bluten zu bringen, ist die Lektion vorbei. Bis dahin …«

Wind fuhr mir durchs Haar und pflanzte Furcht in mein Herz.

Ich konzentrierte mich auf die Hörner, meine Finger umspielten die goldenen Spitzen, doch ich spürte immer noch nichts als die warme Energie. Ich huschte in eine Ecke, um mehr Distanz zwischen uns zu bringen. Bakkha entfuhr ein wildes Lachen.

Mein Knie schlug gegen den kleinen Tisch. Ich drückte die Hörner fest, und ein Energiestoß raste durch mich hindurch. Augenblicklich verschwand der Schmerz.

Ich fuhr herum und hätte beinahe laut aufgeschrien, als Bakkhas Messer wie eine Silberflamme nur einen Fingerbreit an meinem Gesicht vorbeizischte. Ich fiel nach hinten, die Knochen in meinen Handgelenken knirschten, als ich den Sturz abfing. Hektisch kroch ich rückwärts von Bakkha fort.

Ich sprang auf die Füße. »Verdammt seist du, Bakkha.«

Eilig sah ich mich im Zimmer um, versuchte, ihn auszumachen. Schatten sammelten sich am Rande meines Blickfelds, doch als ich herumfuhr, um mich ihnen zu stellen, war da nichts.

Ich rief seinen Namen und zuckte peinlich berührt zusammen, als ich das Zittern in meiner Stimme hörte. »Bakkha, das ist keine Jagd. Du versuchst nur, mir Angst einzujagen.«

»Funktioniert es?«, flüsterte er dicht an meinem Ohr.

Mir fiel auf, dass Bakkha viel mehr Musik machte, als er wusste. Jedes Mal, wenn er sich mir näherte, hörte ich die Melodie seines klirrenden Schmucks und das Wehen seiner Haare. Er bewegte sich auf dramatische, wilde Art. Doch obwohl ich ihn hören konnte, war er zu schnell, um ihn einzufangen.

Wildes Lachen ertönte und tanzte mit dem Wind durch den Raum. *Wenigstens hat er seine Wölfe nicht herbeigerufen,* dachte ich. Dann fiel mir auf, dass er das vielleicht nachholen würde, wenn ich mir nicht bald etwas einfallen ließ.

Was verlangte er von mir? Wieder legte ich meine Finger um die Hörner und versuchte, ihnen Kraft zu entziehen. Die Energie kam problemlos zu mir. Doch es reichte nicht aus, dass ich mich auf einmal frisch und ausgeruht fühlte und die kleinen Wehwehchen, die ich mir beim Stolpern durch den Raum zugezogen hatte, plötzlich nicht mehr schmerzten. Die Energie half mir nicht, mich gegen Bakkha zu behaupten. Ich drückte fester zu, die unebenen Kanten der Hörner bohrten sich in meine Handflächen.

»Lauf«, brüllte Bakkha in mein Ohr, sodass ich zusammenfuhr. »Lauf, lauf, lauf!«

Schmerz explodierte in meinem Kopf, als ich losrannte. Die Hörner hatten den Kopfschmerz also nur für eine Weile vertrieben. Ich lehnte mich gegen den großen Tisch.

Wie hatte ich es so schnell geschafft, den Raum zu durchqueren?

Bakkha saß auf dem umgedrehten kleinen Tisch, die Beine müßig vor sich ausgestreckt. »Siehst du, ich habe doch gesagt, dass

Antilopen flink sind und einen guten Gleichgewichtssinn haben«, sagte er selbstzufrieden. »Gut gemacht, Eva. Noch mal.«

Es waren die Hörner! Sie machten mich so viel schneller, dass mir ganz schwindelig wurde.

Bakkha verschwamm vor meinen Augen. Er verschwand völlig und tauchte dann direkt vor mir wieder auf. Als die silberne Messerklinge auf meinen Hals zuraste, schien sich die Zeit zu verlangsamen. Ich duckte mich und schlug im Rennen nach ihm, während ich mich im nächsten Moment schon wieder auf der anderen Seite des Zimmers befand.

Plötzlich war Bakkha direkt hinter mir. »Besser, viel besser, und diesmal hast du die Hörner gar nicht berührt.«

Ich dachte nicht an meine neu gewonnene Schnelligkeit und auch nicht an den Gleichgewichtssinn der Antilope, nur noch daran, wie genervt ich von diesem Spiel war. Der Schmerz, den meine Magika in mir auslöste, wurde immer stärker. Dunkle Punkte tanzten durch mein Blickfeld.

Ich rammte Bakkha die Faust in die Rippen und zog gleichzeitig eins seiner Messer von hinter seinem Rücken. Damit schlitzte ich ihm das Gesicht auf. Blut sprudelte über sein Kinn.

Bakkha wischte es beiläufig fort. »Noch mal?«

Anstatt ihm zu antworten, griff ich erneut an. Wir tanzten durch den Raum, wanden uns und stachen zu, flossen umeinander wie Wasser. Die Zeit verlangsamte sich zuerst und stand dann still, bis ich kaum noch atmen konnte. Als wir schließlich innehielten, zitterten meine Hände.

»Genug«, keuchte ich. Schwerfällig legte ich die Kette ab und sank zu Boden. Ich hatte meine Grenze erreicht.

»Ich habe es dir ja gesagt«, murmelte er. »Die Magika der Knochen ist berauschend.«

Ja, und sie war überhaupt nicht wie die Magika des Bluts.

Das gefiel mir. Wenn ich die beiden Gaben gleichzeitig einsetzen konnte, wäre ich nicht nur eine würdige Gegnerin für meine Schwester – ich wäre eine ernst zu nehmende Gefahr.

Kapitel 22

Zwei Tage später fand ich nach dem Aufwachen eine Nachricht auf dem kleinen Schreibtisch in meinem Schlafgemach. Sie enthielt nur eine Zeile: *Lust auf ein Tänzchen in den Gruben?*

Aketos Handschrift war klar und deutlich, nur ein Tintenfleck am unteren Rand verschmierte seinen Namen.

Etwa eine Stunde später befand ich mich in den Sandgruben von Asrodei. Ich saß rittlings auf Aketo, während wir miteinander rangen und dabei den schwarzen Sand aufwirbelten. Jedes Mal, wenn unsere Blicke sich trafen, raubten seine Augen mir den Atem, also kämpfte ich wie eine Dämonin.

»Ich denke, du hast diese Runde gewonnen«, brachte er zwischen zusammengebissenen Zähnen hervor.

Ich boxte ihn noch einmal in die Seite und presste meinen Unterarm gegen seinen Hals. Einer seiner Arme war unter meinem Knie eingeklemmt, die andere Hand krallte sich in den Saum meiner Tunika. Seine Fingerknöchel rieben über die nackte Haut an meiner Hüfte. Wenn ich eine Waffe gehabt hätte, hätte ich ihm in dieser Position längst die Kehle durchschneiden können.

Ich rollte mich von ihm herunter und kam auf die Füße. Ein Kampf im Sand war lauter und viel melodischer als einer auf festem Boden. Ich konnte Aketos Angriffe jedes Mal kommen hören, doch es war schwierig, sich im Sand so schnell zu bewegen wie er. Deshalb kam es am Ende auf dasselbe heraus.

Aketo bewegte sich im Sand natürlich ebenso elegant wie bei unserem ersten Kampf im Lager.

Dies war das erste Mal, dass ich ihn besiegt hatte.

Ich versuchte, den Gedanken aus meinem Kopf zu verbannen, und warf einen Blick auf die Übungsschwerter, die wir nicht weit entfernt auf dem Boden abgelegt hatten. »Sollen wir mit Schwertern weitermachen?«

»Evalina, bitte. Wir sollten reden …«

»Also lieber noch ein Ringkampf?« Ich schüttelte mir den Sand aus dem Haar und stellte mich breitbeinig auf.

Ich brauchte nur einen Atemzug, um zurück in die Musik zu finden. Im nächsten Moment sprang ich schon vor und trat nach seiner Brust.

Aketo duckte sich. Sein Bein schoss so schnell vor, dass mir keine Zeit blieb, den Tritt abzuwehren. Die Luft entwich mir, und ich landete auf dem Hintern im Sand. Bevor ich aufspringen konnte, stand Aketo schon über mir. »Können wir jetzt bitte …«

Ich trat ihm die Beine weg. Aketo fiel halb auf mich und fluchte, als ich ihn in die Seite boxte. Er rollte sich von mir herunter und lag einfach nur mit geschlossenen Augen im Sand. Er sah so friedlich aus, als würde er schlafen. Nur seine Brust hob und senkte sich zu rasch, und Schweiß glänzte auf seiner Stirn.

Wir lagen beide auf dem Rücken. Obwohl wir uns nicht berührten, spürte ich die Hitze, die von seinem Körper ausging. Ich musterte Aketo, solange ich die Gelegenheit dazu hatte. Seine dunkelgoldenen Schuppen schimmerten im schwarzen Sand, und die Ringe in seinen Ohren glänzten im düsteren Licht der Grube. Er drehte sich auf die Seite und sah mich an. Das Gold seiner Augen hatte denselben Ton wie das seiner Schuppen.

Bei den Göttern, er war wunderschön.

Er rieb über einen blauen Fleck an seinem Kiefer. »Bist du endlich fertig?«

Ich setzte mich auf. Mit den Händen fuhr ich nervös durch den Sand. »Du hast gesagt, du wolltest tanzen. Also lass uns tanzen.«

»Ich würde lieber reden«, sagte er leise.

»Wenn es um meinen Vater geht, will ich es nicht wissen.« Ich konnte im Augenblick keine weiteren schlechten Nachrichten ertragen. Ich hatte ein schlechtes Gewissen, jede von Papas Einladungen ausgeschlagen zu haben, und hatte deshalb eingewilligt, heute mit ihm zu Abend zu essen. Wenn er mir mehr zu sagen hatte, wollte ich es von ihm persönlich erfahren.

»Du kannst mich alles fragen, solange du nur aufhörst, mich zu verprügeln.«

Ich verkniff mir die Bemerkung, dass es ihm vor nur wenigen Tagen große Freude bereitet hatte, mich zu verprügeln. »Wie funktioniert deine Magika?«

»Ich spüre die Emotionen der Leute um mich herum und kann sie durch Berührung verändern.«

»Das klingt ein bisschen wie die Gabe meiner Schwester. Man nennt sie Magika der Verführung, aber sie ist noch viel heimtückischer. Sie zwingt einem ihren Willen auf. Ich habe gesehen, wie sie Höflinge dazu gebracht hat, Dinge zu sagen oder zu tun, die sie freiwiilig nie getan oder gesagt hätten.«

»Meine Magika ist ganz anders.« Aketo verschränkte seine Finger mit meinen. »Darf ich es dir zeigen?«

Ich sah ihn an. Seine Augen waren immer noch geschlossen. »Ja.«

Es roch nach Zimt und Orangenblüten, als Wärme von seiner Hand auf meine überging. Sie kroch behutsam über meine Haut, und mir entwich ein glückliches Seufzen. Aketo hatte mir Ruhe und Frieden vermittelt.

»Ich sollte dir wohl sagen, dass ich die Gefühle einer Person immer intensiver spüre, je mehr Zeit ich mit ihr verbringe. Normalerweise dauert das Jahre, aber mit dir hat es angefangen, als ich dir das Gift entzogen habe. Und es wurde noch intensiver, nachdem du mich bei dem Überfall auf das Lager gerettet hast.«

»Also, äh…«, stotterte ich. »Eigentlich haben wir uns gegenseitig gerettet. Und ich schulde dir jetzt sogar zweimal mein Leben, also sind wir immer noch nicht quitt.«

»Ich hoffe, wir können die aktuelle Quote beibehalten«, sagte Aketo, und ein verschmitztes Lächeln breitete sich langsam auf seinen Lippen aus. »Ich möchte mich lieber nicht daran gewöhnen, ständig von dir gerettet zu werden.«

Ich fürchtete, dass ich nie wieder aufhören würde, ihn ansehen zu wollen. Es machte mir Angst, was das Gefühl seiner Hand in meiner in mir auslöste.

Aketo beugte sich vor, und die Hand, die gerade noch in meiner gelegen hatte, fuhr meinen Arm hinauf und schmiegte sich an meinen Hals. »Würdest du es furchtbar finden, wenn ich dich jetzt küsse?«

Doch ich war es, die die Distanz zwischen uns überwand, um ihm das dämliche Grinsen aus dem Gesicht zu wischen.

»Oh«, murmelte er. Der Laut war nicht viel mehr als ein leises, überraschtes Seufzen an meinen Lippen. Er legte einen Arm um meine Hüfte und zog mich fest an sich. Etwas löste sich in meinem Inneren, als mir auffiel, wie perfekt sich unsere Körper aneinanderschmiegten.

Unsere Herzschläge verbanden sich, bis es nur noch einen einzigen gab. Sein Daumen fuhr Kreise an meiner Hüfte nach, seine Lippen pressten sich heiß gegen meine und ließen meine Haut in Flammen aufgehen. Meine Zunge fuhr über Aketos Unterlippe, und er knurrte so tief, dass die Vibration von seiner Brust in meine überging.

Warum habe ich nur so lange auf das hier gewartet?, fragte ich mich.

Er entzog sich mir. »Ich kann sie fühlen«, flüsterte er dicht an meinem Hals. »Aber ich will nur dich spüren.«

Wir lösten uns voneinander, und ich musste die Hände zu Fäusten ballen, um ihn nicht sofort wieder an mich zu ziehen. Ich sah mich um und entdeckte meine Wachen. Sie hatten sich alle Mühe gegeben, uns den Rücken zuzukehren und uns von möglichen Beobachtern abzuschirmen, doch alle warfen immer wieder verstohlene Blicke über die Schulter. Selbst in so einem Moment wollten sie mich noch beschützen.

Es machte mir nichts aus, aber ich verstand, warum es Aketo ablenkte.

Auf dem Weg zu meinen Gemächern stellte ich mit Genugtuung fest, dass Aketo jegliche Selbstkontrolle verloren zu haben schien.

Als ich versuchte, unsere Finger zu verschränken, sah er mich an, als hätte ich den Verstand verloren. Ich lachte und griff nach seiner Hand. Es war ja nicht so, als ob uns jemand sehen konnte. Die Wachen, darunter auch Falun, hatten einen Kreis um uns gebildet.

Ich warf Aketo einen Blick zu und fragte mich, wie ich die emotionsgeladene Stille zwischen uns brechen sollte. Er lächelte ebenfalls, als versteckte er ein Geheimnis hinter seinen Lippen. Doch als wir in den Gang zu den königlichen Gemächern bogen, entfuhr ihm ein ersticktes Keuchen. »Wo ist das Zimmer deines Vaters?«

»Was?«

»Eva.« Seine Stimme war rau, kehlig, schmerzverzerrt. »Wo ist das Zimmer deines Vaters?«

»Nicht weit weg. Warum denn?«

Er sprach schnell, beendete kaum ein Wort, bevor das nächste aus ihm herausbrach. »Ich habe genug Zeit mit König Lei verbracht, um seine Gefühle von hier aus spüren zu können. Er leidet unerträgliche Schmerzen.« Er packte meinen Arm. »Wir müssen sofort zu ihm.«

Ich wich zurück, als hätte er mich geschlagen. Mit belegter Stimme wies ich die Wachen an zurückzufallen und zog nur Falun und Aketo an meine Seite, die einzigen beiden, denen ich hundertprozentig vertraute. »Wir müssen sofort zum Zimmer meines Vaters.«

Falun sah mich verwirrt an. »Was ist los?«

»Irgendwas stimmt nicht mit ihm«, flüsterte ich. Auf gar keinen Fall wollte ich, dass in der ganzen Festung Panik ausbrach. Das würde uns nur aufhalten.

»Woher weißt du …?«

Ich wartete nicht, bis er den Satz beendet hatte, sondern sprintete mit Aketo im Schlepptau los. Mein Herz schien mit jedem Schritt in meiner Brust zu bersten. Ich rannte schneller als jemals zuvor. Aketo blieb abrupt stehen, seine Augen wurden groß, zuckten hin und her.

»Beeilung«, sagte er mit erstickter Stimme.

Ich gab alles, legte all meine Kraft in jeden Schritt. Als wir an der Doppeltür zu den Gemächern meines Vaters ankamen, überkam mich eine merkwürdige Taubheit. Aketo riss sie auf, und Falun trat schützend vor mich. Wir hatten alle drei unsere Waffen gezogen. Ich konnte mich nicht daran erinnern, woher ich meine hatte. Ich erinnerte mich nicht einmal mehr an den Weg hierher.

Vor Papas Zimmer waren keine Wachen stationiert. Ein schlechtes Zeichen.

Ich entdeckte drei Blutstropfen auf dem handgewebten Teppich im Foyer. Ein Schrei entkam meinem Mund, und ich stolperte an Aketo und Falun vorbei. So war ich die Erste, die das Blut sah, das jeden Winkel des Schlafzimmers bedeckte, und die den gebrochenen Körper meines Vaters fand. Rubinrote Bäche sprudelten aus seiner aufgeschlitzten Kehle und aus der offenen Wunde, die sich von der Brust bis zum Nabel zog.

Zuerst war ich überzeugt, dass es nicht real war. All das Blut und die Magika und der Schmerz der letzten Tage mussten mir zu Kopf gestiegen sein. Doch ich blinzelte und blinzelte, und trotzdem war immer noch alles voll frischem, schimmerndem Blut.

Und ich konnte immer noch den Gestank nach Tod, nach offenen Wunden und Urin riechen. Mein Magen rebellierte, während ich vorwärtstaumelte.

Mein Herz schlug ein letztes Mal und explodierte dann in meiner Brust.

Kapitel 23

Ein Schrei bahnte sich seinen Weg aus meinem Mund wie eine Feuersäule, die die Erde zu Asche verbrennen würde. Aketo und Falun standen in der Nähe. Ich sah die beiden, sah die Wachen, die in den Raum eilten, konnte sie aber nicht hören.

Ich vernahm nur ein einziges Geräusch: das Blut im Teppich, das leise unter meinen Stiefeln schmatzte, als ich nach vorn stolperte. Ich fühlte nur zwei Dinge: das warme Blut, das durch meine Hose sickerte, als ich auf die Knie fiel, und die Bartstoppeln meines Vaters, als ich eine Hand an seine Wange legte.

»Papa?«, keuchte ich. Er war noch warm, hielt noch das Breitschwert in der rechten Hand. Seine Augen waren glücklicherweise geschlossen. Sein Gesicht war nun glatt, all die Sorgenfalten aus seinen Zügen verschwunden. Wenn ich nicht den Eingeweiden hätte ausweichen müssen, die aus seinem offenen Bauch quollen, hätte ich glauben können, er schliefe nur. »Papa, Papa, Papa.«

Mein Blickfeld verengte sich, Schwärze trübte die leuchtenden Farben, doch ein Geräusch zog meine Aufmerksamkeit auf sich. Mein Blick zuckte zur rechten Seite des Raums. Der untere Zipfel einer der Wandteppiche, die bis auf den Boden hingen, bewegte sich.

Im nächsten Moment sauste das einzige Messer, das ich noch bei mir trug, darauf zu. Ich rannte los, sprang über eine Truhe, warf einen Tisch um und zog Papas Schwert. Mit einem Schrei schwang ich es in weitem Bogen.

Der untere Teil des Teppichs fiel zu Boden. Dahinter kam eine Frau mit ockerfarbener Haut und rabenschwarzem Haar zum Vorschein. Ihr Gesicht war verschleiert. Blut sprudelte gurgelnd aus ihrer Brust, die ich geteilt hatte.

Das Schwert fiel zu Boden. Ich schrie und schrie, bis die Schwärze zurückkam und endlich all das Rot verdrängte.

Als sich meine Augen das nächste Mal öffneten, sah ich Analis Gesicht. Ihre Augen waren geschwollen und rot gerändert. Ich warf mich herum und beugte mich über die Bettkante, während mein leerer Magen von Würgekrämpfen geschüttelt wurde.

Bei Analis Anblick begann ich unwillkürlich, auf den Innenseiten meiner Wangen herumzukauen. Ihre Trauer war wie eine offene Wunde, unmöglich zu umgehen. Ihre Augen waren groß und glasig.

Ihre Hände bewegten sich unaufhörlich, zupften an ihrer Jacke, bewegten sich auf den Schwertknauf zu. Ich hatte sie damit alleingelassen. Ich hätte mich um alles kümmern müssen. Ich hätte stärker sein müssen. Ich hätte …

»Was wissen wir bis jetzt?«

Anali sah mich blinzelnd an. »Es waren sechs, darunter die, die du getötet hast. Alles Drakolaner.«

»Die Frau, die ich getötet habe?«

»Die Frau war die sechste …«

»Was für eine Frau?« Ich erinnerte mich nur an meinen Vater. Wie ich neben ihm gekniet hatte und dann – an nichts mehr.

»Die einzige Attentäterin, die dein Vater und seine Wachen

nicht getötet haben, hat sich hinter einem Wandteppich versteckt. Falun hat mir erzählt, dass du sie vor allen anderen gesehen und getötet hast.«

Ich schloss die Augen und versuchte, mich zu erinnern. Da war ein Gesicht, ockerfarbene Haut, schwarzes Haar und das Gefühl warmen Bluts, das auf meine Brust spritzte.

Ich zwang mich zum Sprechen. »War bisher irgendjemand anderes in seinen Gemächern? Außer dir und den Wachen?«

»Ich habe niemanden reingelassen, aber die Generäle informiert. Ich habe ihnen gesagt, dass wir ohne dich nicht entscheiden würden, wie es weitergeht.«

»Wie viel Uhr ist es?« *War es überhaupt immer noch derselbe Tag?*

»Du hast die ganze Nacht geschlafen.« Sie zögerte. »Es ist früher Nachmittag.«

Mein Vater war seit fast einem Tag tot, und ich hatte die ganze Zeit geschlafen. Mein Vater war tot, war ermordet worden, mein Vater …

Ich ballte die Hände zu Fäusten, bis meine Fingernägel die Haut einrissen. »Die Generäle sollen die Gemächer meines Vaters abschotten, bis ich Zeit hatte, seine Sachen zu durchsuchen. Wir müssen außerdem jemanden zum Saubermachen reinschicken und um die … die Leichen zu …« Ich schloss die Augen. Alles in mir sträubte sich dagegen, zu tun, was getan werden musste. Doch ich konnte es nicht aufschieben. »Versammele die gesamte Festung in ein paar Stunden. Ich muss allen verkünden, was passiert ist, und einen vorübergehenden Lord Kommandeur bestimmen. Ich bin sicher, dass Papa einen Favoriten hatte. Danach müssen wir wohl abreisen.«

Anali neigte den Kopf und half mir aus dem Bett. Jemand musste mich gewaschen haben, da ich sauber war und frische Unterwäsche trug.

»Eure Hoheit, es tut mir so leid …«, begann Anali, als ich aufgestanden war.

»Anali, ich glaube, im Moment ist es am besten, wenn wir all das für später aufheben.« Ich musste mich um so vieles kümmern, musste den heutigen Tag überstehen. Erst danach konnte ich zusammenbrechen.

»Eva, dein Vater …« Der Satz endete in einem Schluchzen.

Mir fielen einige Details auf. Ihr weißes Haar war unfrisiert, kraus und achtlos zu einem Knoten zusammengebunden. Ihre Uniformjacke war zerknittert und falsch zugeknöpft.

»Dein Vater ist fort, und ich …«

»Anali, darüber zu sprechen macht es nur noch schlimmer.« Irgendwie würde ich den Schmerz von mir schieben, ihn ignorieren. Ich durfte mich nicht gehen lassen, bis ich mich um meinen Vater gekümmert hatte.

»Ich werde herausfinden, wer dafür verantwortlich ist, Anali.«

»Eure Hoheit, es waren Drakolaner. Alle sprechen bereits von einer Kriegshandlung.«

»Glaubst du wirklich, drakolanische Attentäter könnten ohne Hilfe in die Festung gelangen? Nein, jemand Mächtiges steckt dahinter, und ich werde dafür sorgen, dass die Verantwortlichen bekommen, was sie verdienen.«

Mirabel sprach immer davon, dass jeder tief im Inneren Kraftreserven besaß, auf die man erst zurückgriff, wenn es hart auf hart kam. Ich würde meine finden müssen.

Und um das zu schaffen, musste ich etwas tun. Ich konnte meine Gefühle nicht ignorieren, wenn es in meiner Gegenwart Leute gab, die Zugang zu ihnen hatten. »Anali, halte Aketo und Bakkha bitte in den nächsten Tagen von mir fern.«

Sie starrte mich nur an, nickte dann aber. »Wie Ihr wünscht, Eure Hoheit.«

– III –

MAGIKA DER KHIMAER

Von all den Wundern in Myre haben sie uns dieses fast ein Jahrhundert verschwiegen. Die fremde, trügerische Magika ihrer Ahnin – der Ältesten von allen. Die Khimaer behaupten, dass sie uns diese Macht nicht beibringen können, doch wir fragen uns, ob sie die Wahrheit sprechen. Oder wollen sie sie lediglich für sich behalten?

– Aus den Tagebüchern von Kenyon Neion,
Sorceryn der ersten menschlichen Siedler in Myre,
aus *Alte Legenden und Magika im Zeitalter der Göttlichen*

Kapitel 24

Die Robe aus gesteppter Baumwolle und kobaltblauer Organza hing schwer auf meinen Schultern.

Das Murmeln der Sorceryn und der anwesenden Höflinge und Myreaner klang viel zu sehr wie ein wütender Bienenstock. Ich hätte mit ihnen summen sollen, doch meine Lippen waren fest zusammengepresst. Wir standen am Ufer des Roten Flusses, wo wir uns versammelt hatten, um den Tod meines Vaters zu betrauern. Die Sonne stand hoch am Himmel, und die Stadtmauer von Ternain erhob sich hinter uns. Der Lärm und die Energie der Stadt schienen allerdings weit entfernt.

Vor zwei Wochen war ich in den Palast zurückgekehrt. Ich war eine halbe Woche in Asrodei geblieben, um mich um alles zu kümmern, bevor ich wieder in die Hauptstadt gereist war, obwohl sich alles in mir dagegen gesträubt hatte.

In den letzten zwei Wochen hatte ich kein Wort zu viel gesprochen, nur den Mund geöffnet, wenn ich musste. Ich tat so, als wäre es meine Trauer, die mich zum Schweigen brachte, und nicht die Angst, dass meine grenzenlose Wut auf einmal aus mir herausbrechen würde. Selbst jetzt, während dieses Tributs, als ich mich wirklich bemühte, meinen Vater gebührend ins Nachleben zu verabschieden, kam mir kein Laut über die Lippen.

Ich spielte die Rolle der trauernden Prinzessin, in deren Inneren nichts als Kummer über den Verlust ihres Vaters geblieben war. In

Wahrheit brodelte ich vor Wut. Und ich war völlig hilflos. Doch ich musste den Schein wahren.

Man hatte mein Gesicht anlässlich der Trauerfeier bemalt, genau wie Isadores und Mutters: weiße und goldene Streifen zogen sich über unsere Wangen und unter unseren Augen entlang. Als ob unsere Trauer uns alle gleich machte. Ein Schweißtropfen rann von meiner Schläfe bis zum Kinn. Ich hoffte beinahe, die zerlaufene Schminke würde auf mein Kleid tropfen und es ruinieren. Die kreideartige Farbe spannte auf der Haut, schien mich zu ersticken und sorgte gemeinsam mit der stechenden Sonne dafür, dass mir schwindelig war. Ich wollte mir die traditionelle Robe vom Körper reißen, mir das Gesicht abwischen und zurück in den Palast rennen, bevor die Sorceryn den Scheiterhaufen entzündeten.

Doch ich konnte nicht.

Meine Finger waren mit denen meiner Mutter verschlungen. Mir war undeutlich bewusst, dass ich zitterte. Meine Muskeln hatten sich völlig verkrampft. Meine Hände krallten sich wie Klauen in die Haut meiner Mutter. Ich fragte mich, ob ich ihre Finger wohl fest genug drücken könnte, um ihr eine Reaktion zu entlocken. Doch der wahre Schmerz fühlte sich wie ein Schrei an, der in meiner Brust festsaß und sich einfach nicht lösen wollte. Er verließ mich nie. Nur ein schwaches Echo davon zeigte sich auf meinen Gesichtszügen.

Der König war von allen geliebt worden. Tausende waren nach Ternain gekommen, als sich die Neuigkeiten von seinem Tod verbreitet hatten. Es war, als stünde ich vor ganz Myre.

Und es kam mir so falsch vor.

Mutter ließ den Blick nicht von den Sorceryn, doch ich spürte, dass sie ihre Aufmerksamkeit nun auf mich richtete. »Benimm dich«, hauchte sie im Rhythmus des Trauergesangs der Sorceryn.

Ich funkelte sie an. Sie drückte meine Hand so fest, dass sich ihre Nägel in mein Fleisch bohrten. Sorgte sie sich denn gar nicht um das Blut, das unsere perfekte Scharade ruinieren könnte? Blut hatte keinen Platz inmitten all des königlichen Blaus und Weißes.

»Benimm dich«, wiederholte sie. Ich schaute an ihr vorbei und sah gerade noch, wie Isadore höhnisch grinste. Ich würde jeden Moment bei dem Versuch verbrennen, meinen brodelnden Zorn zu unterdrücken.

Unsere Blicke trafen sich. Ihre Augen waren geschwollen und rot gerändert, doch als sie mich ansah, wurde ihr Blick kalt.

Ich schloss die Augen, sah meine Schwester allerdings immer noch vor mir. Zumindest die Version von ihr, die ich gut kannte. In dieser Erinnerung waren Isadore und ich jung, vielleicht sechs und acht Jahre alt. Wir befanden uns in Mutters luxuriösem Ankleidezimmer, während sie sich für irgendeinen Ball fertig machte, an dem wir nicht teilnehmen durften. Wir knoteten uns Handtücher um die Hüften, um ihre Kleider zu imitieren. Fünf oder sechs Frauen flatterten aufgeregt um Mutter herum und schminkten sie. Isa und ich stöberten durch all ihre Cremedöschen, Phiolen und Kohlestifte.

Wir legten uns ihre Ketten um den Kopf wie Kronen und übten uns im Tanzen.

Mutter lachte, als sie sah, was wir für ein Chaos veranstalteten, und schickte uns zurück auf unsere Zimmer. Wir waren von Kopf bis Fuß einparfümiert und angemalt, hatten die pummeligen Kinderhände voller Fruchtküchlein.

Meine Augen füllten sich mit Tränen. Es war nicht immer so gewesen wie jetzt. Mutters schraubstockartiger Griff riss mich aus der Erinnerung. Rasch blinzelte ich die Tränen fort, bevor sie fielen.

Der Scheiterhaufen war auf einem Boot mit flachem Rumpf errichtet worden. Unten bestand er aus aufeinandergeschichteten Holzscheiten und oben aus Tausenden Blütenblättern, den Blumen und Pflanzen unseres Siegels: blaue Lilien für Mutter, orangefarbener Mohn für mich und Isadores sattgrüner Efeu. Darauf war Vaters in weißes Leinentuch gewickelter Körper gebettet. Er wirkte viel zu klein. In wie viele Schichten hatten sie ihn wickeln müssen, damit all das Blut nicht durch das Tuch sickerte?

»Jetzt«, rief Mutter neben mir.

Als sich ein Feuerstrahl aus den Händen der Sorceryn am Flussufer ergoss, zuckte ich zusammen. Die Flammen leckten an der unteren Holzschicht. Meine Knie zitterten, meine Brust zog sich schmerzhaft zusammen. Mein Herz konnte all den Schmerz nicht mehr aufnehmen. Er schien mich von innen aufzufressen. Nur Mutters eiserner Griff sorgte dafür, dass ich nicht zusammenbrach.

Wie es sich für einen König gehörte, würde das Feuer stundenlang brennen, sodass sich ein steter Aschefluss auf dem Wasser bildete. Am westlichen Ufer des Roten Flusses würden sich Myreaner außerhalb der Stadt versammeln, um die Asche ihres Königs vorbeischwimmen zu sehen. Und wir mussten hier stehen, bis die Flammen die Leiche gänzlich verschlungen hatten. Viele würden sich vorher abwenden, um der Hitze zu entgehen, doch das durften wir nicht. Bei dem Gedanken, stundenlang Hand in Hand mit Mutter und nur wenige Fuß von meiner Schwester entfernt stehen zu müssen, glaubte ich, den Verstand zu verlieren.

Ich wusste noch nicht, wer das Attentat auf meinen Vater in Auftrag gegeben hatte, doch ich war sicher, dass es dieselbe Person war, die auch versucht hatte, mich töten zu lassen.

Nur noch eine Woche blieb bis zu meinem Namenstag. Wie sollte ich Isadore töten, wenn ich gegenwärtig sogar zu schwach war, aus eigener Kraft aufrecht zu stehen? Wenn der Gedanke daran, noch mehr Blut zu vergießen, mich krank machte? Ich wünschte, meine Wut auf Isadore und Mutter würde mir Kraft verleihen, mich schärfen wie eine Klinge, statt mich in diese elende Kreatur zu verwandeln. Mir blieb kaum noch Kraft. Alles, was ich hatte, war mein Zorn.

Er flüsterte mir eine Wahrheit ins Ohr, der ich mich nicht stellen wollte. Meine Familie hatte alles getan, um mich kleinzuhalten. Sie hatten Geheimnisse vor mir gehabt, mir ihre Liebe vorenthalten, mich angelogen und manipuliert. Ich liebte meine Mutter und Isadore, doch ich konnte weder ihnen noch dem Königinnentum, das ich trotz all seiner Fehler liebte, vertrauen. Sie kämpften darum, mich davon abzuhalten, den Thron zu besteigen, doch ich würde einen Weg finden, ihn mir zu nehmen.

Ich stellte mir eine Kiste vor. Darin verschloss ich alles, was meine Mutter war, außer ihrer Rolle als Königin und Hindernis auf meinem Weg zum Thron. Ich vergrößerte die Schatulle und fügte auch noch alles hinzu, was Isadore ausmachte, bis ich sie nur noch als Feindin sah.

Ich starrte in die aufgewühlten Tiefen des Flusses, beobachtete, wie sich die Asche meines Vaters mit dem dunklen Rotbraun vermischte. Ein Fluss voll königlichem Blut. Diesmal war es Papas, und bald würde sich der Fluss erneut damit füllen. Entweder mit Isadores oder mit meinem Blut.

Es dauerte eine Weile, doch schließlich straffte ich die Schultern. Ich atmete tief ein und aus, obwohl die Luft mir im Hals brannte. Ich hieß den Schmerz willkommen, ließ zu, dass der Rauch meine Sinne vernebelte und meine Gedanken zum Verstummen brachte. Nur eins wiederholte ich wieder und wieder in Gedanken: *Feindin, Hindernis, Königin.*

Kapitel 25

Der heiße Wind streifte meinen Rücken, als ich über meine Balkonbrüstung kletterte. Meine Finger steckten in Handschuhen, die mir Halt verliehen. Ich umklammerte das schmiedeeiserne Geländer und schloss die Augen, während ich mit dem Fuß nach dem Rand eines hervorstehenden Steins in der Palastwand tastete.

Ich nahm mir einen kurzen Moment, um tief durchzuatmen, und versuchte, nicht daran zu denken, wie schnell ich fallen konnte. Nur fünfzehn Fuß klafften zwischen mir und dem Balkon unter meinem, doch es wäre ein tiefer Sturz in die Gärten und den königlichen Innenhof darunter.

Das Metall grub sich in meine Finger, und ich hielt die Luft an. Ich war dem Tod nicht näher als in den letzten Wochen, doch die Gefahr eines Sturzes aus dieser Höhe war viel greifbarer als die vor gesichtslosen Angreifern. Der Unterschied war, dass ich es diesmal selbst in der Hand hatte, ob ich überlebte oder starb.

Langsam begann ich, nach unten zu klettern. Nach zehn atemlosen Manövern über furchterregend schmale Kanten aus Sandstein ließ ich meinen zitternden Körper endlich auf den unteren Balkon gleiten, der meinem ähnelte. Die Tür war verschlossen, doch nach drei gut platzierten Tritten sprang sie auf.

Mirabel hatte die Falltür unter meinem Bett während meiner Abwesenheit mit Brettern zunageln lassen, sodass ich mir etwas anderes hatte einfallen lassen müssen, um dem Palast zu entkommen.

Wie ich gehofft hatte, fand ich in dem unbewohnten Zimmer unter meinen Gemächern eine weitere Geheimtür und war so schnell und problemlos aus dem Palast heraus, dass es mich selbst überraschte.

Ich hatte mein Haar geflochten und es unter einer Kappe versteckt. Meine behelfsmäßige Verkleidung bestand aus einer einfachen braunen Hose und einer weiten Jacke, in der meine Oberweite weniger sichtbar war. Das auffällige Orange meiner Augen stellte vor allem aufgrund meines jüngsten öffentlichen Auftritts ein Problem dar, doch ich versuchte, sie, so gut es ging, im Schatten der Kappe zu verbergen. Sollte mich jemand erkennen, wäre ich längst fort, bevor sie es gemeldet hätten.

Es gab zwei Elendsviertel in Ternain: den Flicken und die Höhle des Tigers, wo die kleine drakolanische Bevölkerung lebte. Dort war es noch schlimmer als auf dem Flicken. Seit Papas Tod vor vier Wochen war der Müll nicht mehr abgeholt worden und rottete auf den Straßen vor sich hin. Seit die Krone verkündet hatte, dass Papas Mord und der Angriff auf unser Lager während meiner Reise nach Asrodei vom drakolanischen König in Auftrag gegeben worden waren, kamen die für dieses Viertel zuständigen Müllmänner ihrer Pflicht nicht mehr nach.

Ich war allerdings überzeugt, dass König Lioniten Hilfe von jemandem aus Myre gehabt haben musste, sollte er wirklich hinter alldem stecken. Wie sollten sechs Drakolaner sonst in die Festung in Asrodei gelangt sein? Doch obwohl ich meine Mutter mehrmals davon zu überzeugen versucht hatte, hatte sie ihre Meinung nicht geändert.

Noch nie hatte ich sie mehr gehasst als jetzt.

So passte es ihr wohl besser. Sie musste nicht so tun, als würde ihr Papas Tod nahegehen, und konnte sich stattdessen ganz auf Drakol konzentrieren. Bald würde sie den nächsten Krieg ausrufen. Sie wartete nur aufgrund meines Namenstags, der in drei Tagen stattfand. Der Hof wollte die Erbfolge gesichert wissen, bevor die Entscheidung getroffen wurde. Die Drakolaner hatten sich Myre gegenüber seit Jahrzehnten aggressiv verhalten, doch dies war der erste bedeutende Angriff, für den die Myreaner sie verantwortlich machen konnten. Im Rat der Königin diskutierte man derzeit über nichts anderes als den Krieg und die Ernennung der Wahren Erbin.

Ich ging bis zum äußersten Rand von Ternain. Hier, in der Höhle des Tigers, wurde Papas Tod gerächt. Leute starben auf den Straßen. Die Drakolaner besaßen keine Magika und waren somit einfache Zielscheiben. Natürlich unternahm Mutter nichts, um sie zu beschützen. Die Wachen, die hier normalerweise die Straßen patrouillierten, hatten ihre Posten verlassen. Also war ich auf Gefahren gefasst.

Als ich bemerkte, dass jemand mir folgte, ließ ich unauffällig ein Messer in meine Hand gleiten.

Ich verspürte keine Angst. Der Tod saß mir schließlich seit Monaten im Nacken.

Als eine Hand meine Schulter berührte, fuhr ich herum und schlitzte dem Angreifer das Gesicht auf.

Das Blut spritzte auf meinen Arm, und meine Magika sprang nur einen Wimpernschlag später auf meine Klinge über. Einer der wenigen Tricks, die mir trotz meiner Bindung gelangen. Ich wusste nun, dass ich nie vollen Zugang zu meiner Magika haben würde, doch ich war immer noch jedes Mal fasziniert, wenn ich den kleinen Teil benutzte, den ich anzapfen konnte.

Gleichzeitig explodierte der mittlerweile vertraute Schmerz in meinem Kopf, doch ich biss die Zähne zusammen.

»Prinzessin, ich bin es«, grollte Bakkha. »Verdammt noch mal, hast du mich nicht erkannt?«

Meine Konzentration fiel in sich zusammen, und ich empfand den Verlust meiner Magika beinahe wie körperlichen Schmerz.

»Was hast du denn hier verloren?« Ich schubste ihn von mir. »Warum verfolgst du mich?«

Als ich ihn abermals fortstoßen wollte, packte er meine Hände. »Die wichtigere Frage ist wohl eher: Was hast *du* in der Höhle des Tigers zu suchen?«

»Geht dich nichts an«, knurrte ich und entriss ihm meine Hände.

»Oh, Prinzessin«, sagte er. »Nur weil du nicht willst, dass sich jemand um dich sorgt, heißt das nicht, dass wir alle plötzlich damit aufhören.«

Mein Blick fuhr zu Bakkhas Rechten, wo Aketo stand. Meine Gedanken stockten abrupt, und ich vergaß, was ich als Nächstes sagen wollte. Ich schloss die Augen, knabberte an meiner Unterlippe und atmete einmal tief durch.

Aketos besorgter Gesichtsausdruck war genau so, wie ich ihn mir ausgemalt hatte. Wahrscheinlich spürte er die Wut, die wie ein wildes Tier in meiner Brust wütete, die Furcht vor meinem baldigen Namenstag, die Panik, die mir die Luft abschnürte. Nach all den Wochen, die ich allein verbracht hatte, konnte ich es nicht ertragen, plötzlich vor den beiden zu stehen. Ich musste auf eigene Faust herausfinden, wer meinen Vater ermordet hatte, und die Zeit bis zu meinem Namenstag aus eigener Kraft überstehen.

Ich versuchte, Aketo nicht direkt in die Augen zu sehen. In den schlimmsten Nächten träumte ich davon, wie es gewesen war, ihn zu küssen, kurz bevor wir Papa tot aufgefunden hatten. Und ich erwachte jedes Mal voller Verlangen nach seiner Berührung, denn das war wenigstens etwas, in dem ich mich verlieren könnte.

Ich wollte Aketo nicht nahe sein, da er dafür sorgen könnte, dass es mir besser ging. Wenn er sich den ganzen Tag in meiner Nähe aufhielte, könnte er mir den Schmerz nehmen. Er könnte dafür sorgen, dass ich nachts schlief. Dass ich nicht mit dem Geruch des Bluts meines Vaters in der Nase aus dem Schlaf fuhr und in mein Ankleidezimmer kriechen musste, damit die Wachen vor meiner Tür mich nicht schreien hörten.

Doch er würde meiner müde werden. Wie lange würde es dauern, bis ich ihn mit ein paar zu harsch gesprochenen Worten von mir stieß, wie ich es mit Mirabel getan hatte? Wie lange, bis er begann, mir aus dem Weg zu gehen?

Als sein Blick meinen fand, versteifte sich mein ganzer Körper. »Eva, wie geht es dir?«

»Das weißt du doch sowieso schon.« Mein Körper bewegte sich wie von selbst auf ihn zu, doch ich senkte den Blick. »Warum seid ihr hier?«

»Wir folgen dir, Prinzessin«, antwortete Bakkha gereizt. »Also, wenn du nicht willst, dass wir es weiterhin im Verborgenen tun und damit deine wahrscheinlich schlecht durchdachten Pläne durchkreuzen, sollten du uns sagen, was du vorhast.«

Ich zog mir die Kappe tiefer ins Gesicht und entfernte mich mit großen Schritten von den beiden, doch sie liefen mühelos neben mir her. »Prinzessin?«

»Es gibt hier eine Taverne. Übler Schuppen.« Zum ersten Mal seit Wochen tastete ich nach unserer geistigen Verbindung. Ich spürte Sorge. Natürlich. Genau dieses Gefühl durchtränkte jedes Wort, das Mira und Anali an mich richteten. Ich hätte nicht auf unsere Verbindung zurückgreifen müssen, um zu wissen, dass Bakkha ebenso empfand.

»Und warum gehen wir zu dieser Taverne, Schätzchen?«, fragte Bakkha. »Spuck's schon aus.«

»Du bist ein aufdringlicher Bastard, wusstet du das?« Ich schüttelte den Kopf. Er wusste es nur zu gut. »Ich will in Erfahrung bringen, ob es dort jemanden gibt, der weiß, wer die Drakolaner angeheuert hat, die meinen Vater getötet haben.«

Bakkha legte mir eine Hand auf die Schulter, damit ich stehen blieb. »Und warum glaubst du, dass du das dort herausfinden wirst?«

»Weil König Lioniten den Plan, meinen Vater zu ermorden, nicht allein durchgeführt haben kann.«

Bakkha blinzelte langsam. »Ich bin ganz Ohr.«

»Irgendetwas stimmt da nicht«, flüsterte ich. »Ich bin sicher, dass irgendein Adliger aus Myre involviert ist, aber ich brauche Beweise. Auf den Mord des Königs steht die Todesstrafe. Und ich werde diejenige sein, die sie ausführt.« Die einzige Person, die über diesem Gesetz stand, war die Königin. Doch wenn meine Mutter das Königinnenreich absichtlich in einen Krieg mit Drakol stürzte, nur um nicht nachforschen zu müssen, wer wirklich hinter dem Mord an meinem Vater steckte, wäre das vielleicht Grund genug, sie innerhalb eines Jahrs vom Thron zu stoßen.

Das würde Isadore zwar nicht davon abhalten, mich herauszufordern, doch ohne Mutters Unterstützung hätte sie weniger Einfluss am Hof.

»Eva«, sagte Bakkha leise, in einem Ton, den man anschlagen würde, um jemanden davon abzuhalten, von einer Klippe zu springen. »Bist du dir sicher, dass das eine gute Idee ist?«

Ich ignorierte ihn und ging weiter, obwohl ich völlig die Orientierung verloren hatte. Ich ballte die zitternden Hände zu Fäusten.

Einen kurzen Moment spürte ich eine wohlige Wärme in mein Bewusstsein sickern und atmete tief ein – da ich es auf einmal wieder konnte. Ich fuhr herum und funkelte Aketo an. »Halte dich aus meinen Gefühlen raus. Wenn du deine Magika nicht kontrollieren kannst, solltest du dich einfach von mir fernhalten.«

»Das war ich nicht«, sagte er bemüht sanft, obwohl er seine Verärgerung nicht gänzlich verbergen konnte.

»Ich war es, Eva«, sagte Bakkha. »Du spürst meine Emotionen zum ersten Mal seit Wochen. Du kannst mich nicht aussperren, wenn ich direkt vor dir stehe.«

»Bleib raus aus meinem –«

»Ach, Schätzchen«, murmelte er. »Wir stehen hier mitten in einer Gasse in der Höhle des Tigers. Wenn du das mit Fäusten austragen willst, sollten wir vorher wohl besser in den Palast zurückkehren.«

»Mein Namenstag ist in ein paar Tagen.« Nun funkelte ich beide an. »Und ihr haltet mich auf. Ihr könnt gern umkehren, aber ich werde das hier durchziehen.«

Bakkha und Aketo wechselten einen Blick, machten aber keine Anstalten zu gehen.

»Wenn ihr mitkommt, werdet ihr meine Vorgehensweise nicht infrage stellen, sonst könnt ihr sofort verschwinden. Ist das klar?«

Ein paar Minuten später zwängten wir uns in einen kleinen Schankraum mit schummrigem Licht. Die Taverne war karg eingerichtet, hatte keinen Namen. Draußen hing nur ein Schild, das versprach, dass es hier Bier gab. Sieben unterschiedliche Tische standen im Raum verteilt. Der Geruch von Schweinebraten hing in der Luft, und auf jedem Tisch glänzte eine Fettschicht. Der Boden war mit Sägespänen bedeckt. Eine Schankmaid lief zwischen den Tischen hindurch, an denen insgesamt zwölf Gäste verteilt saßen.

Nachdem wir uns gesetzt hatten, stellte die Schankmaid drei fettige Gläser Wein vor uns ab. Wie die meisten Drakolaner hatte ihre Haut einen hellbraunen, beinahe goldenen Ton. Sie trug einen langen Rock mit Flecken am Saum, und ihr seidig schwarzes Haar war zu einem losen Knoten am Hinterkopf zusammengebunden.

Sie warf Aketo einen langen Blick zu, doch ich war mir ziemlich sicher, dass er ihre Aufmerksamkeit nicht erregt hatte, weil er Khimaer war, sondern weil er gut aussah. Er trug einen Schal, um die Schuppen an seinem Nacken zu verbergen, und das Lampenlicht schien seine Augen von innen zum Glühen zu bringen.

Ich zog meine Handschuhe aus und griff nach dem Wein, doch Bakkha kam mir zuvor und schüttete die Hälfte meines Glases in seins.

»Ich denke, dass du dich ohne besser schlagen wirst, Prinzessin«, sagte er.

Ich bleckte die Zähne. »Ist mir egal, was du –«

Er verdrehte die Augen. »Also, was ist dein Plan?«

Tief in einer meiner Hosentaschen steckte eine prall gefüllte Geldbörse. Ich hatte vor, mich in ein Karten- oder Würfelspiel einzukaufen und mich währenddessen umzuhören. Wirklich viel Planung war diesem Abend nicht vorausgegangen. Ich hatte in Mirabels Notizen von diesem Ort gelesen und war losgezogen.

Als die Schankmaid wieder in unsere Nähe kam, griff ich nach ihrer Hand. »Habt Ihr hier jemand Seltsamen herumschnüffeln sehen?«

»Ihr meint, außer Euch?«, fragte sie mit einem starken Akzent. Sie warf einen Blick auf meine Finger, die sich um ihren Arm geschlossen hatten. Als sie den roten Lack auf meinen Fingernägeln sah, wurden ihre Augen groß. Ich zog rasch die Hand weg.

Ein dummer Fehler. Nur die wenigsten des gemeinen Volks lackierten sich die Nägel.

Bakkha wandte sich mit mir unverständlichen Worten an die

Frau. Natürlich sprach er Drakolanisch wie ein Muttersprachler. Schließlich hatte er sich dort jahrhundertelang versteckt.

Die beiden unterhielten sich kurz, dann zeigte er mit dem Kinn auf mich und nickte ihr zu. Die Schankmaid wandte sich zögernd an mich.

»Sagt es ihr ruhig«, ermutigte er sie in der Gemeinen Sprache. Die Khimaer und Fey nannten sie die Menschensprache, doch man hatte sie zur offiziellen Sprache gemacht, nachdem die erste Menschenkönigin den Thron erobert hatte. Als ob die Bezeichnung »Gemeine Sprache« uns vereinen würde.

»Er sah aus wie er.« Sie verzog das Gesicht und deutete auf Bakkha. »Aber nicht ganz. Braune Haut, helle Haare, aber komische Farbe. Blau oder grün. Ihr wisst, wie sie aussehen – hübsch, aber irgendwie … falsch.«

Also war ein gut aussehender Fey hier gewesen. Nicht ganz so besonders wie Bakkha, aber dennoch hübscher als die meisten, da sie es extra erwähnt hatte. Jemand mit blauem oder grünem Haar …

Ich wusste sofort, wer es gewesen sein musste.

Als ich Isa zum letzten Mal am Hof gesehen hatte, war sie in Begleitung von Lord Katro gewesen. Er hatte lockiges grünes Haar und war für seine seltene Schönheit und gut vernetzte Fey-Familie bekannt, allerdings nicht für seine Intelligenz. Und schon gar nicht dafür, heimlich Ränke zu schmieden.

»Grün?«, fragte ich. »Seid Ihr sicher?«

Die Schankmaid zuckte mit den Schultern. »Hab ihn nur einmal gesehen – hab Neshiko geschickt, um ihn wegzujagen.«

Ich nahm an, dass Neshiko der muskulöse junge Mann mit dem Grübchen am Kinn und dem Knüppel in der Hand war, der neben einem Harfe spielenden Mädchen in einer Ecke des Raums saß.

»Glaubt Ihr, Lioniten hat den Mord an König Lei beauftragt?«

»Wer sonst?« Sie zuckte abermals die Achseln. Es war keine wirkliche Antwort. Es war ihr schlicht egal.

Nachdem sie gegangen war, saßen wir schweigend da. Es war, als drückte ein bleischweres Gewicht auf meine Brust, doch gleichzeitig fühlte ich mich leer und plötzlich auch antriebslos. War es wirklich so einfach? Wochenlang hatte ich nach einem Ort wie diesem gesucht, und nun hatte ich innerhalb weniger Minuten meine Antwort bekommen. War es Katro, einer von Isas Freunden am Hof? Ich könnte sofort in seine Gemächer schleichen, ihm ein Messer an die Kehle setzen und sehen, was er mir erzählen würde.

Ich warf Bakkha einen Seitenblick zu. Er schien denselben Gedanken zu haben und sah mich flehend an. »Lass mich zuerst zu ihm gehen und ihn schon mal auf meine Art bearbeiten, sodass er bereit für dich ist. Dann können wir ihn morgen früh gemeinsam befragen.«

Wenn er glaubte, ich würde ihm die Führung überlassen, hatte er sich getäuscht. »Ich würde lieber –«

»Lass es mich machen, Prinzessin. Du kannst nicht einfach ins Zimmer dieses Mannes platzen und erwarten, dass er ohne Gegenwehr mit dir kommt.« Mit seinem Blick teilte er mir mit, was uns beiden klar war: Es wäre zu gefährlich für mich. Sollte Katro wirklich am Tod des Königs beteiligt gewesen sein, würde er vielleicht nicht davor zurückschrecken, mir etwas anzutun. Und ich konnte weder meine Wachen noch Mirabel zu Hilfe rufen. Jedes Mal, wenn ich ihnen gegenüber von Papas Tod sprach, richteten sie ihre ganze Sorge auf mich und mein Wohlergehen.

Sie drängten mich, über meine Gefühle zu sprechen, meine Übungsstunden im Schwertkampf wiederaufzunehmen, als ob das alles noch irgendeine Bedeutung hätte. Es war reine Zeitverschwendung.

Bakkha warf Aketo einen vielsagenden Blick zu und wackelte mit den Augenbrauen. Es war richtig gewesen, den beiden aus dem Weg zu gehen. Nun, da sie bei mir waren, sorgte ich mich viel zu sehr um sie und vergaß dabei, an Papa zu denken.

Ich nannte Bakkha mehrere Orte im Palast, an denen er Katro finden konnte. »Aber befrage ihn nicht ohne mich.«

Er nickte ernst. »Natürlich nicht.« Dann beugte er sich vor und senkte die Stimme. »Kommt beide morgen früh zu mir. Bis dahin könnt ihr machen, was ihr wollt. Ich schätze, dass ihr euch gegenseitig beschützen könnt.«

Er stand auf und klopfte Aketo auf die Schulter. Doch als er sprach, sah er mich an. »Viel Glück.«

Damit ließ Bakkha uns beide allein. Aketo ließ den Blick nicht von seinem leeren Weinglas.

»Lass uns von hier verschwinden.« Die anderen Gäste beobachteten uns bereits misstrauisch. Wir verließen die Taverne und gingen schweigend nebeneinanderher. Ich konnte an nichts anderes denken als daran, wie nah er mir war.

Ich starrte ihn an, und die Zeit schien stillzustehen. »Aketo?«

Er sah auf. »Äh, entschuldige. Ich … versuche nur, die richtigen Worte zu finden. Wenn ich dir sage, dass ich mir Sorgen um dich mache, wird dich das nur nerven, und wenn ich dich bemitleide, wird es dich zur Weißglut treiben. Erzähl mir einfach, was du in letzter Zeit gemacht hast. Erzähl mir irgendwas.«

»Da gibt es nicht viel zu erzählen«, flüsterte ich. Ich war in meinem Schlafgemach eingesperrt gewesen, wo ich entweder geweint oder die Notizen von Mirabels Geistern gelesen hatte. Ich blinzelte die Tränen fort. So tief war ich gesunken. Die Trauer überkam mich manchmal von einer Sekunde auf die andere, ohne dass ich etwas dagegen unternehmen konnte. Ich hasste es. Ich kniff mich in die Armbeuge. Der Schmerz half.

»Ich möchte verstehen, warum du … plötzlich einfach von der Bildfläche verschwunden bist.« Er packte mich am Handgelenk.

Ich wischte mir über die Augen. »Ich werde mich nicht dafür entschuldigen, Aketo.«

»Das verlange ich auch nicht von dir«, sagte er. Ich konnte hören, wie wütend er war und wie schwer es ihm fiel, seinen Zorn zu unterdrücken.

»Ich musste allein sein, um mit meinen Gefühlen klarzukommen. Du und Bakkha, ihr versteht mich besser als jeder andere. Ich wollte meinen Schmerz nicht jedes Mal in deinen Augen wiedererkennen, wenn ich dich ansehe.« Es war schon schmerzhaft genug gewesen, mit anzusehen, wie die anderen Leute um mich herum förmlich darauf warteten, dass ich zusammenbrach. Aber mich selbst durch Aketos oder Bakkhas Augen zu sehen? Mich jeden Tag zu fragen, wie viel Intimes sie über mich wussten? Das konnte ich nicht. »Am Anfang wollte ich mich nur abschotten, bis wir Asrodei verließen. Aber dann hat sich mein Zustand wochenlang nicht gebessert. Jeden Tag wurde ich wütender. Es war einfacher, mich vor der Welt zurückzuziehen.«

»Als ich klein war, bin ich immer vor meiner Mutter weggerannt, wenn ich traurig war«, sagte Aketo. »Ich wusste, dass sie genau die richtigen Worte finden würde, um mich davon zu überzeugen, dass es keinen Grund gab, traurig zu sein. Meine Mutter ist sehr vernünftig. Es ist ansteckend.« Er lächelte schief. »Ich verstehe es, wenn du jetzt lieber in den Palast zurückwillst. Ich habe dem Jäger gesagt, dass es keine gute Idee ist, dich so zu überraschen.«

Ich schüttelte den Kopf. Seit Wochen war ich nicht mehr durch Ternains Straßen gewandelt. Selbst die Höhle des Tigers mit ihren baufälligen Gebäuden und schäbigen Tavernen war mir eine willkommene Ablenkung. »Ich will noch nicht zurück. Hast du viel Zeit mit Bakkha verbracht?«

»Zu viel.« Aketo schnaubte. »Ich wäre heute Abend ja nicht mitgekommen, aber er hat damit gedroht, dich zu verführen, wenn ich ihn nicht begleite. Ich dachte mir, dass das eine Tragödie wäre, die ich lieber vermeiden sollte.«

»Ja, äh, also, ich freue mich, dass du gekommen bist«, sagte ich mit brennenden Wangen. Ich glaubte nicht, dass ich Bakkhas Verführungskünsten verfallen würde. Entweder würde ich vor Wut in Flammen aufzugehen oder so sehr lachen müssen, bis mir die Tränen kamen.

Ein eng umschlungenes, kicherndes Pärchen mit einer Flasche Schnaps bog stolpernd in unsere Straße ein. Das eine Mädchen hatte helle Haut und goldenes Haar, das andere dunkle Haut, rosige Wangen und zu einer Krone aufgetürmte Locken.

Das goldhaarige Mädchen grinste breit und zeigte uns dabei all ihre Zähne. »Wollt ihr ’nen Schluck?«

»Ich glaube, wir hatten genug«, lallte ich und presste mich an Aketo. »Trotzdem danke.«

Wir imitierten die beiden Liebenden, während wir uns stolpernd von ihnen entfernten. Aketo hatte einen Arm um meine Hüfte geschlungen, meine Hände lagen auf seiner Brust, und ich versuchte, seine Wärme nicht zu sehr zu genießen. Aus genau diesem Grund ließ ich mich nie mit jemandem auf dem Flicken ein. Es war zu gefährlich, sich nach jemandem zu sehnen, der oder die es sich anders überlegen konnte.

Seine Finger verschränkten sich mit meinen, und er zog mich die Straße entlang, bis wir die beiden Mädchen weit hinter uns gelassen hatten. Dann zog er mich an sich und drückte mich gegen die Wand eines verlassenen Hauses.

Ich dachte immer noch an die beiden Liebenden und ihre simple Fröhlichkeit, als Aketo beide Hände an meine Wangen legte.

Wir standen so nah beieinander, dass ich seinen Atem spüren konnte.

»Das ist also *dein* Verführungsversuch?«, fragte ich in der Hoffnung, er würde meinen viel zu schnellen Herzschlag nicht hören.

»Seine Finger strichen über meinen Nacken. »Funktioniert es?«

»Na ja«, hauchte ich. »Ich habe schon Besseres gesehen.«

Er lehnte sich zurück, stützte sich aber mit einer Hand an der Wand neben mir ab. »Ach wirklich? Und ich dachte, dass ich das ziemlich gut mache.«

»Du hast Potenzial«, sagte ich ermutigend. »Mit ein wenig Hilfe könntest du es wirklich zu etwas bringen.«

»Dann sollte ich mich wohl auf die Suche nach dem Jäger machen«, sagte Aketo. »Er kennt sicher ein paar vierhundert Jahre alte Strategien, von denen wir noch nie gehört haben.«

Ich sah zu ihm auf. Das mir mittlerweile so vertraute Grinsen umspielte seine Mundwinkel. Es war weicher als sonst. Sein Daumen strich wieder über meinen Nacken. Es machte mich wahnsinnig. »Wir sollten bald zurückgehen. Aber bleib noch ein bisschen bei mir, ja?«

Ich legte den Kopf an seine Brust, sodass ich nichts mehr wahrnahm als seinen festen Herzschlag ganz nah an meinem.

Hier im Mondlicht, in seiner warmen Umarmung, fühlte ich mich sicher. Ich wollte mich an dieses trügerische Gefühl klammern, solange ich konnte.

In der Nähe huschte eine Ratte durch eine Pfütze. Ich zuckte zusammen, und die Realität brach mit einem Schlag wieder über mich herein. Papa, Katro, Bakkha – alles.

»Lass uns gehen«, murmelte er in mein Haar.

Als er einen Schritt von mir wegtrat, nahm ich seine Hand und hielt sie fest.

Kapitel 26

Wir kehrten nicht in meine Gemächer zurück, obwohl sich bereits das warme Licht der Morgendämmerung am Horizont abzeichnete und Mirabel bald kommen würde, um mich zu wecken – oder es zumindest zu versuchen. Ich hatte sie in letzter Zeit ebenfalls zu meiden versucht, so gut man eben jemandem aus dem Weg gehen konnte, der einen jeden Morgen ankleidete.

Aketo hob die Hand, um zu klopfen, doch die Tür schwang von innen auf. Bakkha lehnte im Türrahmen und musterte uns abschätzig. Ich funkelte ihn an, und er lachte. »Oh, wie ich dich vermisst habe, Prinzessin.« Sein Blick wanderte zwischen Aketo und mir hin und her. »Es ist also gut gelaufen?«

»Steck deine Nase nicht in fremde Angelegenheiten, Jäger«, sagte Aketo hinter mir. »Das ist unter deiner Würde.«

»Das bezweifle ich.« Ich schob mich an Bakkha vorbei. »Es gibt nur wenig, das unter der Würde unseres lieben Jägers ist.«

»Unseres lieben Jägers?« Er grinste. »Wie süß von dir.«

»Ich weiß wirklich nicht, wie ich es so lange mit dir ausgehalten habe«, sagte ich. »Ist er hier?«

Er deutete mit dem Kopf in eine Ecke des Zimmers, wo Katro in einer Ecke mit glühenden Seilen an einen Stuhl gefesselt war. Seine sonst braune Haut war blass, das lockige Haar zerzaust. Seine Unterlippe war geschwollen und blutverkrustet. Er sah aus, als hätte Bakkha ihn direkt aus dem Bett geholt – gewaltsam.

Wenigstens war Bakkha immer hilfreich.

»Wie wundervoll, Euch zu sehen, Prinzessin Evalina«, sagte Katro mit seidenweicher Stimme, die nur von einem leichten Zittern durchzogen war. »Alle waren der Annahme, dass Eure tiefe Trauer der Grund für Eure Abwesenheit am Hof wäre. Gut zu wissen, dass Ihr gar nicht so schwach seid, wie alle denken, aber das wird bald sowieso keine Rolle mehr spielen, schließlich steht Euer Tod kurz bevor.«

Ich ballte die Hände zu Fäusten, um mich zu beherrschen und ihn nicht zu schlagen. »Sag uns, was du über die Drakolaner weißt, oder« – ich deutete auf Bakkha – »er wird dich verletzen. Noch mal.«

An Katros selbstgefälligem Gesichtsausdruck konnte ich ablesen, dass ich ihn auf jeden Fall auch verletzen würde.

»Dummes Mädchen, ich habe keine Ahnung, wovon Ihr sprecht.« Katro lachte und leckte sich ein wenig Blut von der Unterlippe. Ich trat vor und griff nach dem Messer an meinem Gürtel.

Bakkha hielt mich an der Schulter fest. »Dein Prinz kann ihn mit Magika zum Reden bringen. Wir müssen ihm nicht wehtun.«

Ich warf Aketo einen Blick über die Schulter zu. Er funkelte Bakkha an, der nur lässig die Achseln zuckte. »Ich hätte dich nicht reingelassen, wenn wir das hier auf die harte Tour gemacht hätten. Scheint mir ziemlich grausam, jemanden dabeizuhaben der Emotionen spüren kann, wenn man jemanden foltert.«

Ich biss mir so fest auf die Lippe, dass die Haut beinahe einriss. »Ich bin nicht sicher, ob –«

»Ich weiß nicht, worum es hier geht«, unterbrach Katro mich mit immer noch zitternder Stimme, »aber ich werde euch nichts verraten. Ihr seid Idioten, wenn ihr glaubt, ich wüsste etwas über den Tod des Königs.«

»Du bist hier der Idiot – du wurdest gesehen«, fuhr ich ihn an. »Dachtest du wirklich, ein Drakolaner würde einen Fey mit grünem Haar vergessen? Oder bist du so arrogant zu glauben, niemand würde eins und eins zusammenzählen? Deiner Prinzessin wird es gar nicht gefallen, dass sie eine so inkompetente Person für ihre Decksarbeit ausgewählt hat.«

»*Meiner* Prinzessin?« Er lachte erstickt. »Oh, Eure Hoheit, Ihr versteht überhaupt nichts.«

Ich war erleichtert. Wenigstens hatte Isadore keinen Anteil an alledem gehabt.

Aketo ging an mir vorbei und kniete sich vor Katro. Er zögerte einen Moment, eine Hand verharrte über Katros Knie in der Luft. Ich erinnerte mich daran, dass Aketo gesagt hatte, seine Magika funktioniere am besten durch Berührung. »Eva …«

»Du musst das nicht tun, Aketo«, sagte ich.

Er nickte grimmig. »Ich weiß, aber der König hat mir und meiner Familie viel bedeutet. Ich will die Wahrheit über seinen Tod herausfinden.«

»Ist er Khimaer?«, stotterte Katro. Die Furcht in seiner Stimme hatte sich in Ekel verwandelt.

Ich ignorierte ihn. »Wie wirst du es tun?«, wandte ich mich an Aketo.

Aketo zuckte nicht mal mit der Wimper. »Ich habe es noch nie gemacht, aber es sollte möglich sein, seine Angst so sehr zu steigern, dass er sich nicht mehr wehrt. Das ist übrigens auch eine Form der Folter, Jäger. Ich würde es für niemand anderen als den König tun …«

Aketo legte seine Hand auf Katros Bein und verzog die Lippen zu einem Lächeln, das dem Gefesselten seine Fangzähne zeigte. Katro versteifte sich und zerrte an seinen Fesseln. Sie schienen ihn nicht zu verletzen, waren aber so fest geschnürt, dass er sich nicht bewegen konnte. »Eure Hoheit«, keuchte er, »unbefugte Verhöre sind ... Ihr dürft nicht ...« Seine Stimme brach, seine Augen wurden groß, und er ruckte mit dem Kopf von mir zu Aketo. »Selbst wenn Prinzessin Isadore Euch nicht tötet, wird es jemand anderes tun. Wir können nicht zulassen, dass ein Misch–«

Aketos Hand umklammerte sein Knie fester, und Katro riss stärker an seinen Fesseln. Er zischte wie eine nass gewordene Katze, ein Raubtier, das mich töten wollte. Sein Körper bäumte sich auf, schien unter großen Anstrengungen zu leiden, während er immer noch versuchte, von Aketo fortzukommen. Ich war zu erstaunt, um zu sprechen. Es war wirklich Folter. Ich hätte mir vorher nicht vorstellen können, dass Aketos Magika zu so etwas fähig war.

Auch Aketos Miene machte mir Angst. Er schwankte, seine Hand umklammerte immer noch Katros Knie. »Jetzt, Jäger!«

»Welche Rolle habt Ihr in König Leis Tod gespielt?«, fragte Bakkha.

»Ich habe sie bloß gefunden«, japste Katro. »Jene, die seit der Schließung der Grenzen zurück nach Drakol wollten. Sie hat mir aufgetragen, ihnen einen Weg aus Myre, weg von der Magika, zu versprechen«

»Wer?«

»Meine Mutter«, knurrte er. »Macht, dass es aufhört. Ich schwöre Euch die Treue, ich sage Euch, was immer Ihr wissen wollt. Bitte.«

»Lady Shirea? Warum sollte sie Papa töten wollen?« Ging es etwa darum, einen Fey-König auf den Thron zu setzen? Lady Shirea war eine der wenigen vernünftigen Leute am Hof. Sie hatte ein Händchen fürs Militärische. Papa und sie hatten sogar mehrmals zusammengearbeitet. Und wenn Lady Shirea wirklich einen Fey-König wollte, wäre es ein viel besserer Schachzug gewesen,

Mutter und Isadore zu einer Hochzeit mit einem ihrer Söhne zu bewegen.

Er lachte. Es klang rau und abgehackt, sodass sich alle Härchen in meinem Nacken aufstellten. »Das kann ich Euch nicht sagen.«

Ich zog ein Messer aus dem Gürtel und presste es ihm an die Kehle, bis ich seine Halsschlagader an der silbernen Klinge pulsieren sah. Aus nächster Nähe konnte ich die Furcht, die in Wellen von ihm ausging, beinahe riechen. Er zuckte plötzlich so heftig zusammen, dass das Messer seine Haut ritzte und ein paar Blutstropfen seinen Hals hinabrannen. »Sagt es mir.«

»Was wollt ihr denn hören?« Er spuckte die Worte förmlich in meine Richtung, stemmte sich wieder gegen seine Fesseln und diesmal auch gegen das Messer, sodass ich es fortnehmen musste. Heute Nacht würde es keine Toten geben. Nicht mehr, bis ich meine Schwester töten musste, und das würde der letzte Tod sein.

Ich hielt das Messer über seine Schulter. »Warum hat sie meinen Vater ermorden lassen? Steckt sie hinter den Angriffen auf mein Leben?«

»Darüber weiß ich nichts.« Er lachte wieder. Nun war er beinahe so wild wie ein Tier, panisch rollte er mit den Augen, sodass ich das Weiße darin sehen konnte. »Meine Mutter hat mir nur aufgetragen, die Drakolaner zu finden. Ihr müsst sie schon selbst fragen, wenn Ihr mehr wissen wollt.«

»Lügt er? Könnt ihr es spüren?« Ich sah Aketo und Bakkha an. Bakkha schüttelte unsicher den Kopf. Auf Aketos Gesicht lag ein dünner Schweißfilm. »Während ich seine Angst verstärke, kann ich es nicht mit Sicherheit sagen.«

»Dann hör auf, ihn zu manipulieren«, sagte ich.

Aketo ließ Katro los und erhob sich. Er sah benommen aus, als müsste er sich übergeben, doch darum konnte ich mich im Augenblick nicht kümmern.

Katro sackte in sich zusammen und atmete keuchend ein und aus. »Danke, Eure Hoheit. Ich habe mich schon gefragt, wie lange Ihr diese Brutalität noch dulden würdet.«

Ich hielt ihm abermals das Messer an den Hals, drückte aber nicht zu fest zu, damit er sich nicht wieder selbst verletzte. »Raus damit. Wer hat Eure Mutter beauftragt, die Drakolaner zu finden.«

»Ich sage es Euch nicht.«

Also wusste er es.

»Erzählt es mir einfach«, sagte ich, überrascht, dass meine Stimme plötzlich belegt klang. Ich presste ihm das Messer fester an die Kehle. Warum sollte ich ihn verschonen, wenn er am Tod meines Vaters beteiligt war? »Bitte, erzählt es mir einfach, Katro.«

»Ich kann nicht. Sie …« Ein schmerzhafter Würgelaut entwich ihm. Sein Blick zuckte hinter mich, entweder zu Aketo oder zu Bakkha. Dann starrte er nur noch ins Leere.

Das Blut gefror mir in den Adern. Sein Blick war so leer gewesen wie Dagons, bevor er mich angegriffen hatte. Völlig willenlos. Einen kurzen Moment starrte ich ihn entsetzt an, dann schmolzen seine verzauberten Fesseln, und er warf sich nach vorne, sodass sich mein Messer in seine Kehle bohrte.

Kapitel 27

Der Gestank des Bluts ließ mich würgen. Meine Augen waren fest geschlossen, meine Hand umklammerte den Knauf meines Messers. Alles war feucht. So feucht.

Ich war plötzlich wieder in Asrodei, kniete in einem Meer aus Blut, meine Finger fuhren über Papas friedliches Gesicht, als ich etwas hörte – das Rascheln der Vorhänge. Mein Geist wurde klar, meine ganze Umgebung schien schärfer, während ich die Frau tötete. Meine Hände griffen nach Papas Breitschwert, und ich rannte, schwang die Waffe in weitem Bogen, sodass meine Muskeln brannten. Ihr Körper rutschte langsam zu Boden, während heißes Blut aus ihrer Wunde spritzte und mir übers Gesicht lief.

Ich hörte eine Stimme, die mich wieder in die Gegenwart zurückholte. »Eva, Eva, Eva.« Diesmal wusste ich, dass es Aketo war. Er hatte die Arme um mich gelegt und strich mir sanft über den Rücken, sein Mund dicht an meinem Ohr. »Es ist alles in Ordnung. Es geht dir gut.«

»Ist die Leiche … ist er weg?«, flüsterte ich in den Stoff seines Hemdes. Katro war tot, niemand würde eine solch brutale Wunde überleben. Er hatte sich wieder und wieder auf mein Messer geworfen, bis ich losgelassen hatte und es in seiner Kehle stecken geblieben war. Seine Augen hatten immer noch weit offen gestanden, ohne etwas zu sehen, während das Blut seinen Hals hinabgeströmt war.

Und dann – ich konnte mich nicht mehr erinnern. Die Panik hatte überhandgenommen, und ich war erst wieder hier in Aketos Armen zu mir gekommen.

»Wir haben den Raum verlassen. Ich habe dich in ein anderes von Bakkhas Zimmern gebracht.«

Trotzdem konnte ich das Blut noch riechen. Ich spürte die Anwesenheit des Todes überall um mich herum. Aketo hielt ihn von mir fern, doch ich konnte ihn fühlen. Tod und Schmerz und all die Dinge, die mich einfach nicht in Ruhe lassen wollten. Als die Panik langsam nachließ, wurde mir mein Körper und seine Verbindung zu Aketo nur noch bewusster. Er war so warm, und da ich die Arme ebenfalls um ihn geschlungen hatte, konnte ich die harten Muskeln in seinem Rücken spüren. Die Schuppen an seinem Hals waren weich, fast wie Seide, und ich konnte das Öl riechen, das er in sein Haar gegeben haben musste, erdig und würzig.

Es war beunruhigend, wie geborgen ich mich in seinen Armen fühlte. Wir lösten uns voneinander, und ich entdeckte Bakkha nicht weit entfernt. Ich erwartete, dass er einen unangebrachten Kommentar ablassen würde, doch seine Miene war leer, die Haut blass. In seinem Blick lagen Sorge und Erschöpfung. Als er bemerkte, dass ich ihn ansah, setzte er jedoch rasch eine Maske auf. Er lächelte mich sanft an und streckte eine Hand nach mir aus.

Ich nahm sie und stand auf. »Warum hast du ihn nicht aufgehalten? Warum ist deine Magika einfach … geschmolzen?«

»Auf Katro lag ein Zauber, genau wie auf dem Mann, der dich zu töten versuchte, bevor wir Ternain verlassen haben. Dadurch wurde jegliche Magika, die mit dem Zauber in Berührung kam, neutralisiert. Ich konnte ihn nicht an Katro spüren. Es ist eine ziemlich komplexe Sache, einen Zauber so gut zu verstecken. Normalerweise gibt es immer etwas, das ihn verrät. Es riecht für gewöhnlich nach Zucker und Verrottetem. Irgendjemand hat diese Macht an Katro angewendet, ohne wirklich zu wissen, ob wir ihn finden würden …« Er fuhr sich mit der Hand über das Gesicht.

»Der Zauber muss durch etwas ausgelöst worden sein. Vielleicht weil wir der Wahrheit so nah gekommen sind. Er war kurz davor, uns etwas Entscheidendes zu verraten, Eva. Etwas, das sein Auftraggeber unbedingt geheim halten will.«

Und Katro war dafür gestorben, weil ich ihn so leichtsinnig befragt hatte.

»Ich bezweifle, dass die Beschreibung so eines Zaubers meiner Mutter als Beweis reichen wird. Ich brauche fundierte Informationen.« Ich zuckte zusammen, weil mir ein Gedanke kam. »Vielleicht finden wir in Katros Gemächern einen Hinweis auf die Verbindung zu den Drakolanern.«

Ich sah die beiden fragend an. Würden Bakkha und Aketo mich dafür verurteilen, die Räume eines Toten zu durchsuchen? Sie wechselten einen Blick.

»Eva, ich glaube nicht, dass das eine gute Idee ist«, sagte Bakkha. »Wir wollen schließlich nicht mit seinem Tod in Verbindung gebracht werden.«

Sein Tonfall ließ erneut Panik in mir aufsteigen. »Also ist Katro jetzt tot, und ich habe nichts.«

Ich verließ das Zimmer, ohne zurückzublicken. Bakkha folgte mir. Ich spürte seine Sorge in meinem Hinterkopf. Er war so sehr auf mich konzentriert und so frustriert. Doch das störte mich nicht. Ich hatte immerhin wochenlang geübt, ihn zu ignorieren.

Jetzt würde es mir nicht schwerfallen, einfach so weiterzumachen.

Ich versuchte, Mirabels lautes Geschimpfe auszublenden. Bakkha hatte sich in eine Ecke meines Schlafgemachs zurückgezogen. Nachdem wir ihr alles berichtet hatten, war Anali davongeeilt, um sich um Katros Leiche zu kümmern.

Der enttäuschte Blick, den sie mir zugeworfen hatte, bevor sie den Raum verließ, hatte mir einen Stich versetzt.

Ich hatte mich noch nie mehr wie ein Kind gefühlt als jetzt. Doch diesmal hatte ich kein schlechtes Gewissen wegen eines aufgeschrammten Knies oder eines kaputten Spielzeugs, sondern wegen eines Lebens, das ich zerstört hatte.

Irgendwo da draußen gab es einen Sorceryn, der zwei Tote auf dem Gewissen hatte. Und ich trug die Schuld an dreien. Katro war tot. Selbst wenn ich ihn für seine Rolle in Papas Tod hasste, selbst wenn er es verdiente – er war ohne einen gerechten Prozess hingerichtet worden. In Gedanken spielte ich immer wieder eine Erinnerung ab: Katro, wie er Isa und mich als Kinder lachend durch die östlichen Gärten jagte. Sein Haar reichte ihm gerade so bis zu den Spitzen seiner Ohren. Falun war auch da gewesen, das Haar bis zu den Ellbogen. Er hatte mir geholfen, auf einen Baum zu klettern, um Katro zu entkommen.

Seit unserer Geburt war es Isas und mein Schicksal gewesen, uns gegenseitig umzubringen. War das der Grund, warum ich zu einer Botin des Todes geworden war, oder stimmte etwas anderes nicht mit mir? Es musste diese Gewaltbereitschaft gewesen sein, die die Auguries bei meiner Geburt vorhergesehen hatten. Natürlich hatten sie eingewilligt, meine Magika zu binden.

Mirabels Stimme riss mich aus meinen düsteren Gedanken.

»Wie, bei allen Göttern, konntest du nur glauben, dass dies eine gute Idee wäre, Eva?

»Irgendjemand musste ja Nachforschungen über Papas Tod anstellen«, sagte ich. Ich würde mich nicht ausschimpfen lassen.

Niemand anderes hatte auch nur einen Finger gerührt. Als ich aus Ternain zurückgekehrt war, hatte ich Mirabel eine ganze Woche gedrängt, etwas zu unternehmen. Ich war sogar bei den Auguries gewesen, um mich nach den Omen zu erkundigen, in der Hoffnung, auf eine mögliche Verbindung zu stoßen. Doch Saru hatte mich fortgeschickt.

Ich hatte es Mirabel wieder und wieder erklärt: Es konnte nicht nur der König von Drakol allein sein, der für Papas Tod verantwortlich war. Doch Mirabel hatte immer nur gesagt, dass wir uns auf meinen Namenstag konzentrieren sollten, dass Papa es so gewollt hätte.

Allerdings wusste ich, worum es eigentlich ging: Mirabel glaubte, ich sei zu schwach, sodass mich meine Nachforschungen nur noch tiefer in Trauer stürzen würden. Aber was machte das schon?

»Ich habe Leis Tod untersucht, du dummes Mädchen!«, fuhr Mira mich an. »Ich habe die Verbindung zwischen Lady Shirea, ihren Söhnen und den Drakolanern schon vor Tagen aufgedeckt. Anali und ich haben sie im Auge behalten, haben abgewartet und Pläne geschmiedet, was wir nach deinem Namenstag mit dieser Information anstellen sollten.«

»Was?«, keuchte ich.

»Ja, mein Kind. Wenn du nur ein bisschen mehr Geduld gehabt hättest – oder den Leuten vertrauen würdest, die nur dein Bestes im Sinn haben –, wäre der Mann jetzt nicht tot. Und du hättest unsere einzige Spur nicht zerstört.«

»Meinst du nicht eher, wenn *du mir* vertraut hättest?«, fragte ich bitter. »Wie konntest du mir das vorenthalten? Wie kannst du es wagen?«

»Weil du nachts nicht schläfst und morgens kaum aus dem Bett kommst. Du schließt uns alle aus.« Mirabel schüttelte den Kopf.

»Du warst nicht bereit dafür. Und du solltest dich auf viel wichtigere Dinge vorbereiten. Da musst du dich nicht auch noch damit herumschlagen.«

»Ich hätte es gebraucht«, flüsterte ich, denn wenn ich nicht flüsterte, würde ich schreien. »Das Einzige, was mich davon abgehalten hat, verrückt zu werden, war, mich um Papa zu kümmern.«

Mirabel streckte eine Hand nach mir aus, doch ich wich vor ihr zurück. Sie hätte wissen müssen, dass ich nicht berührt werden wollte. Seit Wochen zuckte ich vor jeder Art Zuneigung zurück. »Eva, dein Vater ist tot. Du musst dich nicht mehr um ihn kümmern. Aber mir und allen anderen ist es wichtig, dass du dich um dich selbst kümmerst.«

»Langsam werde ich es wirklich müde, dass du mir sagst, was ich tun soll, was ich will, was ich wissen muss. Du und Papa, ihr wolltet, dass ich Königin werde, aber ihr habt mir keine eurer Geheimnisse anvertraut. Wenn ihr mich die ganze Zeit über angelogen habt, sollte es euch nicht überraschen, wenn ich dasselbe tue. Ich bin zu genau der geworden, die ihr aus mir gemacht habt.«

»Eva, bitte«, flehte Mirabel.

»Ich muss allein sein.«

Mirabel deutete mit einem zitternden Finger auf Bakkha. »Was ist mit ihm?«

»Ich muss mit der Prinzessin sprechen, Lady«, sagte er betreten. Er warf einen Blick in meine Richtung. »Es geht um ihren Unterricht.«

Mirabel funkelte ihn scharf an. »Ihr stellt mein Vertrauen zu Euch wirklich auf die Probe, Jäger. Wie konntet Ihr zulassen, dass sie so etwas tut, nachdem Ihr sie außerhalb des Palasts aufgegriffen habt?«

»Verzeihung, Lady, aber ich konnte sie mir ja schließlich nicht einfach über die Schulter werfen und mit ihr zurückrennen«, sagte er mit gesenktem Kopf.

Sie schnaubte aufgebracht und lief mit großen Schritten aus dem Zimmer.

»Dreh dich um«, befahl ich Bakkha und begann, mich auszuziehen. Als ich nur noch mein Unterhemd trug, schlüpfte ich ins Bett und zog mir die Decke bis zum Kinn.

»Was willst du, Bakkha?«

»Wir müssen deinen Unterricht fortführen«, sagte er. »Du musst dich wieder an Gewalt gewöhnen. Heute bist du völlig zusammengebrochen, hast einfach dichtgemacht. Wenn deine Schwester dich herausfordert und du dich so schlägst wie heute, wirst du sterben. Ich habe lange genug gewartet, es ist Zeit für deine letzte Lektion.«

Ich sah weg. »Bevor mein Vater ermordet wurde, hat er mir erzählt, dass der Sorceryn, der meinen Bindungszauber gewirkt hat, tot ist. Ich habe es dir nie gesagt, aber es ist schlimmer geworden. Die Bindung wird immer fester, mit jedem Mal, wenn ich meine Magika benutze. Was ich vorhin benutzt habe, ist das Beste, was ich tun kann. Und selbst dann ist der Schmerz so stark, dass ich ihn nicht lange aushalte.«

»Und was willst du mir damit sagen?«, fragte Bakkha. »Dass du bereit bist, dein Leben aufzugeben?«

Nein, ich war bereit, alles durchzustehen, was durchzustehen war, um Königin zu werden. Der Bindungszauber war nur ein schwacher Abklatsch des Schmerzes, mit dem ich seit Papas Tod jeden Tag zu kämpfen hatte. Aber ich war nicht bereit, die wenige Zeit, die mir bis zu meinem Namenstag blieb, mit nutzlosen Lektionen zu vergeuden, wenn für mich nicht auch etwas im Gegenzug dabei heraussprang. »Unter einer Bedingung, Bakkha«, sagte ich. »Du musst mir die Wahrheit über deine Vergangenheit sagen und warum du hier bist.«

»Perfekt, denn genau das habe ich vor.« Bakkha sah sehr zufrieden aus. »Ich dachte, ich müsste mehr Überzeugungsarbeit leisten. Wir haben eine Abmachung, Prinzessin. Ich erwarte dich morgen früh im Kleinen Palast.«

Mit diesen Worten drehte er sich um und verließ mein Schlafgemach. Ich löschte die Lampen und schlüpfte zurück ins Bett. Als ich die Lider schloss, sah ich Katros Augen vor mir. Sein Blick war erfüllt von der wilden Angst, die Aketo auf meinen Befehl hin in ihm ausgelöst hatte. Während Tränen meine Wangen hinabliefen, sagte ich mir, dass er es verdient hatte, doch ich wusste, dass es eine Lüge war. Ich machte mir nicht die Mühe, mein Gesicht abzuwischen. Tränen und schlaflose Nächte waren zu meinem Alltag geworden. Ich fragte mich nur, wann oder ob der Schmerz jemals enden würde.

Ich starrte auf die Tasse in meiner Hand und versuchte, mich an das letzte Mal zu erinnern, als mein Vater in Ternain gewesen war. Das dünne Porzellan hatte einen Riss an der Seite, doch der Inhalt war nicht ausgelaufen. War es vor zwei Jahren gewesen? Oder drei? Wie lange war es her, dass jemand – wahrscheinlich ein Mitglied der Königsgarde – meinem Vater dieses Getränk zubereitet hatte? So lange, dass die Überreste zu einem zähflüssigen Brei am Boden geworden waren. Ich stellte die Tasse auf Papas Schreibtisch ab und entfernte mich.

Ich war bei Tagesanbruch im Kleinen Palast eingetroffen, einige Stunden zu früh. Wenn man nicht schlafen konnte, war es ein Leichtes, nie mehr zu spät zu kommen. Um Zeit totzuschlagen, war ich in Vaters Büro gegangen, wo Bakkha und ich unsere erste Lektion gehabt hatten. Ich räumte den Schreibtisch auf, während ich darauf wartete, dass Falun den Jäger zu mir brachte.

Es war mein erster Besuch im Kleinen Palast seit meiner Rückkehr in die Hauptstadt. Ich hatte vorgehabt, mich sofort nach der Rückkehr aus Ternain durch Vaters Sachen zu wühlen, doch jedes Mal war etwas anderes dazwischengekommen. Die schiere Masse seiner Besitztümer entmutigte mich. Es gab Teppiche von den Webern in Korsai, Skulpturen der Göttlichen und mit Magika aufgeladene Amulette, Spielbretter aus Scherik und massenhaft Waffen. Ich würde ein ganzes Jahr brauchen, um alles zu sichten und zu entscheiden, was ich behalten wollte und was ich zum Anwesen seiner Familie auf der Ebene von Arym schicken würde.

Und mir blieb kein Jahr.

Ich hatte vielleicht noch nicht mal mehr eine Woche zu leben. Mein Namenstag war in zwei Tagen.

Nach dem Ball zu meinen Ehren würde Isadore sicher nicht lange warten. Der Tradition nach gab es keine Herausforderungen am Namenstag selbst, doch was war schon ein weiterer Tag? Ich hatte begonnen, mir vorzustellen, wo und wann sie es tun würde. Höchstwahrscheinlich an einem der darauffolgenden Tage am Hof, sodass es ein großes Spektakel werden würde.

Ich hatte keine Wahl, als ihr aus dem Weg zu gehen. Ich könnte sie meinerseits herausfordern, doch nur ein Dummkopf würde seinen eigenen Tod beschleunigen. Wie auch immer unser Kampf beginnen würde, er würde damit enden, dass eine von uns tot war. Ich war noch nicht gut genug, um meine Schwester zu besiegen, und ich musste weiterleben, um herausfinden zu können, wer noch in Lady Shireas Verschwörung verwickelt war. Ich würde den Tod meines Vaters rächen.

Erst danach konnte ich Königin werden.

Es klopfte an der Tür, doch Bakkha wartete nie darauf, hereingebeten zu werden. Er trat ein, gekleidet in Lederhosen, goldbeschlagene Stiefel und eine weiße Baumwolltunika. Das goldene Haar hatte er zu einem losen Zopf geflochten. Er nippte an einer dampfenden Teetasse.

Wortlos ging er zu dem Tisch in der Mitte des Raums und ließ sich in einen Stuhl plumpsen. Die Beine streckte er aus wie eine zufriedene Katze, die gerade gespeist hatte. »Willst du mir nicht Gesellschaft leisten, Prinzessin?«

Ich setzte mich mit vor der Brust verschränkten Armen ihm gegenüber. »Ich warte, Bakkha.«

Bakkha lachte laut auf. »Begrüßt man so etwa den Mann, der die letzten vier Wochen damit verbracht hat, einen zweihundert Jahre alten Schwur zu umgehen?«

»Ich glaube noch nicht daran, dass du deinen Teil unserer Abmachung wirklich einhalten wirst.«

»Ich kann dir versichern, dass ich einen Weg gefunden habe, den Schwur zu umgehen. Es ist mir zwar nicht erlaubt, davon zu sprechen, aber der Zauber hat keine Macht über meine Gedanken.« Als ich ihn verständnislos anstarrte, grinste Bakkha nur selbstgefällig und schloss die Augen.

Da verstand ich – die Landschaft in unseren Köpfen! Am Ufer des Sees würden wir uns frei unterhalten können, ohne je ein Wort laut auszusprechen.

Als ich am See ankam, umspielte das Wasser wieder sanft meine Zehen, doch Bakkha stand nicht wie üblich neben mir. Seine Stimme erklang allerdings klar und deutlich in meinem Kopf.

Ich wurde sehr weit nördlich von hier geboren, in den Wäldern des A'Nir-Gebirges.

Wo bist du?, fragte ich, verließ den See und ging auf die Bäume zu.

Durch unsere Verbindung spürte ich Bakkhas Gereiztheit. *Ich bin an einem Ort in unseren Köpfen. Gesell dich zu mir, wenn du kannst. Willst du die Geschichte nun hören oder nicht?*

Erzähl weiter. Ich betrat den Wald und suchte ihn nach einer Bewegung ab. Mit jedem Schritt schien ich ganze Meilen zu überbrücken. Die Bäume verschwammen um mich herum. Es war, als würde ich mit dem Wind um die Wette rennen – ohne jede Anstrengung.

Ich wurde am Fuß eines namenlosen Bergs geboren. Meine Eltern, wer immer sie waren, waren wohl zu beschäftigt, um sich um mich zu kümmern. In meinen ersten hundert Jahren verließ ich den Wald am Rande des Bergs kein einziges Mal. Stattdessen wanderte ich umher und testete die Grenzen meiner Magika aus, bis ich auf einen Khimaer aus dem Süden traf, der sein Lager in der Nähe meines Hauses aufgeschlagen hatte. Er besaß starke Magika und suchte mich auf, als er meine Macht spürte, genau wie du bei unserer ersten Begegnung. Er hatte keinen guten Einfluss auf mich. Er erzählte mir von Akhimar und brachte mir das Kämpfen und andere Arten der Magika bei. Er sagte mir, dass ich nicht wie die anderen Leute sei, die im Reich lebten, und dass die meisten alterslosen Göttlichen wie ich entweder bereits gestorben waren oder für die Königin im Süden arbeiteten. Die Königin wollte, dass er ebenfalls in ihre Dienste trat, da sie jeden, der mit mächtiger Magika gesegnet war, kontrollieren wollte. So gründeten wir gemeinsam die Wilde Jagd, um der Königin zu entgehen. Hundert Jahre streiften wir frei umher, bis wir gefangen wurden. Die damalige Königin hieß Onaye. Sie kam aus dem Ibasi-Stamm, hatte Schwingen wie ein Adler und konnte Feuer herbeirufen. Onaye war so furchterregend, dass selbst wir ihr nichts entgegenzusetzen hatten.

Um für meine Verbrechen zu büßen, ließ sie mir folgende Wahl:

Ich konnte entweder zu meinem Berg zurückkehren und im Exil leben oder ihr die Treue schwören. Da ich nicht wieder in völliger Abgeschiedenheit leben wollte, leistete ich den Blutschwur, der mich zwang, ihr und all ihren rechtmäßigen Nachfahrinnen zu gehorchen. Sollte ich den Schwur brechen, würde meine eigene Magika sich gegen mich wenden.

Hast du sie deswegen gehasst?, fragte ich, während ich mich immer noch durch die Bäume schlängelte. Sonnenlicht fiel durch das Blätterdach herab, und der lehmige Waldboden fühlte sich unter meinen nackten Füßen weich an.

Am Anfang nicht, antwortete Bakkha. *Ich war der vielen Kämpfe und Gewalt überdrüssig geworden. Meine Reisen durch das ganze Reich hatten mich gelehrt, dass es mehr im Leben gab als die Jagd. Ich glaubte, dass ich mich nicht mehr so schlecht fühlen würde, wenn ich im Namen der Krone agierte. Doch im Auftrag der Königin schnitt ich mehr Kehlen durch als während meiner Zeit als Jäger. Ich verliebte mich, bekam eine Tochter und lernte, was es heißt zu trauern. Aber während all dieser Zeit stand ich im Dienst der Krone. Als ich schließlich Raina traf, hasste ich die Königinnen bereits von ganzem Herzen.*

Ich kam zu einer Lichtung. In ihrer Mitte stand ein riesiger Baum mit Hunderten dürren, kahlen Ästen, die sich im Wind wiegten. Bakkha hatte sich darunter ausgestreckt, sein goldenes Haar war um seinen Kopf ausgebreitet wie ein Kranz. Als ich mich zu ihm setzte, fuhr er fort.

Ich habe dir eine einzige Lüge erzählt, Eva. Ich kannte Rainas Pläne, bevor ich sie mit in den Palast nahm. Ich glaubte, mein Schwur würde enden, wenn es keine rechtmäßige Königin mehr gab. Ich überlegte es mir erst anders, als ich erkannte, dass Raina nicht nur Rache üben, sondern den Thron für sich selbst beanspruchen wollte. Ich konnte nicht zulassen, dass eine so gerissene Frau wie Raina das Schicksal Myres in den Händen hielt, doch es gelang mir nicht, ihre

Pläne zu durchkreuzen. Nachdem ich die damalige Königin tot auffand, beichtete ich alles ihrer Tochter. Sie fragte mich, was ich tun würde, um es wiedergutzumachen.

»Wirst du uns weiter dienen, Jäger? Nicht den Königinnen, sondern dem Volk?« Ich willigte ein, da ich nicht verstand, dass sie einen ganz anderen Schwur meinte. Einen, den man nicht umgehen konnte. Er wurde dreimal mit Blut besiegelt: meinem, dem Blut der Erbin von Königin Onaye und dem eines meiner Enkel. Ich musste schwören, mit niemandem je darüber zu sprechen und den Nachfahren der letzten Königin zu dienen, bis sie den Thron wieder zurückerobern würden. Das ist es, was ich seit dem Großen Krieg getan habe. Ich habe Befehle ausgeführt, die ich nicht guthieß, und konnte niemandem erklären, warum. Bis jetzt.

Bakkha setzte sich auf. *Was meinst du, Prinzessin? Entspricht meine Legende deinen Erwartungen?*

Seine Stimme klang unbeschwert, doch ich konnte seinen Schmerz spüren, der meinem nicht unähnlich war. Seine Trauer und sein Zorn waren so überwältigend, dass meine Zähne davon schmerzten.

Das tut mir leid war alles, was ich sagen konnte. Doch es war nicht annähernd genug. *Also leben die Khimaer Königinnen heute noch? In Roune?*

Bakkha nickte.

Was war dein Auftrag hier in Ternain? Warum bist du hergekommen? Ich hielt die Luft an, denn ich war sicher, dass mir seine Antwort nicht gefallen würde.

Wie erwartet mied er meinen Blick, und seine Stimme war nichts als ein Flüstern in meinem Kopf. *Ich wurde geschickt, um Informationen über die Königin zusammenzutragen.*

Ich öffnete die Augen und fand mich im Büro meines Vaters wieder. Dort ballte ich die bebenden Hände zu Fäusten. »Ich wusste es. Ich wusste, dass ich dir nicht vertrauen kann.« Nur einen Augenblick später öffnete auch Bakkha die Augen. »Du kannst mir vertrauen, Eva. Ich habe geschworen, dir nie wehzutun.«

»Aber das ist nicht deine Entscheidung, oder? Was, wenn sie dir als Nächstes befehlen, mich zu töten?«

Bakkha ließ den Kopf hängen, antwortete aber nicht. Es war, wie ich erwartet hatte. Er hatte keine Kontrolle über sein eigenes Schicksal – oder meins.

»Bin ich dir an jenem Tag in der Bibliothek wirklich durch Zufall begegnet, Bakkha? Oder hast du es geplant?«

Er könnte sich keine bessere Informationsquelle wünschen als eine verzweifelte Prinzessin, die mit der seltenen Magika gesegnet war, die er ebenfalls besaß.

Er schüttelte den Kopf. »Mein ursprünglicher Plan war, mich von allen, die dem Thron nahestehen, fernzuhalten. Mir wurde befohlen, um jeden Preis zu verhindern, dass meine Mission auffliegt. Glaub mir, du warst eine unerwartete Komplikation, die für mich wahrscheinlich schmerzlich enden wird.«

Ich erstarrte. »Sie bestrafen dich?«

Seine Miene wurde weicher. »Das ist doch egal. Du kannst sowieso nichts dagegen tun.«

»Kannst du nicht einfach … hierbleiben?« Ich verachtete die Hoffnung, die in meiner Stimme mitschwang. »Hier in Ternain. Hilf mir, nach meinem Namenstag den Thron zu besteigen.«

»So einfach ist das nicht, Prinzessin. Ich war schon in Gefängnissen eingesperrt und bin bis ans andere Ende der Welt gesegelt. Selbst am Hof in Drakol habe ich mich eingeschlichen. Durch den Schwur können die Königinnen mich von überallher zu sich ordern. Wenn sie mich rufen, muss ich gehen.«

Ich verstand und machte ihm noch nicht einmal einen Vorwurf. Nicht dafür, dass er mich betrogen oder Raina geholfen hatte. Dafür hatte er bereits mit seiner Versklavung bezahlt. Doch das wenige Vertrauen, das wir in den letzten Wochen aufgebaut hatten, war verschwunden. Selbst wenn er mich tatsächlich nicht für seine Zwecke benutzt hatte, war ich es gewesen, die ihn an den Hof gebracht hatte. Ich hatte ihm alles gegeben, was er brauchte.

»Entgegen aller Vernunft glaube ich dir, dass du mir nichts Böses willst, aber wenn du versuchst, Ternain zu verlassen, werden wir ja sehen, wie lange dich ein Gefängnis aufhalten kann.« Ich erhob mich und wandte mich zum Gehen.

»Was ist mit unserer Lektion?«, rief Bakkha mir hinterher, als ich an der Tür ankam. »Du musst noch üben, die Magika der Knochen und des Bluts gleichzeitig zu benutzen.«

»Unser Unterricht ist vorbei, Bakkha.« Außerdem hatte er mir heute bereits etwas Wichtiges beigebracht: niemandem zu vertrauen außer mir selbst.

Kapitel 28

Als ich am nächsten Morgen erwachte, hatte Mirabel Neuigkeiten für mich. Katros Mutter, Lady Shirea, und angeblich auch ihre beiden Söhne hatten Ternain plötzlich verlassen, um im Norden Urlaub zu machen. Ich wusste natürlich, dass einer von ihnen tot war. Es hätte keine bessere Bestätigung unserer Vermutungen geben können. Sicher wussten sie, dass jemand kurz davor war, herauszufinden, was sie getan hatten. Also waren sie geflohen.

Außerdem wartete eine Karte im Wohnzimmer auf mich. In dem Glauben, es wäre eine Einladung zu irgendeinem Ereignis am Hof, hätte ich sie schon fast ungelesen weggeworfen, doch dann entdeckte ich den kobaltblauen Dolch, das Siegel des Hauses Killeen, auf der Rückseite.

Evalina,
du wirst schmerzlich am Hof vermisst. Viele machen sich Sorgen, dass du nicht in der Lage sein wirst, in den kommenden Wochen gegen deine Schwester anzutreten. Ich muss zugeben, dass mich diese Frage ebenfalls umtreibt, und ich würde es gar nicht gern sehen, wenn sich deine wenigen Verbündeten jetzt auch noch von dir abwendeten. Ich habe Isadore aufgetragen, nach dir zu sehen. Ich weiß, dass du um deinen Vater trauerst, doch es wäre für uns alle leichter, wenn wir den Schmerz gemeinsam tragen würden.

Sie hatte den Brief nicht unterschrieben, doch ich kannte Mutters elegante Handschrift nur zu gut. Ich zerknüllte die Nachricht.

Für einen kurzen Moment schloss ich die Augen und presste die Hände gegen meine Oberschenkel, bis sie schmerzten. Fester und fester drückte ich zu, bis ich sicher war, blaue Flecke davonzutragen. Als ich die Hände zurückzog, spürte ich meinen Herzschlag in jeder Faser meines Körpers, bis in die Fingerspitzen.

Wir trafen uns nicht in meinen Gemächern. Das wäre viel zu intim gewesen. Stattdessen eskortierte mich meine Leibgarde zu einer nicht weit entfernten Laube, wo Isadore und ihre Wachen bereits warteten.

Licht fiel durch die mit Gitterwerk verzierten Fenster, sodass ein Netz aus Schatten entstand, das Isadores Kleid noch prunkvoller erscheinen ließen. Es war weit entfernt von der dezenten weißen Kleidung, die wir traditionell trugen, wenn wir uns in Trauer befanden. Der weiße Brokatstoff war über und über mit Spitze versehen und schmiegte sich eng an Isas Kurven. Ihr goldenes Haar war hochgesteckt, und sie stellte ihren langen eleganten Hals zur Schau.

Diese Trauerrobe war eher für einen Ball geeignet. Oder vielleicht versuchte sie, damit alle anderen am Hof zu übertreffen.

Mein Kleid war vergleichsweise schlicht. Es bestand aus einer einzigen weißen Stoffbahn, die bis zum Boden reichte, ähnlich den langen Gardinen, die jedes Fenster in Ternain zierten.

Ich würde mich nie mit der Schönheit meiner Schwester messen können. *Jeder hat seine Stärken,* hatte Papa immer gesagt.

Warum sollte ich so tun, als wäre ich jemand anderes? Sie war schließlich allein und durfte mich noch nicht angreifen. Außerdem standen meine Wachen nur wenige Fuß von uns entfernt. Warum sollte ich mich zurückhalten?

»Was willst du?«, fragte ich.

Sie lehnte sich von mir weg und warf mir einen tadelnden Blick zu. »Hast du Mutters Nachricht nicht gelesen? Sie macht sich Sorgen um dich, genau wie ich.« Sie wedelte mit einer Hand in meine Richtung. »Und offensichtlich zu Recht. Seit deiner Rückkehr nach Ternain hast du dich kein einziges Mal am Hof blicken lassen. Papa hätte sicher nicht gewollt, dass du vor deinem Namenstag aufgibst.«

Ich zuckte nicht mal mit der Wimper, als sie Papa erwähnte. Es war ein kleiner Sieg, obwohl das Bild, wie er blutend am Boden lag, durch meine Gedanken zuckte.

»Der Hof ist dein Gebiet, Isadore.« Ich faltete die Hände im Schoß. »Ich habe kein Interesse daran.«

Sie wickelte eine Haarsträhne um ihren Finger. »Selbst wenn du durch einen glücklichen Zufall zur Erbrivalin ernannt würdest, würde der Hof dir niemals folgen, wenn du seine Mitglieder nicht ernst nimmst.«

Warum schickte ich sie nicht einfach fort? Sie war nur gekommen, um mich zu quälen. Sollte ich es mir einfach gefallen lassen?

»Sie sind nicht die Einzigen, die zählen, Isadore. Und außerdem würden sie jedem folgen, der eine Krone trägt.«

Genervt funkelte sie mich an. »Wenn du das wirklich glaubst, bist du einfach nur dumm. Sie und wir – natürlich sind wir nicht die Einzigen, die zählen, aber wir sind die Wichtigsten. Wir sind die herrschende Klasse. Du wirst nie Königin werden, wenn du das nicht verstehst.«

Ich sah ihr in die Augen und erinnerte mich plötzlich an den Kuchen, den wir einmal auf ihrem Bett gegessen hatten. Alles war voller Krümel gewesen. Hatte sie mich wirklich im Stich gelassen, als wir Kinder waren, oder hatte sie mich nur auf die Einsamkeit vorbereitet, die mich mein Leben lang begleiten würde?

Ich musste zu lange geschwiegen haben, denn Isadore grinste

mich spöttisch an und beugte sich zu mir vor. »Wie ich sehe, hast du aufgegeben, jetzt, da Papa nicht mehr da ist, um dich zu unterstützen. Das überrascht mich nicht.«

Ich schüttelte den Kopf, ließ mich nicht von ihr provozieren. »Ich werde mich nicht auf deine kleinen Beleidigungen einlassen. Wozu auch?«

Viele verschiedene Gefühle zeigten sich gleichzeitig auf Isadores Gesicht. Ich glaubte, Unglauben und Bedauern zu erkennen, dann Wut. Und schließlich grimmige Entschlossenheit. »Warum hast du nie auf meine Briefe geantwortet, als du nach Asrodei gegangen bist?«

Weil ich darauf gewartet hatte, dass sie sich wenigstens ein einziges Mal entschuldigte, doch das hatte sie nie getan. »Warum hast du beschlossen, mich zu hassen, als ich zurückkam?«, konterte ich.

»Es war nicht schwer, als ich erst einmal verstanden hatte, dass du die Einzige bist, die zwischen mir und dem steht, was ich verdiene.«

Doch der Thron stand myreanischen Prinzessinnen nicht automatisch zu – sie mussten ihn sich erkämpfen.

»Und du hast es nie bereut?«, fragte ich.

Isadore straffte die Schultern. »Vielleicht früher mal. Aber jetzt, da ich weiß, wer du bist, bin ich erleichtert. Du bist nicht dafür gemacht, Königin zu sein, Eva. Das warst du noch nie.«

Mein Herz fühlte sich an, als wäre es in zwei Hälften geteilt – die eine hasste Isadore, die andere versuchte, sie zu verstehen.

Sie lag falsch. So falsch. Ich würde eine bessere Königin sein als Isadore. Ich musste.

Aufgrund des Zorns, der mich seit Wochen von innen verbrannte, hatte ich erwartet, wütend auf Isadore zu werden. Ein bisschen war ich es wohl auch. Aber da war auch Schmerz. Er war in dem Moment in meinem Inneren erwacht, als ich sie heute gesehen hatte. Ich wollte sie nicht töten. Ich wollte jedes kleinste bisschen von ihr aus meinem Herzen und meinen Gedanken entfernen und sie einfach nur vergessen.

Wie grausam war mein Herz, dass es sie immer noch liebte?

Ich beugte mich vor und legte eine Hand an ihre Wange. »Isa, ich habe nicht aufgegeben, und du wirst Myre nicht kampflos bekommen.«

Sie zuckte zurück und erhob sich. Als sie mich anfunkelte, war ihr Blick so hart wie glitzernde Juwelen. Ihr Feuer schien mich zu erdrücken. »Ich freue mich darauf, kleine Schwester«, sagte sie. Ihr Lächeln war so scharf wie eine Rasierklinge an meinem Hals. Doch es war ihr noch nicht erlaubt, mich damit zu schneiden.

Ich hatte keine Angst vor ihr, stattdessen traf mich die Gewissheit wie ein Schlag in den Magen. Wir waren füreinander verloren und würden es immer sein. Das hatte ich schon so oft gedacht, doch nun war es wirklich wahr geworden. Wir waren Rivalinnen und würden nie wieder etwas anderes werden.

Sie hatte die Laube schon fast verlassen, als ich sie noch einmal ansprach. »Macht es dir überhaupt etwas aus, dass Papa tot ist?

Ich konnte ihr Gesicht nicht sehen, doch ihre Schultern zogen sich zusammen. Sie zögerte lange. »Du hast deinen Schmerz, und ich habe meinen.« Ihr Stimme klang belegt, als könnte sie die Worte kaum aussprechen. »Nur weil ich meinen nicht wie eine Rüstung trage, damit jeder ihn sehen kann, heißt das nicht, dass er nicht da ist.«

Ich war mir sicher, dass sie log, doch ich schämte mich trotzdem. Allerdings wusste ich nicht, wofür. »Bis zu meinem Namenstag, Isa.«

»Ja, bis morgen. Auf Wiedersehen, Eva.«

Ich sah ihr hinterher, als sie ging.

Sie sah aus wie eine Königin, ein Traum aus Silber, Smaragdgrün und Gold, so funkelnd und scharfkantig wie ein Diamant. Makellos. Doch nun wusste ich es besser. Papas Tod hatte mich gelehrt, dass niemand unbesiegbar war.

Isadore konnte sterben, genau wie alle anderen.

Kapitel 29

Am nächsten Nachmittag ließ ich zu, dass Mirabel mich zu ihrer Zufriedenheit herausputzte. Als sie mit meinen Haaren und meinem Gesicht fertig war, wies ich sie an, das Kleid für den Abend auf mein Bett zu legen und mich allein zu lassen.

Als ich die Robe bewunderte, konnte ich mich kaum noch daran erinnern, was ich vor Monaten mit der Schneiderin besprochen hatte. Ich hatte ein Kinsah gewählt, ein Kleid mit einem langen, mehrlagigen Seidenrock in allen Farben des Horizonts: Orange, Gold, Hellrosa und Lavendel, Hell- und Dunkelblau. Das Mieder war nicht mit dem Rock verbunden und ließ ein wenig von meinem Bauch frei. Es war schwarz wie die Nacht und mit Perlen und winzigen Diamanten bestickt. Beide Teile passten zusammen und doch wieder nicht. Sie standen in Kontrast zueinander und harmonierten gleichzeitig.

Es war perfekt.

Bevor Mira den Raum verließ, drückte sie meine Hand. »Es ist königlich«, flüsterte sie. »Genau wie du.«

Es war das Beste, was sie hätte sagen können, denn mir war bisher nicht bewusst gewesen, dass mir etwas Königliches stehen konnte. Ich würde darin wunderschön aussehen. Und mächtig. Wie eine Naturgewalt. Und es war das erste Mal, dass ich seit Papas Tod wieder Farben trug.

Ich legte meine Kleidung ab. Obwohl dieses Kleid viel eleganter war, ähnelte das Mieder denen, die ich immer auf dem Flicken trug. Es ließ sogar noch mehr Haut frei – es zeigte nicht nur meinen Bauch, sondern war auch an den Seiten so weit ausgeschnitten, dass es einen Blick auf die Seiten meiner Brüste zuließ. Am Rücken bestand es nur aus einem Muster goldener Fäden, sodass ich nichts darunter tragen konnte. Ich zog den Rock an und drehte mich einmal um mich selbst, sodass sich der Stoff wie eine Glocke um mich ausbreitete.

Als ich mich im großen Spiegel meines Ankleidezimmers betrachtete, schnappte ich nach Luft. Mit den Händen fuhr ich über die Perlenverzierung, die Feuersteinkette, die ich um meinen Bauch geschlungen hatte, und meine Hüften. Ich war so fasziniert und beeindruckt von meinem Aussehen. Meine dunklen Locken umgaben mein Gesicht wie eine Wolke, Mirabel hatte Stunden damit verbracht, sie alle perfekt anzuordnen. Meine Nägel waren spitz gefeilt und blutrot. Selbst meine braune Haut schien zu leuchten. Allerdings sah ich dünner aus und trauriger. Müde. Ich hoffte, das Kleid würde es kaschieren. Eine Sache fehlte jedoch noch.

Ich wühlte mich durch mehrere Schmuckkästchen, fand aber nichts, was so recht passte. Doch dann fiel mein Blick auf die Hörner, die an meiner Tür hingen. Ich blinzelte und stand im nächsten Moment auch schon dicht davor, nur einen Fingerbreit von den scharfen Zacken entfernt. Seit meiner Rückkehr nach Ternain hatte ich Bakkhas Geschenk nicht mehr angerührt.

Als ich je eine Hand auf ein Horn legte, pulsierte Energie durch mich hindurch. Ich spürte einen unangenehmen Druck hinter den Augen, der immer stärker wurde, je länger ich die Hörner festhielt. Ich klammerte mich daran, bis ich langsam das Bewusstsein zu verlieren begann.

Ich ließ los und musste meine Hände auf den Knien abstützen, um wieder zu Atem zu kommen.

Ich schloss die Augen. Meine Zehen berührten das Wasser meines Sees. Die Oberfläche war ruhig und glatt. Unbewegt.

Ich sprang hinein und sank wie ein Stein.

Als ich nach Luft schnappte, drang mir Wasser in den Mund und drohte mich zu ersticken.

Es ist nur in deinem Kopf.

Es passiert alles nur in deinem Kopf. Du kannst es schaffen – du musst es schaffen.

Panisch hustete ich und spuckte Wasser. Ich kämpfte gegen die Fluten an, versuchte, zurück zur Oberfläche zu schwimmen. Da wickelte sich etwas um mein Handgelenk und zog mich nach unten. Ich schrie und trat um mich, schluckte aber nur noch mehr Wasser.

Panisch kehrte ich in meinen Körper zurück, befand mich plötzlich wieder in meinem Ankleidezimmer. Entschlossen holte ich einmal tief Luft und schloss abermals die Augen.

Meine Zehen gruben sich in den weichen Uferschlamm. *Tauch!*

Ich sprang kopfüber in den See. Meine Arme brachen durch die Oberfläche, und ich schwamm mit raschen Zügen dem Grund entgegen, sicher, dass ich ihn jeden Moment erreichen würde. Das Wasser drückte mich zurück, doch meine Arme durchschnitten es wie Klingen. Das Wasser wurde dichter, zähflüssiger, doch ich war nahe dran. Ich spürte den Schmerz wie heiße Messer, die sich in meinen Hals bohrten. Ich spürte die Macht wie ein unglaublich schweres Gewicht auf mir.

Entschlossen streckte ich die Hand aus und streifte den Bindungszauber mit den Fingerspitzen. Ein Schock durchfuhr mich, so zart und leicht wie Spinnweben. Ich öffnete die Augen und sah zu meiner Überraschung, dass die Dunkelheit des Sees sich nun tiefer unter mir ausbreitete. Wie ein schimmernder Film zog sie sich über die glimmende Glut darunter.

Meine Hand schloss sich um die Barriere, und ich sah nur noch grelles Weiß. Ich konnte den See und meinen eigenen Körper nicht mehr erkennen. Da war nichts als der Schmerz, der sich durch meinen ganzen Körper fraß, als würden Flammen mich zu Asche verbrennen.

Ich ließ los, und der Schmerz verschwand. Wieder griff ich nach der Barriere. Vielleicht konnte ich sie zerreißen, bevor der Schmerz einsetzte. Doch erneut traf mich der Bindungszauber wie eine Wand aus Feuer. Es gab keinen Anfang und kein Ende, der Schmerz durchdrang mich ganz und gar.

Unfähig, mich zu rühren, trieb ich dahin, und die Barriere wurde zu einem weit entfernten Glühen. Frustriert schrie ich auf und schluckte Wasser. Ranken wickelten sich um meine Knöchel und zogen mich von der Barriere fort. Ich begriff, dass es meine Magika war, die versuchte, mich vor dem Schmerz zu bewahren. Wieder trat ich um mich, versuchte mich zu wehren.

Ich musste den Bindungszauber brechen.

Doch durch den Schmerz fühlte ich mich träge und wie betäubt. Die Erinnerung daran war immer noch zu frisch.

Evalina. Bakkhas Stimme klang scharf, als schwämme er direkt neben mir. *Komm zurück.*

Ich riss die Augen auf, erwartete, Bakkha zu sehen. Stattdessen erkannte ich, dass ich auf den Boden meines Ankleidezimmers gerutscht war und mein Rock sich um meine Beine gewickelt hatte.

Ich kam auf die Füße, rannte in mein Schlafzimmer und griff mir eins der Kissen von meinem Bett. Ich presste es auf mein Gesicht und schrie, bis mir Tränen in die Augen traten. Bis ich so tun konnte, als käme der Schmerz in meiner rauen Kehle vom Schreien und nicht davon, dass ich soeben fast in Magika ertrunken wäre.

Ich schaffte es nicht. Ich konnte nicht einmal mehr fest die Augen schließen und an den See denken. Die Erinnerung an den Schmerz machte es unmöglich. Bei dem Gedanken daran, zurückzukehren und ihn erneut zu spüren, hätte ich mich am liebsten übergeben.

Ich schaffte es nicht. Der Schmerz war einfach unaushaltbar. Ich schaffte es nicht.

Ein Klopfen ertönte an meiner Tür, und Mirabel fragte, ob alles in Ordnung sei. Ich beschwichtigte sie mit ein paar Worten, wusste aber, dass ich nicht zulassen durfte, dass mich mein Scheitern jetzt in die Knie zwang. Sonst würde Mirabel mich hier schreiend auf dem Boden vorfinden. Ich durfte nicht zulassen, dass ich zusammenbrach. In diesem Moment musste ich Prinzessin Evalina sein. Prinzessin Evalina, deren Vater und Mentor daran glaubten, dass sie Königin werden würde.

Oder Prinzessin Evalina, die nie mehr als dieses schwache Häufchen Elend sein würde?

Ich ließ das Kissen fallen und fuhr herum, doch da fiel mein Blick auf die Spieluhr auf meinem Nachttisch. Ein Geschenk von Papa.

Ich öffnete das filigrane Kristallkästchen, drehte es hin und her. In Isas Spieluhr hatte sich lediglich der Palast befunden, doch in meiner drehte sich ganz Ternain, gefertigt aus Gold, Messing und winzigen Diamanten. Papa hatte mir versprochen, eine für jede große Stadt in Myre anfertigen zu lassen, das Versprechen aber nie eingehalten. Der Palast stand in der Mitte, eine atemberaubende Detailarbeit. Wenn ich genau hinsah, konnte ich sogar den Flicken, den Tempel der Sorceryn und all die Fey-Geschäfte am Rande des Roten Flusses erkennen. Ich schloss die Hände schützend um das Kästchen. Die spitzen Kanten bohrten sich in meine Haut.

Mit siebzehn bist du volljährig, hörte ich Papas Stimme in meinem Kopf. Ich erinnerte mich an das erste Mal, als er diese Worte zu mir gesagt hatte. Ich war mit Mirabel in Asrodei angekommen, und er war gezwungen gewesen, mir endlich alles über das System der Erbrivalinnen zu erzählen.

Mit siebzehn ist man alt genug, um zu töten, hatte ich Jahre später selbst gesagt. *Und alt genug, um zu sterben.*

Ich stellte die Spieluhr zurück und ging in mein Ankleidezimmer, um ein paar Messer in meinem neuen Kleid zu verstecken.

Kapitel 30

Ich stand in einem kleinen Vorraum, der auf einen Balkon führte, von dem ich angekündigt werden würde. Isadores Name war bereits verkündet worden. Mutter stand ein paar Schritte entfernt und wartete darauf, dass der Ausrufer sie den Feiernden ebenfalls präsentierte.

Ich hatte sie ein paar Tage nach Papas Beerdigung zum letzten Mal gesehen. Es war mein bisher längster und erfolgreichster Versuch, ihr aus dem Weg zu gehen.

»Mutter«, sagte ich.

Als sie mich sah, zuckte sie zusammen.

Ich stellte mich neben sie. Der Meeres- und Salzgeruch ihres Parfüms drang mir in die Nase. Einst hatte ich diesen Duft geliebt, weil er mir irgendwie das Gefühl vermittelte, der Ozean wäre in greifbarer Nähe. Doch irgendwann hatte ich begonnen, die Nase zu rümpfen, wenn ich ihn roch.

Sie bedachte mich mit einem eisigen Blick. »Ich freue mich zu sehen, dass du dich endlich zusammengerissen hast. Ich hatte schon befürchtet, du würdest aufgrund deines Wutanfalls den Ball verpassen.«

»Wutanfall?« Es gelang mir nicht, mein Entsetzen zu verbergen. »Ich habe getrauert. Verzeih, dass ich mich dir nicht angeschlossen und so getan habe, als wäre überhaupt nichts passiert.«

Sie seufzte. »Ich weiß, dass es dir und deiner Schwester nicht so vorkommen mag, aber du warst mir schon immer ähnlicher als Isadore. Sie war immer mehr wie Lei, viel charmanter und um einiges pragmatischer. Wir beide sind hingegen –«

»Ich bin überhaupt nicht wie du.«

»Evalina, es ist mir egal, wie sehr du um deinen Vater trauerst. Ich werde dein respektloses Verhalten nicht tolerieren.« Sie drehte den großen blauen Ring an ihrem Finger hin und her.

Ich starrte ihn an. Er war viel zu groß für sie. Es gehörte Papa.

»Als ich in deinem Alter war, folgte ich fast immer meinem Herzen und nicht meinem Verstand. Glücklicherweise habe ich gelernt, dass man dem Herzen nicht trauen kann und Gefühle dir zwar einiges verraten können, dich aber oft in die Irre führen. Diese Lektion hast du leider noch nicht gelernt. Das bedauere ich sehr.«

Wenn ihre Gefühle angeblich so intensiv waren, wie schaffte sie es dann, sie immer unter Verschluss zu halten? Wie hatte sie sich von ihnen gelöst? Ich wünschte fast, es würde mir ebenso gut gelingen wie ihr. Fast.

»Du weißt nichts über mein Herz oder meinen Verstand. Du hast dich nie damit beschäftigt.«

»Leider muss ich das auch gar nicht. Ich sehe dich an und weiß sofort, was in dir vorgeht.« Sie schloss für einen Moment die Augen, und als sie mich wieder ansah, stand Schmerz in ihrem Blick. »Man kennt sein eigenes Kind, selbst wenn man sich wünschte, es wäre nicht so.«

»Papa hat mir von den Omen erzählt, Mutter.«

Sie schüttelte den Kopf. »Was ist damit? Hat er dir gesagt, dass du mich dafür hassen sollst, nichts unternommen zu haben, als ich davon erfuhr, wohingegen er sich einmischte? Was von beidem war wohl besser für dich?«

Ich schloss die Augen, um die Tränen aufzuhalten. Bei den

Göttern, wie konnte sie Papa derart beleidigen und dann auch noch am heutigen Tag, wenn er hier hätte mit uns stehen sollen? »Ich habe mich gefragt, ob das der Grund ist, warum du Isadore mir immer vorgezogen hast. Weil du wusstest, dass es sowieso mein Schicksal war zu sterben.«

»Wie kannst du das glauben? Ich … habe Isadore vorgezogen, weil sie die Erstgeborene ist.«

»Und was ist mit mir?«

»Du hattest deinen Vater.«

Ich lachte bitter auf. »Und jetzt ist er tot.«

Als ich die Tränen auf ihren Wangen sah, fiel mir das Atmen plötzlich schwer. Wie seltsam es war, meine Mutter weinen zu sehen. Ich streckte eine Hand nach ihr aus, doch sie entzog mir ihren Arm. Sie starrte auf meine Hand, als wäre sie pures Gift. »Du … du siehst genau aus wie er – ganz genau wie er.«

»Mama?«, flüsterte ich. Das Wort hörte sich aus meinem Mund fremd an. Ich hatte sie so lange nur *Mutter* oder *Königin* genannt. »Mama?«, flüsterte ich wieder.

»Ich habe die letzten Tage darauf gewartet, dass du endlich aus deinem Zimmer kommst, damit ich dir das hier geben kann.« Sie zog Papas Ring vom Finger und reichte ihn mir. Sie hielt ihn mit spitzen Fingern, als wollte sie ihn so weit wie möglich von sich halten. Ich verstand nicht, warum sie ihn überhaupt getragen hatte, denn es war eindeutig, dass sie ihn nicht wollte. Sie wollte nichts mit meinem Vater zu tun haben, schon seit Jahren nicht mehr. Es war bereits so lange so, dass es mich nicht mehr schmerzte.

Als ich ihr den Ring aus der Hand nahm, ertönte die Stimme des Ausrufers.

»Ihre Majestät, Königin Lilith, mit der Magika der Luft und des Meers.«

Königin der Stürme hatte man sie zu Zeiten ihrer Krönung genannt, da sie wilde Stürme von der See herbeirufen konnte. Wann und warum hatte sie damit aufgehört?

Mutter setzte ihre mir so vertraute emotionslose Maske auf. »Endlich.«

»Ihre Hoheit, Evalina Grace Killeen, mit der Magika der Knochen und des Bluts.«

Ich trat durch die Tür auf den Balkon, von dem aus man den Ballsaal überblickte. Ich lächelte, als sich entsetzte Stille unter den Gästen ausbreitete. Isadore stand ein paar Schritte von mir entfernt.

Als alle ihre Aufmerksamkeit auf mich richteten, zog sich meine Brust vor Nervosität zusammen. Ich wollte fliehen. Nichts an diesem Moment erschien mir richtig.

Ich ließ Papas Ring auf meinen Daumen gleiten. Das warme, schwere Gold war mit kleinen kobaltblauen Steinen durchsetzt – Mutters Farbe. Es war der Ring, den sie ihm zur Hochzeit geschenkt hatte.

Ich wusste, dass ich umwerfend aussah. Meine Augen waren mit Kohle umrandet, meine Lippen unbemalt. Ich hoffte, dass mein Lächeln genau aussah wie das meines Vaters. Ich hoffte, dass ich sie alle an ihn erinnerte.

Genau wie Mutter tat ich so, als wäre alles in Ordnung, während der Schmerz mich innerlich zerriss. Es machte mir noch nicht einmal etwas aus, dass ich diese Gabe von ihr hatte. Sie hielt mich in diesem Moment aufrecht, doch was mich wirklich am Leben hielt, war das Wissen, dass Papa an mich glaubte.

Ich hob eine Hand zum Gruß, wie ich es tausendmal bei meiner Mutter beobachtet hatte.

Stoff raschelte, als die versammelten Höflinge, Adligen und Gäste gleichzeitig das Knie beugten.

Die Zeit schien sich zu verlangsamen. Dies war das erste Mal, dass sich der gesamte Hof vor mir verbeugte. Plötzlich traf mich das Ausmaß dessen, was heute Nacht beginnen würde, mit voller Wucht.

Ich bedeutete allen, sich wieder zu erheben, und mein Blick wanderte zu meiner Linken, wo Isa und Mutter standen.

»Beginnen wir«, flüsterte Mutter scharf und forderte uns mit einer Geste auf, vorzutreten.

Ich suchte die Menge ab, sah aber nichts als ein Meer aus Gesichtern. Erwartungsvoll und prüfend starrten sie mich an.

Mutter warf mir einen strengen Blick zu, und ich riss mich zusammen, um ihrer Aufforderung nachzukommen.

Mit ihrer Magika der Luft konnte sie ihre Stimme verstärken. Nun wurden ihre Worte bis in den hintersten Winkel des Saals getragen. »Wir haben uns heute zu einem bedeutsamen Ereignis hier versammelt. An ihrem heutigen Namenstag wird meine Tochter Evalina eine wahre Erbrivalin. Von heute an werden Prinzessin Evalina und Prinzessin Isadore ihren Kampf beginnen.« Sie hielt kurz inne.

»Als Mutter habe ich diesem Tag mit Furcht entgegengeblickt. Meine beiden Töchter sind mir lieb und teuer. Doch als Königin feiere ich den Wettbewerb zwischen den Erbrivalinnen. Nicht aus Blutdurst, wie der drakolanische König uns vorwirft, sondern aufgrund unserer myreanischen Stärke. Die Erbrivalin, die meinen Platz einnehmen wird, wird durch ihren Sieg stärker als zuvor sein – stark genug, um sich Drakol entgegenzustellen. Obwohl Myre immer noch den Verlust unseres Königs betrauert, bitte ich euch, heute Nacht zu feiern. Feiert vor allem anderen Prinzessin Evalinas Namenstag, aber auch die Stärke, die aus unseren Töchtern hervorgeht, und den Aufstieg einer mächtigen neuen Königin.«

Ich hielt die Luft an. Trotz Isadores breitem Grinsen konnte ich mir kein Lächeln abringen. Verhaltener Applaus ertönte, doch die Spannung im Raum war beinahe mit Händen greifbar.

»Auf Evalina! Auf Isadore!«, rief Mutter. »Auf Myre!«

Ihre Worte hallten in meinem Kopf wider, als die Menge ihre Gläser in meine Richtung hob.

Zwei Sorceryn traten zu uns auf den Balkon. Ich hatte Sorceryn Tildas ausgewählt, und Isadore hatte sich für Sorceryn Arinel entschieden. Ich stand in der Schuld desjenigen, der das Gesetz verabschiedet hatte, dass jede Erbrivalin einen Sorceryn wählen durfte, der den Zauber sprechen würde. Denn Isadore hätte sicher einen Weg gefunden, zwei ihr treu ergebene Sorceryn dazu zu überreden, mich hier und jetzt zu töten. Arinel mochte mit ihr unter einer Decke stecken, doch ich vertraute Tildas, da er mit meinem Vater aufgewachsen war.

»Willkommen, Sorceryn Arinel und Sorceryn Tildas.« Mutters Lächeln wurde schmallippig. »Jeder Sorceryn wurde von einer Erbrivalin ausgewählt, um den Verflechtungszauber durchzuführen.«

Arinel benutzte einen ähnlichen Trick, um seine Stimme zu verstärken. »Prinzessin Isadore und Prinzessin Evalinas Schicksale waren schon immer miteinander verbunden, doch heute verflechten wir ihre beiden Leben mit Magika.«

Tildas trat vor und sprach mit derselben lauten Stimme. »Nachdem die Verflechtung abgeschlossen ist, kann eine Erbrivalin nur durch die Hand der anderen sterben, sei es, durch eine Waffe oder durch Magika.«

Isadore und ich blieben stehen, während die anderen einen Schritt zurücktraten. Wir wussten beide, was zu tun war. Als Tildas und Arinel begannen, tief zu summen, wandten wir uns einander zu und nahmen uns bei den Händen.

Aus dem Augenwinkel konnte ich die beiden Sorceryn sehen. Ihre Hände woben komplexe Muster in die Luft. Dann strichen beide mit den Fingern über eine geflochtene Tätowierung an ihren Hälsen.

Das Summen brach ab, und Fäden roter Magika entsprangen ihren Fingerspitzen. Sie entzogen ihrer Umgebung alles Licht und pulsierten rasend schnell. Die Schnüre wanden sich durch die Luft und umschlangen einander. Als sie sich um unsere Hälse und unsere verschränkten Finger legten, spürte ich nur leichte Wärme. Es war beinahe angenehm. Doch dann klatschten die Sorceryn in die Hände, ein Krachen wie von einem Blitzeinschlag ertönte, und die Fäden wurden zu heißen Eisenstangen, die sich direkt in mein Herz bohrten.

Ich drückte Isas Hände, hielt den Schmerz gemeinsam mit ihr aus. Es war verstörend, meine eigenen Gefühle in ihren Augen reflektiert zu sehen – Furcht, Schmerz und Schock. Wir hatten beide unsere Masken abgelegt und konnten uns nirgendwo mehr verstecken. Der Schmerz wurde stärker, als die Fäden durch meinen gesamten Körper schnitten, durch Blut, Fleisch und Knochen.

Die Sorceryn rieben die Hände aneinander, und der Schmerz ließ nach. Isadore und ich schnappten gleichzeitig nach Luft. Als uns auffiel, dass wir uns immer noch an den Händen hielten, rissen wir uns voneinander los. Ich fühlte mich nicht anders als vorher, war lediglich etwas außer Atem. Ich hatte eine Art Zeichen erwartet, eine bildhafte Darstellung unserer Verflechtung, doch da war nichts. Nur Isadore, die mir gegenüberstand und die Tätowierungen auf meinen Armen erwartungsvoll musterte.

Ihr verschlagenes Lächeln brachte mich aus dem Konzept. »So beginnt es also. Alles Gute zum Namenstag, kleine Schwester. Ich hoffe, dass du ihn in vollen Zügen genießt.«

Kapitel 31

Drei Gläser Wein später hatte ich mit unzähligen Männern getanzt. Manche waren attraktiv, andere unansehnlich. Einer hatte mich auf charmante Weise an eine Kröte erinnert. Sie alle verband eine Sache: der übertriebene Ehrgeiz, König zu werden, und ihr generelles Desinteresse an mir. Ich fand das sehr aufschlussreich, wenn es mich auch ein wenig verwunderte.

Man würde meinen, diese Männer würden ihr Ziel am einfachsten erreichen, indem sie mich beeindruckten und einen bleibenden Eindruck bei mir hinterließen. Schließlich war ich in ihren Visionen der Zukunft Königin, und sie hätten nur eine repräsentative Rolle inne. Doch keiner gab sich auch nur im Entferntesten Mühe, mir im Gedächtnis zu bleiben. Mir fiel lediglich auf, dass sie fern jeglicher Realität zu leben schienen.

Trotzdem waren diese Dummköpfe – und der Wein – eine willkommene Ablenkung von dem Gedanken an mein unaufhaltsam näher rückendes Ableben. Ich fand, dass ich mich nicht schlecht zusammenriss. Auch wenn ich mich mit meinem Schicksal – nie meine wahre Magika erwecken zu können, jung zu sterben und nie wieder auf einem Ball in meinem Namen zu tanzen – noch nicht abgefunden hatte, trieb mich der Gedanke daran nicht mehr zur Verzweiflung. Heute Nacht brauchte ich mir sowieso keine Sorgen zu machen. Am ersten Abend nach der Verflechtung gab es keine Herausforderungen zum Kampf.

Bald darauf fand ich mich in Faluns Armen wieder. Sein Haar war in einem komplizierten Muster zurückgeflochten, sodass es eng an seinem Kopf anlag. Nun, da sein Haar sein Gesicht nicht mehr umrahmte, fiel mir wieder einmal auf, wie wunderschön er war. Doch als ich ihn anlächelte, runzelte er die Stirn.

»Hast du ihm verboten zu kommen?«

»Was?« Ich blinzelte verwirrt, während er seine Hände auf meine Hüften legte, um mich herumzuwirbeln. »Wem?«

»Ich weiß, dass du wütend warst, als wir den Kleinen Palast vor ein paar Tagen verlassen haben, aber warum schließt du ihn gerade jetzt aus?« Das beantwortete meine Frage, ob es zwischen den beiden gut lief. Sie waren sich tatsächlich nahegekommen. »Ich bin nicht … wütend auf Bakkha.«

Ich hatte eine meiner Wachen beauftragt, ihm eine Einladung zu überbringen, aber sowieso nicht erwartet, dass er kommen würde. Ein Namenstagball schien nicht gerade etwas zu sein, das den großen Jäger interessierte, es sei denn, er wollte dort jemanden ausspionieren. Und er war sicher nicht besonders glücklich darüber, dass ich fünf Wachen abgestellt hatte, um ihn im Auge zu behalten. »Hat er dir gesagt, was er mir erzählt hat?«

»Nein.« Falun zog abermals die Stirn in Falten. »Aber er hat mir versichert, dass *du* es mir erzählen würdest.«

»Morgen«, versprach ich. Ich veränderte meinen Griff, sodass ich führte. Er verdrehte die Augen, spielte aber mit. »Diese Feier ist zu *meinen* Ehren, falls du es noch nicht bemerkt hast.«

»Alles Gute zum Namenstag«, sagte Falun emotionslos, doch in seinen blauen Augen stand tiefe Sorge. »Ich hatte eine Idee. Was, wenn wir alle zusammen in den Kleinen Palast ziehen? Du und Mirabel und deine Leibgarde. So musst du nicht jeden Tag fürchten, Isadore über den Weg zu laufen, bis wir einen Plan ausgearbeitet haben und du bereit bist.«

»Ich kann doch nicht in das Heim meines toten Vaters ziehen«, fuhr ich ihn an.

»Na gut, es war eine dumme Idee. Die Hälfte der Wachen würde sowieso in den Ställen schlafen müssen.«

Ich lachte leise über seinen Versuch, die Stimmung mit einem Witz aufzulockern, und verfluchte innerlich meine scharfe Zunge. Es war keine schlechte Idee, aber ich konnte es nicht über mich bringen. Den Rest des Tanzes verbrachten wir in unangenehmem Schweigen. Doch als das Lied endete und wir uns umarmten, schien alles vergeben und vergessen zu sein. Falun konnte mir nie lange böse sein – selbst wenn ich es verdiente.

Auf der Suche nach Aketo, bahnte ich mir einen Weg durch die Menge. Meine Hände begannen zu zittern, als ich ihn nicht finden konnte. War er gegangen, bevor ich die Gelegenheit bekommen hatte, mit ihm zu tanzen?

Jemand räusperte sich hinter mir, und ich wappnete mich innerlich für einen weiteren langweiligen, beleidigenden Möchtegernverehrer. Ich fuhr herum und sah mich Aketos breitem Lächeln gegenüber.

Er verbeugte sich leicht. »Möchtest du mit mir tanzen? Oder hast du andere Partner, die Schlange stehen?«

Ich sah an ihm vorbei, wo Mutter nicht weit entfernt stand und mich warnend anfunkelte. Ich nahm Aketos Hand. Wenn ich Mutters Reaktion richtig deutete, wusste sie, wer er war, und sie zog es eindeutig vor, dass ich an meinem Namenstagball mit mindestens hundert menschlichen Adligen und keinem einzigen Khimaer Prinz tanzte.

»Aketo«, keuchte ich, erleichtert, ihn zu sehen. »Können wir vielleicht zuerst etwas trinken?«

Er nahm meine Hand und führte mich zu der langen Tafel, auf der Wein und Süßigkeiten gereicht wurden.

Als er mir einen Kelch reichte, nahm ich mir die Zeit, ihn ausgiebig zu mustern. Heute Abend trug er nicht seine Soldatenuniform, und es machte einen riesigen Unterschied. Seine Hose war schwarz und ließ seine langen, muskulösen Beine unverschämt gut aussehen. Seine Jacke war ebenfalls schwarz, der Kragen mit goldenen Knoten verziert, deren Farbe an die Schuppen auf seinem Nacken und Rücken erinnerte.

Die Knotenmuster zogen sich weiter über seine Schultern, wo sie in Orange und Kobaltblau übergingen. Beide Farben standen für mich.

Er nahm einen Schluck und hielt inne, um mich ebenso eindringlich zu mustern, während er den Kelchrand immer noch an seine volle Unterlippe drückte.

Hitze schoss durch meinen Körper, als er den Weinkelch senkte und sich mit der Zunge über die Unterlippe fuhr. »Eva.«

Ich schauderte, als ich an ihm vorbeigriff, um mir noch einen Wein zu schnappen. Mein Arm streifte seinen, und ich bekam eine Gänsehaut.

»Prinz Aketo, Ihr seht wirklich schrecklich umwerfend aus.«

»Und Ihr seid noch wunderschöner, als ich es mir hätte erträumen können, Prinzessin Evalina.« Er grinste. »Und, ist es wirklich so schrecklich?«

»Ja, es ist wirklich grässlich, wie sehr ich dein Gesicht mag.«

Er beugte sich dicht zu mir. »Das lasse ich durchgehen. Um ehrlich zu sein, würde ich dir heute Abend wohl alles durchgehen lassen.«

Ich verschluckte mich an meinem Wein. »Du hattest doch von einem Tanz gesprochen. Sollen wir?«

Aketos Hand fühlte sich warm und wie elektrisch aufgeladen in meiner an. Doch selbst er konnte mich nicht von den Blicken aller anderen ablenken. »Alle starren uns an.«

Er legte seine freie Hand auf meine Hüfte. Sein Daumen rieb über die tief hängende Feuersteinkette, und ich schnappte lautlos nach Luft. »Irgendwie hat es sich verbreitet, wer ich wirklich bin. Es macht mir nichts aus, aber wenn du lieber nicht im Mittelpunkt stehen möchtest …«

Verdammt seien die Götter! Nun würde ich anordnen müssen, dass er jederzeit von Wachen begleitet wurde. »Ist schon in Ordnung.« Er beobachtete mich genau. »Es macht mir nichts aus, mich unter Höflingen aufzuhalten. Ich finde sie nur sehr anstrengend. Ich habe das Leben im Palast wirklich nicht vermisst.«

»Musstest du dich früher oft am Hof blicken lassen?« Er drückte meine Hand nur ganz leicht, zog mich an sich und wirbelte mich wieder von sich. Im nächsten Moment schwebten wir auch schon über die Tanzfläche. Sein Griff um meine Hüfte festigte sich, eine viel intimere Berührung als die meiner vorherigen Tanzpartner.

Als Aketo sich drehte, streckte er die Finger aus, und sein Daumen streifte die Unterseite meiner Brust. Die Berührung fuhr durch mich hindurch wie ein Schock. Den ganzen Abend hatte ich Hände an meiner nackten Taille gespürt, doch seine waren betäubender als der Wein.

»Ich musste früher dreimal pro Woche am Hof auftauchen, manchmal nur zweimal, wenn ich eine gute Ausrede hatte. Ich konnte es mir nicht leisten, es ganz ausfallen zu lassen, da meine Mutter mich sonst vor allen bloßgestellt hätte, was nur für noch mehr Gerede gesorgt hätte. Den Großteil meiner Zeit habe ich …« Die Musik wurde schneller, und Aketos Hand wanderte an meiner Taille hinauf und meinen Arm entlang, bis meine beiden Hände in seinen lagen. »Den Großteil meiner Zeit habe ich mit Waffenübungen verbracht. Ich habe viel gelesen und versucht, meiner Mutter und Schwester aus dem Weg zu gehen. Meistens war ich allein.«

»Allein sein hört sich wundervoll an. Bei uns zu Hause war es immer voll, Leute gingen ein und aus. Ich hatte kaum eine Minute für mich.«

Wir wirbelten herum, und ich war froh, dass wir nicht weiter darüber sprechen mussten. Papa war einer der regelmäßigen Besucher in Aketos Haus gewesen. »Hast du heute Abend noch mit jemand anderem getanzt?«, fragte ich ihn.

»Mit Anali, was ein bisschen peinlich war. Dann noch mit ein paar der anderen Soldatinnen.« Er wurde rot. »Und mit deiner Schwester.«

Ich erstarrte, und plötzlich bewegten wir uns nicht mehr. Eng aneinandergepresst standen wir mitten auf der Tanzfläche. Sein Körper fühlte sich so vertraut an. Ich hätte mich darin verlieren können, wenn die Angst nicht meinen Rücken hinaufgekrochen wäre. Warum sollte Isadore mit Aketo tanzen? Woher wusste sie überhaupt etwas über ihn?

»Isadore ist eine begabte Tänzerin. Es war sicher schön«, murmelte ich.

»Genau wie du. Aber es schien ihr weniger ums Tanzen zu gehen, sondern eher darum, herauszufinden, warum ich nach Ternain gekommen bin.«

»Und was hast du ihr gesagt?«

»Dass ich gekommen bin, um dich zu beschützen.« Er sah mir in die Augen.

»Hat sie dich noch etwas anderes gefragt?«

»Sie hat sich nach Bakkha erkundigt und wollte mehr über … uns wissen«, antwortete er zögernd. »Ich habe ihr nichts gesagt, aber sie schien ihre ganz eigenen Schlüsse zu ziehen.«

Sein überaus eindringlicher Blick und die Aufmerksamkeit aller anderen im Saal ließen mich erröten. »Ich glaube, jetzt macht es mir doch etwas aus, im Mittelpunkt zu stehen.«

Er zog mich durch die tanzenden Paare, bis wir uns hinter zwei riesigen Säulen in einer Ecke des Ballsaals in Sicherheit gebracht hatten, die uns ein wenig Privatsphäre verschafften.

»Ich wollte dir etwas geben.« Er hielt mir eine dünne Goldkette hin, an der ein dunkler, tränenförmiger Stein hing. Er war etwa so groß wie meine Fingerspitze. Als er sich hin und her drehte, änderte er die Farbe von Blutrot über Schwarz zu einem leuchtenden Blau. Ich hatte noch nie etwas Vergleichbares gesehen.

»Bakkha hat mir den Tipp gegeben. Um eine Prinzessin zu umwerben, muss man ihr ein Geschenk machen. Das ist das erste von vielen.«

Wieder einmal hatte sich der Jäger in unsere Angelegenheiten eingemischt, dachte ich belustigt, wurde aber schnell wieder ernst. »Aber Aketo, ich könnte sterben.«

Er legte zwei Finger an mein Kinn und hob es an, sodass ich seinem Blick nicht mehr ausweichen konnte. Seine Augen waren mein sicherer Hafen.

Ich legte jegliche Zweifel ab. Die Worte sprudelten nur so aus mir heraus, bevor ich nachdenken konnte. »Prinz Aketo, ich nehme dein Werben an.«

Wir standen eine Weile da und sahen uns nur schweigend an. Dann legte er mir die Kette um den Hals. Als er mir so nahe kam, glaubte ich wieder, verbrennen zu müssen. Sein Gesicht befand sich nur wenige Zentimeter über meinem, sein ganzer Körper presste sich an mich, eine Hand lag auf meiner Hüfte, genauso fest wie beim Tanzen.

Er beugte sich noch weiter vor, bis seine Lippen meine berührten. Hitze breitete sich von meinen Oberschenkeln über meine Hüften bis in mein Gesicht aus. Seine Lippen legten sich auf meine, sanft, aber bestimmt. Der Kuss wurde drängender, seine Zunge fuhr über meine Unterlippe. Ich krallte die Finger in sein Haar, wollte ihn mit meinem Mund und meinen Händen erobern.

Er drückte mich mit dem Rücken gegen die Säule, und ich zog ihn noch dichter an mich. Ich vergaß alles um uns herum. Es gab nur noch die Hitze, die seine Berührung auf meiner Haut hinterließ, und den Geschmack seiner Lippen auf meinen, wie Sonnenstrahlen und Karamell.

Meine Zunge fuhr über einen seiner Fangzähne, und er schauderte. Die Härchen an seinen Armen stellten sich unter meinen Fingern auf. »Vorsicht«, wisperte er.

Ich drückte meinen Mund wieder auf seinen, und wir drehten uns, sodass er nun mit dem Rücken zur Säule stand. Ich presste mich an ihn und zog mit den Zähnen an seiner Unterlippe. Seine Finger fuhren am Bund meines Rocks entlang und schoben sich dann hinein.

Als Aketo sich leicht von mir zurückzog, keuchte ich auf. Er drückte seinen Kopf in die schmale Kule an meinem Hals und sog meinen Duft in sich auf. »Wir sollten … *du* solltest zurückgehen.«

Ich schüttelte den Kopf. »Nein. Der Ball ist fast vorbei, und ich habe genug getanzt. Wir können einfach unbemerkt auf mein Zimmer verschwinden. Meine Wachen werden uns schon irgendwann folgen.«

So viele Gefühle zeigten sich in seinem Gesicht, dass ich sie kaum unterscheiden konnte. Verlangen, Verwirrung, Bedauern, Frust.

»Das können wir nicht machen.« Ich wollte schon den Mund öffnen, um ihm zu widersprechen, da machte er einen halben Schritt von mir weg. »Außerdem bist du … wir hatten beide zu viel Wein. Vielleicht wäre es besser, das zu verschieben.«

Mein Magen zog sich zusammen. Ich schubste ihn weg. »Wenn du nicht mit mir allein sein willst, dann sag es doch einfach. Niemand wird mich heute Nacht angreifen, und selbst wenn sie es versuchen, sind wir ja zusammen.«

»Ich traue mir selbst nicht zu, dich heute Nacht zu beschützen. Wir haben beide zu viel getrunken. Wer weiß schon, was deine Schwester plant?« Er kam wieder auf mich zu, sein Blick wurde weich, als er mein Gesicht musterte. »Wir können mehr Zeit allein verbringen, wenn es sicher ist. Und wenn wir beide klar denken können. Ich will nicht, dass du es irgendwann bereust. Erst letzte Woche hast du überhaupt nicht mit mir gesprochen.«

»Das hat nichts damit zu tun. Ich habe getrauert.« Und ich hasste mich selbst dafür. »Ich dachte, das hättest du verstanden.«

»Natürlich verstehe ich es, Eva. Du bist immer noch in Trauer«, flüsterte er und wandte sich von mir ab. »Ich spüre es die ganze Zeit. Selbst wenn du hier bei mir bist, bist du immer noch … du leidest immer noch.«

Ich zuckte vor ihm zurück und schlang die Arme um meinen Bauch.

Mein Schmerz war meiner, ganz allein meiner. Es kam mir unangebracht grausam vor, dass er mich nun daran erinnerte, wenn es doch nichts mit dem eigentlichen Thema zu tun hatte. Es war mir gelungen, meinen Vater wenigstens für ein paar Stunden zu vergessen. Was machte es schon, dass ich dafür ein paar Kelche Wein hatte trinken müssen? Ich hatte geglaubt, Aketo wollte mir ebenfalls helfen, alles für eine Weile zu vergessen.

Er streckte eine Hand nach mir aus. »Es tut mir leid, Eva. Ich hätte nicht …«

Und ich hatte geglaubt, er würde mein Herz nicht gegen mich verwenden. Ich hatte geglaubt, ihm vertrauen zu können. Idiotin, Idiotin, Idiotin.

»Ich muss gehen. Ich muss Anali finden, und ich muss … einfach hier weg«, sagte ich. Er kam näher, und ich wich vor ihm zurück. »Bitte fass mich nicht an.«

Er nickte. »In Ordnung. Aber du solltest nicht allein sein.«

Ich starrte auf den Marmorboden. »Ich bin nicht so hilflos, dass ich nicht mal kurz allein sein könnte.«

Er zögerte, und ich verspürte den Drang, ihn ebenfalls zu verletzen. »Ich brauche dich nicht, Aketo. Überhaupt nicht. Bitte geh jetzt.«

Ich ließ ihn nicht zu Wort kommen, sondern drängte mich an ihm vorbei. Als ich weit genug weg war, umklammerte ich den Anhänger, den er mir geschenkt hatte. Er war nicht annähernd so warm wie Aketo.

Ich bahnte mir einen Weg durch die Menge, auf der Suche nach Anali. Ich fand sie in dem Vorzimmer, in dem ich mit meiner Mutter gesprochen hatte. Sie fragte nicht, warum ich gehen wollte, sondern ging sofort los, um den Rest meiner Leibgarde zusammenzutrommeln, damit sie mich zurück zu meinen Gemächern eskortieren konnten.

»Wo ist Aketo?«, fragte Falun, als er den kleinen Raum betrat. »Ich habe euch beide zusammen gesehen. Ich dachte …«

Ich antwortete nicht, umklammerte den tränenförmigen Anhänger nur noch fester. Ich sollte mich nicht so sehr daran gewöhnen, denn ich würde ihm die Kette zurückgeben müssen – aber ich konnte sie nicht loslassen.

Als Anali zurückkam, stellte sie dieselbe Frage.

Ich sah weg, konnte ihre erwartungsvollen Blicke nicht ertragen. »Er müsste irgendwo im Ballsaal sein.«

»Wir haben alles abgesucht und können ihn nirgends finden. Er würde den Ball nicht einfach verlassen, es sei denn …« Anali beäugte mich misstrauisch. »Hatte er einen Grund zu gehen?«

Unser Streit war nicht Grund genug, einfach wegzurennen,

und ich mochte den Blick nicht, mit dem Anali mich bedachte – anklagend und besorgt zugleich.

Vielleicht war unser Streit doch Grund genug für ihn gewesen, den Ball zu verlassen. Ich ging unser Gespräch im Kopf durch, drehte und wendete jedes Wort.

Sie wollte mehr über uns wissen, hatte er gesagt.

»Ist Isadore noch da?« Langsam wurde ich unruhig. Sie brauchten nicht lange, um meinen Verdacht zu bestätigen. Ich wusste es bereits, spürte es tief in meinen Knochen. Ich hatte ihn allein gelassen, obwohl ich wusste, dass Isadore sich heute Abend für ihn interessiert hatte. Ich dachte an all meine Süßigkeiten und Schmuckstücke, an jeden Freund und jedes Geschenk, die sie schon immer begehrt hatte. Sie hatte sie sich alle genommen.

Ich hätte es wissen müssen.

Und nun war Aketo verschwunden.

Kapitel 32

Ich rannte. Durch verlassene Gänge, über gewundene Treppen. Meine dünnen Sohlen klatschten auf den Marmorboden und rutschten, wenn ich zu rasch um eine Ecke schlitterte.

Jemand zog mich am Arm – ein Wache, vielleicht Falun oder Anali –, aber ich rannte einfach weiter. Selbst als ich Bakkhas Gemächer erreichte, hielt ich nicht an. Ich trat die Tür auf. Sie war unverschlossen.

Ich rannte in sein Schlafzimmer, das ebenfalls nicht abgeschlossen war. Er war unauffindbar, also blieb ich endlich stehen.

Ich ging in die Hocke, vergrub den Kopf zwischen den Knien und schrie vor Wut.

Als ich mich wieder erhob, standen alle Wachen mit gezogenen Waffen um mich herum und blickten von mir zu Anali. Sie waren nicht sicher, gegen wen sie kämpfen sollten, obwohl klar war, dass sie ihre Waffen brauchten. Alle sahen erschöpft aus, doch ich war nicht müde. Ich fühlte mich wie ein Leuchtgeschoss, das über den Himmel raste.

»Eva.« Anali streckte vorsichtig eine Hand nach mir aus, als würde sie sich einem wilden Hund nähern. »Warte einen Moment. Es gibt keine Beweise dafür, dass deine Schwester hinter Aketos Verschwinden steckt.«

Eure Hoheit, wollte ich sie verbessern. Warum respektierte mich niemand, wenn ich es am dringendsten brauchte?

Ich stürmte an ihnen allen vorbei, zurück in Bakkhas Vorzimmer. Gerade wollte ich wieder losrennen, diesmal in mein eigenes Gemach, um meine Waffen zu holen, da öffnete sich die Tür zu Bakkhas Wohnzimmer.

Bakkha kam heraus. »Falls du hier bist, damit ich dich zu deiner Feier eskortiere, bist du ein bisschen zu spät dran.«

Im nächsten Moment krachte ich gegen ihn, doch er fing meine Fäuste ab, bevor ich ihn schlagen konnte. »Warum hast du deine Tür nicht verschlossen? Du Idiot, ich dachte, sie hätte dich auch. Ich dachte …«

»Prinzessin, Liebes, was ist denn passiert?«

Ich packte ihn am Arm und zerrte ihn hinter mir her.

In meinem Zimmer zog ich mich um, während die anderen Bakkha und Mirabel alles erzählten. Ich zögerte, unsicher, welches Schwert ich mitnehmen sollte, entschied mich dann aber für meine Khimaer Klinge. Ich hatte bereits damit getötet, und im Augenblick fühlte ich mich mordlustiger denn je. Außerdem war es ein weiterer Teil von Papa, den ich bei mir tragen konnte. Ich behielt die Messer, die ich schon vorher an meinen Beinen befestigt hatte, und schnallte mir noch eins an jedes Handgelenk. Die Hörner hängte ich mir wieder um den Hals.

Als ich aus meinem Ankleidezimmer kam, rief ich Bakkha, Mirabel, Anali und Falun in mein Schlafgemach.

Ich deutete auf die Falltür, die Mirabel verbarrikadiert hatte. »Öffnet die Luke. Über die unterirdischen Tunnel kommen wir am besten unbemerkt in Isadores Gemächer.«

Mirabel schnaubte. »Ich bin sicher, dass deine wilde Hetzjagd durch den Palast sie schon längst vorgewarnt hat.«

»Das war keine Bitte, sondern ein Befehl.« Ich deutete wieder auf die Falltür und wandte mich dann an Anali. »Nur Bakkha kommt mit mir.«

Sie erstarrte und trat dann näher an mich heran. Ich zwang mich, nicht zurückzuweichen. »Eva …«, begann sie, und ich funkelte sie an. »Seine Hoheit Prinz Aketo ist mir wichtig, genau wie du. Deshalb möchte ich dich bitte begleiten.«

»Dies ist mein Kampf. Es geht nicht um Aketo. Sie benutzt ihn nur, um mich zu sich zu locken.« Und dafür würde ich sie töten, wenn ich es schaffte. Sie hatte mir so viel genommen, sie würde ihn nicht auch noch bekommen.

»Ich weiß, *Eure Hoheit*.« Nun klang Anali viel steifer, doch die respektvolle Anrede konnte mich nicht täuschen. »Aber wenn du involviert bist, bin ich es auch. Und Aketo ist mein Prinz. Erbrivalinnen haben diese Strategie schon oft angewendet, und meistens wurden die Geiseln dabei getötet. Prinzessin Isadore würde für seinen Tod höchstwahrscheinlich nicht zur Rechenschaft gezogen werden. Das kann ich nicht zulassen.«

Ich öffnete schon den Mund, um ihr zuzustimmen, doch die in mir aufsteigende Panik übermannte mich. Ich brauchte jemanden, der Aketo in Sicherheit brachte, doch Isadore konnte Anali gegen mich verwenden. Ich würde meiner Schwester keine weitere Waffe in die Hand geben. Ich hatte gesehen, wie Bakkha ihrer Magika standgehalten hatte. Er war der Einzige, den ich mitnehmen konnte.

Aber viel wichtiger war, dass ich das hier ohne sie tun musste. Ich hatte keine Zeit dafür, dass Anali meine Handlungen infrage stellte oder sich um mich sorgte. Es ging nicht mehr nur um mich, und ich war trotz ihrer inbrünstigen Worte nicht sicher, dass sie das genauso sah.

»Tut mir leid, Anali«, sagte ich mit angespannter Stimme. Ich presste die Lippen aufeinander und schüttelte den Kopf, bis ich mich wieder im Griff hatte. »Befehlshaberin, es tut mir leid, aber du wirst mit Falun und den anderen Wachen hierbleiben. Sollten wir in einer Stunde nicht zurück sein, heißt das vermutlich, dass ich tot bin. Dann musst du trotzdem mit all deinen Soldaten zu Isadore gehen und Aketo retten. Und Bakkha, sollte er Hilfe brauchen.«

»Evalina, ich finde auch, dass Falun und Anali mit dir gehen sollten«, mischte sich Mirabel ein.

»Nein, sie müssen beide in Sicherheit bleiben«, flüsterte ich. Zum ersten Mal spürte ich, wie meine Gefühle durch die stählerne Festung brachen, die ich um meinen Geist errichtet hatte.

Als sich der Raum auf einmal zu drehen begann, stolperte ich zu einem Stuhl. Doch ich hatte keine Zeit dafür. Ich musste Aketo retten. Also ballte ich die Hände zu Fäusten.

»Ich muss das selbst machen«, sagte ich. »Und ich werde ja Bakkha dabeihaben. Ich bin nicht ganz allein.«

»Evalina«, sagte Anali. In ihrer Stimme schwangen so viele Gefühle mit, dass ich keine Zeit hatte, sie alle auseinanderzuhalten. Ich dachte, dass sie weiter diskutieren würde, doch stattdessen drückte sie nur meine Hände. »Du hast eine Stunde.«

Falun küsste mich auf die Wange, sein Gesicht war tränenüberströmt. »Meine Königin.«

Mirabel beauftragte jemanden damit, die Bretter von der Falltür zu entfernen, und zog mich beiseite.

Sie sah zu Boden, und als sie wieder aufschaute, standen Tränen in ihren Augen. »Dein Vater wäre so stolz auf dich.«

»Stolz auf was?«, fragte ich. Am liebsten hätte ich sie unterbrochen und ihr gesagt, dass ich jetzt keine Zeit für so etwas hatte.

»Seit du davon weißt, hast du immer gefürchtet, dich deiner Schwester eines Tages entgegenstellen zu müssen. Du hast deinen

Platz in dieser Welt und deine Magika gefürchtet, ja sogar dich selbst. Man braucht eine gehörige Portion Mut, um sich seinen Ängsten zu stellen.« Sie schien in weite Ferne zu schauen. »Dein Vater war ein großer Mann, aber das hat er nie gemeistert.«

Sie zog mich in eine Umarmung, aber ich konnte es kaum über mich bringen, sie zu erwidern. Ich konnte all die Ängste in meinem Inneren nicht in Worte fassen.

Es war womöglich das letzte Mal, dass ich sie, Falun und Anali sah.

Ich wischte mir über die feuchten Augen und folgte Bakkha die Leiter hinunter. Ich schaffte es nicht einmal, ihnen Lebwohl zu sagen.

Sobald meine Füße den Boden berührten, schloss sich die Klappe über uns, sodass wir in völliger Finsternis standen. »Ich werde Isadore herausfordern, und du wirst die Ablenkung nutzen, um Aketo zu befreien.«

»Du solltest deine Schwester nicht herausfordern, wenn es sich vermeiden lässt. Du bist noch nicht so weit«, sagte Bakkha. Meine Augen hatten sich noch nicht an die Dunkelheit gewöhnt, doch ich konnte seine vor mir leuchten sehen. »Lenk sie so lange wie möglich ab. Wir werden uns um Aketo kümmern.«

Ich machte mich auf den Weg durch den Gang, eine Hand auf dem Knochenheft meines Schwerts.

»Ich muss sie heraufordern«, erwiderte ich. »Warum sollte ich warten?«

»Was ist mit dem Bindungszauber?«, flüsterte er, nahe an meinem Ohr.

»Ich habe versucht, mich davon zu befreien«, wisperte ich zurück.

Anali und Mirabel wussten immer noch nichts davon, dass meine Magika gebunden war. Bakkha blinzelte erstaunt.

»Ich habe es nicht geschafft«, sagte ich. »Ich werde sie ohne Magika töten müssen.«

Bakkha stieß ein paar derbe Flüche aus. »Ich hätte dir verraten, wie du die Bindung brechen kannst, wenn ich gewusst hätte, dass du so dumm bist, es auf eigene Faust zu versuchen.«

»Was hätte ich denn sonst tun sollen? Darauf warten, dass du es für mich machst?« Ich lachte. »Wir müssen nicht weiter darüber sprechen. Ich habe es versucht. Ich kann die Bindung nicht brechen, und ich kann meine Magika nicht benutzen.« Ich stand wieder ganz am Anfang, nur dass ich jetzt einen Vorgeschmack auf meine Magika bekommen hatte. Ich kannte meine Macht und hatte keine Angst mehr davor. Die wenige Magika, die mir zur Verfügung stand, würde ich auf jeden Fall benutzen.

»Was hast du denn genau getan?«

Obwohl ich keine Lust dazu hatte, erklärte ich es ihm. Wir näherten uns Isadores Gemächern, und ich machte mir keine großen Hoffnungen, dass Bakkha mir helfen konnte. Als ich meinen Bericht beendet hatte, schüttelte er den Kopf. »Das Problem ist, dass du das Wichtigste gar nicht weißt, Prinzessin.«

Ich erstarrte. »Und was soll das sein?«

»Um deine Magika freizusetzen, musst du sie auch wollen. Sie darf nicht nur eine Waffe oder ein nützliches Werkzeug für dich sein.« Er legte mir eine Hand auf die Schulter, sodass ich stehen blieb. »Deine Magika ist ein wichtiger Teil von dir. Um den Zauber zu brechen, musst du dich selbst so annehmen, wie du bist. Selbst die Teile deiner selbst, die du nicht magst. Deshalb wurde die Bindung nach dem Tod deines Vaters immer stärker – weil du dich selbst verabscheust.«

Tränen traten mir in den Augen, und ich entzog mich seinem Griff. Ich brauchte nur einen Augenblick, um mich zu fangen, drehte Papas Ring an meinem Finger hin und her, bis ich fast gar nichts mehr spürte.

Dann trat ich einen Schritt zurück und zog mein Schwert. »Zieh deine Waffe. Wir sind gleich da.«

Biegt rechts ab und dann immer geradeaus, hatte ich Anali gesagt. *Wenn ihr blaue Fliesen und eine Leiter seht, klettert nach oben.*

Wir standen direkt unter der Falltür. Über uns war sie nur als Quadrat aus Sandstein auszumachen, durch dessen Ritzen Licht drang. Die Öffnung hätte überallhin führen können, doch ich hatte hier schon oft gesessen und über die Fliesen gestrichen, während ich darauf gewartet hatte, dass Isadore mich einließ. Ich wusste, was mich erwartete.

Unsere Gemächer waren exakte Spiegelbilder. Isas befanden sich im Ostflügel des Palasts und meine im Westen. Als wir klein gewesen waren, war selbst unsere Einrichtung gleich gewesen, bis hin zu den handbemalten Tauben auf unseren Bettpfosten.

Selbst die Luke war dieselbe, als ob unsere Zimmer dafür gemacht worden wären, uns zu verbinden.

Bakkha trat auf die Leiter zu, und mein Geist klärte sich augenblicklich. Aketo war meinetwegen entführt worden. Dies war *mein* Kampf. Und ich würde niemanden, nicht einmal Bakkha, dafür in Gefahr bringen.

Bevor er bemerkte, was ich vorhatte, schob ich mein Schwert in die Scheide und sprang vor ihm auf die Leiter. Flink kletterte ich nach oben.

Doch anstatt sie zu öffnen, schlug ich dagegen. »Ich bin hier, Isadore. Ich bin gekommen, um dich herauszufordern, unter der Bedingung, dass du Prinz Aketo gehen lässt.«

Keine Antwort. Also sprach ich die Worte noch einmal formeller aus. »Ich bin gekommen, um meine Erbrivalin, Prinzessin Isadore mit der Magika des Lichts und der Verführung, herauszufordern. Ich bin gekommen, um gegen dich zu kämpfen, Isa, solange du meinen Prinzen freilässt.«

Für einen kurzen Moment glaubte ich, mich getäuscht zu haben. Isadore musste Aketo an einen anderen Ort gebracht haben. Vielleicht würde sie ihn töten, nur um zu sehen, wie es mich schwächen würde. Vielleicht hatte ihn jemand anderes entführt, weil es dem Hof nicht gefallen hatte, dass ein Khimaer Prinz mit seiner Prinzessin getanzt hatte.

Dann schwang die Luke auf, und die Silhouette einer Fey-Wache mit spitzen Ohren erschien im grellen Licht. Der Mann griff nach meinem Kragen, obwohl wir beide wussten, dass er mir kein Haar krümmen konnte.

»Ihre Hoheit erwartet Euch in Ihrem Wohnzimmer. Ich werde Euch und den Jäger dorthin geleiten.«

Ich warf einen Blick über die Schulter. Bakkha nickte. »Nach dir.«

Kapitel 33

Zehn Wachen befanden sich im Raum, die Hälfte waren Menschen, die andere Hälfte Fey. Obwohl ich wusste, dass mir keiner von ihnen wehtun konnte, wurde mein Mund trocken. Ich spürte meinen Herzschlag bis in die Fingerspitzen hinein, die auf dem Knochenheft meines Schwerts lagen.

Niemand rührte sich, als Bakkha dem Soldaten, der uns eingelassen hatte, den Arm auf den Rücken drehte.

»Wie du vorausgesagt hast.« Bakkha schubste den Mann vorwärts. Ich hielt mich ein paar Schritte hinter den beiden, meine Klinge nach vorn ausgerichtet.

Wir gingen um ein riesiges Himmelbett herum, an einem Tisch voller Umschläge und einer nackten Schneiderpuppe vorbei, die vorher Isas Ballkleid getragen haben musste.

Es war unheimlich, wie intim es sich anfühlte, in ihr Zuhause einzudringen, trotz all der Wachen, die uns genau beobachteten. Irgendwie falsch. Herausforderungen sollten eigentlich nicht öffentlich ausgesprochen werden, und schon gar nicht in der Nacht des Namenstagballs. Das schien Isas Wachen jedoch nichts auszumachen. In ihren Gesichtern zeigte sich keinerlei Anzeichen dafür, dass sie es fragwürdig fanden, jemanden entführt zu haben, um einen Kampf zwischen Erbrivalinnen herauszufordern. Wir kamen an der Tür an, und Bakkha lockerte seinen Griff um den Wachmann, sodass er sie öffnen konnte.

Ich drehte mich, um uns den Rücken zu sichern, doch keiner der Soldaten bewegte sich in unsere Richtung, als ob sie genaue Anweisungen von Isa erhalten hätten.

Als sich die Tür hinter mir schloss, fuhr ich herum. Hier standen fünf Wachen, die auf eine Tür links von uns zeigten.

»Bakkha«, flüsterte ich. »Ruf den Wind und deine Wölfe, wenn wir den Raum betreten.«

Die vielen Wachen machten mich nervös. Isadore musste alles sorgfältig geplant haben. Es war wie eine Einladung, und nun, da ich hier war, zeigte sie mir, wie mächtig sie war.

Es war mir egal. Bakkha war mächtiger als wir beide zusammen.

»Wie du willst«, murmelte Bakkha.

Bevor wir die Tür erreichten, trat ich vor ihn. »Lass den Wachmann hier.«

Ich öffnete die Tür und trat ein.

Ein leichter Windhauch zauste mein Haar, als sich meine Augen an das dämmrige Licht gewöhnten. Isadore saß auf einer schmalen Bank mitten im Raum mit Aketo neben sich. Seine Hände und Füße waren mit Seilen gefesselt. Niemand anderes befand sich im Zimmer.

Isadore lächelte mich an, wobei sie wieder wie ein kleines Mädchen aussah, dessen Geschenk gerade eingetroffen war. Aketo war bis zu diesem Moment ruhig gewesen, doch als er mein Gesicht sah, funkelte er Isadore wütend an.

Isadore schauderte und ballte die schlanken Finger zu Fäusten. Sie lachte. »Versuchst du etwa schon wieder, deine Magika zu benutzen?« Sie wandte sich Aketo zu und packte sein Kinn, sodass er ihr in die Augen sehen musste. Ich spürte, wie sich ihre Magika im Raum ausbreitete, wie sie an mir zog und zerrte. Sie war wunderschön, schmerzhaft schön. »Liebst du sie? Ich könnte dich zwingen, *mich* zu lieben, wenn ein machtloser Khimaer irgendeinen Nutzen für mich hätte.«

»Hör auf«, rief ich, ohne mich ihr zu nähern. Die an mir zerrende Leere ihrer Magika machte mir Angst.

Aketo knurrte und bleckte seine Fangzähne. »Lasst mich los, Prinzessin Isadore.«

»Lass ihn gehen, Isa, damit wir das hier ein für alle Mal beenden können.«

»Beenden?« Isadore lachte wieder und erhob sich. In ihrer Hand blitzte ein Messer, ich war nicht sicher, woher es kam. »Wir haben doch gerade erst angefangen, kleine Schwester.«

Jetzt war es an mir zu lachen. »Es hat angefangen, als du zum ersten Mal versucht hast, mich zu töten, Isadore.«

Sie legte den Kopf schief und sah mich merkwürdig an. »Bist du immer noch nicht darüber hinweggekommen, Eva? Das ist Jahre her.«

Ein Schauer lief mir über den Rücken. Ihre Stimme klang eine Spur zu hoch, irgendwie falsch. Ihr Lächeln schien eingefroren.

»Ist alles in Ordnung, Isadore?«, fragte ich und machte ein paar Schritte in den Raum.

Sie zuckte wie beiläufig mit den Schultern. »Gleich wird alles in Ordnung sein. Wenn ich Königin bin.«

»Selbst wenn du mich heute Nacht tötest, wird Mutter erst in ein paar Jahren die Krone an dich abtreten.«

»Nein«, sagte sie mit einem breiten Grinsen, das all ihre Zähne entblößte. »Ich weiß, wie ich sie dazu zwingen kann. Ich kenne all ihre Geheimnisse.«

Ich erstarrte. »Nun spuck's schon aus, Isa. Von welchen Geheimnissen sprichst du?«

Sie kicherte leise und drehte sich leicht, sodass ich Stahl an ihrer Hüfte aufblitzen sah. »Du und ich, Eva, wir sind nur Halbschwestern, und Mutter hat es vor allen geheim gehalten.«

»Lügnerin«, knurrte ich.

Sie sah aus, als würde sie mich jetzt und hier ermorden wollen. »*Du* bist die Lügnerin.« Sie machte einen Schritt vor, drehte sich dann aber zu Aketo um. »Hast du deine Magika benutzt, damit sie sich in dich verliebt? Das kommt mir wie eine ziemliche Verschwendung vor. Hättest du dir sparen können. Wenn es Eva gelingt, mich zu töten, wird bald eine Khimaer Königin auf dem Thron sitzen.«

Aketo erstarrte. »Was meint Ihr damit?«

Hatte er ihr lächerliches, wirres Geplapper die ganze Zeit über sich ergehen lassen müssen?

»Er weiß es nicht?« Sie blinzelte mich an. »Oh, Eva, du hast es ihm nicht gesagt? Und was ist mit …?« Isadores Blick bohrte sich in Bakkha. »Ihr wusstet es, nicht wahr, Jäger?«

Bakkha versteifte sich neben mir.

»*Was* soll er gewusst haben?«, fragte Aketo.

Isadore lachte hysterisch auf. Ich wollte sie an den Schultern packen und schütteln, bis sie nicht mehr so verrückte Dinge sagte. »Oh, sie weiß es also immer noch nicht.«

Ich verlor die Geduld. »Wovon sprichst du?«

»Mutter war verlobt, bevor sie Papa heiratete. Als sie schwanger wurde« – Isas Ton wurde bitter – »ist ihr Verlobter aus Ternain geflohen. Aus irgendeinem Grund wollte er nicht König werden. Papa war nur ein Ersatz. Er kam aus einem unbekannten Haus und stieg schnell in der Armee der Königin auf. Die perfekte Figur auf Mutters Spielbrett, die sie nach Belieben manipulieren konnte. Aber das ist noch lange nicht das Beste.«

»Isa, ich weiß, dass du und Papa euch nicht nahegestanden habt, aber das ist einfach lächerlich. Er war auch dein Vater.«

Sie ignorierte mich. »Das Beste ist, dass Papa ihr weisgemacht hat, er wäre ein Mensch. Aber er war Khimaer. *Du* bist Khimaer.«

Ich schüttelte den Kopf. Das konnte nicht wahr sein. Papa hätte es mir gesagt. Und selbst wenn es stimmte, wäre Isadore ebenfalls Khimaerin. »Aber du … Isadore, nein. Papa war kein Khimaer. Wer hat dir das erzählt? Es kann nicht wahr sein.«

»Es stimmt.« Sie wischte sich eine Träne von der Wange und verschränkte die Arme vor der Brust.

Mir kam ein schrecklicher Gedanke. »Hat Mama dir das erzählt? Du weißt doch, dass sie Papa gehasst hat. Du kannst ihr kein Wort glauben. Unser Vater hatte Geheimnisse, aber so etwas hätte er nie für sich behalten …«

»Er war nicht mein Vater.« Ihre Stimme zitterte, und sie zeigte mit ihrem Messer auf mich. »Er war ein Monster und ein Lügner. Und du bist nicht wirklich meine Schwester.«

»Bitte, Isadore. Das kann nicht wahr sein. Sag mir, woher du es weißt. Wir können zusammen dahinterkommen.« Ich schmeckte Salz auf meinen Lippen und bemerkte, dass ich weinte. Doch ich konnte nicht einmal mein Schwert senken, um mir über die Augen zu wischen, aus Angst, dass sie mich angreifen würde.

»Bakkha«, sagte ich. »Sie lügt doch, nicht wahr? Irgendjemand hat es ihr erzählt, und sie glaubt es einfach …«

»Prinzessin, es ist egal, was deine Schwester sagt. Du bist aus einem bestimmten Grund hier«, sagte Bakkha langsam. Auch in seinen Augen glitzerten Tränen. »Dies ist immer noch dein Kampf. Bring ihn zu Ende.«

Da fiel mir etwas ein. Der Bindungszauber – Papa hatte gesagt, dass er nur einen Teil meiner Magika wegsperrte. Was, wenn es sich dabei um meine Khimaer Magie handelte? Es hatte nie Sinn ergeben, dass Papa meine Magika nur aufgrund der Omen der Auguries binden lassen hatte. Doch wenn er gewusst hatte, dass es etwas in mir gab, das versteckt werden musste, damit ich sicher im Palast aufwachsen konnte …

Es stimmte tatsächlich.

Mein Vater war Khimaer und ich …

Das Blut rauschte mir in den Ohren. Ich schloss die Augen, als sich das Zimmer zu drehen begann. »Aber wie konnte er lügen? Wie konnte er …?«

Man braucht eine gehörige Portion Mut, um sich seinen Ängsten zu stellen … Dein Vater war ein großer Mann, aber das hat er nie gemeistert.

Sich dieser Wahrheit zu stellen war tatsächlich nahezu unmöglich.

Mit einem lauten Klirren schlug mein Schwert auf dem Boden auf. Aketos Blick traf meinen, seine vor Verwirrung geweiteten Augen waren so wunderschön. Er hatte es nicht gewusst, aber Bakkha wusste es. Bakkha kannte die Wahrheit, und Papa hatte gelogen – sein ganzes Leben lang. Wie eine Kerze im Wind flackerte mein Blickfeld, und dann wurde alles schwarz. Als ich die Augen wieder öffnete, fand ich mich an meinem See wieder.

Ich lag auf der Seite im dunklen, feuchten Uferschlamm, einen Finger ins Wasser getaucht. Ich streckte mich weiter danach aus, versuchte, die Wahrheit zu greifen.

Das Wasser war warm und hieß mich willkommen, als ich zum Grund schwamm. Ranken zogen an meinen Armen und Beinen, doch sie bestanden nicht aus Magika, sondern aus Angst. Ich ließ mich ganz von meinem Drang erfüllen, die Wahrheit herauszufinden, denn sie war es, die der Bindungszauber gefangen hielt. Die Magika, die ich fürchtete, war ein Teil der Wahrheit darüber, wer ich wirklich war, und endlich war ich bereit dafür. Ich wollte es wissen.

Ich wollte mich selbst kennenlernen.

Als ich die schimmernde Barriere erreichte, streckte ich eine Hand aus und durschnitt sie wie mit einem Messer. Verwundert schnappte ich nach Luft, während mich Wärme umhüllte und goldenes Licht meinen Geist flutete.

Schmerz bohrte sich in meine Glieder, als wüchsen meine Knochen zu schnell und mein Körper könnte sie nicht mehr halten.

Ich fühlte mich so klein wie ein Fötus im Bauch meiner Mutter, aber gleichzeitig riesig und unendlich. Als bestünde ich aus vielen Schichten: Federn, Schuppen und Fell. Ich gab mich dieser Vollkommenheit hin und spürte endlich die Wärme und Geborgenheit, die zusammen mit meiner Magika in mir eingeschlossen gewesen waren.

Ich fühlte mich völlig verwandelt, doch zum ersten Mal in meinem Leben ganz. Ich hatte nur meinen Geist, und darin konnte ich alles werden, was ich wollte. Nein, ich war bereits alles, was ich wollte.

Ein Geräusch zog meine Aufmerksamkeit auf sich, und ich entschied mich zurückzukehren. Es war ein gutes Gefühl zu wissen, dass ich nun eine Wahl hatte und immer eine haben würde.

Ich öffnete die Augen und sah Bakkha, der sich über mich beugte. Verwunderung lag auf seinen Zügen. Ich hatte mich auf der Seite zusammengerollt und die Hände zu Fäusten geballt. Ich lockerte meine Finger, und es fühlte sich an, als würde ich Glasscherben aus meinen Handflächen ziehen. Dann fing ich an zu schreien.

Kapitel 34

Schwarze Klauen bogen sich an meinen Fingerspitzen, feucht von meinem eigenen Blut. Ein Knurren entsprang von irgendwo tief in meiner Brust. Ich versuchte mich aufzusetzen und stellte fest, dass sich mein Kopf schwerer als sonst anfühlte. Zögernd fuhr ich mir mit den Fingern über das Gesicht – keine Veränderungen –, dann über meine Kopfhaut. Als meine Krallen gegen Hörner stießen, zuckte ich zusammen. Wie die Hörner der Antilope waren sie gedreht und endeten in scharfen Spitzen. Doch im Gegensatz zu den Antilopenhörnern teilten sie sich in der Mitte und bogen sich nach hinten. Ich hielt die Luft an und fuhr die gesamte Länge mit den Fingern nach. Als meine Krallen darüber schabten, riss ich die Hände zurück, aus Angst, die Hörner aus Versehen zu verletzen.

Wieder stieg ein Schrei in mir auf, sodass ich kaum noch atmen konnte.

»Eva?« Bakkha streckte eine Hand nach mir aus. Ich zuckte zurück.

Ein ersticktes Geräusch ertönte vom anderen Ende des Zimmers. Ich sah auf. Der Laut war Isadore noch nicht ganz über die Lippen gekommen, da war ich schon aufgesprungen und hatte eine drohende Hockstellung eingenommen. Isadore stand neben Aketo, die lange Klinge ihres Messers an seine Kehle gepresst.

Mir entfuhr eine Mischung aus Jaulen und Knurren. »Lass ihn los.«

»Bleib zurück, sonst töte ich ihn«, sagte sie.

Ich warf Bakkha einen Blick zu. Er nickte und griff nach meiner Hand. Meine Klauen fuhren über seine geöffnete Handfläche, sodass Blut hervorquoll.

Ich entriss ihm meine Hand, doch Bakkha schüttelte nur beschwichtigend den Kopf und ließ die Hand sinken, sodass einer seiner Wölfe seine Wunde lecken konnte.

Nichts ergab mehr Sinn – wer ich war, was ich war oder warum ich existierte –, ich wusste nur, dass sich Aketo in Lebensgefahr befand. Und ich verstand, dass es meine Schuld war.

Mein Schwert lag nur wenige Fuß von mir entfernt am Boden. Ich hob es auf und deutete wieder einmal mit der Klinge auf meine Schwester. »Ich, Prinzessin Evalina, fordere dich zum Kampf um den Titel der Wahren Erbin heraus.«

Isadore holte ein zweites langes Messer unter der Bank hervor.

Sie lächelte nicht, kein Triumph zeigte sich in ihren Zügen. Meine Verwandlung hatte ihr den Wind aus den Segeln genommen. Sie sah hohl aus, irgendwie gebrochen, und sie sah mich nicht direkt an. Doch ihre Stimme klang fest wie Stahl. »Beginnen wir.«

Ich atmete einmal tief durch, doch da hob Isadore das Messer in ihrer Hand und stieß es Aketo in die Brust. Wir schrien beide gleichzeitig auf.

Während wir abgelenkt waren, schlug Isadore zu. Beide Messer vor sich ausgestreckt, stürzte sie sich auf mich.

Falls sie sich vor meinem neuen Ich fürchtete, zeigte sie es nicht. Ich parierte ihren Schlag, sie fuhr herum und traf mich mit einer Klinge am Bauch. Feuer explodierte auf meiner Haut.

Ich zischte und tänzelte von ihr fort, während ich mich nach Bakkha und Aketo umsah. Obwohl ich wusste, dass ich es bereuen würde, wagte ich einen Blick über die Schulter. Bakkha hatte Aekto von der Bank gezogen und durchschnitt gerade seine Fesseln. Aketo hatte die Augen halb geschlossen, Blut sprudelte aus seiner Wunde und durchtränkte seine Kleidung, als hätte er einen Eimer Farbe über sich ausgeschüttet.

Ich sah rot.

»Verschwindet von hier!«, rief ich Bakkha zu. »Bring ihn hier weg!«

Isadores Klinge bohrte sich tief in meine Schulter.

Ich fuhr herum und schwang mein Schwert in weitem Bogen, doch Isadore wich aus und schubste mich von sich.

Sie griff wieder an, doch ich duckte mich unter ihren Messern hindurch und rammte ihr meinen Schwertknauf in den Magen. Dann riss ich die Klinge hoch, wohl wissend, wo sie sich befinden würde, ohne hinsehen zu müssen. Sie parierte mit einem Messer, sodass meine Klinge nur wenige Zentimeter von ihrem Hals entfernt verharrte.

Ich konnte ihr Herz pochen hören und wusste, dass ich stärker war. Ich spannte meine Muskeln an und drückte ihre eigene Klinge gegen ihre Haut. Isadore bleckte grinsend die Zähne. Ihr Blick traf meinen, ihre Augen blitzten auf. Und dann war ich verloren.

Mein eigener Wille schmolz dahin, als sie mir ihren aufzwängte. Sie fegte durch mein Innerstes wie ein glühend heißer Wind, ein verheerender Sturm. Ihre Macht war so gewaltig, dass ich erkannte, dass sie sich jahrelang zurückgehalten hatte. Ihre Schönheit, ihre Grazie, ihre Manieren, alles war nur ein Trick gewesen. Ihre Magika war furchterregend und alles verschlingend – ein Gift, das mich in den Tod riss.

Als ich aufschaute, sah ich eine Krone auf ihrem Kopf, verziert mit spitzen Rubinen, die wie winzige glühende Messer aussahen. Ihr goldenes Haar umrahmte ihre fein geschnittenen Gesichtszüge wie Flammen. Sie glühte von innen, sah genau wie Mutter aus und noch viel mächtiger.

Sie war die Königin. Wie hatte ich das vorher nicht sehen können?

Ich senkte das Schwert und fiel auf die Knie, beugte mich ihr entgegen wie eine Blume, die sich der Sonne entgegenreckte.

Als sie meinen Nacken mit eisernem Griff umfasste, keuchte ich auf. Ihre andere Hand schoss auf meine Kehle zu. Sie presste ihre blutverschmierte Klinge dagegen.

Tränen glitzerten in ihren Augen wie Diamanten.

Meine wunderschöne Schwester, warum weinte sie?

Plötzlich ertönte lautes Geheul, das Isas Macht über mich brach. Ich erinnerte mich wieder daran, wer ich war.

Meine Klauen rissen ihr den Arm auf, und sie stolperte rückwärts.

Bakkhas Wölfe umringten mich, ihr Heulen war voll Trauer und Schmerz. Sie wurden von Bakkha übertönt, der meinen Namen rief. »Eva, benutze deine Magika!«

»Ruf diese Biester zurück, Eva«, zischte Isadore. »Dieser Kampf ist zwischen dir und mir, niemand anderem.«

Ich kam auf die Füße und hob abermals mein Schwert. Die harten Kanten des Knochenhefts bohrten sich in meine Handflächen. Ich entfernte mich von den Wölfen.

Isas Blut tropfte mir bereits von den Fingern, und die Antilopenhörner baumelten von meinem Hals. Würde es mir gelingen, meine Magika der Knochen und des Bluts zu benutzen? Ich hatte den Bindungszauber zwar aufgehoben, zweifelte aber immer noch an mir. Magika war mir noch nie leichtgefallen.

Ich riss meinen Ärmel auf, um eine der Bluttätowierungen zu finden.

Als ich das Blut darüberstrich, brannte mein Arm. Alle Tätowierungen wurden heiß und erwachten zum Leben. Doch ich war nicht schnell genug. Isa schlug abermals zu. Ich hob mein Schwert mit beiden Händen. Auf keinen Fall durfte ich zulassen, dass sie erneut ihre Magika gegen mich einsetzte. Ich schloss die Augen und lauschte dem Pfeifen der Klingen durch die Luft, ihrem aus dem Gleichgewicht geratenen Herzschlag. Als ich spürte, dass sie ganz in meiner Nähe war, drehte ich mich im Kreis und beschrieb einen tiefen Bogen mit meiner Waffe.

Ihre Messer trafen so heftig auf meine Klinge, dass mein ganzer Arm vibrierte. Mithilfe des Hefts schubste ich sie zurück und trat sie gegen die Brust. Als ihr die Luft mir einem lauten Zischen entwich, tastete ich nach der Energie meiner Hörner.

Isadore beugte sich vor und hustete. Ich trat ihr die Beine weg. Sie landete hart auf dem Rücken und schrie auf, doch kurz darauf war sie schon wieder auf den Beinen und umkreiste mich.

Das warme Summen der Macht der Hörner durchdrang mich von Kopf bis Fuß.

Meine Augen fielen zu, und ich fand mich an meinem See wieder, diesmal voller Energie. Als die Blutmagika aus seinen Tiefen aufstieg, nahm ich sie mit beiden Händen auf und schlüpfte zurück in meinen Körper. Ich öffnete die Augen, gerade als Isadores Klingen auf mich zurasten. Blitzschnell packte ich ihr Handgelenk und ließ nicht los, selbst als ihr Messer in meinen Arm schnitt.

»Genug, Isa.« Entsetzt beobachtete sie, wie meine blutrote Macht von meinen Händen auf ihre Haut überging. »Lass die Waffen fallen.«

Ich zischte vor Schmerz, als sie eins ihrer Messer aus meinem Arm zog und dann beide zu Boden fallen ließ. Rasch trat ich die Waffen aus ihrer Reichweite.

Es wäre so einfach, sie jetzt zu töten. Ich könnte sie allein durch meine Berührung verbluten lassen. Ich sah und fühlte nichts als ihren Puls unter meinen Fingern. Er flatterte so schnell und zerbrechlich wie ein winziger Vogel.

Erinnerungen fluteten meinen Geist. Isadores blauer Fleck, nachdem ich sie berührt hatte, ihre Hände um meine Kehle, unsere nackten Füße im Roten Fluss, um der Sommerhitze zu entgehen, unsere ineinander verschlungenen Finger, als wir aus der Palastküche gescheucht wurden.

»Na los«, sagte Isa mit vor Wut verzerrtem Gesicht. »Töte mich. Wenn du kannst.«

Tja, sie hatte immer meine Magika in Aktion sehen wollen.

Blute, befahl ich in Gedanken.

Blut spritzte auf, als sich vier lange Wunden an ihrem Arm öffneten, doch Isa lachte nur. »Ist das alles?«

»Wie kannst du das wollen? Ist dir der Thron so wichtig, dass du dafür sterben würdest?«

»Ich habe heute Nacht nur getan, wozu wir beide geboren wurden, Eva. Hätte ich warten sollen, bis du dich stark genug gefühlt hättest, um mich herauszufordern? Ich bin kein blutrünstiges Monster. Ich will leben. Ich will Königin werden – dir ist das doch sowieso egal.« Sie schüttelte den Kopf und spuckte Blut. »Ich habe dir an jenem Tag am Hof die Wahrheit gesagt. Ich weiß nicht, wer versucht hat, dich zu ermorden, aber ich war es nicht. Wahrscheinlich jemand, der weiß, dass du halb Khimaerin bist, und es als seine oder ihre Pflicht angesehen hat, dich zu töten. Genauso, wie es meine Pflicht ist.«

Aber sie hatte versagt, und nun war ich drauf und dran, sie zu töten.

Tränen rannen ihr über die Wangen. »Bring es einfach zu Ende, Eva. Töte mich schnell, wenn es geht.«

Sie musste dringend zu sprechen aufhören, bevor ich sie noch versehentlich tötete. Es wurde immer schwerer, es nicht zu tun, während sie Dinge sagte, die mich wirklich wütend machten. Doch als ich mir das Blut vorstellte, das aus ihrem Hals schießen würde, erinnerte ich mich plötzlich an Papas gebrochenen Körper. An den kupferartigen Geruch des Bluts und den Gestank seiner offengelegten Eingeweide.

Ich schüttelte den Kopf, um die Bilder zu vertreiben, und knurrte: »Woher wusstest du über Papa Bescheid?«

»Töte mich einfach, Eva. Eine von uns muss es zu Ende bringen. Allerdings kannst du jetzt sowieso nicht Königin werden. Sie müssten die Krone entzweibrechen, damit sie auf deinen Kopf passt.« Sie grinste höhnisch.

Trotz ihrer harschen Worte sah ich den Schmerz und das Bedauern in ihrem Blick.

Die Furcht.

Nein, flüsterte eine Stimme in meinem Kopf. *Schluss mit dem Morden, Schluss mit dem Tod.*

Wie Anali vor Wochen gesagt hatte, lag es an uns selbst, zu entscheiden, wie wir unsere Gaben benutzten. Ungeachtet der Krone, des Gesetzes und des Throns, war es meine Entscheidung. Ich würde damit leben müssen.

»Weißt du denn nicht, dass die Krone für Khimaer Königinnen gemacht wurde?« Ich schlug ihr meinen Schwertknauf auf den Kopf.

Isadore verdrehte die Augen und fiel zu Boden.

Hände legten sich auf meine Schultern. »Sie wird überleben«, sagte Bakkha.

»Ich hätte sie fast getötet. Ich wollte es tun. Bakkha, warum hast du es mir nicht gesagt? Woher wusstest du es?«

Bakkha zögerte und drehte mich dann zu sich um. Sein Blick hielt meinem stand. »Ich war nicht sicher. Ich habe es vermutet, als wir auf den Bindungszauber gestoßen sind, und ich wusste, dass man dich töten würde, wenn es jemand herausfände. Ich konnte nicht zulassen, dass du die Bindung brichst.«

In der Stille, die auf seine Worte folgte, hörte ich Kampfgeräusche. Einen kurzen Augenblick später wurde die Tür mit lautem Krachen aufgestoßen.

Auf Analis Wange prangte ein Blutstreifen, doch als sie mich sah, fiel ihr alles aus dem Gesicht. Ihr Blick wanderte zu Isas leblosem Körper. »Ist sie … ist Prinzessin Isadore tot? Wir haben uns um ihre Wachen gekümmert.«

Falun stand hinter ihr in der Tür und betrachtete alles mit weit aufgerissenen Augen. Mich starrte er am längsten an.

Bakkha riss das Wort an sich, damit ich nicht sprechen musste. »Jemand muss nach Prinz Aketo sehen. Ich habe ihn, so gut es ging, geheilt, aber er braucht trotzdem einen richtigen Heiler. Und jemand muss Prinzessin Isadore tragen. Sie kommt mit uns.« Bakkha warf mir einen Blick zu. »Und wir müssen Eva so schnell wie möglich auf ihr Zimmer bringen. Es sei denn, ihr wollt, dass alle erfahren, dass die Prinzessin Khimaerin ist.«

Kapitel 35

»Erzähl mir alles.«

Mirabel setzte sich schwerfällig auf einen Stuhl und fummelte an ihrem Dutt herum. Ein Zeichen, dass sie nervös war. Genauso wie ich. Ich konnte nicht aufhören, in meinem Schlafgemach auf und ab zu gehen und jedes Mal zusammenzuzucken, wenn meine Nägel über den Marmorboden kratzen. Auch an den Füßen hatte ich nun Krallen, was mir vorher nicht aufgefallen war. Daran klebten sogar einige Überreste meines Nagellacks. Seltsame, unerklärliche Dinge schienen sich zu häufen. Ich würde neue Schuhe brauchen. Oder würden die Klauen jeden Stoff einfach zerfetzen?

Ich wandte mich Mira zu. »Isadore hat gesagt, dass Papa Khimaer war. Dass er nicht ihr leiblicher Vater war. Und dass ich … also es ist wohl eindeutig, dass sie damit recht hatte.«

»Oh, *a'daya*«, sagte sie. Es bedeutete *meine Tochter* auf Khimaer. »Dein Vater hatte vor, dir zu sagen, wer … was er ist, nachdem du als Wahre Erbin anerkannt worden wärst. Er wollte dir diese Last nicht noch zusätzlich aufbürden.«

»Also ist es wahr.« Ich drückte mir die Handflächen gegen die Augen und stolperte zu meinem Bett. Als ich Isadore darauf liegen sah, das blonde Haar hell auf der dunklen Decke, wich ich jedoch zurück. Mirabel hatte ihr einen Schlaftrunk verabreicht, als wir in mein Zimmer zurückgekehrt waren. Doch ich wollte sie wecken, damit wir sie ausfragen konnten. Wem hatte sie noch davon erzählt?

Meine Panik stieg ins Unermessliche, und ich begann, Papas Ring an meinem Finger hin- und herzudrehen. »Papa hat mir gesagt, dass er meinen Bindungszauber wegen der Omen veranlasst hat. War das etwa eine komplette Lüge?«

»Die Omen haben nur bestätigt, was er bereits wusste. Wenn jemand aufgedeckt hätte, dass du über Khimaer Magika verfügst, wärst du in großer Gefahr gewesen.«

»Wie hat das überhaupt funktioniert, Mira? Ich dachte, dass diese Zauber meine Magika binden, aber nicht mein Wesen.«

»Deine Magika ist, wer du bist. Khimaer Magika ist viel enger mit dem Körper verbunden – deshalb hielt die Bindung sowohl deine Magika als auch deine wahre Erscheinung zurück. Ich weiß nicht viel darüber, also ist es am besten, wenn du Leis Familie danach fragst.«

»Aber du wusstest es? Du wusstest die ganze Zeit, dass ich Khimaerin bin?« Ich ballte die Hände zu Fäusten, sodass die Klauen in meine Haut stachen. »Dein Vater hat mich schwören lassen, kein Wort zu sagen, Eva. Er fürchtete, dir zu viel zuzumuten. Ich wusste, dass er falschlag, aber ich habe gehorcht.« Sie holte zitternd Luft. »Ich dachte, es wäre für das Beste. Er war immerhin dein Vater, und ich bin nur …«

»Hat Papa Mutter nur geheiratet, um eine Khimaer Königin auf den Thron zu setzen?«

»Ich glaube, dass er einen Plan hatte, aber ich habe nie davon erfahren. Ich weiß nur, dass er deine Mutter am Anfang wirklich geliebt hat, Plan hin oder her.«

»Wer wusste noch Bescheid? Anali?«

Mirabel nickte. Ich wischte mir über die Augen, doch glücklicherweise waren sie trocken. »Aketo?«

»Nein.«

Wenigstens nicht er. Allerdings hatte auch Bakkha es vermutet. Alle, die mich großgezogen hatten, waren eingeweiht. Und niemand hatte es mir gesagt. Ich hatte es nie geahnt, hatte aber mein Leben lang damit kämpfen müssen, anders zu sein. Wenn ich nun zurückblickte, gab es so vieles, das ich schon immer seltsam gefunden hatte. Zum Beispiel, warum Papa Khimaerinnen als mein Kindermädchen und als Befehlshaberin meiner Leibgarde eingestellt hatte, obwohl es Mutter so sehr erzürnt hatte. Warum Papa so viel Zeit in den Bezirken verbracht hatte.

Und warum ich nie seine Familie kennengelernt hatte.

»Wir müssen unsere Sachen packen. Müssen uns beeilen. Es ist schon spät und –«

»Langsam, Kind. Wofür willst du denn packen?«

»Wir müssen Ternain verlassen. Du musst diesmal auch mitkommen, Mira. Ich wünschte, wir hätten mehr Zeit, aber …« Ich konnte all die Gedanken in meinem Kopf nicht mehr ordnen. »Ich muss endgültig aus Ternain verschwinden. Isadore ist die Einzige, die über mich Bescheid weiß, und bis ich herausgefunden habe, wer es sonst noch vermutet, bin ich in Gefahr. Außerdem wissen wir immer noch nicht, wer den Attentäter und Dagon geschickt hat oder wer noch für Vaters Tod verantwortlich ist.«

»Deine Schwester wird dir nichts verraten, obwohl du ihr Leben verschont hast. Sie ist immer noch die Tochter ihrer Mutter. Vergiss das nicht, nur weil du es nicht über dich bringen konntest …«

In ihrer Stimme schwang eine Spur Missbilligung mit. Mehr als nur eine Spur. »Mirabel, ich konnte es nicht. Sie ist meine Schwester, und ich habe sie lieb. Ich werde sie nicht einfach töten, nur damit ich gekrönt werde. Und wenn wir Ternain erst verlassen haben, wird uns niemand dazu zwingen können, uns gegenseitig umzubringen.«

Ihr Blick traf meinen, und ich sah, dass sie überlegte, wie viel sie wagen konnte zu sagen.

»Ich weiß, dass du gehen musst. Aber dir bleibt keine Zeit mehr. Die Sonne geht schon bald auf. In wenigen Stunden erwacht der Palast. Wir planen unsere Abreise, halten dich versteckt und hoffen, dass niemand Isadores Verschwinden bemerkt, bis du abgereist bist.«

»Du meinst, bis *wir* abgereist sind.«

»Nein, mein Platz ist hier in der Stadt, sodass ich dich über alles auf dem Laufenden halten kann. Weißt du schon, wohin du gehen möchtest?«

»Über die Ebene von Arym, um endlich Papas Familie kennenzulernen, und danach zu dem einzigen Ort, an dem ich nicht auffalle – einer der Bezirke.«

»Bitte die Familie des Königs um Hilfe. Sie verstecken sich seit Generationen, sind also gut darin. Und … sie werden dir mehr über deine Magika sagen können.«

Darüber machte ich mir keine allzu großen Sorgen. Bakkha würde mir mit meiner Magika helfen. Ich wollte Papas Familie sehen, um zu verstehen, warum er Mutter geheiratet hatte und warum seine Angehörigen sich als Menschen ausgaben. Und wie sie so lange unerkannt damit durchgekommen waren.

Mirabel zog mich in eine Umarmung. Ich dachte, dass ich mich zu betäubt fühlte, um weinen zu können, doch dann flüsterte sie mir ins Ohr: »Du siehst wunderschön aus, so wunderschön.«

Meine Hörner waren plötzlich zu schwer, sodass ich den Kopf senken musste. Es war, als würde ich eine schwere Krone tragen, die nicht aus Gold und Silber bestand, sondern aus etwas Schwererem, Älterem.

Alles – die Wut, die Angst und die Verwirrung – ergoss sich aus mir, als ich an Mirabels Schulter schluchzte.

»Bitte, Mirabel, ich will sie doch nur sehen. Bitte.«

Ich drehte mich um. Nacken und Schultern schmerzten. Ich sah Mira in der Tür stehen. Hinter ihr erkannte ich Aketo, der mich mit einer Mischung aus Sorge und Schock anstarrte.

»Ich habe dir schon gesagt, dass sie sich ausruht, und das solltest du auch tun.«

»Aketo«, flüsterte ich und versuchte, mich aufzusetzen.

»Bitte?«

Mirabel seufzte und ließ ihn ein. »Ich gebe euch ein paar Minuten.«

Ich hatte kaum Zeit zu blinzeln, bevor Aketo neben meinem Bett auftauchte.

Seine Augen waren feucht, als er mich ansah.

»Aketo.« Ich berührte sein Gesicht. Eine Träne fiel auf die Spitze einer der Krallen, die ich noch nicht ganz als meine eigenen anerkannt hatte.

Mit einer Klaue ritzte ich seine Wange, sodass sich ein Blutstropfen löste. Ich wischte sie mit dem Handrücken ab und murmelte eine Entschuldigung.

Aketo ergriff meine Hände. Er beugte sich vor, sodass sein Gesicht ganz nah vor meinem schwebte. Seine goldenen Augen waren so groß wie Münzen, die langen Wimpern warfen Schatten auf seine Wangen. »Bitte, bitte entschuldige dich nicht.«

»Es tut mir leid, dass sie dich entführt hat. Ich hätte dich nicht allein lassen sollen. Ich habe nur …« Wie oft würde ich mich entschuldigen müssen? Was wäre auch nur annähernd genug?

Er war meinetwegen entführt und verletzt worden. »Es tut mir so leid.«

»Ich habe gespürt, wie du dich verändert hast, Eva.« Er klang inbrünstig. »Als ich dich dann sah, dachte ich, ich würde träumen oder wäre gestorben, nachdem deine Schwester mich verletzt hat.«

Ich wandte mich ab, konnte seinen glühenden Blick nicht ertragen. Er legte beide Hände an meine Wangen. Er war mir so nah, dass ich nicht wegsehen konnte. Wir küssten uns nicht wirklich, doch meine Lippen legten sich sanft auf seine. Mit den Fingern fuhr er mir über die Wangen und durchs Haar, sodass mir ein Seufzen entwich, das direkt auf ihn überging. Darin lag etwas, das sich von mir auf ihn übertrug – keine Liebe, sondern eine Nähe, die zwei Personen derselben Sippe spürten. Ich war wie er. Und da war noch etwas anderes, das uns verband. Das Wissen, das wir uns gegenseitig das Leben gerettet hatten.

Sein Blick glitt über meine Hörner. Seine Hände verharrten in meinem Haar, die Daumen am Ansatz meiner Hörner. Ich entzog mich ihm zitternd. Ich wollte nicht, dass er sie berührte, wollte nicht, dass er sie ansah, als wären sie eine Art Wunder. So als wäre ich völlig verändert.

Wieder sah ich weg. »Ich weiß, dass alles anders ist. Ich … bin nicht mehr dieselbe.«

Eine Hand legte sich an mein Kinn. Er drehte es, sodass ich ihn ansehen musste. »Das zählt nicht. Egal, wie sehr sich dein Äußeres verändert hat, im Inneren bist du noch dieselbe. Du fühlst dich noch genauso an.« Er presste seine Lippen fest auf meine. Dann flüsterte er mir ins Ohr: »Und du schmeckst auch noch genauso.«

Ich lachte, bis sein Mund meinen erneut eroberte und ich mich in seinem Kuss verlor. Er schmeckte nach meinem Lieblingsminztee, nachdem er ein bisschen zu lange gezogen hatte und mit zwei

Löffeln Honig gesüßt worden war. Bitter und süß zugleich – genau richtig.

Doch ich konnte den Gedanken nicht gänzlich verbannen: *Bist du wirklich noch dieselbe? Und wenn du wirklich Khimaer bist, bist du dann überhaupt noch eine Prinzessin?*

»Du solltest dich ausruhen«, sagte Aketo. Er musste meinen inneren Aufruhr gespürt haben.

Wir teilten einen letzten Atemzug, bevor er sich zum Gehen wandte.

Ich griff nach seinem Handgelenk, wollte nicht allein sein. »Bleib.«

»Bist du sicher?«

Nein, war ich nicht, aber ich hatte es satt, jede Nacht allein zu verbringen und darauf zu warten, dass meine Albträume mich heimsuchten.

Als Aketo unter meine Decke kroch und einen Arm um mich legte, schloss ich die Augen. Bald würde ich den Roten Fluss überqueren, mit Bakkha, Falun und dem Prinzen an meiner Seite. Ich fühlte so vieles auf einmal, doch diesmal setzte sich ein Gefühl durch: Hoffnung.

Wenn ich Ternain erst einmal verlassen hatte, würde ich so etwas wie Freiheit erfahren. Etwas, das ich nie zuvor gekannt hatte.

Epilog

Wie man aus einer Prinzessin eine Königin macht

Ein Klopfen ertönte an der Tür. Bakkha fluchte und legte die Schreibfeder beiseite. Ein Tintentropfen löste sich und tropfte aufs Papier.

Er runzelte die Stirn. Jetzt war die Seite unbrauchbar. Er hatte zwar erst ihren Namen geschrieben, doch die passenden Worte wirbelten bereits durch seinen Geist.

Verzeihung, Evalina, dass ich das wenige Vertrauen, das noch zwischen uns übrig ist, nun auch noch breche. Viel Glück, meine Liebe. Vergiss nicht, dass man bei Krönungen am besten Rot trägt. So erinnert man alle Anwesenden daran, wie viel Blut man vergossen hat, um den Thron zu besteigen – und an all das Blut, das du vergießen wirst, sollte sich dir jemand in den Weg stellen.

Nein, das war nicht das Richtige.

Er entschied sich in letzter Sekunde dagegen, den Tisch gegen die Wand zu werfen, zerknüllte stattdessen das Pergamentpapier und ging zur Tür. Er hoffte, dass es nicht einer der Wachmänner war, den das Mädchen abgestellt hatte, um ihn im Auge zu behalten. Die Idioten glaubten, dass sie ihn mit regelmäßigem Klopfen an ihre Gegenwart erinnern konnten, sodass er nicht heimlich verschwand.

Zum Glück war es keiner von ihnen. Es war der Junge, der Prinz. Er sah immer noch mitgenommen von den Ereignissen der vergangenen Nacht aus, doch auf seiner Miene zeichnete sich auch Freude ab. Er hatte sie also schon besucht. Er roch nach ihr – zerstoßene Rosenblätter, Blut, Stahl und ein bisschen von Bakkhas eigenem Duft, das Ergebnis ihrer Koaleszenz.

Bakkha ließ ihn ein. »Wie geht es ihr?«, fragte er auf Khimaer, da der Junge freier sprach, wenn er seine Muttersprache benutzte.

Aketo verdrehte die Augen. »Besuch sie doch selbst. Meine Einschätzung der Lage würde dir sowieso nicht gefallen.«

Wo er recht hatte …

»Also bist du gekommen, um mich zur Eile anzutreiben.« Die Neuigkeiten, dass sie alle gemeinsam Ternain verlassen würden, hatten ihn nicht überrascht. Doch Bakkha hatte gehofft, dass Mirabel das Mädchen zwingen würde, einen oder zwei Tage darüber nachzudenken, sodass ihm genug Zeit bliebe, abzuhauen, bevor Eva es bemerkte. Dem war jedoch leider nicht so. Und er hasste es, so kurzfristig einen Fluchtplan ausarbeiten zu müssen. »Bist du zu ihrem Laufburschen aufgestiegen?«

»Sie macht sich Sorgen. Sie wollte Falun schicken, aber ich dachte mir, dass er dich nur noch mehr aufhalten würde.« Sein Blick fiel auf die zerknüllte Pergamentseite in Bakkhas Hand.

Bakkha hob drei Finger, eine Beleidigung, und Aketo grinste. »Ich brauche mehr Zeit, und du kannst die Prinzessin doch sicher noch ein wenig … beschwichtigen.«

Aketo wurde rot, hob aber trotzig das Kinn. »Wie viel Zeit, Jäger?«

Bakkha antwortete nicht, sondern spielte mit dem Hornarmband an seinem Handgelenk. Seine Gedanken schweiften ab, wanderten zu den nächsten paar Wochen und wie er die Vorfälle der letzten Tage – und was die Prinzessin war – dem Stamm erklären sollte. *Ich habe eure Befehle missachtet, ja, aber nur, weil ich wusste, dass dieses Mädchen unsere Hoffnung, unsere Rettung ist. Sie ist unfassbar mächtig, wünscht sich aber nichts sehnlicher, als frei zu sein – und verdient auch nicht weniger als das.*

Er zog das Messer aus seinem Ärmel. Stahl blitzte auf, als er begann, es zwischen seinen Fingerknöcheln tanzen zu lassen. Das beruhigte ihn immer.

Aketo wiederholte seine Frage, und Bakkha ging alle möglichen Antworten im Kopf durch, bevor er sich für die Wahrheit entschied. »Ich werde die Prinzessin nicht begleiten. Du musst auf sie aufpassen und ihr das hier geben.« Bakkha hielt ihm das Armband hin. Er konnte es sich nicht leisten, verfolgt zu werden. »Ich kann nur gehen, wenn ich weiß, dass sie es hat. Verstehst du?«

»Wie kannst du nach allem, was vorgefallen ist, einfach fortgehen?«

Bei den Göttern, er würde es noch bereuen, die Wahrheit gesagt zu haben. Er schob die Ärmel hoch, um dem Jungen eine Tätowierung zu zeigen. Obwohl sie uralt war, war sie nie verblasst – eine rote Krone, ein schwarzer Stab und ein schmaler Dolch. »Es gibt eine Legende, Prinz. Eine Hoffnung, an die sehr wenige Khimaer glauben. Weißt du, wovon ich spreche?«

Aketos Mund öffnete sich vor Staunen. »Der Stamm? Du … du warst bei dem Stamm?«, fragte er. »Sie sind am Leben?«

»Ja.« Als er das Wort aussprach, zuckte ein scharfer Schmerz durch seinen Hinterkopf. Der Stamm war ein in einer Legende und einer großen Portion Magika verborgenes Geheimnis. Alle, die von seiner Existenz wussten, mussten dreifach schwören, nichts zu verraten. Doch in den Jahrhunderten, nachdem er Myre verlassen hatte, um nach dem Großen Krieg für sie zu arbeiten, hatte Bakkha gelernt, die Schwüre zu umgehen. Obwohl er Eva so gut wie alles verraten hatte, machte er sich keine Sorgen, dass sie mehr herausfinden könnte. Diese Legende war zu weit weg von einem Mädchen, das als Mensch erzogen worden war. Sie hatte nie davon gehört. Nun wusste er, dass ein sicherer Weg, die Schwüre zu umgehen, eine geistige Verbindung war, doch Bakkha würde keine weitere Koaleszenz riskieren. Diese hatte ihn bereits zu sehr an die Prinzessin gebunden, sodass er seine Befehle nicht vollständig befolgen konnte.

Die alte Frau hatte ihm aufgetragen, alles über die Killeen-Familie herauszufinden und ihre Dynastie zu zerstören, wenn er konnte. Wenigstens hatte er den ersten Teil erfüllt – und er hatte einen Weg gefunden, sie zu zerstören. Doch er glaubte nicht, dass es dem Stamm reichen würde, das Mädchen auf den Thron zu setzen. Sie war zwar Khimaerin, aber immer noch eine Prinzessin der Killeen-Familie.

»Und du? Was hast du mit ihnen zu schaffen?« Aketo straffte die Schultern und sah plötzlich ganz nach dem Prinzen aus, der er war.

»Ich mag zwar kein Khimaer sein«, antwortete Bakkha, »aber ich verdanke ihnen alles, was ich heute bin.« Er würde dem Jungen nicht erklären, dass er ohne sie sterben würde, dass es beinahe so weit gekommen wäre, als er nach dem Großen Krieg zu fliehen versucht hatte. Er hörte sich auch so schon selbstsüchtig genug an.

»Ich muss zurückkehren, weil ich einen Schwur geleistet habe, aber auch, weil ich jemanden finden muss, der Eva unterrichten kann. Die Magika in ihr … Ich kenne nur eine Person, die ihr beibringen kann, sie zu benutzen. Und ich bin es nicht.«

Das Mädchen besaß die Magika einer wahren Königin. Echte

Khimaer Magika. »Warum sagst du ihr nicht einfach, dass du gehen musst?« Aketo hatte die Hände zu Fäusten geballt. »Wenn du abreist, ohne dich von ihr zu verabschieden, wird sie es dir nie verzeihen.«

»Das kann ich nicht.« Sie würde ihn einsperren lassen und eine Flucht aus einem Gefängnis war immer besonders nervtötend.

»Verdammt, Bakkha.« Aketo rieb sich mit der Hand übers Gesicht. »Sie wird es nicht verkraften. Nicht gerade jetzt, nach allem, was passiert ist. Ich verstehe nicht, wie du es überhaupt in Betracht ziehen kannst.«

»Ich weiß, dass du sie beschützen willst, aber sie ist stark. Eva wird alles durchstehen, was sie muss, und selbst wenn sie mir nie vergibt, muss ich gehen. Ich habe keine Zeit, es ihr – oder dir – zu erklären.«

»Wie lange, Jäger? Wie lange wirst du fort sein?«

»Ich bin nicht sicher.« Er hoffte, dass es ein kurzer Besuch werden würde, konnte es aber nicht vorhersehen. »Beschütze sie in meiner Abwesenheit, und halte sie auf Trab. Sag ihr, dass ich sie vermissen werde und dass ich so bald wie möglich zurückkomme. Wenn sie mich braucht, soll sie Trost in unserer Verbindung suchen.«

Bakkha sah, wie enttäuscht der Junge dreinschaute. Glücklicherweise war er solche Reaktionen gewohnt. Er war zwischen einem unverletzbaren Schwur und seinem eigenen Willen gefangen. Das sorgte nicht gerade dafür, dass er viele Freunde hatte. »Sei, was sie gerade braucht, so gut du kannst. Ich werde euch finden, sobald es mir möglich ist. Bis dahin hoffe ich, dass du ihr gestehst, warum du wirklich hierhergekommen bist. Und was ihre Entscheidungen für dich bedeuten könnten.«

Aketo zuckte zusammen. »Ich kann nicht. Noch nicht.«

»Es ist ganz deine Entscheidung, Prinz. Dein Risiko.« Bakkha zuckte die Achseln. Er hätte den Prinzen fast noch gewarnt, dass Evas Reaktion auf seine heimliche Abreise unangenehm ausfallen würde, hielt sich aber zurück. »Geh jetzt.«

Bevor Aketo noch etwas sagen konnte, gab Bakkha ihm ein Messer und das Armband für die Prinzessin.

Nachdem der Prinz gegangen war, packte der Jäger seine Sachen. Es war an der Zeit, aus einer Prinzessin eine Königin zu machen.

Danksagung

Die Entstehung dieses Buchs geht auf so vieles zurück, doch am meisten auf die Liebe meiner Familie und Freunde. Ohne euch würde dieses Buch nicht existieren. Danke.

An meine tollen Agenten, Taylor Haggerty und Holly Root, deren Glaube an mich und dieses Buch – und Bakkha – vor zwei Jahren meine Welt verändert hat. Danke, dass ihr immer hinter mir steht, mir Ratschläge gebt und euch mit meinen panischen E-Mails herumschlagt. Eines Tages werden wir die »Love-Bakkha«-T-Shirts tragen, versprochen!

An meine Lektorin, Stacey Barney, deren Verstand, Vision und Adleraugen scharf genug waren, um gegen die vielen Klingen zu bestehen, die in diesem Buch geschwungen werden. Seit unserem ersten Gespräch, dem ersten gemeinsamen Lachen, wusste ich, dass ich Eva in keine besseren Hände hätte geben können. Danke für deine Geduld und dass du immer das Beste aus mir herausgekitzelt hast. Dank dir bin ich als Autorin so sehr gewachsen, und dafür bin ich dir mehr als dankbar. Ich kann das nächste gemeinsame Projekt kaum erwarten.

Vielen Dank auch dem Team von Putnam und Penguin Teen für eure Leidenschaft und Liebenswürdigkeit und eure Hilfe dabei, meinen Traum zu verwirklichen. Ich freue mich, bald mehr von euch kennenzulernen. Bis dahin geht ein besonderer Dank an Caitlin Tutterow, Felicity Vallence und Lindsay Boggs.

An meinen brillanten Cover-Designer, Alexxander Dovelin und die Designerin Samira Iravani. Danke, dass ihr Eva und Isadore mit all der Schönheit und wilden Energie zum Leben erweckt habt, die ich mir für die beiden vorgestellt hatte. Es raubt mir immer noch den Atem.

Vor sechs Jahren bin ich nach New York gezogen, um dort zur Uni zu gehen, und ich bin der Community so dankbar, die ich dort getroffen habe. Tausend Dank an meine Professoren an der New School, Caron Levis und Sarah Weeks, und vor allem an David Levithan, den Betreuer meiner Abschlussarbeit, der eine frühe Version dieses Buchs gesehen hat und nicht schreiend davongelaufen ist. Außerdem danke ich meiner Writing-for-Children-Truppe und insbesondere P. G. Kain, dessen Rat auch heute noch täglich in meinem Kopf nachhallt: Schreib das Buch!

An zwei meiner engsten Freundinnen, Laura Silverman und Anna Meriano: Ohne euch hätte ich dieses Jahr nicht überstanden. Danke, Anna, dass du all meine Grammatikfragen beantwortet hast, und danke, Laura, für all die E-Mails voller Tipps. Danke, dass ihr dafür gesorgt habt, dass ich die Hoffnung nicht aufgebe. Danke, dass ihr mich zu einer besseren Autorin gemacht habt.

Meine liebe Kritikpartnerin, Kyriaki Chatzopolou. Kiki die Pfählerin und Amanda die Große, das sind wir. Um es auf den Punkt zu bringen: Ich hätte es nie ohne dich geschafft. Dein Herz für Geschichten inspiriert mich jeden Tag. Danke, danke, danke. Dir gebührt all meine Liebe. Immer.

Meine Englischlehrerin in der dritten Klasse gab mir den ersten Harry-Potter-Band zum Lesen, als ich mich schlecht benahm. Mrs Zorns, Sie haben mir gezeigt, wie viel Freude das Schreiben macht, und dafür bin ich so dankbar.

Nicht zu vergessen sind meine Brüder Daniel und Jordan. Dan, deine Liebe zum Lesen inspiriert mich heute noch so sehr wie in

Kindertagen. Ich wünschte, ich könnte halb so schnell lesen wie du.

Jordan, deine Arbeit sorgt dafür, dass ich weniger Angst habe, selbst etwas zu erschaffen, und du bist immer da, um mir vorurteilsfrei zuzuhören. Ich habe euch beide so lieb.

An all die Freunde, die ich meine Familie bezeichne: Ich liebe euch mehr, als ich in Worte fassen kann.

Und schließlich meine Eltern, Michelle und Alfred, die schon früh und immer wieder die Liebe zum geschriebenen Wort in mir gesät haben. Ihr habt mich gelehrt, meiner eigenen Stimme zu vertrauen, und habt während dieser Reise nie an mir gezweifelt. Eure Unterstützung über die letzten fünf Jahre hat das alles erst ermöglicht. Danke. Ich liebe euch. Ich liebe euch. Ich liebe euch.

Geister und Dämonen zwischen Wolkenkratzern und Pagoden

Akhimar
Drakol
Das Ruhige Meer
Sher n'Cai
Bezirk
Die Silbrige See
Kyr
Vaschta
Asrodei
Die Mysoado-Inseln
Oudo
Tiér
Ondiné
Matesch
Nafi